# 章法學論粹

陳滿銘著

# 目錄

## 教學篇



## 附錄

# 序

陳滿銘

辭章是結合「形象思維」與「邏輯思維」而形成的。這兩種思維，各有所司。一般說來，如果是將一篇辭章所要表達之「情」或「理」，訴諸主觀，直接透過各種聯想或想像，和所選用之「景（物）」或「事」連接在一起，或者是專就個別之「景」（物）、「事」等材料本身設計其表現技巧的，皆屬「形象思維」；這涉及了「立意」、「取材」與「措詞」等問題，而主要以此爲研究對象的，就是主題學、意象學與修辭學。如果是專就「景（物）」或「事」等各種材料，訴諸客觀，對應於自然規律，按秩序、變化、聯貫與統一之原則，前後加以安排、佈置，以具體表達「情」或「理」的，皆屬「邏輯思維」；這涉及了「運材」、「佈局」與「構詞」等問題，而主要以此爲研究對象的，就字句言，即文（語）法學；就篇章言，就是章法學。至於合「形象思維」與「邏輯思維」而爲一，探討其整個體性的，則爲風格學。

可知章法所探討的，爲篇章之邏輯結構，是源自於人類共通之理則，亦即對應於自然規律來說的。所以一般創作者雖日用而不知、習焉而不察，但很早就受到辭章學家的注意，只不過所看到的都是其中的幾棵「樹」，而一概不見其「林」。一直到晚近，經過多年努力的探究，才逐漸「集樹成林」，並確定它的原則、範圍和主要內容（含類別與模式），尋得它的哲學基礎和美感效果，建構了一個體系，而形成一個新的學門。去年（二〇〇一）元月，由萬卷樓圖書有限公司所出版的《章法學新裁》，集結拙作二十二篇相關論文，除了兼顧理論與實際，呈現章法的原則、範圍和主要內容（含類別與模式）外，即試探著公開此一新學門初創之狀況及其辛苦經營之歷程。

近一年半以來，繼續作開拓與深挖的努力，又發表了十幾篇有關章法的論文，其中較重要的，依序是：㈠〈《孟子・養氣》章的篇章結構〉，收入《慶祝莆田黃錦鋐教授八秩嵩壽論文集》（二〇〇一年三月）；㈡〈文章主旨置於篇外的謀篇形式——以詩詞爲例〉，發表於第三居中國修辭學學術研討會（二〇〇一年六月）；㈢〈論辭章章法的四大律〉，發表於《國文天地》十七卷四期（二〇〇一年九月）；㈣〈章法與情意的關係〉，發表於《國文天地》十七卷六期（二〇〇一年十一月）；㈤〈章法教學與思考訓練〉，發表於《人文及社會學科教學通訊》十二卷四期（二〇〇一年十二月）；㈥〈論章法與邏輯思維〉，以專題演講之方式，發表於第四居中國修辭學國際學術研討會（二〇〇二年五月）；㈦〈論時空交錯的虛實複合結構——以蘇辛詞爲例〉，發表於《中國學術年刊》第二十三期（二〇〇二年六月）；㈧〈論幾種特殊的章法〉，發表於《國文學報》第三十一期（二〇〇二年六月）。另有〈論章法與國文教學〉，則準備在下月於「國文教學學術研討會上發表

（二〇〇二年七月）。以此九篇論文爲基礎，再加上另三篇於民國九十年前發表過的論文：其一爲〈凡目法在蘇辛詞裡的運用〉，發表於《國文天地》十一卷十一、十二期（一九九六年十一、十二月）；其二爲〈高中國文古典詩歌教材探析——主要從義旨與章法切入〉，發表於《人文及社會學科教學通訊》九卷三期（一九九八年十月）；其三爲〈如何進行課文結構分析——以高中國文教材爲例〉，發表於《台灣省高級中學國文科教學研究專輯》第五輯（一九九九年六月）。一共十二篇論文，都收入了本書，算是《章法學新裁》的續編，爲章法學的研究進一步地提供一己之心得，以就正於廣大的讀者。

理論與實際，是必須兼顧的，所以本書各文在闡明理論之外，大都引用實例，並附以結構（章法）分析表，來分別作說明。此外，也將全書約略分爲「理論篇」與「教學篇」，以見理論與實際將它運用於教學上之情形；這可說是本書的一個特色。不過，必須一提的是，由於所切入之角度時有改變，以致所引的例子，既偶爾會有一再重複的現象，就是所附的結構（章法）分析表，也往往會有前後不一致的狀況。這種重複或不一致，雖然部分是由粗疏走向精密時所難免的，但依然會造成一些困惑，這是要向所有讀者致上歉意的。

研究「章法學」，一路辛苦地走來，很慶幸地已逐漸受到兩岸學者之肯定。如台灣學者張春榮教授以爲「其用志『章法』，深耕廣織，握管不輟，……全力聚焦章法結構，漸成體系。……是自歲月自學養中鍛鍊出的一把利刃，揮向國文教材教法，揮向章法學的未來，以結合心理基礎與美感效果的目標，其建構之功，誠有目共睹」（見〈拓植與深化——陳滿銘《章法學新裁》〉，《文訊》二〇〇一年六月，頁二六～二七）；又如大陸學者鄭韶風强調台灣的章法學，已開拓了漢語辭章學研究的新領域，和大陸的北京（以張志公爲首）、福州（以鄭頤壽爲首），各以所長，形成了三支强而有力的隊伍，且認爲「陳滿銘教授抓住『章法』作了深入的開挖，除了寫論文外，還寫幾部專著來論析辭章章法論」，而「開了『章法』論的專門辭章學先河」（見〈漢語辭章學四十年述評〉，《國文天地》，二〇〇一年七月，頁九三～九七）；再如大陸鄭頤壽教授，在去年（二〇〇一）十一月於廈門舉行的「海峽兩岸閩南文化學術研討會」上發表〈台灣辭章學研究述評〉一文，以重點方式加以評述，認爲台灣之章法學研究具有「哲學思辨」、「多科融合」、「（讀寫）雙向兼顧」、「體系完整」、「重點突出」、「行知相成」等六大特點，並且指出「台灣學者陳滿銘教授，在研究（章法學）這一方面具有突出的成就，雖非絕後，實屬空前。……從辭章章法理論研究方面，由前人『見樹不見林，語焉而不詳』的狀況，發展到對章法的範圍、原則與內容等多視角的切入，形成一個體系」（見論文，頁一～一五）。這些肯定，在周遭一些「章法無用」的打擊聲中，是彌足珍貴的。

十分幸運的，這些肯定得到了一些回響。就在去年（二〇〇一）九月，起先在台北台灣師大國研所開「章法學研討」的課，一年四學分，由博、碩士生選修，這可算是兩岸在研究所開「章法學」課程之第一次嘗試；接著在台南成功大學中文系，於今年二月開始開「章法學」的課，一學期三學分，由大學部與進修部的學生選修，這又算是兩岸在大學部開「章法學」課程之首航。有了這嘗試性的一、二步，希望能陸續踏出三、四、五、六步，以至於千萬步，逐步將「章法學」推廣出去，一方面既可利於應用，以分析辭章，使其深入；一方面又可利於研究，以檢驗理論，使其正確。這樣對「章法學」研究之開拓與提升，必將大有助益。

回顧過去，前瞻未來，內心就這樣交織著一些心酸及無限的感激與希望。特在本書出版前夕，拉七雜八地把這種原委約略道出，千祈讀者不要感到厭煩才好！

二〇〇二年六月一日　序於台灣師大國文系

# 理論篇

# 論辭章章法的四大律

## 一、前言

所謂「章法」，指的是謀篇佈局的方法，也就是聯句成節（句羣）、聯節成段、聯段成篇的一種組織形式。對它的注意，雖然極早，但集樹而成林，確定它的範圍、內容及原則，形成體系，而成爲一個學門，則是晚近之事。到了現在，可以掌握得相當清楚的章法，約有三十來種，那就是：今昔、遠近、大小、高低、本末、淺深、貴賤、親疏、插補、賓主、虛實（時、空、真、假）、正反、抑揚、立破、問答、平側（平提側注、平提側收）、凡目、縱收、因果（以上見拙著《章法學新裁》）、久暫、內外、左右、視角轉換、時空交錯、知覺轉換、狀態變化、衆寡、並列、情景、論敘、泛具、詳略、張弛（以上見仇小屏《篇章結構類型論》）等；此外，還有點染、底圖、偏全、天人（天然與人事）等，正在發展中（已用以分析辭章，見拙著《文章結構分析》、《詞林散步》及《章法學新裁》）。以上三十幾種章法，全出自於人類共通的理則，都具有形成秩序、變化、聯貫，以更進一層達於統一的功能。而這所謂的「秩序」、「變化」、「聯貫」、「統一」，便是章法的四大律。其中「秩序」、「變化」與「聯貫」三者，主要是就材料之運用來說的，重在分析；而「統一」，則主要是就情意之表出來說的，重在通貫。這樣兼顧局部的分析（材料）與整體的通貫（情意），來牢籠各種章法，是十分周全的。茲分述如下：

## 二、秩序律

所謂「秩序」，是將材料依序加以整齊安排的意思。任何章法都可依循此律，形成其先後順序。茲舉較常見的十幾種章法來看，它們可就其先後順序，形成如下結構：

㈠今昔法：「先今後昔」、「先昔後今」；㈡遠近法：「先近後遠」、「先遠後近」；㈢大小法：「先大後小」、「先小後大」；㈣本末法：「先本後末」、「先末後本」；㈤虛實法：「先虛後實」、「先實後虛」；㈥賓主法：「先賓後主」、「先主後賓」；㈦正反法：「先正後反」、「先反後正」；㈧抑揚法：「先抑後揚」、「先揚後抑」；㈨立破法：「先立後破」、「先破後立」；㈩平側法：「先平後側」、「先側後平」；(十一)凡目法：「先凡後目」、「先目後凡」；(十二)因果法：「先因後果」、「先果後因」；(十三)情景法：「先情後景」「先景後情」；(十四)論敍法：「先論後敍」、「先敍後論」；(十五)底圖法：「先底後圖」、「先圖後底」。這些「順」或「逆」所形成的結構，隨處可見，如王維的〈渭川田家〉詩：

斜光照墟落，窮巷牛羊歸。野老念牧童，倚杖候荊扉。雉雊麥苗秀，蠶眠桑葉稀。田夫荷鋤至，相見語依依。即此羨閒逸，悵然歌式微。

這首詩藉「渭川田家」黃昏時的閒逸之景，以興歆羨之情，從而表出自己急欲歸隱田園的心願，是採「先因後果」的結構寫成的。「因」的部分，自篇首至「即此」句止。在此，先以「斜光」八句，實寫引起作者歆羨之情的一些景物；再以「即此」句，虛寫面對「田家」閒逸景物時所湧生的歆羨之情，形成「先景（實）後情（虛）」的結構。就在實寫「田家」閒逸景物的八句裡，首先就「近」，也就是村巷，以「斜光」二句，寫自然閒逸之景；以「野老」二句，寫人事閒逸之景。然後就「遠」，也就是田野，以「雉雊」二句，寫自然閒逸之景；以「田夫」二句，寫人事閒逸之景。由於王維這時在政治上失去了張九齡的依傍而進退兩難，所以經由這些融合自然與人事的閒逸之景，而引生他歆羨之情，便很自然地由「因」而「果」，帶出末句，用《詩經．邶風．式微》「式微，式微，胡不歸」的詩意，以表達自己「踵武靖節」（高步瀛《唐宋詩舉要》注）的意思。可見此詩主要以「先因後果」的結構，形成其秩序。附結構分析表供參考：

- △
  - 因（羨閒逸）
    - 景（羨閒逸之景）
      - 近（村巷）
        - 遠（自然）—「斜光」二句
        - 近（人事）—「野老」二句
      - 遠（田野）
        - 遠（自然）—「雉雊」二句
        - 近（人事）—「田夫」二句
    - 情（羨閒逸之情）—「即此」句
  - 果（歌式微）—「悵然」句

又如王安石的〈讀孟嘗君傳〉一文：

世皆稱孟嘗君能得士，士以故歸之，而卒賴其力，以脫於虎豹之秦。嗟呼！孟嘗君特雞鳴狗盜之雄耳，豈足以言得士！不然，擅齊之強，得一士焉，宜可以南面而制秦，尚何取雞鳴狗盜之力哉！雞鳴狗盜之出其門，此士之所以不至也。

這篇翻案文章，一開頭就直接以「世皆稱」四句，先立一個案，採「先因後果」的順序，藉

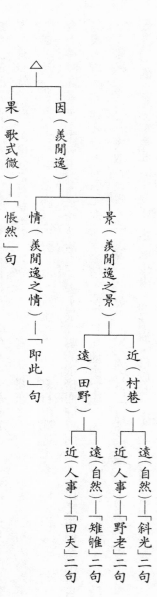

世人之口，對孟嘗君之「能得士」，作一讚美；再以「嗟呼」句起至末，用「實、虛、實」的形式，針對「立」的部分，以「雞鳴狗盜」扣緊「卒賴其力，以脫於虎豹之秦」，予以攻破。真是一箭而貫紅心，雖文不滿百字，卻有極強的說服力。可見此文主要以「先立後破」的結構，形成其秩序。附結構分析表供參考：

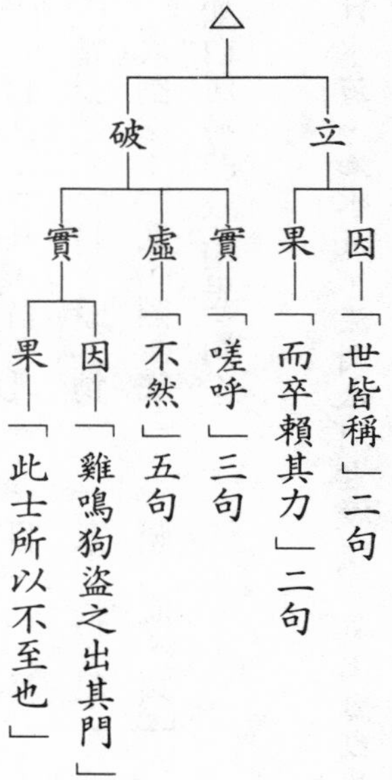


## 三、變化律

所謂「變化」，是把材料的次序加以參差安排的意思。每一章法依循此律，也都可造成順逆交錯的效果。同樣以上舉十幾種常見章法來看，可形成如下結構：

㈠今昔法：「今、昔、今」、「昔、今、昔」；㈡遠近法：「遠、近、遠」、「近、遠、近」；㈢大小法：「大、小、大」、「小、大、小」；㈣本末法：「本、末、本」、「末、本、末」；㈤虛實法：「虛、實、虛」、「實、虛、實」；㈥賓主法：「賓、主、賓」、「主、賓、主」；㈦正反法：「正、反、正」、「反、正、反」；㈧抑揚法：「抑、揚、抑」、「揚、抑、揚」；㈨立破法：「立、破、立」、「破、立、破」；㈩平側法：「平、側、平」、「側、平、側」；㈩㈠凡目法：「凡、目、凡」、「目、凡、目」；㈩㈡因果法：「因、果、因」、「果、因、果」；㈩㈢情景法：「情、景、情」、「景、情、景」；㈩㈣論敍法：「論、敍、論」、「敍、論、敍」；㈩㈤底圖法：「底、圖、底」、「圖、底、圖」。這些「順」和「逆」交錯的結構，也隨處可見。如白居易的〈長相思〉詞：

> 汴水流，泗水流，流到瓜州古渡頭。吳山點點愁。　思悠悠，恨悠悠，恨到歸時方始休。月明人倚樓。

此詞旨在寫別恨。作者在上片，寫的是自己置身於瓜州古渡所見到的景物：首以「汴水流」三句，寫向北所見到的「水」景，藉汴、泗二水之不斷奔流，襯托出一份悠悠別恨；再以「吳山點點愁」一句，寫向南所見到之「山」景，藉吳山之「點點」又襯托出另一份悠悠別恨來，使得情寓景中，全力為下半的抒情預鋪路子。到了下片，則即景抒情，一開頭就將一篇之主旨「悠悠」之恨拈出，再以「恨到歸時方始休」作進一層的渲染。然後以結句，寫自己在樓上對月相思的樣子，將「恨」字作更具體之描繪，所謂「以景結情」，有著無盡的韻味。可見此詞主要以「景、情、景」的結構，形成其變化。附結構分析表供參考：

- △
  - 景
    - 水—「汴水流」三句
    - 山—「吳山」句
  - 情
    - 現在—「思悠悠」二句
    - 未來—「恨到」句
  - 景—「月明」句

又如蘇軾的〈減字木蘭花〉詞：

雙龍對起。白甲蒼髯煙雨裡。疏影微香。下有幽人晝夢長。　湖風清軟。雙鵲飛來爭噪晚。翠颭紅輕。時下凌霄百尺英。

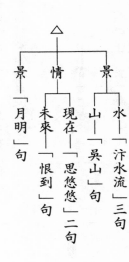

這首詞作於宋哲宗元祐四年（西元一〇八九年）前後，題作「錢塘西湖，有詩僧清順。所居藏春塢，門前有二古松，各有淩霄花絡其上。順常晝臥其下。時余為郡。一日，屏騎從過之，松風騷然。順指落花求韻。余為賦此」。它首先以開端三句，寫「二古松」之幽景，為前一個「賓」。其次以「下有」之句，寫正在松下晝眠之幽人，即「寺僧清順」，為「主」；最後以「湖風」四句，寫被雙鵲蹴下淩霄花的幽景，為後一個「賓」。很顯然的，作者在此，特以古松與落花之幽（賓），來襯托詩僧之幽（主）。可見此詞主要以「賓、主、賓」的結構，形成其變化。附結構分析表供參考：

△
- 賓一（古松）
  - 樹身─「雙龍」二句
  - 影香─「疏影」句
- 主（幽人）─「下有」句
- 賓二（落花）
  - 因─「湖風」三句
  - 果─「時下」句

# 四、聯貫律

所謂「聯貫」，是就材料先後的銜接或呼應來說的，也稱爲「銜接」。無論是那一種章法，都可以由局部的「調和」與「對比」，形成銜接或呼應，而達到聯貫的效果。在三十幾種章法中，大致説來，除了貴與賤、親與疏、正與反、抑與揚、立與破、衆與寡、詳與略、張與弛……等，比較容易形成「對比」外，其他的，如今與昔，遠與近、大與小、高與低、淺與深、賓與主、虛與實、平與側、凡與目、縱與收、因與果……等，都極易形成「調和」的關係。形成「調和」的，如《孝經・廣要道章》：

> 子曰：「教民親愛，莫善於孝；教民禮順，莫善於悌；移風易俗，莫善於樂；安上治民，莫善於禮。禮者。敬而已矣！故敬其父則子悅，敬其兄則弟悅，敬其君則臣悅，敬一人而千萬人悅。所敬者寡而悅者眾，此之謂要道也。」

本章文字原屬《孝經》之第十二章，旨在論實踐孝道的效果，是採「先平提後側注」的結構寫成的。「平提」的部分，自「教民親愛」起至「莫善於禮」止，先就「齊家」一層，講孝、講悌；然後將範圍擴大，就「治國」一層，講樂、講禮。《論語．學而》說：「孝弟也者，其爲仁之本與！」而〈八佾〉又說：「人而不仁，如禮何？人而不仁，如樂何？」這就是說禮樂源自於孝悌，行孝之效果，由此可見。「側注」的部分，自「禮者」起至篇末，採「凡、目、凡」之形式，專就「平提」部分的「禮」字加以申論。在這裡，孔子特別拈出一個「敬」字來貫穿。先由頭一個「凡」提明「禮」即「敬」；再分別就「父」、「兄」、「君」，回應「平提」的部分，說明「敬一人而千萬人悅」的道理，這就是「目」的部分；然後將上文之意作個總括，指出這就是「要道」，此即後一個「凡」的部分。這篇文字告訴我們：禮主敬，而孝也離不開敬和禮。《論語．爲政》載孔子的話說：「今之孝者，是謂能養，至於犬馬，皆能有養，不敬，何以別乎？」又載孔子答孟孫之問孝說：「生，事之以禮；死，葬之以禮，祭之以禮。」由此可知「孝」、「敬」、「禮」，是合爲一體，不可分的。可見此文「平提」與「側注」的部分，由「敬」（禮）充作「調和」的推手，將前後文聯貫成一體。附結構分析表供參考：

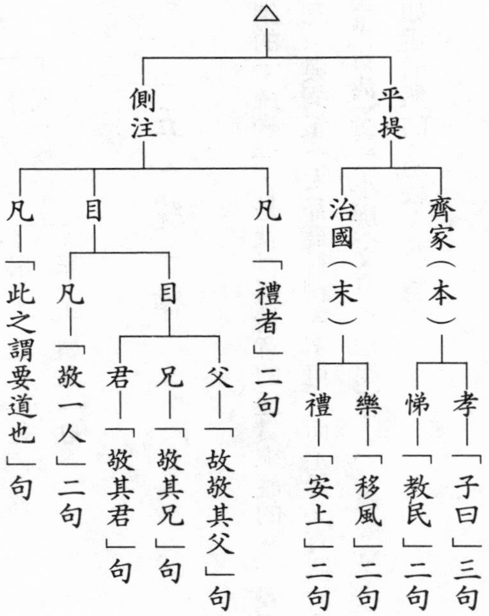


形成「對比」的，如無名氏的〈子夜歌〉：

儂作北辰星，千年無轉移。歡行白日心，朝東暮還西。

這首詩旨在寫怨情，它首先從正面寫，將自己（思婦）的感情譬作「北辰星」；然後由反面寫，將對方的歡行比爲「白日」。如此作成「不變」（正）與「變」（反）的强烈對比，以表出怨情。可見此詩主要以正反形成對比，而使前後文聯貫在一起。

附結構分析表供參考：

- △
  - 正（己）
    - 因——「儂作」句
    - 果——「千年」句
  - 反（彼）
    - 因——「歡行」句
    - 果——「朝東」句

## 五、統一律

所謂的「統一」，是就材料情意的通貫來說的。一般而言，辭章要達成「統一」，非訴諸主旨（情意）與綱領（大都爲材料）不可。而主旨又有置於篇首、篇腹、篇末與篇外的不同（見拙著《章法學新裁》與仇小屏《文章章法論》）。一篇辭章，無論是何種類型，都可以由此「一以貫之」，如孟浩然的〈過故人莊〉詩：

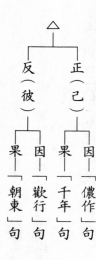

故人具雞黍，邀我至田家。綠樹村邊合，青山郭外斜。開軒面場圃，把酒話桑麻。待到重陽日，還來就菊花。

此詩以田園風光襯托出老朋友相見的深切情誼，使篇內的物境與篇外的情境交融在一起。所謂的物境，是由詩歌中的「景」或「事」所構成的一種境界。「故人具雞黍」一聯，以老朋友誠摯的邀約作爲開端，把題目「過故人莊」直接點明，這是就「事」來寫的，但也含有無限的情誼在。「綠樹村邊合」一聯，寫的是赴約途中所見到的景物，由田園明媚的風光襯托出心情的開朗與愉悅，這是就「景」來寫的，而景中含情，詠來格外生動，王國維在《人間詞話》裡說：「一切景語皆情語」，便是這個意思。「開軒面場圃」一聯，寫的是到田家後老朋友相會面、話家常的喜悅，這是就「事」來寫的，很技巧地由物境襯托出情境來。「待到重陽日」一聯，預定了下次聚會的時間，由實轉虛，把朋友的情誼又推深一層，這是就「事」來寫的，充分地將物境與情境疊合在一起。總結起來說，這首詩從邀約寫起，進而寫村景、寫對酌，最後又以重陽爲約，使得首尾圓合，而老朋友深厚的情誼，就這樣由篇外貫穿篇內所寫的「景」與「事」，形成統一，讓人百讀不厭。

附結構分析表供參考：

△
- 實（今日）
  - 事「故人」二句
  - 景「綠樹」二句
  - 事「開軒」二句
- 虛（未來）—「待到」二句

至於綱領，有單軌、雙軌、三軌或三軌以上的不同類型，不論是那一種類型，都可同樣以此「一以貫之」，如袁宏道的〈晚遊六橋待月記〉一文：

西湖最盛，為春為月。一日之盛，為朝煙，為夕嵐。

今歲春雪甚盛，梅花為寒所勒，與杏桃相次開發，尤為奇觀。石簣數為余言：「傅金吾園中，張功甫玉照堂故物也，急往觀之。」余時為桃花所戀，竟不忍去湖上。由斷橋至蘇隄一帶，綠煙紅霧，瀰漫二十餘里。歌吹為風，粉汗為雨，羅紈之盛，多於隄畔之草，豔冶極矣。

然杭人遊湖，止午、未、申三時。其實湖光染翠之工，山嵐設色之妙，皆在朝日始出，夕春未下，始極其濃媚。月景尤不可言，花態柳情，山容水意，別是一種趣味。此樂留與山僧遊客受用，安可為俗士道哉！

此文旨在藉西湖六橋風光之盛來寫待月之樂。作者首先在起段即以開門見山的方式提明西湖六橋最盛的，是春景、是月景，而一日最盛的，是朝煙、夕嵐，這是「凡」的部分；接著以二、三兩段，透過梅、桃、杏之「相次開發」與「歌吹」、「羅紈」之盛來具寫春景，這是「目一」的部分；然後以末段「然杭人遊湖」等七句，取湖光、山色作陪襯，來具寫朝煙和夕嵐，這是「目二」的部分；末了以「月景尤不可言」等六句，拿花柳、山水作點綴，來具寫月景，這是「目三」的部分。這樣以春爲一軌、月爲二軌、朝煙和夕嵐爲三軌，採由凡而目的形式來寫，層次極爲分明，而全文也由此通貫而爲一。

附結構分析表供參考：（見18頁）。

## 六、結語

語云：「人同此心，心同此理」，這個「理」，換個詞說，就是「誠」。它透過人之「心」，投射到哲學上，即成哲學之理；投射到藝術（音樂、繪畫、電影等）上，便爲藝術之理，而投射到文學上，當然就成文學之理了。如進一步將此文學之理落在「章法」上來說，則是「章法」之理，那就是：秩序、變化、聯貫、統一。此四者，不但在心理上以它們爲基礎，呈現「真」，在章法上也以它們爲原則，呈現「善」，而在美感上更以它們爲效果，呈現「美」。如此來看待章法的四大律，相信不是一廂情願的事。

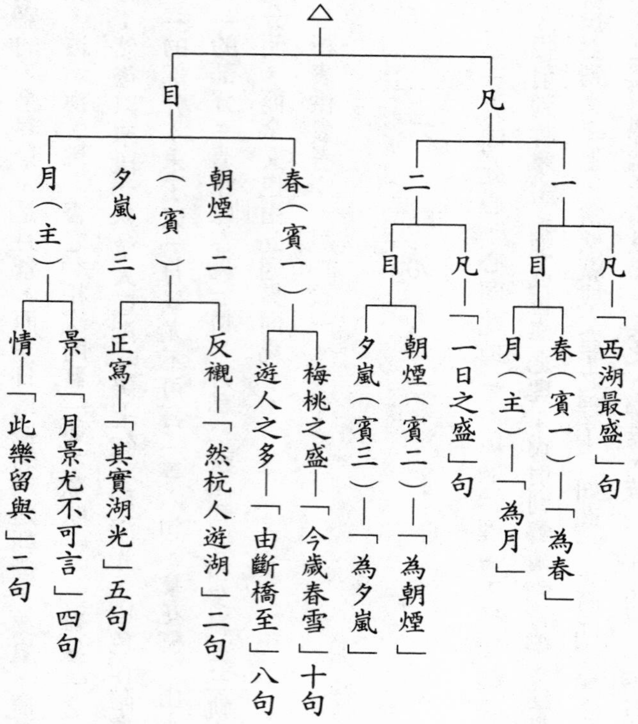


（原載《國文天地》十七卷四期，二〇〇一年九月，頁一〇一～一〇七）

# 論章法與邏輯思維

## 一、前言

辭章是結合「形象思維」與「邏輯思維」而形成的①。這兩種思維，各有所司。一般說來，如果是將一篇辭章所要表達之「情」或「理」，訴諸主觀，直接透過各種聯想，和所選用之「景（物）」或「事」連接在一起②，或者是專就個別之「景（物）」、「事」等材料本身設計其表現技巧的，皆屬「形象思維」；這涉及了「立意」、「取材」與「措詞」等問題，而主要以此爲研究對象的，就是意象學與修辭學。如果是專就「景（物）」或「事」等各種材料，訴諸客觀，對應於自然規律，按秩序、變化、聯貫與統一之原則，前後加以安排、佈置，以具體表達「情」或「理」的，皆屬「邏輯思維」；這涉及了「運材」、「佈局」與「構詞」等問題，而主要以此爲研究對象的，就字句言，即文（語）法學；就篇章言，就是章法學。至於合「形象思維」與

「邏輯思維」而爲一，探討其整個體性③的，則爲風格學。本文即單就「章法」，依秩序、變化、聯貫與統一等四大律④之順序，舉某些章法爲例，分別說明，以見「章法」與「邏輯思維」不可分的關係。

## 二、秩序律與邏輯思維

所謂的秩序，是說將材料依時間、空間或事理展演的順序加以安排佈置的意思。而目前所能掌握之章法，將近四十種，那就是：今昔、久暫、遠近、內外、左右、高低、大小、視角轉換、知覺轉換、時空交錯、狀態變化、本末、淺深、因果、衆寡、並列、情景、論敘、泛具、虛實（時間、空間、假設與事實、虛構與真實）、凡目、詳略、賓主、正反、立破、抑揚、問答、平側（平提側注）、縱收、張弛、插補⑤、偏全、點染、天（自然）人（人事）、圖底、敲擊⑥等。這些章法，都可以依秩序律，形成「順」與「逆」的兩種結構。如：

今昔法，可形成「先今後昔」（逆）、「先昔後今」（順）的結構。

遠近法，可形成「先遠後近」（順）、「先近後遠」（逆）的結構。

因果法，可形成「先因後果」（順）、「先果後因」（逆）的結構。

虛實法，可形成「先虛後實」（逆）、「先實後虛」（順）的結構。

點染法，可形成「先點後染」（順）、「先染後點」（逆）的結構。

圖底法，可形成「先圖後底」（逆）、「先底後圖」（順）的結構。

這些結構，無論順、逆，都呈現出「層次邏輯」的條理。如孟子〈齊人一妻一妾〉章：

> 齊人有一妻一妾而處室者，其良人出，則必饜酒肉而後反。其妻問所與飲食者，則盡富貴也。其妻告其妾曰：「良人出，則必饜酒肉而後反。問其與飲食者，盡富貴也，而未嘗有顯者來。吾將瞯良人之所之也。」
>
> 蚤起，施從良人之所之，遍國中無與立談者。卒之東墦間，之祭者乞其餘；不足，又顧而之他。此其為饜足之道也。
>
> 其妻歸，告其妾曰：「良人者，所仰望而終身也；今若此！」與其妻訕其良人，而相泣於中庭。而良人未之知也，施施從外來，驕其妻妾。
>
> 由此觀之，則人之所以求富貴利達者，其妻妾不羞也而不相泣者，幾希矣。

此章文字凡四段，可分爲「敍」與「論」⑦兩截。其中前三段爲「敍」，末段爲「論」。「敍」一截，先以「齊人有一妻一妾」三句，泛敍齊人常「饜酒肉而後反」以「驕其妻妾」之事，作爲故事⑧的引子；這是「點」的部分。再以「其妻問」句起至「驕其妻妾」句止，具體敘述其妻、妾由起疑、跟蹤，以至於發現、哭泣，而齊人卻一無所覺的經過；這是「染」的部分。「論」一截，即末段四句，依據上述的故事，發出感慨，以爲人追求富貴利達，很少人不像齊人那樣寡廉鮮恥，很充分地將諷喻的義旨表達出來。依此篇章條理，可將其結構表呈現如下：

- △
  - 敘
    - 點—「齊人有」三句
    - 染
      - 先
        - 因（起疑）
          - 因—「其妻問」二句
          - 果—「其妻告」七句
        - 果（跟蹤）—「蚤起」二句
      - 後
        - 因（發現）
          - 因—「遍國中」五句
          - 果—「此其為」句
        - 果（哭泣）
          - 正—「其妻歸」七句
          - 反—「而良人」二句
  - 論—「由君子」四句

可見此文，經過「邏輯思維」的安排佈置，在「篇」以「先敘後論」形成其條理；而「章」則以

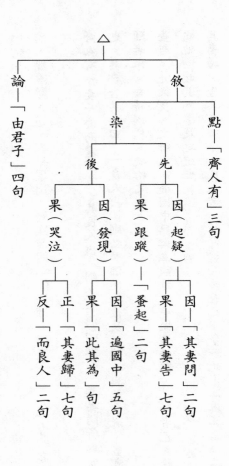

「先點後染」、「先昔（先）後今（後）」、「先因後果」、「先正後反」等形成其條理。值得注意的是：在此形成了四個「先因後果」的結構，這是相當奇特的，究其原因，是由於「因果」章這種條理頗原始，既用得很早又用得很普遍的緣故⑨。又如王維的〈輞川閒居贈裴秀才迪〉詩：

**寒山轉蒼翠，秋水日潺湲。倚杖柴門外，臨風聽暮蟬。渡頭餘落日，墟里上孤煙。復值接輿醉，狂歌五柳前。**

此詩乃作者與裴迪秀才相酬爲樂之作。在一特定時空之下，作者藉自然景物與人物形象之刻畫，以寫自己閒適之情。它一面在首、頸兩聯，具體描繪了「輞川」附近的水陸秋景與暮色，勾勒出一幅有色彩、音響和動靜的和諧畫面；另一面又在頷、末兩聯，於一派悠閒之自然圖案中，很生動地嵌入了作者自己倚杖聽蟬，和裴迪狂歌而至的人事景象；使兩者相映成趣，而形成了物我一體的藝術境界⑩，十分活潑地將「輞川閒居」之樂作了具體表達。據此，可畫成如下結構表：

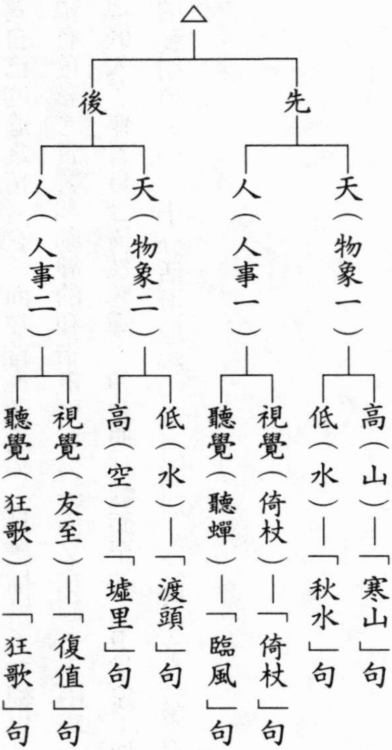


可見此詩，經過「邏輯思維」的安排佈置，在「篇」以「先昔（先）後今（後）」形成其條理，而「章」則以「先天（自然）後人（人事）」、「先高後低」、「先低後高」、「先視覺後聽覺」等，兩兩相應，形成其條理。使得這種條理，不但顯得清晰而又富於節奏。又如白居易的〈長相思〉詞：

汴水流，泗水流，流到瓜州古渡頭。吳山點點愁。　思悠悠，恨悠悠，恨到歸時方始休。月明人倚樓。

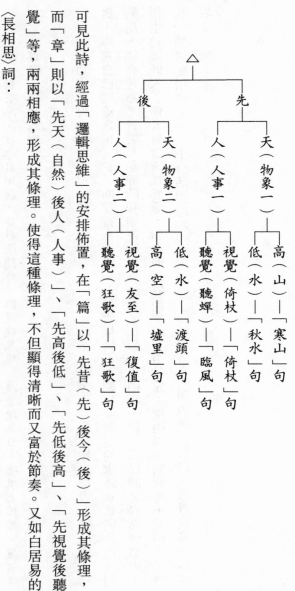

作者在此詞，寫自己在瓜州古渡「月明人倚樓」（點）時之所見所感（染）。其中上片四句，寫「所見」：先以起三句，寫所見「水」，藉向北所見汴、泗二水之不斷奔流，襯托出一份悠悠別恨；再以「吳山」句，藉向南所見吳山之「點點」，又襯托出另一份悠悠別恨，使得情寓景中，大力地預爲下半之抒情（所感）鋪路。而下片「思悠悠」三句，則即景抒情，寫「所感」：先以「思悠悠」二句，用實寫（今日）的方式，直接將一篇主旨，亦即此刻「悠悠」之「恨」拈出；再以「恨到」一句，用虛寫（未來）的方式，將「恨」作進一步之渲染。有了以上兩個「染」的部分，便很自然地逼出「月明人倚樓」的結句⑪，以「點」明作者此番之所見所感，是在明月之下、倚樓之時發生的，這樣作交代，充分發揮了「點」的作用。據此，可用下表來表示其結構：

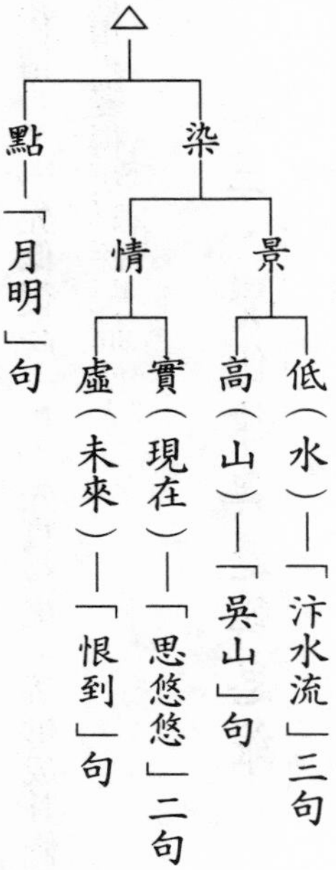

可見此詞，經過「邏輯思維」的安排佈置，在「篇」以「先染後點」形成其條理；而「章」則以「先景後情」、「先低後高」、「先實後虛」等形成其條理。如此將時空、虛實交錯在一起，使所抒之情，變得更爲深長而感人。

## 三、變化律與邏輯思維

所謂變化，是說改變材料的次序，予以參差安排的意思。一般而言，作者會將時間、空間或事理展演的自然過程加以改變，造成「參差見整齊」的效果。就拿每種章法來說，都可形成幾種變化的結構，如：

大小法，可形成「大、小、大」、「小、大、小」等結構。

本末法，可形成「本、末、本」、「末、本、末」等結構。

情景法，可形成「情、景、情」、「景、情、景」等結構。

凡目法，可形成「凡、目、凡」、「目、凡、目」等結構。

立破法，可形成「立、破、立」、「破、立、破」等結構。

敲擊法，可形成「敲、擊、敲」、「擊、敲、擊」等結構。

這些結構是將「順」和「逆」作雙向結合，與秩序原則只循單向求「齊一」的，有所不同。如李白的〈登金陵鳳凰台〉詩：

> 鳳凰台上鳳凰遊，鳳去台空江自流。吳宮花草埋幽徑，晉代衣冠成古邱。三山半落青天外，二水中分白鷺洲。總為浮雲能蔽日，長安不見使人愁。

這首詩藉作者登台之所見所感，以寫其身世之悲與家國之痛⑫。它首先在起聯，叩緊「金陵鳳凰台」，凸出登臨之地點，用「遊」與「去」寫其盛衰，以寓興亡之感；這是頭一個「圖」的部分。接著在頷、頸兩聯，前以「吳宮」二句，就近寫今日所見「幽徑」與「古邱」之「衰」景，而用「吳宮花草」與「晉代衣冠」帶入昔日之「盛」況，形成強烈對比，以深化興亡之感；後以「三山」二句，將空間擴大，就遠寫今日所見「三山」與「二水」一直延伸到「長安」的山水勝景；這對上敘的「台」或下敘的「人」（不見長安之作者）而言，均有烘托、襯映的作用，是「底」的部分。最後在尾聯，聚焦到自己身上，以「浮雲」之「蔽日」，譬衆邪臣之蔽賢，「長安」之「不見」，喻己之謫居在外，既爲自己被排擠出京而憤懣，又爲唐王朝將重蹈六朝覆轍而憂慮；這是後一個「圖」的部分。循此角度切入⑬，它的結構表是這樣子的：

△
- 圖（台）
  - 昔（盛—鳳遊）—「鳳凰」句
  - 今（衰—鳳去）—「鳳去」句
- 底（景）
  - 近
    - 近（幽徑）—「吳宮」句
    - 遠（古邱）—「晉代」句
  - 遠
    - 遠（山）—「三山」句
    - 近（水）—「二水」句
- 圖（人）
  - 因—「總為」句
  - 果—「長安」句

由上表可看出，作者此詩，經過「邏輯思維」就「篇」而言，以「圖、底、圖」形成其條理；就「章」而言，以「先昔後今」、「先近後遠」、「先遠後近」與「先因後果」等形成其條理。其中「順」和「逆」並用而產生變化的，除「圖、底、圖」外，還有中間兩聯所形成的「近、遠、近」，真是變化中有整齊、整齊中又有變化，其「邏輯思維」是值得人注意的。又如歸有光的〈項脊軒志〉：

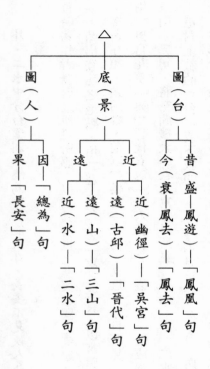

項脊軒，舊南閣子也。室僅方丈，可容一人居。百年老屋，塵泥滲漉，雨澤下注，每移案，顧視無可置者。又北向，不能得日；日過午已昏。余稍為修葺，使不上漏。前闢四窗，垣牆周庭，以當南日。日影反照，室始洞然。又雜植蘭、桂、竹、木於庭，舊時欄楯，亦遂增勝。借書滿架，偃仰嘯歌，冥然兀坐，萬籟有聲。而庭階寂寂，小鳥時來啄食，人至不去。三五之夜，明月半牆，桂影斑駁，風移影動，珊珊可愛。

然余居此，多可喜，亦多可悲。先是，庭中通南北為一，迨諸父異爨，內外多置小門牆，往往而是。東犬西吠，客踰庖而宴，雞棲於廳。庭中始為籬，已為牆，凡再變矣。家有老嫗，嘗居於此。嫗，先大母婢也，乳二世，先妣撫之甚厚。室西連於中閨，先妣嘗一至。嫗每謂余曰：「某所，而母立於茲。」嫗又曰：「汝姊在吾懷，呱呱而泣；娘以指扣門扉曰：『兒寒乎？欲食乎？』吾從板外相為應答。」語未畢，余泣，嫗亦泣。余自束髮讀書軒中，一日，大母過余曰：「吾兒，久不見若影，何竟日默默在此，大類女郎也？」比去，以手闔門，自語曰：「吾家讀書久不效，兒之成，則可待乎！」頃之，持一象笏至，曰：「此吾祖太常公宣德間執此以朝，他日汝當用之。」瞻顧遺，如在昨日，令人長號不自禁。

軒東故嘗為廚，人往，從軒前過。余扃牖而居，久之，能以足音辨人。軒凡四遭火，得不焚，殆有神護者。

> 項脊生曰：「蜀清守丹穴，利甲天下，其後秦皇帝築女懷清台。劉玄德與曹操爭天下，諸葛孔明起隴中。方二人之昧昧於一隅也，世何足以知之？余區區處敗屋中，方揚眉瞬目，謂有奇景。人知之者，其謂與坎井之蛙何異？」
>
> 余既為此志，後五年，吾妻來歸，時至軒中，從余問古事，或憑几學書。吾妻歸寧，述諸小妹語曰：「聞姊家有閣子，且何謂閣子也？」其後六年，吾妻死，室壞不修。其後二年，余久臥病無聊，乃使人修葺南閣子，其制稍異於前。然自後余多在外，不常居。
>
> 庭有枇杷樹，吾妻死之年所手植也，今已亭亭如蓋矣。

此文凡分六段。其中第一、二、三等段，爲前一個「敘」（事）的部分，採平敘（今）與追敘（昔）法寫成。平敘的部分爲第一段，扣緊「可喜」，敘述項脊軒內外的環境；追敘的部分爲二、三兩段，扣緊「可悲」，追敘在項脊軒內外所發生的一些事情，特爲下一部分的「論」（理）蓄勢。而第四段爲「論」（理）的部分，仿《史記》之論贊筆法，以古爲喻，自比爲蜀清、孔明，以抒發兼濟天下的偉大抱負⑭。至於第五、六兩段，則是後一個「敘」（事）的部分，補敘了亡妻在軒中的一段生活、項脊軒的變遷經過，及亡妻所手植樹已「亭亭如蓋」的情形，如此以「可喜」爲賓、「可悲」爲主⑮，依序寫來，有無比之情韻。以下爲其簡易結構分析表⑯：

△
- 敘（事）
  - 目一（可喜）—「項脊軒……可愛」
  - 凡—「然余居此」三句
  - 目二（可悲）—「先是……不自禁」
- 論（理）
  - 昔（引古事可喜）—「項脊……知之」
  - 今（述己懷可悲）—「余區區……何異」
- 敘（事）
  - 賓（可喜）—「余既……閣子也」
  - 主（可悲）—「其後……如蓋矣」

從上表可看出，作者此文，經過「邏輯思維」之安排佈置，就「篇」而言，以「敘、論、敘」形成其條理；就「章」而言，則主要用「目、凡、目」、「先昔後今」與「先賓後主」等形成其條理。其中「敘、論、敘」與「目、凡、目」，將「順」和「逆」作雙向結合，饒有變化。又如蘇軾的〈醉落魄〉詞：

蒼顏華髮，故山歸計何時決。舊交新貴音書絕。唯有佳人，猶作殷勤別。　離亭欲去歌聲咽，蕭蕭細雨涼吹頰。淚珠不用羅巾浥。彈在羅衫，圖得見時說。

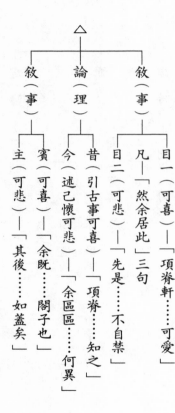

這首詞題作「蘇州閶門留別」，當作於熙寧七年（西元一〇七四年）⑰。它一開篇即置重於虛時間，以「蒼顏」二句，把時間推向未來，發出不知何時才能歸鄉的感嘆，爲下敘的離情蓄力。接著置重於實空間，採「主、賓、主」的順序，先以「舊交」四句，敘寫美人唱離歌殷勤送別的場景，以帶出離情，這是「主」；再以「蕭蕭」句，寫不斷吹頰的蕭蕭細雨，以景襯情，此爲「賓」；末以「淚珠」句，寫美人淚滴羅衫的情狀，以加重離情，這又是「主」。然後又置重於虛時間，以結句應起，將時間推向未來，用「淚」作橋梁，設想未來見面時的情景，一面藉以安慰「美人」，一面藉以推深離情。如此以「虛（時）、實（空）、虛（時）」的結構呈現，很富於變化。附結構分析表如下：

△
- 虛（時）──「蒼顏」二句
- 實（空）
  - 主
    - 反──「舊交」句
    - 正
      - 因（送別）──「唯有」二句
      - 果（歌咽）──「離亭」句
  - 賓──「蕭蕭」句
  - 主──「淚珠」二句
- 虛（時）──「圖得」句

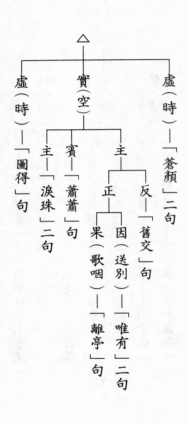

由上表可看出，作者此詞，經過「邏輯思維」的安排佈置，就「篇」而言，以「虛、實、虛」形成其條理；就「章」而言，則以「主、賓、主」、「先反後正」與「先因後果」等形成其條理。其中「虛、實、虛」與「賓、主、賓」，將「順」與「逆」雙向合用，使條理更趨於曲折，這樣對作品情意之推深來說，是不無作用的。

## 四、聯貫律與邏輯思維

所謂「聯貫」，是就材料先後的銜接或呼應來說的，也稱為「銜接」。無論是那一種章法，都可以由局部的「調和」與「對比」，形成銜接或呼應，而達到聯貫的效果。在三十幾種章法中，大致說來，除了貴與賤、親與疏、正與反、抑與揚、立與破、衆與寡、詳與略、張與弛……等，比較容易形成「對比」外，其他的，如今與昔、遠與近、大與小、高與低、淺與深、賓與主、虛與實、平與側、凡與目、縱與收、因與果……等，都極易形成「調和」的關係⑱。一般而論，辭章裡全篇純然形成「對比」者較少，而在「對比」（主）中含有「調和」（輔）者則較常見；至於全篇純然形成「調和」者則較多；而在「調和」（主）中含有「對比」（輔）者，雖然也有，卻較少見；這種情形，尤以古典詩詞為然。不過，無論怎樣，都可以收到前後呼應、聯貫爲一的效果[19]。而要使得辭章經由調和或對比，以收到這種前呼後應、聯貫爲一之效果，用的就是「邏輯思維」。主要用對比性「邏輯思維」者，如無名氏的〈子夜歌〉：

> 儂作北辰星，千年無轉移。歡行白日心，朝東暮還西。

這首詩旨在寫怨情，它首先從正面寫，將自己（思婦）的感情譬作「北辰星」；然後由反面寫，將對方的歡行比爲「白日」。如此作成「不變」（正）與「變」（反）的强烈對比，以表出怨情。可見此詩主要以正反形成對比，而使前後文聯貫在一起，收到非常强烈的藝術效果[20]。附結構分析表供參考：

△
- 正（己）
  - 因—「儂作」句
  - 果—「千年」句
- 反（彼）
  - 因—「歡行」句
  - 果—「朝東」句

可見此詩在「篇」的部分，以「先正後反」的條理，形成對比。但在對比中含有調和成分，因爲

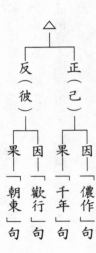

就「章」而言，無論是「正」或「反」，都以「先因後果」的條理形成了調和。這種在對比中卻含有調和，造成剛中帶柔之風格的例子，是滿常見的。又如王安石的〈讀孟嘗君傳〉一文：

> 世皆稱孟嘗君能得士，士以故歸之，而卒賴其力，以脫於虎豹之秦。
>
> 嗟呼！孟嘗君特雞鳴狗盜之雄耳，豈足以言得士！不然，擅齊之強，得一士焉，宜可以南面而制秦，尚何取雞鳴狗盜之力哉！
>
> 雞鳴狗盜之出其門，此士之所以不至也。

這篇翻案文章，一開頭就直接以「世皆稱」四句，先立一個案，採「先因後果」的條理，藉世人之口，對孟嘗君之「能得士」，作一讚美；再以「嗟呼」句起至末，用「實、虛、實」的條理，針對「立」的部分，以「雞鳴狗盜」扣緊「卒賴其力，以脫於虎豹之秦」，予以攻破。真是一箭而貫紅心，雖文不滿百字，卻有極強的說服力。附結構分析表：

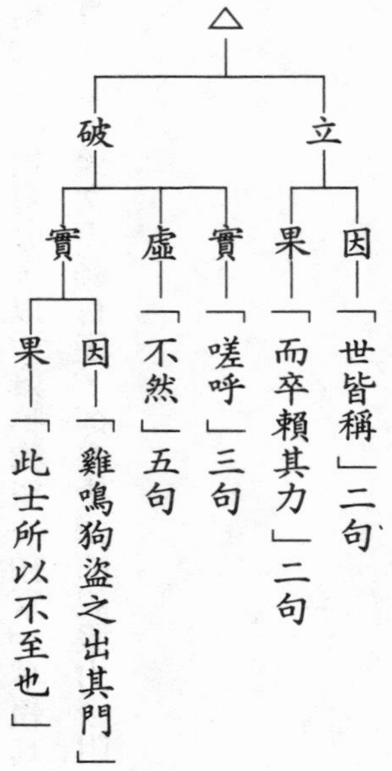


可見此文在「篇」的部分，以「先立後破」的條理，形成對比。但一樣的在對比中卻含有調和的成分，因爲就「章」而言，在「立」的部分，既以「先因後果」的條理形成了調和；在「破」的部分，又先以「實、虛、實」的條理形成對比與調和，再以「先因後果」的條理形成調和。這篇短文之所以有極强之氣勢與説服力，與這種「邏輯思維」該有密切之關係吧[21]！

主要用調和性「邏輯思維」者，如《孝經．廣要道章》：

子曰：「教民親愛，莫善於孝；教民禮順，莫善於悌；移風易俗，莫善於樂；安上治民，莫善於禮。禮者。敬而已矣！故敬其父則子悅，敬其兄則弟悅，敬其君則臣悅，敬一人而千萬人悅。所敬者寡而悅者衆，此之謂要道也。」

本章文字原屬《孝經》第十二章，旨在論實踐孝道的效果，是採「先平提後側注」的結構寫成的。「平提」的部分，自「教民親愛」起至「莫善於禮」止，先就「齊家」一層，講孝、講悌；然後將範圍擴大，就「治國」一層，講樂、講禮。《論語・學而》說：「孝弟也者，其爲仁之本與！」而〈八佾〉又說：「人而不仁，如禮何？人而不仁，如樂何？」這就是說禮樂源自於孝悌，行孝之效果，由此可見。「側注」的部分，自「禮者」起至篇末，採「凡、目、凡」之形式，專就「平提」部分的「禮」字加以申論。在這裡，孔子特別拈出一個「敬」字來貫穿。先由頭一個「凡」提明「禮」即「敬」；再分別就「父」、「兄」、「君」，回應「平提」的部分，說明「敬一人而千萬人悅」的道理，這就是「目」的部分；然後將上文之意作個總括，指出這就是「要道」，此即後一個「凡」的部分。這篇文字告訴我們：禮主敬，而孝也離不開敬和禮。《論語・爲政》載孔子的話說：「今之孝者，是謂能養，至於犬馬，皆能有養，不敬，何以別乎？」又載孔子答孟孫之問孝說：「生，事之以禮；死，葬之以禮，祭之以禮。」由此可知「孝」、「敬」、「禮」，是合爲一體，不可分的。可見此文「平提」與「側注」的部分，由「敬」（禮）充作「調和」的推手，將前後文聯貫成一體。附結構分析表供參考：

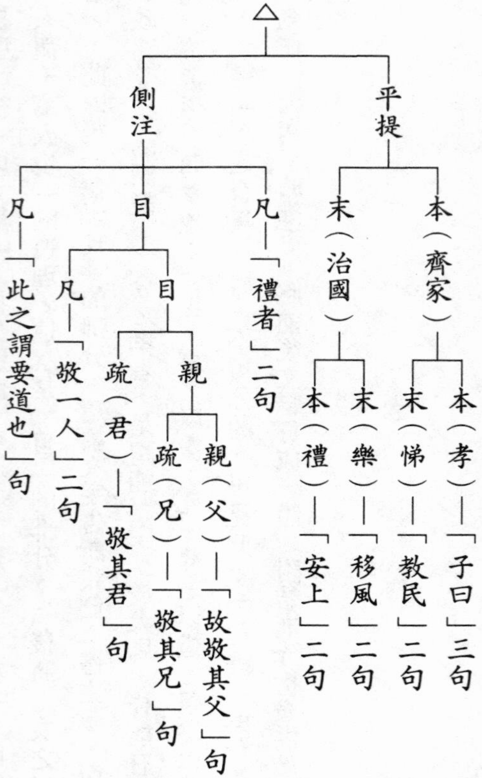


可見此文先在「篇」的部分，以「先平提後側注」的條理形成調和，再在「章」的部分，以首層之「先本後末」與「凡、目、凡」、次層之「先本後末」、「先末後本」與「先親後疏」、末層之「先親後疏」等條理又形成調和。全篇之條理，如此調和，那就難怪讀起來，它會特別趨於平正舒展了。又如辛棄疾的〈點絳唇〉詞：

身後虛名，古來不換生前醉。青鞋自喜，不踏長安市。　竹外僧歸，路指霜鐘寺。孤鴻起，丹青手裡，剪破松江水。

此詞作年莫考，反映的是作者的隱退意識。它首先在上片，用「先時後空」的順序，寫自己現在正喜著草鞋，不必置身於「長安」（在此藉指臨安），以贏得身後虛名，來交換生前「宜醉、宜遊、宜睡」（〈西江月〉）之樂；而「身後」爲虛時間、「長安」爲虛空間；可見這主要是著眼於虛時間、虛空間來寫的。然後在下片，用「先遠後近」的順序，先寫眼前所見和尚由竹外歸寺的遠景，再寫畫中所見孤鴻剪水的「奇想」㉒近景，這主要是著眼於實空間來寫的。如單以時空結構而言，是頗富於變化的。附結構分析表如下：

△
- 虛
  - 時（因）—「身後」二句
  - 空（果）—「青鞋」二句
- 實（空）
  - 遠—「竹外」二句
  - 近—「孤鴻起」三句

可見此詞在「篇」的部分，以「先虛後實」的條理形成調和；而在「章」的部分，又以「先實

（因）後空（果）」㉓與「先遠後近」的條理形成調和。由於它是交錯時空、複合虛實來加强這種調和，使得所寫之隱逸之思更饒韻味。

## 五、統一律與邏輯思維

所謂的「統一」，是就材料情意的通貫來說的。這裡所說的「統一」，乃側重於內容（包含內在的情理與外在的材料）之整體而言，與前三律之側重於個別或部分內容材料者，有所不同。也就是說，這個「統一」，和聯貫律中由「調和」所形成的「統一」，所指非一。因此要達成內容的「統一」，則非訴諸主旨（情意）與綱領（大都爲材料的統合）不可。而綱領既有單軌、雙軌或多軌的差別，就是主旨（含綱領）也有置於篇首、篇腹、篇末與篇外的不同㉔，這就必須主要由「邏輯思維」，而輔以「形象思維」來加以完成。一篇辭章，無論是何種類型，都可以由此「一以貫之」，以呈現其特殊條理。主旨或綱領安置於篇首者，如沈復的〈兒時記趣〉：

余憶童稚時，能張目對日，明察秋毫。見藐小微物，必細察其紋理，故時有物外之趣。夏蚊成雷，私擬作羣鶴舞空，心之所向，則或千或百，果然鶴也；昂首觀之，項為之強。

又留蚊於素帳中，徐噴以煙，使之沖煙飛鳴，作青雲白鶴觀；果如鶴唳雲端，為之怡然稱快。

又常於土牆凹凸處，花台小草叢雜處，蹲其身，使與台齊；定神細視，以叢草為林，蟲蟻為獸，以土礫凸者為丘，凹者為壑；神遊其中，怡然自得。

一日，見二蟲鬥草間，觀之，興正濃，忽有龐然大物，拔山倒樹而來，蓋一癩蝦蟆也。舌一吐而二蟲盡為所吞。余年幼，方出神，不覺呀然驚恐。神定，捉蝦蟆，鞭數十，驅之別院。

此文旨在寫作者在兒時所常得到的「物外之趣」，是用「先凡後目」的結構寫成的。「凡」的部分，僅一段，即首段。作者直接以回憶之筆，由因而果，拈出「物外之趣」的主旨，以貫穿全文。「目」的部分，包括二、三、四等段：首先在第二段，以一羣蚊子爲例，細察牠們的紋理，把牠們擬作「羣鶴舞空」、「鶴唳雲端」，寫出作者獲得「項爲之强」、「怡然稱快」的這種「物外之趣」之情形，爲「目一」。就在寫「羣鶴舞空」的一節裡，「夏蚊成雷」寫的是「物內」；「羣鶴舞空」至「果然鶴也」，寫的是「物外」；而以「私擬作」作橋梁，這是寫「細察紋理」的部分。至於寫「物外之趣」的部分，「昂首觀之」爲聯貫的句子，而「項爲之强」寫的則是「物外之趣」。在寫「鶴唳雲端」的一節裡，「又留蚊」句起至「使之沖煙」句止，寫的是

「物內」；「青雲」二句，寫的是「物外」；而以「作」字作橋梁；這又是「細察紋理」的部分。至於寫「物外之趣」的部分，則以「爲之」作聯貫，而以「怡然稱快」寫「物外之趣」。其次在第三段，以土牆凹凸處的叢草、蟲蟻爲例，細察牠們的紋理，把叢草擬作樹林、蟲蟻擬作野獸，寫出作者獲得「怡然自得」的這種「物外之趣」的情形，爲「目二」。就在寫「細察紋理」的部分，「又常於」句起至「使與台齊」句止，寫的是「物內」；「以叢草」句起至「凹者爲壑」句止，寫的是「物外」；而以「定神細視」作橋梁。至於寫「物外之趣」的部分，「神遊其中」爲聯貫的句子，而「怡然稱快」寫的則是「物外之趣」。然後在末段，以草間的二蟲與癩蝦蟆爲例，細察牠們的紋理，把癩蝦蟆擬作龐然大物，舌一吐便盡吞二蟲，寫出作者獲得「捉蝦蟆，鞭數十，驅之別院」㉕的這種「物外之趣」的情形，爲「目三」。就在寫「細察紋理」的部分，「一日」二句寫的是「物內」；「觀之」二句，是由「物內」過到「物外」的橋梁；「忽有」句起至「不覺」句止，寫的是「物外」；而特用「蓋一癩蝦蟆也」與「余年幼，方出神」等句，插敘在中間，作必要的說明。至於寫「物外之趣」的部分，「神定」爲聯貫的詞語，而「捉蝦蟆」三句，寫的則是「物外之趣」。很特別的是：這個「物外之趣」是回到「物內」初時之情形加以交代的。十分明顯的，全文是以「物外之趣」一意貫穿，自始至終無不針對著「趣」字來寫，使前後都維持著一致的情意。附結構分析表如下：

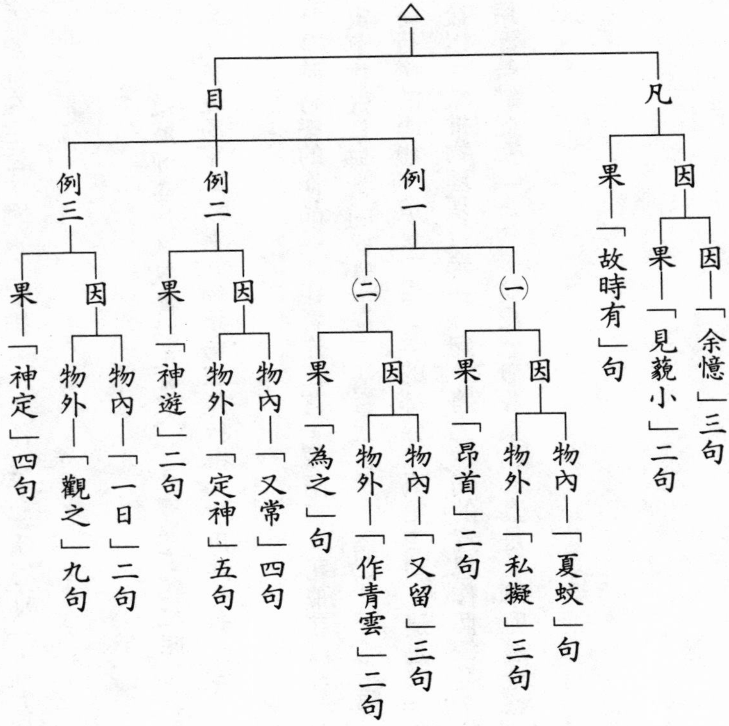
△
凡
因
因「余憶」三句
果「見藐小」二句
果「故時有」句
目
例一
㈠
因
物內「夏蚊」句
物外「私擬」三句
果「昂首」二句
㈡
因
物內「又留」三句
物外「作青雲」二句
果「為之」句
例二
因
物內「又常」四句
物外「定神」五句
果「神遊」二句
例三
因
物內「一日」二句
物外「觀之」九句
果「神定」四句

可見作者在此文，將主旨「物外之趣」安置於篇首，採「先凡後目」之結構，以單軌貫穿全文。由此可看出他在主旨、綱領之安排上，所作之「邏輯思維」，是有其特色的。安置於篇末者，如杜甫的〈曲江〉詩：

> 一片花飛減卻春，風飄萬點正愁人。且看欲盡花經眼，莫厭傷多酒入唇。江上小堂巢翡翠，苑邊高塚臥麒麟。細推物理須行樂，何用浮榮絆此身？

這是歌詠及時行樂的作品㉖。作者先在首、頷兩聯，藉飛花減春、翡翠巢堂、麒麟臥塚的殘敗景象，暗寓萬物好景無常的盛衰道理，這是「目一」的部分，爲第一軌。而在頸聯表出其珍惜光陰、及時行樂的思想，這是「目二」的部分，爲第二軌；這是以「因、果、因」之條理加以安排的。然後以「細推物理須行樂」一句，將上六句的意思作個總括，這是「凡」的部分；又由此引出「何用浮榮絆此身」一句，發出感慨收束㉗。真是一筆兜裹全篇，律法精嚴極了。附結構分析表如下：

△
- 目
  - 果（物理一）—「一片」二句
  - 因（行樂）—「且看」二句
  - 果（物理二）—「江上」二句
- 凡
  - 因
    - 因—「細推物理」
    - 果—「須行樂」
  - 果—「何用」句

可見作者在此詩，將主旨「細推物理（因）須行樂（果）」安置於篇末，採「先目後凡」的結構，以雙軌貫穿全詩，由此可知此詩在主旨、綱領之安排上，所運用之「邏輯思維」，明顯與上文有所不同。安置於篇腹者如辛棄疾的〈水龍吟〉詞：

> 楚天千里清秋，水隨天去秋無際。遙岑遠目，獻愁供恨，玉簪螺髻。落日樓頭，斷鴻聲裡，江南遊子。把吳看了，闌干拍遍，無人會，登臨意。　休說鱸魚堪鱠，盡西風，季鷹歸未？求田問舍，怕應羞見，劉郎才氣。可惜流年，憂愁風雨，樹猶如此！倩何人、喚取紅巾翠袖，搵英雄淚？

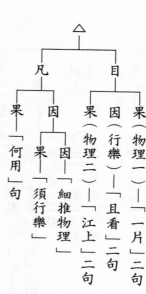

此詞當作於宋孝宗淳熙元年（西元一一七四年），題作「登建康賞心亭」，旨在寫「無人會登臨意」（請纓無路）的愁緒。它首先以「楚天」五句，寫登亭所見自然景物，依序是天、水、山，而將愁恨寓於其中；接著以「落日」五句，用落日與斷鴻爲媒介，把流落江南的自己（遊子）帶出來，以交代題目，並進而寫自己久看吳鉤、遍拍闌干的無奈；這可說是請纓無路的結果；爲前一個「果」的部分。其次以「無人會」二句，正面寫「請纓無路」的痛苦，這是一篇主旨所在，爲「因」中「主」的部分㉘。又其次以「休說」九句，藉張翰、許汜與桓溫的故事，依次寫自己有家歸不得、求田不成與時不我與的困窘。從旁將請纓無路的痛苦推深一層，爲「因」中「賓」的部分。最後以「倩何人」三句，由實轉虛，表達請纓的强烈願望，以收拾全詞，這是後一個「果」的部分。透過這種結構，作者便將自己胸中的積鬱傾瀉而出了。附結構分析表如下：

△
- 果一（實）
  - 天—「楚天」五句
  - 人
    - 點「落日」三句
    - 染「把吳」二句
- 因
  - 主—「無人會」二句
  - 賓
    - 一「休說」三句
    - 二「求田」三句
    - 三「可惜」三句
- 果二（虛）—「倩何人」三句

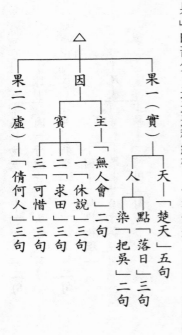

可見作者在此詞，將主旨「無人會登臨意」之恨安置於篇腹，採「果、因、果」之結構，以單軌收上啓下，一以貫之，使全詞充盈著「無人會登臨意」的痛苦。這種安排，靠的不就是作者縝密的「邏輯思維」嗎？安置於篇外者，如周密題作「吳山觀濤」的〈聞鵲喜〉詞：

天水碧，染就一江秋色。鼇戴雪山龍起蟄，快風吹海立。　數點煙鬟青滴，一杼霞綃紅濕。白鳥明邊帆影直，隔江聞夜笛。

這闋詞詠錢塘江潮，是按時間先後，由潮起（先）寫到潮過（後）的。寫潮起（先）的部分，爲上片。先以起二句，寫江天一碧的秋色，爲潮起設下遠大的背景。後以「鼇戴」二句，寫潮水陡起的迅猛景象；作者在此，除用鼇背雪山、龍騰水底來加以形容外，又以「快風」來推波助瀾，這樣當然就使「海」空高立了。而寫潮過（後）的部分，爲下片。它先以「數點」二句，寫潮過後的遠山和雲霞，在煙水上，一青一紅，顯得格外綺麗。後以「白鳥」二句，就視覺，寫帆影邊的鷗鷺；就聽覺，寫隔江傳來的夜笛。作者就這樣以平和的靜景，和上片所寫潮來時壯觀的動景，形成强烈對比，產生了映襯的最佳效果。李祚唐分析此詞說：「上片依人的視覺，由遠及近，潮來時雷霆萬鈞之勢，已全在眼前。下片復由上片的劇烈動態轉爲平緩，逐漸消失爲靜態。」又針對著下片說：「這種平靜，正是在洶湧喧囂過後，才體驗得分外真切；而它反過來，不也襯托出錢塘江潮的格外壯觀嗎？詞人寫潮，即充分借助了這種靜與動的相互對比和彼此轉換，因而著語雖不多，效果卻非常明顯」㉙。體會得很真切。雖然有人以爲此詞「作意如題」㉚，但就其結句看來，卻該有杜牧「商女不知亡國恨，隔江猶唱後庭花」（〈泊秦淮〉）的感喟。蕭鵬認爲此句「似收未收，似闔未闔，頗有『餘音裊裊，不絕如縷』之感，與唐人的『曲終人不見，江上數峯青』（錢起〈湘靈鼓瑟〉）同有『言有盡而意無窮』之妙」㉛，所謂「意無窮」之「意」，該是指這種江山雖麗卻已易色的亡國之痛吧！附結構分析表如下：

△
- 先（潮來）
  - 遠—「天水碧」二句
  - 近
    - 先（騰湧）—「鰲戴」句
    - 後（高立）—「快風」句
- 後（潮過）
  - 遠—「數點」二句
  - 近
    - 視覺—「白鳥」句
    - 聽覺—「隔江」句

作者在此詞，藉江潮之雄奇，暗寓江山雖麗卻已易色的亡國之痛，所謂「一切景語皆情語」㉜，就是這個意思。而作者特別將這種主旨隱藏起來，置於篇外，完全經由「邏輯思維」作最好之安

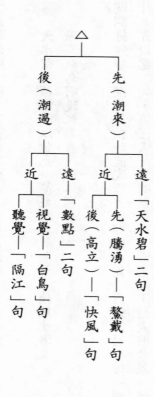

排，並用「先昔（先）後今（後）」、「先遠後近」、「先視覺後聽覺」等篇章條理，將具體材料「一以貫之」，真正收到了「言有盡而意無窮」之效果。

## 六、結語

綜由上述，可知「章法」所探求的，無非是篇章內在的邏輯結構，以反映客觀事物的本質，亦即自然律。而其秩序、變化、連貫、統一等四大律，就是恰恰對應於自然律，用以統合由「章法」所形成各種篇章結構之類型、模式等。吳應天以爲「目前的邏輯學僅僅研究著普通的初級的思維形式，所以在邏輯學著作中根本無法尋找文章結構的類型、模式、互相關係、互相轉化等等」㉝，由此看來，「章法」所形成之篇章結構類型、模式等，或許在建構「章法學」完整體系之同時，也能對「邏輯學」之發展，提供一些實質的參考。

### 注釋

①吳應天：「人們的思維既有形象性，也有邏輯性，所以既可寫成形象體系，也可寫成邏輯體系。前者是文學作品，後者是科學理論。這樣劃分，同樣也是客觀事物的反映，但是這仍然是片面的看法。如果辯證地看問題，那就知道形象體系中寓有邏輯性，邏輯體系中也包含著形象性，兩者不僅互相聯繫、互相

滲透，而且還互相結合、互相轉化。原因在於形象性和邏輯性具有對立統一關係。正由於這個緣故，由於簡明扼要的邏輯系統很容易爲人們所理解，而生動具體的形象體系更容易使人感動，所以許多文學作品往往是形象性和邏輯性結合的複合文。」見《文章結構學》（中國人民大學出版社，一九八九年八月一版三刷），頁三四五。

②彭漪漣：「形象思維需要遵守聯想律，也就是形象結合的方式。具體一點說，人們在文藝創作中，必須從對象中選取最足以揭示其本質的形象，用聯想律（如時空上的接近聯想、現象上的相似聯想、事件間的因果聯想和對立面的對比聯想等）來把握形象的內在聯繫，形成具體的詩的意境，或構想出典型環境中的典型性格。」見《古典詩詞邏輯趣談》（上海人民出版社，二〇〇一年九月一版一刷），頁一三。

③陳望道：「語文的體式很多，……表現上的分類，就是《文心雕龍》所謂的『體性』的分類，如分爲簡約、繁豐、剛健、柔婉、平淡、絢爛、謹嚴、疏放之類。」見《修辭學發凡》（大光出版社，一九六一年二月版），頁二五〇。

④章法的四大原則爲秩序、變化、聯貫、統一。也稱四大律。見拙作〈談章法的主要內容〉，《章法學新裁》（萬卷樓圖書有限公司，民國九十一年一月初版），頁三一九～三六〇。又見拙作〈論辭章章法的四大律〉（《國文天地》，民國九十年九月，十七卷四期），頁一〇一～一〇七。

⑤以上章法，見拙作〈談辭章章法的主要內容〉，同④。及仇小屏《篇章結構類型論》上、下（萬卷樓圖書有限公司，民國八十九年二月初版），頁一～六二〇。

⑥以上五種章法，見拙作〈論幾種特殊的章法〉（已通過審查，將於民國九十一年六月在臺灣師大《國文學報》三十一期發表）稿本，頁一～二一。

⑦「敍論」爲主要章法之一。見拙作〈談採先敍後論的形式所寫成的幾篇課文〉，《國文教學論叢》（萬卷樓圖書有限公司，民國八十年七月初版），頁一二一～一三〇。又參見仇小屏《文章章法論》（萬卷樓圖書有限公司，民國八十七年十二月初版），頁二四七～二六〇。

⑧本故事是寓言式的，而情節精彩，如同一篇雛形短篇小說。參見夏傳才主編《中國古代文學名篇選讀——先秦兩漢三國六朝卷》（南開大學出版社，二〇〇一年三月一版一刷），頁一二九～一三〇。

⑨因果結構常見於西周銅器銘文中，參見陳秀玉〈西周銅器銘文章法試探——以賞賜銘文爲例〉，民國八十八學年度國立台灣師範大學國文研究所「國文教學專題研究」課堂報告。

⑩李浩說此詩：「全詩具有時間的特指（『落日』時分）和空間位置的具體固定，通過『（柴門）外』、『（渡）頭』、『（墟）里』、『（五柳）前』等方位名詞，勾勒出景物的相互位置關係，景物具有空間開發性，既活潑無礙，又彼此依存，是構成整個畫面諧調的一個部分。讀這樣的詩，應該在一個時間的片刻裡從空間上去理解作品，把握詩人用最高的藝術手腕所凝定下來的富有包孕性的瞬間印象。」見《唐詩的美學闡釋》（安徽大學出版社，二〇〇〇年四月一版一刷），頁二五五。

⑪此句在敍事中帶寫景，故說是敍事或寫景，都可以。木齋即以爲乃寫景，說此詞「結句以景結情，意象淒美，令人回味無盡。結句以景結情，爲後人效法的門徑之一。」見《唐宋詞流變》（京華出版社，一九

九七年十一月一版一刷），頁二六。如此則可形成「景、情、景」之結構，見拙著《詞林散步——唐宋詞結構分析》（萬卷樓圖書有限公司，民國八十九年一月初版）頁二十～二一。

⑫袁行霈說此詩「寫出了自己獨特的感受，把歷史的典故、眼前的景物和詩人自己的感受，交織在一起，抒發了憂國傷時的懷抱」。見《唐詩大觀》（商務印書館香港分館，一九八六年一月一版二刷），頁三二九。

⑬如由「凡目」角度切入，則此詩形成「先目後凡」的結構，見拙著《文章結構分析——以中學國文課文爲例》（萬卷樓圖書有限公司，民國八十八年五月初版），頁二二四～二二六。

⑭張遠芬：「接下去，仿《史記》說贊筆法，藉蜀清與孔明的典故，表達了青年歸有光對於前途的自信。自己『揚眉、瞬目、謂有奇景』，而他人卻譏之爲『坎井之蛙』。這種主客觀的反差，作者以自嘲的筆調寫出，卻更能顯示强烈自尊的態度。」見《古文鑑賞辭典》（江蘇文藝出版社，一九八七年十一月一版一刷），頁一二三七。

⑮林紓：「〈項脊軒〉一記，亦別開生面。然有『軒』字爲主人翁，則人事變遷，家道坎坷，皆歸入此軒，作睹物懷人寫法，與〈瀧岡阡表〉面目又大不同。〈阡表〉步步敍悲。悲盡，皆其得意處；〈項脊軒記〉亦步步敍悲，然名位去歐公遠甚，不能不生其蕭寥之感：綜之皆各肖其情事。」見《畏廬論文．述旨》（文津出版社，民國六十七年七月），頁三～四。

⑯此文詳細結構分析表，見拙著《文章結構分析——以中學國文課文爲例》同⑬，頁一七五。

⑰此詞應作於熙寧七年（甲寅）冬，朱（祖謀）注：「王案：甲寅十月，至金閶。」見龍榆生《東坡樂府箋》（華正書局，民國六十七年九月初版）引，頁四八。

⑱見拙作〈論辭章章法的四大律〉同④，頁一〇四。

⑲除此效果外，「對比」與「調和」還可以影響一篇辭章之風格，通常「對比」會使文章趨於陽剛，而「調和」則會使文章趨於陰柔。參見仇小屏〈古典詩詞時空設計之研究〉（台灣師大博士論文，民國九十年三月），頁三二三～三三一。

⑳樂秀拔、龔曼羣：「這（後）兩句又與前兩句對照。前者堅定，忠於愛情；後者輕率、負情。兩種不同的態度，經過比喩和對比，十分鮮明地呈現出來，收到了十分强烈的藝術效果。」見《古詩鑑賞辭典》（中國婦女出版社，一九八八年十二月一版一刷），頁一一四八。

㉑全岳春：「雖然，前文『世皆稱』，已使人意識到作者將對『孟嘗君能得士』的習慣說法有所非議，卻沒料到作者的斷語如此突兀而來。緊接著一句『豈足以言得士』，既與上一句一氣呵成，又延伸了上句的氣勢。既然孟嘗君是雞鳴狗盜之雄，他的門客就是雞鳴狗盜之徒，得士之說，也就順理成章地駁倒了。然而，這還只是邏輯意義上的駁倒。靠邏輯取勝，並不是件困難的事。孰是孰非，還需要具體分析。」見《古文鑑賞大辭典》（浙江教育出版社，一九九六年三月二版四刷），頁九五九～九六〇。而周明以爲此文有三方面的特色，其三即：「嚴密的邏輯方法……本文首先在概念的內涵上與敵論劃清界線。其次是運用矛盾律，並貫徹全篇，使論證縝密嚴謹，無懈可擊。」同⑭，頁九六三～九六四。

㉒「丹青」二句，出於杜甫〈戲題王宰畫山水圖歌〉之結二句：「焉得并州快翦刀，翦取吳淞半江水。」吳（摯甫）注：「更以奇想作收。」見《唐宋詩舉要》（學海出版社，民國六十二年二月初版），頁二二六。

㉓分析一篇辭章，因無絕對之是非可言，故可由不同的角度切入，以呈顯其不同特色。參見拙作〈談篇章結構分析的切入角度〉，《章法學新裁》，同④，頁四二〇～四三四。而「因果」可說是一切章法之母，往往可以和其他之章法同時切入，以更準確地掌握其條理。這種道理，當在不久之將來，以〈論因果章法之母性〉一文，作較周密之探討。

㉔見拙作〈談辭章章法的主要內容〉，《章法學新裁》，同注④，頁三五一～三五九。

㉕這三句用得到「物外之趣」之後的動作來寫「物外之趣」。見拙著《國文教學論叢續編》（萬卷樓圖書有限公司，民國八十七年三月初版），頁一四六。

㉖高步瀛選注《唐宋詩舉要》（學海出版社，民國六十二年二月初版）引張伯成：「曲將舊時風景佳麗，祿山亂後無復向時之盛，是以堂巢翡翠，塚臥麒麟，盛衰不常如此，推詳此理，則人生不可不行樂耳。」頁五五八。

㉗霍松林：「絆此身的浮榮何所指？指的就是『左拾遺』那個從八品上的諫官。因爲疏救房琯，觸怒了肅宗，從此爲肅宗疏遠。作爲諫官，他的意見卻不被採納，還蘊含著招災惹禍的危機。這首詩就是乾元元年（西元七五八年）暮春任『左拾遺』時寫的。到了這年六月，果然受到處罰，被貶爲華州司功參軍。從寫

此詩到被貶，不過兩個多月的時間。明乎此，就會對這首詩有比較確切的理解。」見《唐詩大觀》（商務印書館香港分館，一九八六年一月一版二刷），頁四七〇。

㉘曾棗莊、吳洪澤：「『遊子』『吳鈎』等字眼，很容易使人聯想到作者的身世，南歸多年，報國無門，江山依舊，强虜未滅，怎不讓人悲憤難平！『無人會，登臨意』，正是不平之鳴。」見《蘇辛詞選》（三民書局，民國八十九年十一月初版一刷），頁一七二。

㉙見《詞林觀止》（上）（上海古籍出版社，一九九四年四月第一版），頁六九四。

㉚見常國武《新選宋詞三百首》（人民文學出版社，二〇〇〇年一月一版一刷），頁四九二。

㉛見《唐宋詞鑑賞集成》（中華書局香港分局，一九八七年七月初版），頁一二五〇。

㉜見王國維《人間詞話删稿》，《詞話叢編》五（新文豐出版公司，民國七十七年二月台一版），頁四二五七。

㉝見《文章結構學》，同①，頁六。

（原載二〇〇二年五月《第四屆中國修辭學國際學術研討會論文集》，頁一～三十二）

# 論章法與情意的關係

## 一

所謂章法，由於是綴句成節（句羣）、連節成段、統段成篇的一種組合方式，所以一直被歸入「形式」來看待，似乎與情意（內容）扯不上關係。其實，這裡所指的「句」、「節」（句羣）、「段」、「篇」，說的是句、節（句羣）、段、篇的情意，而要組合這些情意，形成合乎「秩序、變化、聯貫、統一」此四大要求（即章法的四大律，見拙著《章法學新裁》、仇小屏《文章章法論》）的文章，則非靠各種「章法」（到目前為止，可掌握的章法有三四十種，見拙作〈論辭章章法的四大律〉、仇小屏《篇章結構類型論》）來達成任務不可。

因此，說得精確一點，「章法」所探求的，是「情意」（內容）的深層結構。劉熙載在其《藝概・詞曲概》中說得好：

詞以煉章法為隱，煉字句為秀。秀而不隱，是猶百琲明珠，而無一線穿也。

這雖專就「詞」來說，但也一樣可適用於其他文體。所謂「隱」，指「蘊藏於內」；所謂「秀」，指「表現於外」。一篇文章，如果只煉「表現於外」的「字句」，來傳遞情意，而不煉「蘊藏於內」的「章法」，以貫穿情意，使前後串成條理（秩序、變化、聯貫、統一），則它必定因失去內在的條理，而雜亂無章，這當然就像「百琲明珠，而無一線穿」了。

## 二

既然「章法」所探求的，是情意（內容）的深層結構，那麼「章法」便等同於人類共通的一種理則，是人人所與生俱來的；而所有的作者在創作之際，也就自覺或不自覺地受它的支配，以組合「情」、「理」、「景（物）」、「事」（見拙作〈談篇章結構〉、〈談篇章的縱向結構〉）。因此，章法絕不是強加於文章之上的外在框架，而是任何一篇文章所不可無的內在條理。這種條理深蘊於文章情意（內容）之內，如不予深入挖掘，是探求不到的。如王維的〈渭川田家〉詩：

斜光照墟落，窮巷牛羊歸。野老念牧童，倚杖候荊扉。雉雊麥苗秀，蠶眠桑葉稀。田夫荷鋤至，相見語依依。即此羨閒逸，悵然歌式微。

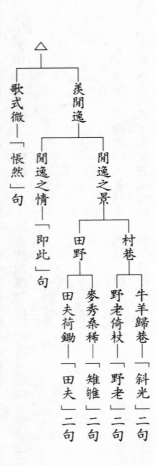

這首詩藉「渭川田家」黃昏時「閒逸」之景，以興歆羨之情，從而表出作者急欲歸隱田園的心願。其情意（內容）的表層結構，可用下表來呈現：

- △
  - 羨閒逸
    - 閒逸之景
      - 村巷
        - 牛羊歸巷—「斜光」二句
        - 野老倚杖—「野老」二句
      - 田野
        - 麥秀桑稀—「雉雊」二句
        - 田夫荷鋤—「田夫」二句
    - 閒逸之情—「即此」句
  - 歌式微—「悵然」句

從上表可看出此詩各個部分之主要內容（情意）。它先藉由村巷與田野，分別著眼於牛羊、野老、桑麥、田夫，寫所歆羨的閒逸之景，再由此帶出「羨閒逸」之情，然後用《詩經・邶風・式微》「式微，式微，胡不歸」的詩意，以表達自己「踵武靖節」（高步瀛《唐宋詩舉要》注）的心願。這就是一般所謂的「節段」大意。而這種大意（主要內容），是用什麼內在的條理，以形成其深層結構的呢？如細予審辨，則不難發現它用了因果、虛實（情景）、遠近、天人（自然、人事）等章法，以形成其結構，那就是：

- △
  - 因
    - 實（景）
      - 近
        - 天（自然）—「斜光」二句
        - 人（人事）—「野老」二句
      - 遠
        - 天（自然）—「雉雊」二句
        - 人（人事）—「田夫」二句
    - 虛（情）—「即此」句
  - 果—「悵然」句

若特別凸顯章法，將上舉兩表疊合在一起，便成下面這個樣子：

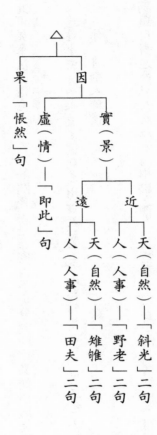

- 因（羨閒逸）
  - 實（閒逸之景）
    - 近（村巷）
      - 天（牛羊歸巷）—「斜光」二句
      - 人（野老倚杖）—「野老」二句
    - 遠（田野）
      - 天（麥秀桑稀）—「雉雊」二句
      - 人（田夫荷鋤）—「田夫」二句
  - 虛（閒逸之情）—「即此」句
- 果（歌式微）—「悵然」句

△

由此可見章法與情意（內容）的關係，是深密得不可分割的。又如白居易的〈長相思〉詞：

汴水流，泗水流，流到瓜州古渡頭。吳山點點愁。　思悠悠，恨悠悠，恨到歸時方始休。月明人倚樓。

此詞藉自身之所見、所爲來寫相思之情。其情意（內容）的表層結構，可用下表來呈現：

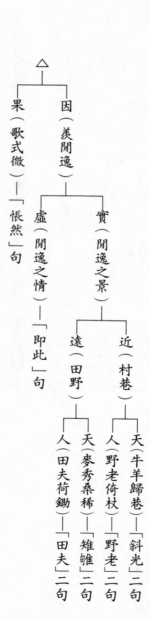

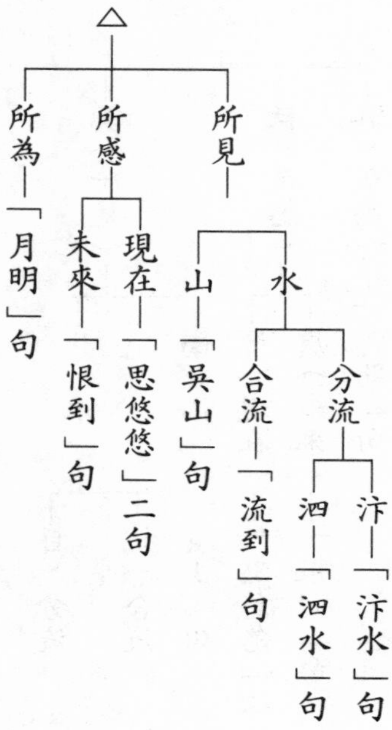


從上表可看出「作者在上片，寫的是自己置身於瓜州古渡所見的景物：首以『汴水流』三句，寫向北所見到的『水』景，藉汴、泗二水之不斷奔流，襯托出一份悠悠別恨；再以『吳山點點愁』一句，寫向南所見到之『山』景，藉吳山之『點點』又襯托出另一份悠悠別恨來，使得情寓景中，全力爲下半的抒情預鋪路子。到了下片，則即景抒情，一開頭就將一篇之主旨『悠悠』之恨拈出，再以『恨到歸時方始休』作進一層的渲染。然後以結句，寫自己在樓上對月相思的樣子，將『恨』字作更具體之描繪」（見拙作〈談篇章的縱向結構〉）。如果從章法切入，則它以泛具、方位轉換、實虛與凡目等章法組成其深層結構，即：

△
- 具
  - 北
    - 目
      - 一—「汴水」句
      - 二—「泗水」句
    - 凡—「流到」句
  - 南—「吳山」句
- 泛
  - 實—「思悠悠」二句
  - 虛—「恨到」句
- 具—「月明」句

如果以章法爲主、情意（內容）爲副，將上舉兩表加以疊合，則形成了下表：

△
- 具（所見）
  - 北（水）
    - 目（分流）
      - 一（汴水）—「汴水」句
      - 二（泗水）—「泗水」句
    - 凡（合流）—「流到」句
  - 南（山）—「吳山」句
- 泛（所感）
  - 實（現在）—「思悠悠」二句
  - 虛（未來）—「恨到」句
- 具（所為）—「月明」句

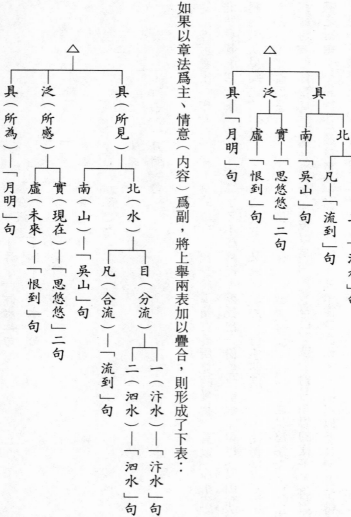

透過這個例子，也可看出章法與情意（內容）關係之密切來。再如袁宏道的〈晚遊六橋待月記〉一文：

> 西湖最盛，為春為月。一日之盛，為朝煙，為夕嵐。
>
> 今歲春雪甚盛，梅花為寒所勒，與杏桃相次開發，尤為奇觀。石簣數為余言：「傅金吾園中梅，張功甫玉照堂故物也，急往觀之。」余時為桃花所戀，竟不忍去湖上。
>
> 由斷橋至蘇隄一帶，綠煙紅霧，彌漫二十餘里。歌吹為風，粉汗為雨，羅紈之盛，多於隄畔之草，艷冶極矣。
>
> 然杭人遊湖，止午、未、申三時。其實湖光染翠之工，山嵐設色之妙，皆在朝日始出，夕舂未下，始極其濃媚。月景尤不可言，花態柳情，山容水意，別是一種趣味。此樂留與山僧遊客受用，安可為俗士道哉！

這篇文章，旨在藉西湖六橋風光之盛，以寫遊六橋待月之樂。其情意（內容）的表層結構，可用下表來呈現：

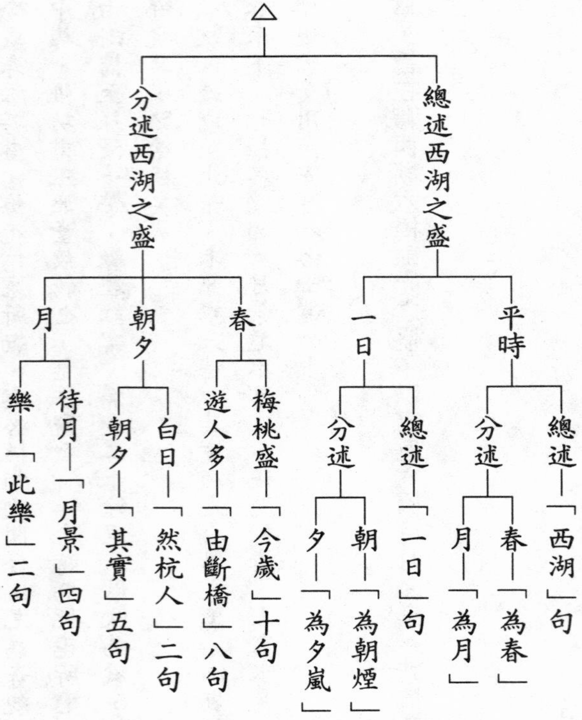


參考上表可知，作者首先在起段，以開門見山的方式提明西湖六橋最盛的，是春、月之景；而一日最盛的，乃朝煙、夕嵐。接著在二、三段，透過梅、桃、杏之「相次開發」，與遊人「歌吹」、「羅紈」之盛，以具寫春景。然後以末段「然杭人遊湖」等七句，取湖光、山色作陪襯，

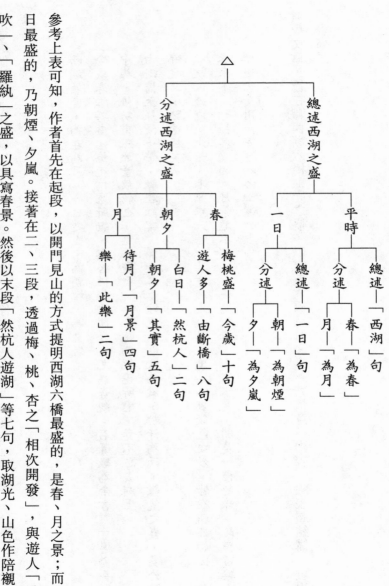

來具寫朝煙、夕嵐。末了以「月景尤不可言」等六句，拿花柳、山水作點綴，以寫月景，從而拈明主旨，以爲這是不可「爲俗士道」的一種樂趣。這種內容（情意）結構，如深入其內層，專以章法來呈現，則如下表：

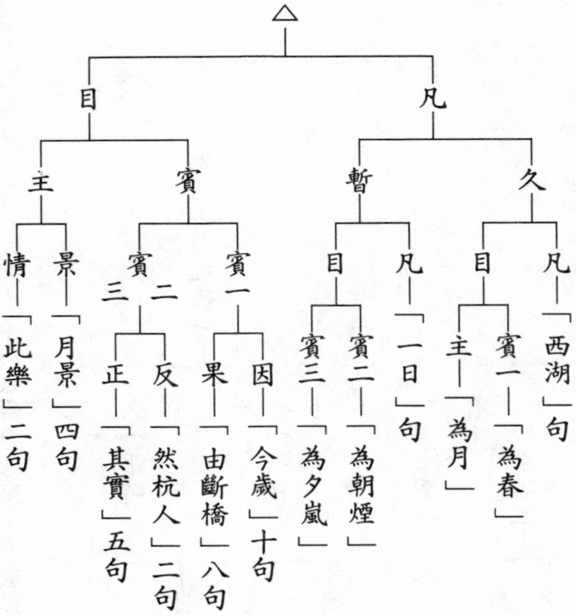

如果特別凸顯章法，進一步將上舉兩表疊合起來，則成爲下表：

△
- 凡（總述西湖之盛）
  - 久（平時）
    - 凡（總述）—「西湖」句
    - 目（分述）
      - 賓一（春）—「為春」
      - 主（月）—「為月」
  - 暫（一日）
    - 凡（總述）—「一日」句
    - 目（分述）
      - 賓二（朝）—「為朝煙」
      - 賓三（夕）—「為夕嵐」
- 目（分述西湖之盛）
  - 賓
    - 賓一（春）
      - 因（梅桃盛）—「今歲」十句
      - 果（述人多）—「由斷橋」八句
    - 賓二
      - 朝
      - 夕
        - 反（白日）—「然杭人」二句
        - 正（朝夕）—「其實」五句
  - 主
    - 景（待月）—「月景」四句
    - 情（樂）—「此樂」二句

由此看來，章法與情意（內容）確是密不可的。

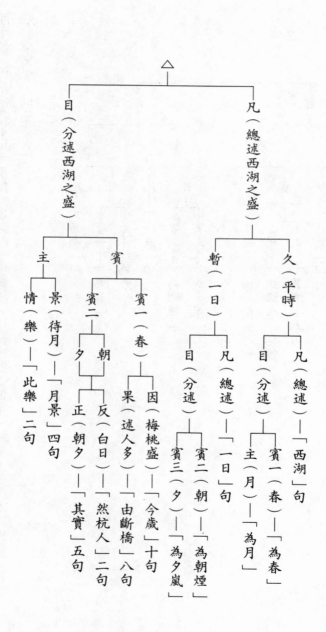

## 三

綜上所述，可知章法不僅與情意（內容）有著密不可分的關係，而且也藉以形成情意之深層結構。所以要深入一篇文章的篇章結構，非先完全辨明其情意（內容）結構不可，也就是說，如不能先了解作者所要表達的情意是什麼，也不知道他怎樣運用具體材料（事、景）來表達情意（情、理），則必然分析不出其章法結構來。當然，目前所能掌握的章法還不十分周全，以致分析時難免有切不進或因角度不同而有不同結果的情形，但只要循著「發現章法現象以求其共通理則」的一條大道走，並一路兼顧其心理基礎與美感效果（見仇小屏《篇章結構類型論》及〈古典詩詞時空設計之研究〉、夏薇薇〈文章賓主法析論〉、陳佳君〈虛實章法析論〉），相信對文章之深究、鑑賞，一定會有極大助益。

（原載《國文天地》十七卷六期，二〇〇一年十一月，頁一〇四～一〇八）

# 論幾種特殊的章法

## 一、前言

所謂章法，指的是辭章的篇章條理①。這種條理，源自於人類共通的理則，自古爲一般人用於辭章之中，而形成秩序、變化、聯貫、統一②作用的，到目前爲止，已經發現有三十幾種③。平時用這三十幾種章法來分析詩詞或散文，大致可通行無阻，但偶然也會有切不進去的情形，所以就必須另循「驗證章法現象以求得共通理則」的途徑，來面對這種情形，確立「新」（相對於已發現者而言）的章法，以彰顯其「條理」，而擴大其適應面。底下就是這樣求得的幾種章法：

## 二、偏全法

這裡所謂的「偏」，是指局部或特例；而「全」，是指整體或通則。作者在創作詩文之際，往往會用「局部」與「整體」、「特例」與「通則」的相應條理來組合情意材料。它雖和本末、大小等法④，有一點類似，但「本末」比較著眼於事、理的終始，而「大小」則比較著眼於空間的寬窄與知覺的強弱，和「偏全」比較著眼於事、理、時、空的部分與全部、特殊與一般的，有所不同。這種章法和其他章法一樣，可以形成幾種能產生秩序、變化、聯貫（呼應）作用的結構，那就是「先偏後全」、「先全後偏」、「偏、全、偏」、「全、偏、全」等。「先偏後全」的，如張九齡的〈感遇〉詩：

> 孤鴻海上來，池潢不敢顧。側見雙翠鳥，巢在三株樹。矯矯珍木巔，得無金丸懼。美服患人指，高明逼神惡。今我遊冥冥，弋者何所慕？

在這首詩裡，作者以孤鴻自喻，以雙翠鳥喻李林甫、牛仙客⑤，表達出自己身世之感。首先以「孤鴻」四句，將孤鴻（主）與雙翠鳥（賓）作個對比，寫海上來的孤鴻居然不敢稍顧小小水池，而雙翠鳥卻反而不知危險，築巢在珍貴的樹木之上；這是敘事的部分。其次以「矯矯」四句，承上就「雙翠鳥」（賓）此事，用化特例（偏）爲通則（全）的手法，並暗用揚雄〈解嘲〉「高明之家，鬼瞰其室」的意思，提出議論，以勸告他的政敵；然後以結二句，又落到孤鴻（主）身上，交代「不敢顧」的原因，發出感慨收束；這是說理、抒感的部分。如以「賓主」的條理來裁篇，則其結構表是這樣子的：

△
- 主（事）—「孤鴻」二句
- 賓
  - 事—「側見」二句
  - 理
    - 偏—「矯矯」二句
    - 全—「美服」二句
- 主（情）—「今我」二句

其中「矯矯」四句，是形成「先偏後全」結構的。

「先全後偏」的，如杜甫的〈八陣圖〉詩：

功蓋三分國，名成八陣圖。江流石不轉，遺恨失吞吳。

此詩作於唐大曆元年（西元七六六年），杜甫初至夔州時⑥，旨在詠懷諸葛武侯。它在起二句，藉「三分國」、「八陣圖」，從整體性的豐功偉業（全）與局部性的軍事貢獻（偏），來歌頌諸葛亮，將諸葛亮一生的功業、貢獻頌讚得極爲簡練，大力地預爲下面的憑弔作鋪墊；這是「揚」的部分。而「江流」句，一方面承「八陣圖」而寫，寫八陣圖中的石堆，在長久大水的沖刷下，至今依然未動、未變，以抒發「物是人非」的感慨；一方面又暗含「我心匪石，不可轉也」（《詩・邶風・柏舟》）之意，寫諸葛亮忠貞不二的心志，既表示對他的崇仰，也對他的齎志而歿有著惋惜的意思。然後以結句，寫出諸葛亮一生最大的憾恨⑦。在這憾恨中，作者那「官應老病休」（〈旅夜書懷〉詩）的抑鬱也一併宣瀉出來了；這是「抑」的部分。如此以「先揚後抑」⑧的條理裁篇，可用如下結構表來呈現：

△
- 揚（頌讚）
  - 全──「功蓋」句
  - 偏──「名成」句
- 抑（惋惜）
  - 事──「江流」句
  - 情──「遺恨」句

其中「功蓋」二句，是形成「先全後偏」結構的。

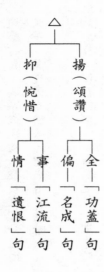

「偏、全、偏」的，如辛棄疾的〈清平樂〉詞：

連雲松竹，萬事從今足。拄杖東家分社肉，白酒床頭初熟。　西風梨棗山園，兒童偷把長竿。莫遣旁人驚去，老夫靜處閒看。

此詞題作「檢校山園⑨，書所見」，當作於作者「隱居帶湖最初之三數年內」⑩，用以寫作者之喜情。其中「萬事從今足」一句，泛就「萬事」（整體）來說，說他從今以後，對什麼事都覺得心滿意足；這是「全」的部分。而首句「連雲松竹」，寫他「檢校山園」之所見，藉以先表出「萬事」中一事之喜悅（一足—例一），這是「偏一」的部分；接著「拄杖」二句，藉他往分社肉、床頭酒熟，來寫「萬事」中另一事之喜悅（二足—例二），這是「偏二」的部分；至於下片「西風」四句，藉靜看兒童偷偷打棗的動作，寫「萬事」中又一事的喜悅（三足—例三），這是「偏三」的部分。據此，其篇章結構可呈現如下表：

△
- 偏—一（所足—例一）—「連雲」句
- 全（萬事足）—「萬事」句
- 偏
  - 二（所足—例二）
    - 有肉—「拄杖」句
    - 有酒—「白酒」句
  - 三（所足—例三）
    - 果熟—「西風」二句
    - 閒看—「莫遣」二句

可見這首詞，就「篇」而言，是形成「偏、全、偏」的結構的。

「全、偏、全」的，如文天祥的〈正氣歌〉：

天地有正氣，雜然賦流形；下則為河嶽，上則為日星，於人曰浩然，沛乎塞蒼冥。皇路當清夷，含和吐明庭；時窮節乃見，一一垂丹青。

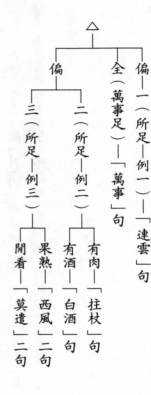

在齊太史簡，在晉董狐筆，在秦張良椎，在漢蘇武節；為嚴將軍頭，為嵇侍中血，為張睢陽齒，為顏常山舌；或為遼東帽，清操厲冰雪；或為出師表，鬼神泣壯烈；或為渡江楫，慷慨吞胡羯；或為擊賊笏，逆豎頭破裂。

是氣所磅礡，凜烈萬古存。當其貫日月，生死安足論？地維賴以立，天柱賴以尊。三綱實繫命，道義為之根。

這是〈正氣歌〉的前三段文字，主要論正氣在扶持倫常綱紀、延續宇宙生命上的莫大價值。其中首段共十句，首先以「天地」二句，拈出「正氣」（浩然之氣）⑪，作一總括，以引出下面的議論；這是「凡」⑫的部分。然後以「下則」八句，採「先平提、後側注」⑬的順序，先平提天、地、人，以正氣之無所不在，說明其重要，再側注到「人」身上，指出它是人類氣節的根源，以見其影響之大；這是前一個「全」的部分。次段共十六句，承上段之「側注」（人），舉出因發揮浩然正氣而「一一垂丹青」之十二件古哲的忠烈節義事蹟，以爲例證；這是「偏」的部分。三段共八句，先以「是氣」四句，由十二古哲之正氣擴大到全人類，由時空的當下擴大到無限的時空，依然側注於「人」，肯定「正氣」的存在與作用；次以「地維」四句，推及於「地」、「天」，作進一層的說明；末以「三綱」二句，總括上面六句，指出「正氣」是維繫天、地、人生命的根源力量；這是後一個「全」的部分。依此看，其結構表可畫成這樣：

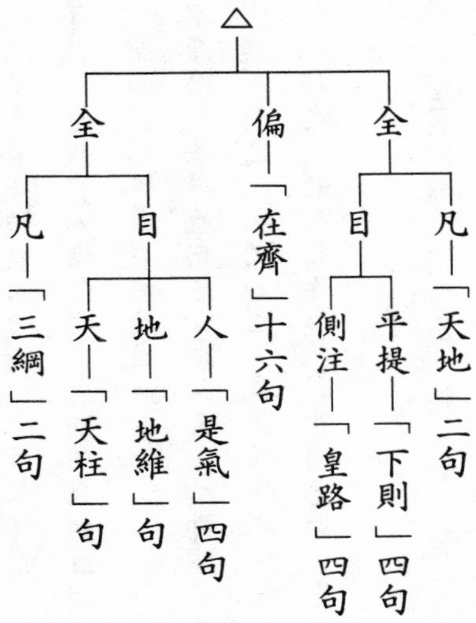


僅就此三段而言，是形成「全、偏、全」的結構的。

## 三、點染法

「點染」本用於繪畫，指基本技巧⑭。而移用以專稱辭章作法的，則始於清劉熙載⑮。但由於他的所謂「點染」，指的乃是「情」（點）與「景」（染），和「虛實」此一章法大家族中的「情景」法⑯，恰巧相重疊，所以就特地借用此「點染」一詞，來稱呼類似畫法的一種章法：其中「點」，指時、空的一個落足點，僅僅用作敍事、寫景、抒情或說理的引子、橋梁或收尾；而「染」，則指真正用來敍事、寫景、抒情或說理的主體。也就是說，「點」只是一個切入或固定點，而「染」則是各種內容本身。這種章法相當常見，也可以形成「先點後染」、「先染後點」、「點、染、點」、「染、點、染」等結構，而產生秩序、變化、聯貫（呼應）之作用。「先點後染」的，如《孟子．離婁》下的一章文字：

齊人有一妻一妾而處室者，其良人出，則必饜酒肉而後反。其妻問所與飲食者，則盡富貴也。其妻告其妾曰：「良人出，則必饜酒肉而後反。問其與飲食者，盡富貴也，而未嘗有顯者來。吾將瞯良人之所之也。」蚤起，施從良人之所之，遍國中無與立談者。卒之東墦間，之祭者乞其餘；不足，又顧而之他。此其為饜足之道也。其妻歸，告其妾曰：「良人者，所仰望而終身也；今若此！」與其妻訕其良人，而相泣於中庭。而良人未之知也，施施從外來，驕其妻妾。由此觀之，則人之所以求富貴利達者，其妻妾不羞也而不相泣者，幾希矣。

此章文字凡四段，可分爲「敍」與「論」⑰兩截。其中前三段爲「敍」，末段爲「論」。

「敍」一截，先以「齊人有一妻一妾」三句，泛敍齊人常「饜酒肉而後反」以「驕其妻妾」之事，作爲故事⑱的引子；這是「點」的部分。再以「其妻問」句起至「驕其妻妾」句止，具體敍述其妻、妾由起疑、跟蹤，以至於發現、哭泣，而齊人卻一無所覺的經過；這是「染」的部分。「論」一截，即末段四句，依據上述的故事，發出感慨，以爲人追求富貴利達，很少人不像齊人那樣寡廉鮮恥，很充分地將諷喻的義旨表達出來。依此篇章條理，可將其結構表呈現如下：

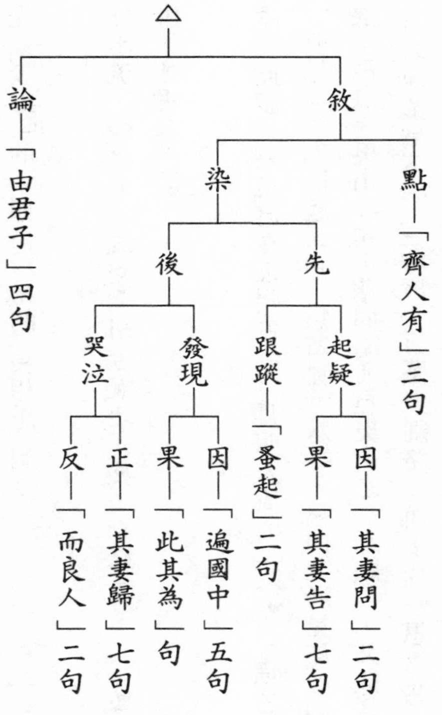

其中「敍」的部分，是形成「先點後染」的結構的。

「先染後點」的，如白居易的〈長相思〉詞：

汴水流，泗水流，流到瓜州古渡頭。吳山點點愁。　思悠悠，恨悠悠，恨到歸時方始休。月明人倚樓。

作者在此詞，寫自己在瓜州古渡「月明人倚樓」（點）時之所見所感（染）。其中上片四句，寫「所見」：先以起三句，寫所見「水」，藉向北所見汴、泗二水之不斷奔流，襯托出一份悠悠別恨；再以「吳山」句，藉向南所見吳山之「點點」，又襯托出另一份悠悠別恨，使得情寓景中，大力地預爲下半之抒情（所感）鋪路。而下片「思悠悠」三句，則即景抒情，寫「所感」：先以「思悠悠」二句，用實寫（今日）的方式，直接將一篇主旨，亦即此刻「悠悠」之「恨」拈出；再以「恨到」一句，用虛寫（未來）的方式，將「恨」作進一步之渲染。有了以上兩個「染」的部分，便很自然地逼出「月明人倚樓」的結句⑲，以「點」明作者此番之所見所感，是在明月之下、倚樓之時發生的，這樣作交代，充分發揮了「點」的作用。據此，可用下表來表示其結構：

△
- 染
  - 景
    - 低（水）—「汴水流」三句
    - 高（山）—「吳山」句
  - 情
    - 實（現在）—「思悠悠」二句
    - 虛（未來）—「恨到」句
- 點—「月明」句

可見此詞就「篇」而言，是形成「先染後點」的結構的。

「點、染、點」的，如《列子》的〈愚公移山〉：

太形、王屋二山，方七百里，高萬仞，本在冀州之南、河陽之北。北山愚公者，年且九十，面山而居。懲北山之塞，出入之迂也，聚室而謀曰：「吾與汝畢力平險，指通豫南，達於漢陰，可乎？」雜然相許。

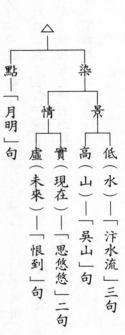

其妻獻疑曰：「以君之力，曾不能損魁父之丘，如太形、王屋何？且焉置土石？」雜曰：「投諸渤海之尾、隱土之北。」遂率子孫荷擔者三夫，叩石墾壤，箕畚運於渤海之尾；鄰人京城氏之孀妻有遺男，始齔，跳往助之；寒暑易節，始一反焉。

河曲智叟笑而止之曰：「甚矣，汝之不慧！以殘年遺力，曾不能毀山之一毛，其如土石何？」北山愚公長息曰：「汝心之固，固不可徹，曾不若孀妻弱子。雖我之死，有子存焉；子又生孫，孫又生子；子又有子，子又有孫；子子孫孫，無窮匱也。而山不增，何苦而不平？」河曲智叟亡以應。

操蛇之神聞之，懼其不已也，告之於帝，帝感其誠，命夸娥氏二子負二山，一厝朔東，一厝雍南。自此冀之北、漢之陰，無隴斷焉。

這是藉一則寓言故事，以說明有志竟成、人助天助的道理⑳。作者在此，直接以開端四句，交代這個故事發生的地點與原因，屬此文之「引子」；而以結尾二句，才應起交代這個故事的結局，乃本文之「收尾」；這都是「點」的部分。至於「北山愚公者」句起至「一厝雍南」句止，則正式用具體的情節來呈現這件故事發生的經過；這是「染」的部分。這個部分，作者用「先因後果」的順序加以組合：其中「北山愚公者」句起至「河曲智叟亡以應」句止，敍述愚公決意「移山」，贏得家人、鄰居的贊可與幫助，無視於河曲智叟之嘲笑，努力率衆去「移山」的始末，此爲「因」；而「操蛇之神聞之」起至「一厝雍南」句止，敍述愚公的這番努力，終於感動了天帝，而命大力神去助其完成「移山」的最後結果；此爲「果」。由這個角度㉑切入來看它的篇章，則其結構表是這樣子的：

△
- 點——「太形」四句
- 染
  - 因
    - 因（有志）
      - 因——「北山愚公」五句
      - 果——「聚室而謀」六句
    - 果（人助）
      - 因（自助）
        - 問答——「其妻」八句
        - 結果——「遂率」八句
      - 果（他助）
        - 問答——「河曲」二十句
        - 結果——「河曲智叟無以應」
  - 果
    - 因（天助）——「操蛇之神」四句
    - 果（竟成）——「命夸娥氏」三句
- 點——「自此」三句

特就「篇」來看，此文是形成「點、染、點」的結構的。

「染、點、染」的，如賀鑄的〈石州慢〉詞：

> 薄雨收寒，斜照弄晴，春意空闊。長亭柳色纔黃，倚馬何人先折？煙橫水漫，映帶幾點歸鴻，平沙銷盡龍荒雪。猶記出關來，恰如今時節。　將發。畫樓芳酒，紅淚清歌，便成

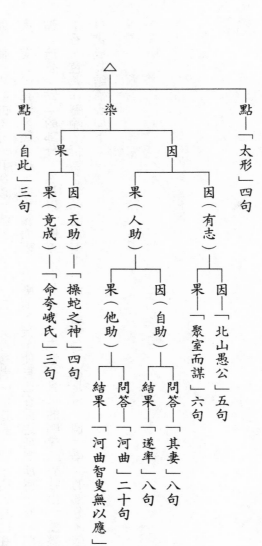

輕別。回首經年，杳杳音塵都絕。欲知方寸，共有幾許新愁？芭蕉不展丁香結。憔悴一天涯，兩厭厭風月。

此詞旨在寫別情。首先以「薄雨」句起至「平沙」句止，具寫自己在關外所見雨後「空闊」之初春景象，藉所見雨霽、柳黃、鴻歸、雪銷等自然景與折柳贈別之人事景，來襯托別情；這是頭一個「染」的部分。其次以「猶記」六句，採「先今後昔」的逆敘方式，交代自己在去年年底與一美人[22]在關內餞別後，即出關而來，以應前、後，使自己在此之所見所感，有一明顯的落腳點；這是「點」的部分。然後以「回首」七句，採「先情後景」的順序，先拈出「新愁」，而以丁香、芭蕉作譬喻，再結合空間的虛與實，以景結情[23]；這是後一個「染」的部分。依此分析，可畫成其結構表如下：

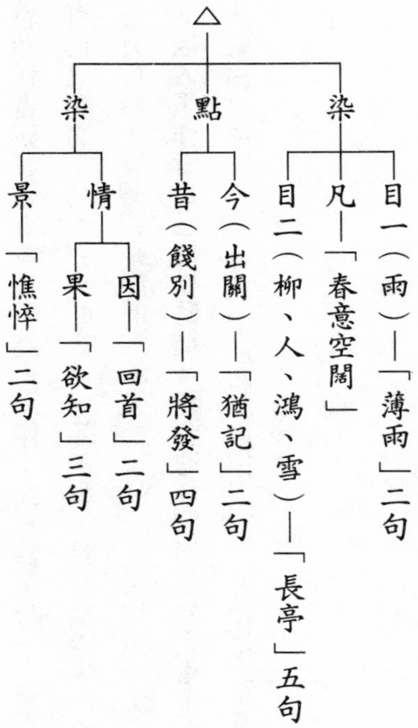


依此看來，它在「篇」這一層，是形成「染、點、染」的結構的。

## 四、天人法

所謂「天」，指的是「自然」；所謂「人」，指的是「人事」。通常在寫景或說理的時候，作者往往會涉及「天」與「人」。如就寫景來說，「天」就是自然之景，「人」就是人事之景；若就說理而言，則「天」就屬於天道，「人」就屬於人道。雖然「天人」一詞用於章法，有點格格不入，但由於一時找不到更貼切的語詞來代替，而且「天人」兩個字，在意義上也很明確，所以就勉强用於此，以稱呼這一種章法。而它也同樣可以形成「先天後人」、「先人後天」、「天、人、天」、「人、天、人」等結構。茲單就「寫景」一類，分別舉例作個說明，以見一斑。「先天後人」的，如王維的〈輞川閒居贈裴秀才迪〉詩：

寒山轉蒼翠，秋水日潺湲。倚杖柴門外，臨風聽暮蟬。渡頭餘落日，墟里上孤煙。復值接輿醉，狂歌五柳前。

此詩乃作者與裴迪秀才相酬爲樂之作。在一特定時空之下，作者藉自然景物與人物形象之刻畫，以寫自己閒適之情。它一面在首、頸兩聯，具體描繪了「輞川」附近的水陸秋景與暮色，勾勒出一幅有色彩、音響和動靜的和諧畫面；另一面又在頷、末兩聯，於一派悠閒之自然圖案中，很生動地嵌入了作者自己倚杖聽蟬，和裴迪狂歌而至的人事景象；使兩者相映成趣，而形成了物我一體的藝術境界㉔，十分活潑地將「輞川閒居」之樂作了具體表達。據此，可畫成如下結構表：

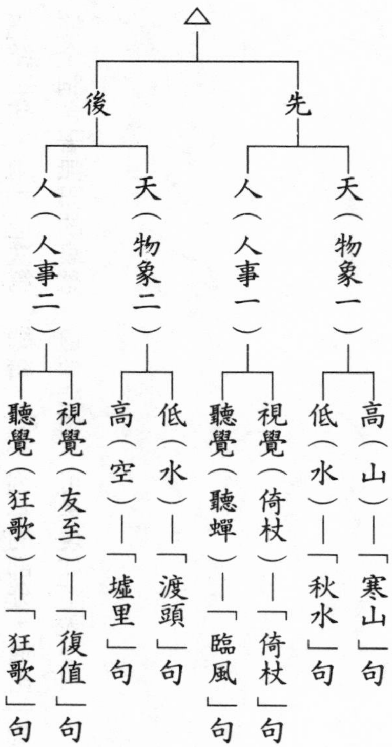


可見在此詩之前後二聯，都形成了「先天後人」的結構。

「先人後天」的，如李清照的〈聲聲慢〉詞：

尋尋覓覓，冷冷清清，悽悽慘慘戚戚。乍暖還寒時候，最難將息。三杯兩盞淡酒，怎敵他、晚來風急。雁過也，最傷心，卻是舊時相識。滿地黃花堆積。憔悴損、如今有誰堪摘。守著窗兒，獨自怎生得黑。梧桐更兼細雨，到黃昏、點點滴滴。這次第，怎一箇愁字了得。

這闋詞旨在寫「愁」。它就「篇」此一層而言，是用「先因後果」㉕的結構寫成的。「因」的部分，自篇首至「到黃昏」句止，主要採「凡、目、凡」順序來寫：頭一個「目」，指「尋尋」三句，共疊十四個字，寫在秋涼時，因尋覓舊跡，卻物是而人非，故倍感淒涼，無法自已，含有極强之層次邏輯㉖，爲下句之「最難將息」預築橋梁；而「凡」，乃指「乍暖」二句，既承上也探下地作一總括，不言哀愁而哀愁自見；至於後一個「目」，則自「三杯」句起至「到黃昏」句止，先以「三杯」句，寫試酒的人事景（人），並以「怎敵他」起至「如今」句止，寫風急、雁過、花落等自然景（天）；後以「守著」二句，寫守窗的人事景（人），並以「梧桐」二句，寫雨打梧桐的自然景（天）；針對「最難將息」四字作具體描寫，爲結二句蓄力。「果」的部分，爲結二句，用「這次第」總結上面「因」的部分，逼出一個「愁」字，點醒主旨，以融貫全篇，使全詞含著無盡的哀愁。這種結構，可呈現如下表：

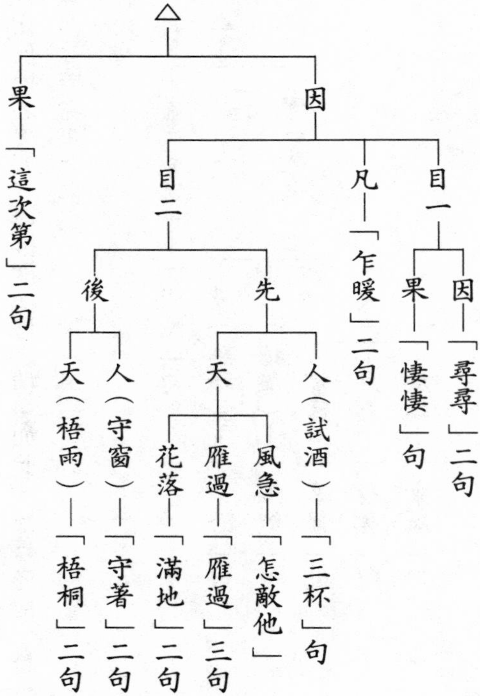


本詞在「目二」的部分，顯然形成了兩疊「先人後天」的結構。

「天、人、天」的，如吳文英的〈浣溪沙〉詞：

門隔花深夢舊遊，夕陽無語雁歸愁。玉纖香動小簾鉤。

落絮無聲春墮淚，行雲有影月含羞。東風臨夜冷於秋。

此詞寫夢後懷舊之情，用「先虛（夢中）後實（夢後）」的順序寫成。其中起句，寫夢中，爲「虛」；而自「夕陽」句起至篇末，寫夢後，爲「實」。開端由「門隔花深」，直接切入夢遊，敍明舊遊之地，寫得極爲幽深、隱約㉗，有「室邇人遠」之意。接著在二、三句，寫夢後捲簾（人事—人），見無語之夕陽與歸燕（自然—天），藉以襯托懷舊之情（愁），很自然地所得之「愁」就格外多了；然後在下片三句，依序寫夢後所見落絮、月羞、風臨等景物（自然—天），而特地又將「絮落」擬之爲「春墮淚」、「行雲有影」喻之爲「月含羞」㉘，且用「冷於秋」强化夜境之淒涼，以推深懷舊之情。如此，懷舊之情（愁）就充滿字裡行間了。據此分析，其結構表可呈現如下：

△
- 虛（夢中）—「門隔」句
- 實（夢後）
  - 天（燕歸）—「夕陽」句
  - 人（捲簾）—「玉纖」句
  - 天
    - 絮落—「落絮」句
    - 月羞—「行雲」句
    - 風臨—「東風」句

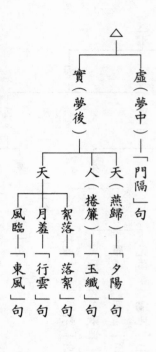

就在「實」（夢後）的部分裡，形成了「天、人、天」的結構。

「人、天、人」的，如馬致遠〈題西湖〉中的〈慶東原〉曲：

> 暖日宜乘轎，春風堪信馬，恰寒食有二百處秋千架。向人嬌杏花，撲人衣柳花，迎人笑桃花。來往畫船遊，招颭青旗掛。

此曲用以寫春景，藉轎馬、秋千、畫船、青旗等人文景色（人），與杏、柳、桃等自然風光（天），活潑地予以呈現，呈現得十分熱鬧，從而襯托出作者此刻喜悅的心情。如果按這種呈現次序，由「天」與「人」切入，則形成了如下結構：

△
- 人（人文）
  - 轎馬──「暖日」二句
  - 秋千──「恰寒食」句
- 天（自然）
  - 杏──「向人」句
  - 柳──「撲人」句
  - 桃──「迎人」句
- 人（人文）
  - 畫船──「來往」句
  - 青旗──「招颭」句

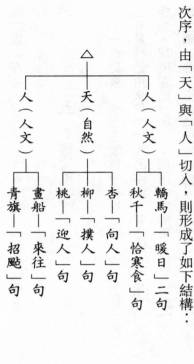

就「篇」而言，它形成了「人、天、人」的結構。

## 五、圖底法

一般說來，作者在辭章中所用之時、空（包括「色」）材料，有一些是充當「背景」用的，也有某些是用來作為「焦點」的。就像繪畫一樣，用作「背景」的，往往對「焦點」能起烘托的作用，即所謂的「底」；而用作「焦點」的，則對「背景」而言，都會產生聚焦的功能，即所謂的「圖」㉙。這種條理用於辭章章法上，也可造成秩序、變化、聯貫的效果，而形成「先圖後底」、「先底後圖」、「圖、底、圖」、「底、圖、底」等結構。「先圖後底」的，如王維的〈竹里館〉詩：

> 獨坐幽篁裡，彈琴復長嘯。深林人不知，明月來相照。

這首詩藉寫幽獨之人與幽獨之景，以襯托出作者幽獨之趣。其中寫「幽獨之人」的，是起二句，用「獨坐」、「彈琴」、「長嘯」來刻畫「人」之幽獨；這是本詩之焦點所在，為「圖」的部分。寫「幽獨之景」的，為結二句，藉「深林」之無人、「明月」之照臨來凸顯「景」之幽獨；

這是本詩的背景所在，與上二句互相對應，而起了很大的烘托作用㉚，爲「底」的部分。據此，其結構表可呈現如下：

△
- 圖（人）
  - 視覺—「獨坐」句
  - 聽覺—「彈琴」句
- 底（景）
  - 低—「深林」句
  - 高—「明月」句

就「篇」而言，它所形成的是「先圖後底」的結構。

「先底後圖」的，如柳宗元的〈江雪〉詩：

千山鳥飛絕，萬徑人蹤滅。孤舟蓑笠翁，獨釣寒江雪。

此詩旨在藉寂靜、孤寒的「人」與「物」，以寫主人翁（蓑笠翁—作者）的傲岸與孤獨，反映出作者超拔的人格㉛。其中「首二句，藉著『山』、『鳥』、『徑』、『人』等『物』，來寫它的背景；而一方面以『千』、『萬』等字，將空間擴大，一方面又以『絕』、『滅』等字，凸顯景物之寂靜；這是

『底』的部分。後兩句，用『舟』、『雪』等『物』，來烘托垂釣的『蓑笠翁』；而以『孤』和『獨』字，刻畫『蓑笠翁』的孤獨；這是『圖』的部分」㉜。這樣來看待這首詩，可畫成如下結構表：

- △
  - 底（大）
    - 高（山）—「千山」句
    - 低（徑）—「萬徑」句
  - 圖（小）
    - 小（舟、翁）—「孤舟」句
    - 大（江、雪）—「獨釣」句

如此切入其「篇」，所形成的是「先底後圖」的結構。

「圖、底、圖」的，如李白的〈登金陵鳳凰台〉詩：

鳳凰台上鳳凰遊，鳳去台空江自流。吳宮花草埋幽徑，晉代衣冠成古邱。三山半落青天外，二水中分白鷺洲。總為浮雲能蔽日，長安不見使人愁。

這首詩藉作者登台之所見所感，以寫其身世之悲與家國之痛㉝。它首先在起聯，叩緊「金陵鳳凰台」，凸出登臨之地點，用「遊」與「去」寫其盛衰，以寓興亡之感；這是頭一個「圖」的

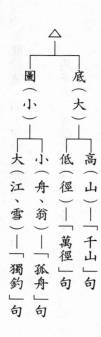

部分。接著在頷、頸兩聯，前以「吳宮」二句，就近寫今日所見「幽徑」與「古邱」之「衰」景，而用「吳宮花草」與「晉代衣冠」帶入昔日之「盛」況，形成强烈對比，以深化興亡之感；後以「三山」二句，將空間擴大，就遠寫今日所見「三山」與「二水」一直延伸到「長安」的山水勝景；這對上敍的「台」或下敍的「人」（不見長安之作者）而言，均有烘托、襯映的作用，是「底」的部分。最後在尾聯，聚焦到自己身上，以「浮雲」之「蔽日」，譬衆邪臣之蔽賢，「長安」之「不見」，喻己之謫居在外，既爲自己被排擠出京而憤懣，又爲唐王朝將重蹈六朝覆轍而憂慮；這是後一個「圖」的部分。循此角度切入，它的結構表是這樣子的：

△
- 圖（台）
  - 盛（鳳遊）—「鳳凰」句
  - 衰（鳳去）—「鳳去」句
- 底（景）
  - 近
    - 幽徑—「吳宮」句
    - 古邱—「晉代」句
  - 遠
    - 山—「三山」句
    - 水—「二水」句
- 圖（人）
  - 因—「總為」句
  - 果—「長安」句

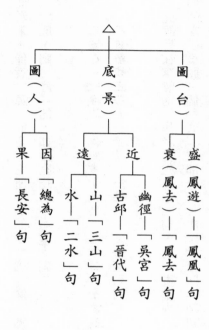

由此看來，僅就「篇」而言，它所形成的是「圖、底、圖」的結構。「底、圖、底」的，如溫庭筠的〈更漏子〉詞：

玉爐香，紅蠟淚。偏照畫堂秋思。眉翠薄，鬢雲殘，夜長衾枕寒。　梧桐樹，三更雨，不道離情正苦。一葉葉，一聲聲，空階滴到明。

此詞旨在寫離情。作者首先以起二句，寫一畫堂內，正燃著爐香、流著蠟淚的背景，作爲敍寫的開端，爲頭一個「底」的部分。其次以「偏照」四句，聚焦於畫堂中的一個美人，即本詞之主人翁，採「先泛寫後具寫」的順序，先以紅蠟之「偏照」作橋梁，泛寫這個美人正坐在畫堂內悲秋，再具寫她的眉薄、鬢殘與床上衾枕之寒，生動地將抽象的悲秋之情加以形象化；這是「圖」的部分。然後以下片六句，承「夜長衾枕寒」句㉞，寫畫堂外聲聲梧桐夜雨、滴階至明的情景，結合上片之爐香、蠟淚，一外一內地對「秋思」之美人，作有力之烘托、映襯，凸顯了焦點，使作品產生最大的感染力；這是後一個「底」的部分。從這個角度切入，可形成如下結構：

- △
  - 底
    - 玉爐—「玉爐香」
    - 紅蠟—「紅蠟淚」
  - 圖
    - 泛寫—「偏照」句
    - 具寫—「眉翠薄」三句
  - 底
    - 點—「梧桐樹」二句
    - 染
      - 因—「不道」句
      - 果—「一葉葉」三句

此就「篇」而言，所形成的是「底、圖、底」的結構。

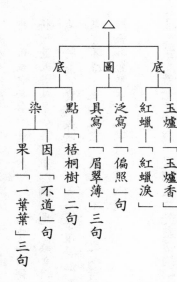

## 六、敲擊法

「敲擊」一詞，一般用作同義的合義複詞，都指「打」的意思。但嚴格說來，「敲」與「擊」兩個字的意義，卻有些微的不同，《說文》說：「敲，橫擿也。」徐鍇《繫傳》：「橫擿，從旁橫擊也。」而《廣韻・錫韻》則說：「擊，打也。」可見「擊」是通指一般的「打」，而「敲」則專指從旁而來的「打」。也就是說，以用力之方向而言，前者可指正（前後）面，也可指側面，而後者卻僅可指側面。依據此異同，移用於章法，用「敲」專指側寫，用「擊」專指正寫，以區隔這種篇章條理與「正反」、「平側」（平提側注）、賓主等章法㉟的界線，希望在分析辭章時，能因而更擴大其適應的廣度與貼切度。而這種篇章條理，也和其他章法一樣，可形成「先敲後擊」、「先擊後敲」、「敲、擊、敲」、「擊、敲、擊」等結構，以產生秩序、變化、聯貫（呼應）的作用。「先敲後擊」的，如蘇轍〈黃州快哉亭記〉的一段文字：

昔楚襄王從宋玉、景差於蘭台之宮，有風颯然而至者，王披襟當之曰：「快哉此風！寡人所與庶人共者耶？」宋玉曰：「此獨大王之雄風耳，庶人安得共之！」玉之言蓋有諷焉。夫風無雌雄之異，而人有遇不遇之變。楚王之所以為樂，與庶人之所以為憂，此則人之變也，而風何與焉？士生於世，使其中不自得，將何往而非病？使其中坦然，不以物傷性，將何適而非快？今張君不以謫為患，竊會計之餘功，而自放山水之間，此其中宜有以過人者。將蓬戶甕牖無所不快，而況乎濯長江之清流，揖西山之白雲，窮耳目之勝以自適也哉？不然，連山絕壑，長林古木，振之以清風，照之以明月，此皆騷人思士之所以悲傷憔悴而不能勝者，烏睹其為快也哉？

這段文字，就全文來說，是屬於「先敘後論」中「論」的部分。作者在此，首先以楚襄王與宋玉的一番對話（「昔楚襄王……安得共之」），敘出「快哉」，並由此帶出一節文字（「玉之言……而風何與焉」），作側面議論（論端），爲底下鎖定主人翁張夢得之事加以發揮的正面議論，充當橋梁㊱；這是「敲」的部分。其次先著眼於「全」（「士生於世……物傷性」），拈出「快哉」之旨，再以著眼於「偏」（「今張君……爲快也哉」），特就張夢得之謫，從正面（對側面而言）握定「快哉」之旨予以發揮㊲；這是「擊」的部分。據此，其結構表可呈現如下：

△
- 敲
  - 論據—「昔楚襄王……安得共之」
  - 論點—「玉之言……風何與焉」
- 擊
  - 全
    - 正—「士生於世」三句
    - 反—「使其中坦然」三句
  - 偏
    - 正—「今張君……自適也哉」
    - 反—「不然……為快也哉」

就此段文字來說，是形成「先敲後擊」的結構的。

「先擊後敲」的，如韓愈的〈送董邵南遊河北序〉：

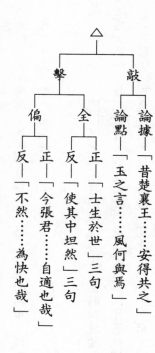

燕趙古稱多感慨悲歌之士。董生舉進士，連不得志於有司，懷抱利器，鬱鬱適茲土，吾知其必有合也。董生勉夫哉！

夫以子之不遇時，苟慕義彊仁者，皆愛惜焉。矧燕趙之士，出於其性者哉！然吾嘗聞風俗與化移易，吾惡知其今不異於古所云邪？聊以吾子之行卜之也。

吾因子有所感矣。為我弔望諸君之墓，而觀於其市，復有昔時屠狗者乎？為我謝曰：「明天子在上，可以出而仕矣。」

此文爲一贈序，寫以送董邵南往遊河北。由於當時河北藩鎮不奉朝命，送行之人「斷無言其當往之理，若明言其不當往，則又多此一送」㊳，所以作者就避開河北之「今」，而從其「古」下筆。首先自開篇起至「出乎其性者哉」句止，以「因、果、因」的順序，說古時之燕趙（即河北）多「慕義彊仁」的豪傑之士，從正面預卜董生此行必受到「愛惜」而「有合」，以見其當往；其次自「然吾嘗聞」句起至「董生勉乎哉」句止，說如今燕趙之風俗，或許已與古時有所不同，從反面勉董生聊以此行一卜其「合與不合」㊴，以進一步見其當往；以上兩段，直接扣住董生之當「遊河北」來寫，是「擊」的部分。最後以末段，筆鋒一轉，旁注於燕趙之士身上，要董生傳達「明天子在上」而勸他們來仕之意，含董生不當往的暗示作收㊵；這是「敲」的部分。由此角度分析，可畫成如下結構表：

- △
  - 擊
    - 正
      - 因 ——「燕趙」句
      - 果 ——「董生舉進士」六句
      - 因 ——「夫以子」五句
    - 反
      - 因 ——「然吾嘗聞」二句
      - 果 ——「聊以吾子」二句
  - 敲
    - 泛 ——「吾因子」句
    - 具 ——「為我弔」六句

從「篇」來看，它是形成「先擊後敲」的結構的。

「敲、擊、敲」的，如辛棄疾的〈賀新郎〉詞：

綠樹聽鵜鴂，更那堪、鷓鴣聲住，杜鵑聲切！啼到春歸無尋處，苦恨芳菲都歇。算未抵人間離別：馬上琵琶關塞黑，更長門翠輦辭金闕。看燕燕，送歸妾。　將軍百戰身名裂，向河梁回頭萬里，故人長絕。易水蕭蕭西風冷，滿座衣冠似雪。正壯士、悲歌未徹。啼鳥還知如許恨，料不啼清淚長啼血。誰共我，醉明月。

這闋詞題作「別茂嘉十二弟。鵜鴂、杜鵑實兩種，見《離騷補注》」，是用「先賓後主」的順序寫成的。其中的「賓」，先以「綠樹」句起至「苦恨」句止，從側面切入，用鵜鴂、鷓鴣、杜鵑等春鳥之啼春，啼到春歸，以寫「苦恨」；這是頭一個「敲」的部分。再以「算未抵」句起至「正壯士」句止，由「鳥」過渡到「人」，採「先平提後側收」㊶的技巧，舉古代之二女（昭君、歸妾）二男（李陵、荊軻）爲例，來寫人間離別的「苦恨」，暗涉慶元黨禍，將朝臣之通敵與志士之犧牲，構成强烈的對比，以抒發家國之恨㊷；這是「擊」的部分。末以「啼鳥」二句，又應起回到側面，用虛寫方式，推深一層寫啼鳥的「苦恨」；這是後一個「敲」的部分。而「主」，則正式用「誰共我」二句，表出惜別「茂嘉十二弟」之意，以收拾全篇。所謂「有恨無人省」，作者之恨在其弟離開後，將要變得更綿綿不盡了。這樣的結構，可用下表來表示：

- △
  - 賓
    - 敲
      - 目
        - 鵜鴂—「綠樹」句
        - 鷓鴣—「更那堪」句
        - 杜鵑—「杜鵑」句
      - 凡—「啼到」二句
    - 擊
      - 平提
        - 昭君—「馬上」二句
        - 歸妾—「看燕燕」二句
        - 李陵—「將軍」三句
        - 荊軻—「易水」二句
      - 側收—「正壯士」句
    - 敲—「啼鳥」二句
  - 主—「誰共我」二句

在「賓」的部分，是形成「敲、擊、敲」的結構的。

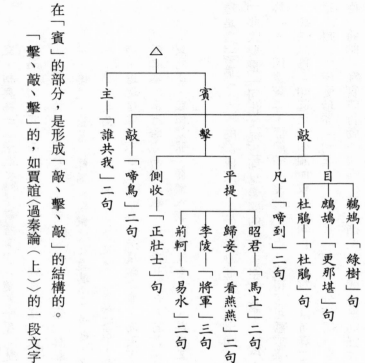

「擊、敲、擊」的，如賈誼〈過秦論（上）〉的一段文字：

孝公既沒，惠文、武、昭襄，蒙故業，因遺策，南取漢中，西舉巴蜀，東割膏腴之地，北收要害之郡。諸侯恐懼，會盟而謀弱秦，不愛珍器重寶肥饒之地，以致天下之士，合縱締交，相與為一。當此之時，齊有孟嘗，趙有平原，楚有春申，魏有信陵；此四君者，皆明智而忠信，寬厚而愛人，尊賢重士，約從離橫，兼韓、魏、燕、趙、齊、楚、宋、衛、中山之眾。於是六國之士，有甯越、徐尚、蘇秦、杜赫之屬為之謀；齊明、周最、陳軫、昭滑、樓緩、翟景、蘇厲、樂毅之徒通其意；吳起、孫臏、帶佗、兒良、王廖、田忌、廉頗、趙奢之倫制其兵。嘗以十倍之地，百萬之眾，叩關而攻秦。秦人開關延敵，九國之師，逡巡遁逃而不敢進。秦無亡矢遺鏃之費，而天下諸侯已困矣。於是從散約解，爭割地而賂秦。秦有餘力而制其敝，追亡逐北，伏尸百萬，流血漂櫓；因利乘便，宰割天下，分裂河山，強國請服，弱國入朝。施及孝文王、莊襄王，享國日淺，國家無事。

這是〈過秦論（上）〉的次段文字，承首段㊸進一步寫秦國之強大。它首先以「孝公既沒」句起至「北收要害」句止，從正面寫秦國的三位君王（惠文、武、昭襄），在孝公之後，由於「蒙故業」、「因遺策」，而繼續在侵蝕六國上，獲得了可觀成果；這是頭一個「擊」的部分。其次以「諸侯恐懼」句起至「叩關而攻秦」句止，極寫六國抗秦之事：先以「諸侯恐懼」二句，作一總括；再以「不愛珍器」句起至「制奇兵」句止，分策略（合縱）、人力（賢相、兵眾、謀士、使臣、將帥）和實際行動（攻秦）等，凸顯出六國抗秦的強大力量；作者這樣寫六國之強大，對寫秦國之强大而言，與其說是「反襯」㊹，不如說是「側寫」，因此這是「敲」的部分。又其次以「秦人開關」句起至「弱國入朝」句止，又由側面轉爲正面，將六國之强大轉爲秦國之最後勝利，以極寫秦國的强大；這是後一個「擊」的部分。最後以「施及」三句，虛敍昭襄王後兩位君王（孝文、莊襄）之事，以過渡到第三段，與秦始皇相連接，充分發揮了橋梁的作用。如此看待此段文字，可用下表來呈現它的結構：

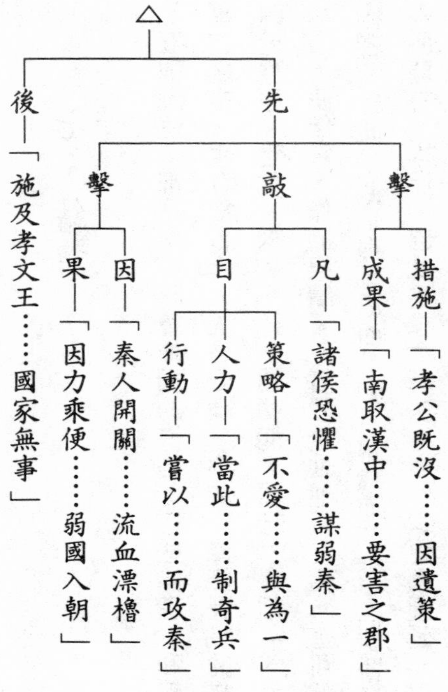

單就這一段「先」的部分來說，是形成「擊、敲、擊」的結構的。

## 七、結語

以上五種章法，都是用於謀篇佈局的條理。這些條理，和形成其他章法的條理一樣，不僅存於萬事萬物之中，也存於古今人人之心理，串成一條條長長的無形鎖鏈，以通貫物我、人我，呈現它們歸於秩序、變化、聯貫、統一的功能，而把「心理」、「現象」（作品）和「美感」三者打成一片㊺，使作者、作品與讀者三者緊緊地連爲一體，這可說是自然而然的事。但由於一般人（包括作者）對此，似乎都日用而不知、習焉而不察，而誤以爲「章法」乃出自「人爲」的枷鎖，致多所蔑視、排斥，因此爲求「章法」之條理更趨周延，以消除一些誤會，便鍥而不捨，將幾十年來分析辭章時所漏失的一些特殊條理，再整理出五種，一方面拿來就教於方家學者，一方面也稍稍爲辭章章法學之研究盡一份心力。

注　釋

①見拙作〈談辭章章法的主要內容〉、〈談篇章結構〉，《章法學新裁》（萬卷樓圖書有限公司，民國九十年一月初版），頁三一九～三六〇、三六二～四一九。

②即章法的四大原則，也稱四大律，同①，頁三一六～三六〇。又參見拙作〈論辭章章法的四大律〉（《國文天地》十七卷四期，民國九十年九月），頁一〇一｜一〇七。

③見仇小屏《篇章結構類型論》上、下（萬卷樓圖書有限公司，民國八十九年二月初版），頁一｜六二〇。

④同①，頁三二四～三三六。又同③，頁一〇五～一二二、一八一～一九八。

⑤陳沆：「公被謫後有〈詠燕〉詩云：『無心與物競，鷹隼莫相猜。』即此旨也。孤鴻自喻，雙翠鳥喻林甫、仙客。」見高步瀛選注《唐宋詩舉要》（學海出版社，民國六十二年二月初版），頁八。

⑥八陣圖在四川府夔州奉節縣南。同⑤，頁七六六～七六七。

⑦劉開揚：「『遺恨失吞吳』有幾種解說，朱鶴齡說是諸葛不能勸止先主征吳，致秭歸挫辱；劉逴說先主欲吞吳而不知用諸葛所製陣法，以致失敗（黃生《杜詩說》卷十解同），這樣解說更切題旨些。」見《唐詩的風采》（世紀出版集團、上海書店出版社，二〇〇〇年六月一版一刷），頁三二一。

⑧抑揚法的一種結構。見拙作〈談運用詞章材料的幾種基本手段〉，《國文教學論叢》（萬卷樓圖書有限公司，民國八十年七初月版），頁三五一～四〇八。另參仇小屏《篇章結構類型論》下（萬卷樓圖書有限公司，民國八十九年二月初版），頁四五九～四八三。

⑨鄧廣銘：「山園，稼軒之帶湖居第，乃建於信州附郭靈山之隈者，故洪邁〈稼軒記〉有『東岡西阜，北墅南麓』等語，稼軒因亦自稱『山園』。」見《稼軒詞編年箋注》（華正書局，民國六十七年十二月），頁一五六。

⑩同⑨。

⑪「正氣」源自於孟子所謂的「浩然之氣」，參見何寄澎〈正氣歌評析〉，《高中國文教學參考資料》下（五南圖書出版公司，民國八十四年五月初版一刷），頁六六七～六七六。

⑫「凡」，指總括，與指條分之「目」，形成凡目法，爲主要章法之一。見拙作〈凡目法在高中國文課文裡的運用〉、〈凡目法在國中國文課文裡的運用〉，《國文教學論叢續編》（萬卷樓圖書有限公司，民國八十七年三月初版），頁一九一～二四七。

⑬爲平側（平提側注）法的一種結構。見仇小屏〈平提側注法的理論與應用〉，《第一屆中國修辭學學術研討會論文集》（中國修辭學會、台灣師大國文系，民國八十八年六月），頁五五一～五七三。另參見其《篇章結構類型論》下，同③，頁五〇三～五二九。

⑭《顏氏家訓．雜藝》：「武烈太子偏能寫眞，坐上賓客，隨宜點染，即成數人，以問童孺，皆知姓名矣。」見李振興、黃沛榮、賴明德《新譯顏氏家訓》（三民書局，民國八十二年九月初版），頁三八六。

⑮劉熙載《藝概．詞曲概》：「詞有點有染，柳耆卿〈雨霖鈴〉云：『多情自古傷離別，更那堪、冷落清秋節。今宵酒醒何處，楊柳岸，曉風殘月。』上二句點出離別冷落，『今宵』二句乃就上二句意染之。」見《劉熙載文集》（江蘇古籍出版社，二〇〇〇年十二月一版一刷），頁一四七。

⑯虛實法涵蓋眞假、敘論、情景與時（今昔與未來）、空（目見與設想）等章法，形成一大家族。見拙作〈談運用詞章材料的幾種基本手段〉，同⑧，頁三六二～三七二。又參見陳佳君〈虛實章法析論〉（台灣師

大碩士論文，民國九十年四月），頁一～二八九。

⑰「敍論」爲主要章法之一。見拙作〈談採先敍後論的形式所寫成的幾篇課文〉，《國文教學論叢》（萬卷樓，民國八十年七月初版），頁一二一～一三〇。又參見仇小屏《文章章法論》（萬卷樓圖書有限公司，民國八十七年十一月初版），頁二四七～二六〇。

⑱本故事是寓言式的，而情節精彩，如同一篇雛形短篇小說。參見夏傳才主編《中國古代文學名篇選讀——先秦兩漢三國六朝卷》（南開大學出版社，二〇〇一年三月一版一刷），頁一二九～一三〇。

⑲此句在敍事中帶寫景，故說是敍事或寫景，都可以。木齋即以爲乃寫景，說此詞「結句以景結情，意象淒美，令人回味無盡。結句以景結情，爲後人效法的門徑之一」。見《唐宋詞流變》（京華出版社，一九九七年十一月一版一刷），頁二六。如此則可形成「景、情、景」之結構，見拙著《詞林散步—唐宋詞結構分析》（萬卷樓圖書有限公司，民國八十九年一月初版），頁二〇～二一。

⑳換句話說，就是告訴人「世上無難事，只怕有心人。只要有決心，有持之以恆的精神，那麼再艱難的事情也不在話下」。見王景琳、徐匋編《歷代寓言名篇大觀》（未來出版社，一九八八年九月一版一刷），頁二二三—二二六。

㉑也可由「因果」的角度切入，形成「先因後果」的結構，見拙著《文章結構分析——以中學國文課文爲例》（萬卷樓圖書有限公司，民國八十八年五月初版），頁一二九～一三三。

㉒吳曾：「方回眷一姝，別久，姝寄詩云：『獨倚危欄淚滿襟，小園春色懶追尋。深恩縱似丁香結，難展

芭蕉一片心。』賀因賦此詞，先敍分別景色，後用所寄詩成〈石州引〉云。」見《詞話叢編㈠・能改齋詞話》（新文豐出版公司，民國七十七年二月台一版），頁一三九。

㉓唐圭璋：「『憔悴』兩句，以景收，寫出兩地相思，視前更進一層。」見《唐宋詞簡釋》，木鐸出版社，民國七十一年三月初版），頁一一九。

㉔李浩說此詩：「全詩具有時間的特指（『落日』時分）和空間位置的具體固定，通過『（柴門）外』、『（渡）頭』、『（墟）里』、『（五柳）前』等方位名詞，勾勒出景物的相互位置關係，景物具有空間開發性，既活潑無礙，又彼此依存，是構成整個畫面諧調的一個部分。讀這樣的詩，應該在一個時間的片刻裡從空間上去理解作品，把握詩人用最高的藝術手腕所凝定下來的富有包孕性的瞬間印象。」見《唐詩的美學闡釋》（安徽大學出版社，二〇〇〇年四月一版一刷），頁二五五。

㉕爲因果法的一種結構，見拙著《章法學新裁》，同①，頁四八一～四八八。又見仇小屏《篇章結構類型論》上，同①，頁二〇八～二二五。

㉖唐圭璋：「起下十四個疊字，總言心情之悲傷。中心無定，如有所失，故曰『尋尋覓覓』。房櫳寂靜，空床無人，故曰『冷冷清清』。『悽悽慘慘戚戚』六字，更深一層，寫孤獨之苦況，愈難爲懷。」同㉓，頁一四五。又木齋：「起首突兀而起，連用十四個疊字，寫出自己的尋覓、冷清與悽慘。『尋尋覓覓』，未言賓語，尋覓的是什麼？是失去的愛情、伴侶？是永難尋回的青春？是冷落的故國？還是兼而有之？尋覓之不得而覺『冷冷清清』，冷清之甚而覺『悽悽慘慘戚戚』。內在的層次邏輯很強。」同⑲，頁二二七。

㉗吳惠娟：「『門隔花深』既指所夢的舊遊之地，又寫出了夢境的幽深與隱約。」見《唐宋詞審美觀照》（學林出版社，一九九九年八月一版二刷），頁一四。

㉘陳文華：「柳絮點點，其狀正如淚痕，而柳絮墮於春日，故曰『春墮淚』；而己亦正爲懷人之悲而墮淚，故寫絮亦是寓己。月爲雲遮，恍若含羞，而人亦因相隔而不得覿面，故寫月亦是喻所思之人。」見《海綃翁夢窗詞說詮評》（里仁書局，民國八十五年二月初版），頁一二九。

㉙王秀雄：「在視覺心理上，把視覺對象從背景浮現出來，而讓我們認識得到的，叫做『圖』（figure）……其周圍之背景，叫做『地』（ground）。」見《美術心理學》（三信出版社，民國六十四年初版）頁一二六。又參見仇小屏〈論「圖底」章法的空間結構〉（《國文天地》，十七卷五期，民國九十年十月）頁一〇〇～一〇四。

㉚喻守眞：「此詩是寫獨坐遣興，其中以『獨坐』與『人不知』相映帶，『幽篁』與『深林』相回應。再用『明月』與『幽篁』，構成一幅美景；用『彈琴』與『長嘯』，寫出一份閒情。」見《唐詩三百首詳析》（台灣中華書局，民國八十五年四月台二十三版五刷），頁二六六。又仇小屏說此詩：「在『底』的烘襯之下，幽雅的氛圍彷彿籠罩著這幽獨之人（圖），幽獨之趣就悠然而生了。」見〈論「圖底」章法的空間結構〉，同㉙，頁一〇二。

㉛李浩：「柳宗元〈江雪〉一詩在結構上也採用了層進聚焦的方式……它把讀者的審美注意力由遠到近、由大到小地集中到孤舟獨釣者的形象上。表面看來，詩的境界愈縮愈小，實際上漁翁的形象在讀者心靈中

所佔有的位置卻愈來愈大。它不僅佔據了畫面的中心，而且佔據了讀者的整個心靈，詩人在詩中主要是爲了突出『孤舟』、『獨釣』的漁翁形象，以表現他的遺世獨立的意趣、耿介超拔的人格。」同㉑，頁九一～九二。

㉜見拙作〈主旨置於篇外的謀篇形式——以詩詞爲例〉，《第三屆中國修辭學學術研討會論文集》（中國修辭學會、銘傳大學應用中文系所，民國九十年六月），頁一一一九。

㉝袁行霈說此詩「寫出了自己獨特的感受，把歷史的典故、眼前的景物和詩人自己的感受，交織在一起，抒發了憂國傷時的懷抱。」見《唐詩大觀》（商務印書館香港分館，一九八六年一月一版二刷），頁三二九。

㉞趙山林：「譚獻評此詞下片：『似直下語，正從「夜長」逗出。』愁人不寐，倍覺夜長，故而梧桐夜雨之聲方能聲聲入耳。」見《詩詞曲藝術論》（浙江教育出版社，一九九八年六月一版一刷），頁一五二。

㉟「敲擊」，主要在用不同事物以表達同類情意時，藉「敲」加以引渡或旁推，來呼應「擊」的部分，與「正反」、「賓主」之彼此映襯或「平側」之有所偏重者不同。「正反」、「平側」、「賓主」等法，參見拙著《章法學新裁》，同①，頁三四五～三六〇。另參仇小屏《篇章結構類型論》下，同④，頁三七四～五二九。

㊱王文濡在「而風何與焉」下評注：「因『快哉』二字，發此一段論端，尋說到張夢得身上，若斷若續，無限煙波。」見《精校評注古文觀止》（台灣中華書局，民國六十一年十一月台六版）卷十一，頁三八。

㊲王文濡在「以自適也哉」下評注：「緊收正寫『快哉』，何等酣暢！」同㊱。

㊳見林雲銘《古文析義》上（廣文書局，民國五十四年十月再版），頁二一六。

㊴王文濡在首段下評注：「此段勉董生行，是正寫。」在次段下評注：「此段勉董生行，是反寫。」同㊱，卷八，頁三六～三七。

㊵王文濡在篇末評注：「送董生，卻勸燕趙之士來仕，則董生之不當往，已在言外。」同注三六，卷八頁三七。

㊶見拙作〈談「平提側收」的篇章結構〉，同①，頁四三五～四五九。

㊷鞏本棟：「鄧小軍先生所撰《辛棄疾〈賀新郎・別茂嘉弟〉詞的古典與今典》一文……認爲辛棄疾〈賀新郎〉詞的主要結構，『乃是古典字面，今典實指。即借用古典，以指靖康之恥、岳飛之死之當代史。從而亦寄託了稼軒自己遭受南宋政權排斥之悲憤，及對南宋政權對金妥協投降政策之判斷。』」見《辛棄疾評傳》（南京大學出版社，一九九八年十二月一版一刷），頁四〇〇～四〇一。又參見拙作〈《宋詞拾玉》㈣——辛棄疾的〈賀新郎〉〉（《國文天地》十二卷一期，民國八十五年六月），頁六六～六九。

㊸過秦論（上）〉前三段，依次寫秦强之始、秦强之漸、秦强之最。林雲銘在首段下注：「已（以）上言秦强之始。史載孝公發憤修政，故首言孝公。」同㊳，頁一三二。

㊹一般文論家都視爲「反襯」，如王文濡在「相與爲一」句下評注：「正欲寫秦之强，忽寫諸侯，作反襯。」又在「尊賢而重士」句下評注：「極贊四君，以反襯秦之强。」又在「趙奢之倫制其兵」句下評

注：「極寫諸侯得人之盛，以反襯秦之强。」同㊱，卷六，頁六～七。再如王根林在論此文特色時，特標「反襯」一項：「上篇寫秦始皇以前幾代君主雄踞關中、俯視山東各國的形勢，是從描寫山東諸國的威勢著筆的：『當是時……中山之衆』，還有一大批優秀的政治家、外交家、軍事家爲本國出謀獻策、馳騁疆場，『常（嘗）以十倍之地、百萬之衆叩關而攻秦』。儘管他們地廣兵衆，人才薈萃，然而『秦人開關而延敵，九國之士（師）逡巡遁逃而不敢進』。這樣寫，比直接描繪秦國如何强大，顯然能收到更好的效果。同樣，寫秦王朝在風雨飄搖中一朝傾覆，也是用它的對立面陳涉之弱小加以反襯的。」見《古代文學作品鑑賞》（上海古籍出版社，一九八八年三月一版一刷），頁四八～四九。

㊺結合心理基礎與美感效果來研究「章法」，求的正是「眞、善、美」。台灣師大國研所博、碩士在近幾年來，已有多人以學位論文來進行這一方面之研究，見拙作〈卻顧所來徑——《章法學新裁》代序〉（《國文天地》，十六卷八期，民國九十年一月），頁一〇〇～一〇五。

（原載《國文學報》三十一期，二〇〇二年六月，頁一七五～二〇四）

# 文章主旨置於篇外的謀篇形式

## ——以詩詞爲例

### 一、前言

文章的主旨，乃「一篇之警策」①，有置於篇內或篇外者②。置於篇內者，又有置於篇首、篇腹與篇末等三種③，因它們各有各的好處，一直以來就受到辭章家的重視。而置於篇外者，則由於它「意在言外」④，可以形成含蓄之美，更贏得衆人的青睞。《文心雕龍・隱秀》說：

> 隱也者，文外之重旨也⑤。

而司空圖《詩品二十四則》則說：

不著一字，盡得風流。語不涉難，已不堪憂。是有真宰，與之沉浮。如淥滿酒，花時返秋。悠悠空塵，忽忽海漚。淺深聚散，萬取一收⑥。

所謂「隱」、「不著一字，盡得風流」說的便是這種「含蓄」的特點。一般說來，文章的內容成分，可概括爲「情」、「理」、「景」（物）、「事」等四種⑦。其中「情」或「理」，可說是一篇之主腦，亦即主旨，爲核心成分；而「景」（物）或「事」，則全屬具體材料，主要爲「情」或「理」來服務，爲外圍成分。它們的相互關係，可以王國維所說「一切景語皆情語」⑧爲基礎，擴而大之，表示如下：

一切 景（物）／事 語皆 情／理 語

通常，一篇文章裡都會包含核心（情或理）與外圍（景或事）成分，這是主旨置於篇內的通則。不過，也有通篇未出現核心「情語」或「理語」的，這就是主旨安置於篇外的一大特點，換句話說，此類文章從頭到尾，只是將「景」（物）或「事」的具體材料加以組合而已。本文即僅就這種「景」（物）或「事」所形成的一些類型，單著眼於「篇」⑨，分述如左：

## 二、單一類型

一篇文章所用的具體材料，如完全或主要是「景」（物）與「事」的，便屬單一類型[10]。底下就分「景」（物）與「事」兩種加以說明。

### ㈠單「景」（物）類型

所謂「景」，是由單一的「物」（包含自然與人文）或幾種不同的「物」所組合而成的。單就「物」來說，「凡是存於天地宇宙之間的實物或東西都可以成爲文章的材料。以較大的物而言，如天（空）、地、人、日、月、星、山、（陸）水（川、江、河）、雲、風、雨、雷、電、煙、嵐、花、草、竹、木、（樹）、泉、石、鳥、獸、蟲、魚、室、亭、珠、玉、朝、夕、晝、夜、酒、餚……等就是；以個別的物件而言，如桃、杏、梅、柳、菊、蘭、蓮、茶、麥、梨、棗、鶴、雁、鶯、鷗、鷺、鵜鴂、鷓鴣、杜鵑、蟬、蛙、鱸、蚊、蟻、馬、猿、笛、笙、琴、瑟、琵琶、船、旗、轎……等就是。這些物材可說是無奇不有，不可勝數」[11]。如柳宗元的〈江雪〉詩：

千山鳥飛絕，萬徑人蹤滅。孤舟蓑笠翁，獨釣寒江雪。

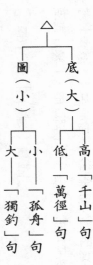

此詩首兩句，藉著「山」、「鳥」、「徑」、「人」等「物」表寫它的背景；而一方面以「千」「萬」等字，將空間擴大；一方面又以「絕」、「滅」等字，凸顯景物之寂靜；這是「底」⑫的部分。後兩句，用「舟」、「雪」等「物」來烘托垂釣的「蓑笠翁」；而以「孤」和「獨」字刻畫「蓑笠翁」的孤獨；這是「圖」⑬的部分。它的結構表是這樣的：

- △
  - 底（大）
    - 高──「千山」句
    - 低──「萬徑」句
  - 圖（小）
    - 小──「孤舟」句
    - 大──「獨釣」句

作者在篇內這樣寫「景」（物），卻從篇外帶出主旨，使人強烈感受到「蓑笠翁」的「傲岸」與「寂寞」。李淼、李星說：「此詩係詩人貶爲永州司馬時所作，顯然是把自己比作『獨釣寒江雪』的漁翁，表現他雖因參加革新運動而遭受迫害，處於孤立，但仍然無所畏懼，不向反動勢力屈服的鬥爭精神。詩中不僅顯示了詩人傲骨錚錚的氣概，也表現了詩人寂寞的情懷。在白茫茫的曠野裡，寒江獨釣，這意境是多麼高遠。寄興高潔，形象超羣，是這首詩的重旨。」⑭明白指出了本詩的主旨。又如謝翱的「效孟郊體」詩：

> 閒庭生柏影，荇藻交行路。忽忽如有人，起視不見處。牽牛秋正中，海白夜疑曙。野風吹空巢，波濤在孤樹。

這首詩的首、次二聯，寫的「物」（景），是庭中所見之柏影、荇藻和人；三聯循著視線之開拓，寫的「物」（景），是遠方的天和水；末聯則又將視線拉回到庭中的柏樹之上。這種安排形成了「近、遠、近」的結構。它的結構表是這樣子的：

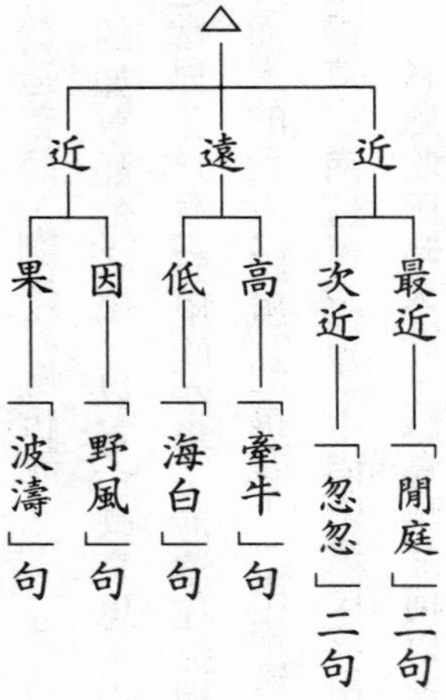

對於這首詩，劉揚忠解析說：「（此詩）以漫漫秋夜喻宋亡後社會的蕭條之狀。前四句寫獨步庭中的如夢如幻之感，以寄亡國哀思。『牽牛』二句進一步寫幻覺，凸出了亡國孤臣的絕望之感。這當兒，只有『野風吹空巢，波濤在孤樹』這個景致是實實在在的，絕非幻覺。這兩句是說：在自外而入的元人『野風』的摧殘下，南宋這個『巢』被掃空了！現在江山易主，只有元軍的『波濤』在繼續掃蕩江南這棵『孤樹』！南宋遺民喜用秋風秋雨摧毀鳥巢來比喻國亡之禍，如汪元量〈越州歌〉云：『秋風吹雨暗天涯，越鳥巢翻何以家？』謝翱此詩與汪詩同意。」⑮可見此詩的主旨是見於篇外的。又如周密的〈聞鵲喜〉詞：

吳山觀濤

天水碧，染就一江秋色。鼇戴雪山龍起蟄，快風吹海立。　數點煙鬟清滴，一杼霞綃紅濕。白鳥明邊帆影直，隔江聞夜笛。

這闋詞詠錢塘江潮，是按時間先後，由潮起（先）寫到潮過（後）的。寫潮起（先）的部分，爲上片。先以起二句，寫江天一碧的秋色，爲潮起設下遠大的背景。後以「鼇戴」二句，寫潮水陡起的迅猛景象；作者在此，除用鼇背雪山、龍騰水底來加以形容外，又以「快風」來推波助瀾，這樣當然就使「海」空高立了。而寫潮過（後）的部分，爲下片。它先以「數點」二句，寫潮過後的遠山和雲霞，在煙水上，一青一紅，顯得格外綺麗。後以「白鳥」二句，就視覺，寫帆影邊的鷗鷺；就聽覺，寫隔江傳來的夜笛。作者就如此以淒清的景象，如上片所寫潮來時壯觀動景，形成强烈對比；尤其是末尾「隔江聞夜笛」以聽覺的描寫收束全篇的視覺描寫，從藝術境界上來看，從極喧鬧寫到極寂靜，是極有餘韻的一筆」⑯。這一筆的確收到了極大的效果。它的結構表是這樣子的：

△
- 潮來（先）
  - 遠—「天水碧」二句
  - 近
    - 騰湧—「鰲戴」句
    - 高立—「快風」句
- 潮過（後）
  - 遠—「數點」二句
  - 近
    - 視覺—「白鳥」二句
    - 聽覺—「隔江」句

雖然有人以爲此詞「作意如題」⑰，但就其結句看來，卻該有杜牧〈商女不知亡國恨，隔江猶唱後庭花〉（〈泊秦淮〉）的感喟。蕭鵬以爲此句「似收未收，似闔未闔，頗有『餘音裊裊，不絕如縷』之感，與唐人的『曲終人不見，江上數峯青』（錢起〈湘靈鼓瑟〉）同有『言有盡而意無窮』之

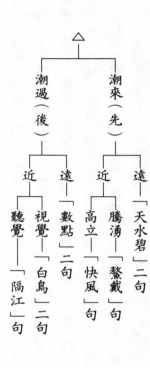

妙」⑱，所謂「意無窮」之「意」，該是指這種江山雖麗卻已易色的亡國之痛吧！

㈡單「事」類型

以「事」來說，「凡是發生在天地宇宙之間的事情都可以成爲文章的材料。以抽象的事類而言，如取捨、公私、出入、聚散、得失、逢別、迎送、仕隱、悲喜、苦樂、歌舞、來（還）往（去）、成敗、視聽、醒醉、動靜，甚至入夢、弔古、傷今、閒居、出遊、感時、恨別、雪恥、滅恨、修身、齊家、治國、平天下，泛論、舉證、經過、結果……等就是；以具體的事件而言，如乘船、折荷、繞室、讀書、醉酒、離鄉、還家、邀約、赴約、生病、吃糠、遊山、落淚、彈箏、倚杖、聽蟬、接信、拆信、羅酒漿、備飯菜、甚至孝、悌、敬、信、慈……等就是。這些事材，可說俯拾皆是，多得數也數不清」⑲。如杜甫的〈石壕吏〉詩：

暮投石壕村，有吏夜捉人。老翁踰牆走，老婦出看門。吏呼一何怒，婦啼一何苦。聽婦前致詞：「三男鄴城戍，一男附書至，二男新戰死。存者且偷生，死者長已矣。室中更無人，唯有乳下孫。有孫母未去，出入無完裙。老嫗力雖衰，請從吏夜歸。急應河陽役，猶得備晨炊。」夜久語聲絕，如聞泣幽咽。天明登前途，獨與老翁別。

此詩作於唐肅宗乾元二年（西元七五九年）春。這時，作者正在由洛陽經潼關，返華州任所途中。它先以開端兩句，簡述事情發生的原因；再以「老翁踰牆走」二十句，以平提的方式，寫「老翁」潛走與「老婦」被捉的事實。由於被捉的是「老婦」，所以只用「老翁」一句，提明「老翁」的情況，卻以「老婦」十九句，描述「老婦」被捉的經過。就在這十九句詩裡，「老婦」四句，用以泛寫「老婦」在悲苦中無奈地向前「致詞」的事；「三男」十三句，用以具寫「致詞」的內容，它自三男戍、二男死、孫方乳、媳無裙，說到由自己備晨炊，層層遞進，道出了一家悲苦至極的慘況；「夜久」二句，用以暗示「致詞」無效，結果「老婦」還是被捉了。最後以天明二句，用側收的方式，回應篇首三句，說自己「天明」時獨向「老翁」道別。這兩句，從表面看來，只著眼於「老翁」一面加以收結，但實際上，卻將「老婦」一面也包括在內。如此以「平提側收」⑳的順序來寫，寫得含蓄而洗鍊。據此則其結構表是這樣子的：

- △
  - 因——「暮投」二句
  - 果
    - 平提
      - 老翁潛走——「老翁」句
      - 老婦被捉
        - 因
          - 泛——「老婦」四句
          - 具——「三男」十三句
        - 果——「夜久」二句
    - 側收（老翁潛歸）——「天明」二句

這首詩從表面上看，只是敍一件事而已，卻藉以凸顯了地方官吏的橫暴無理，以反映百姓的痛苦與政治的黑暗。霍松林說：「唐王朝爲補充兵力，便在洛陽以西至潼關一帶，强行抓人當兵，人民苦不堪言。這時，杜甫正由洛陽經過潼關，趕回華州任所。途中就其所見所聞，寫成了〈三吏〉、〈三別〉。〈石壕吏〉是〈三吏〉中的一篇。全詩的主題是對『有吏夜捉人』的形象描繪，揭露官吏的橫暴，反映人民的苦難。」[21]可見此詩之主旨，是要在篇外去尋求的。又如白居易的〈賣炭翁〉詩：

賣炭翁，伐薪燒炭南山中。滿面塵灰煙火色，兩鬢蒼蒼十指黑。賣炭得錢何所營？身上衣裳口中食。可憐身上衣正單，心憂炭賤願天寒。夜來城外一尺雪，曉駕炭車輾冰轍。牛困

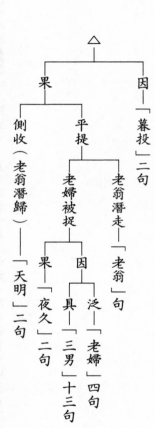

人飢日已高，市南門外泥中歇。翩翩兩騎來是誰？黃衣使者白衫兒。手把文書口稱敕，回車叱牛牽向北。一車炭，千餘斤。宮使驅將惜不得。半匹紅紗一丈綾，繫向牛頭充炭直！

此詩寫賣炭的一個老人，從他「燒炭」寫到「賣炭」。寫「燒炭」的是開端四句，由「伐薪」而「燒炭」，由「滿面塵灰」、「兩鬢蒼蒼」而「十指黑」，寫活了老人燒炭的艱辛，以見炭得來之不易。寫「賣炭」的，自「賣炭得錢」句起至篇末，以「先因後果」的順序來寫。其中「因」指「買炭得錢」四句，承上啓下，交代所以「燒炭」、「賣炭」的原因；而「果」自「夜來城外」句起至末，則寫一次賣炭的經過：先以「夜來」四句，寫在雪中駕炭車，老遠地趕到市南門外，因飢困而歇息的情況，預爲下面的結果從反面做鋪墊；再以「翩翩」六句，寫官市掠奪的殘酷，特以「一車炭、千餘斤」和「半匹紅紗一丈綾」作强烈對比，而與開篇的「身上衣裳口中食」作反面呼應，將老人希望幻滅的悲哀真實地描寫出來。據此則其表是這樣的：

△
- 果一（燒炭）
  - 地點──「賣炭翁」二句
  - 辛苦──「滿面」二句
- 因──「賣炭」四句
- 果二（賣炭）
  - 待賣──「夜來」四句
  - 結果
    - 先──「翩翩」四句
    - 後──「一車炭」四句

作者在此詩裡，藉「賣炭翁」的遭遇，對官市巧取掠奪的罪行，予以有力的控訴。王曉昀說：「全詩通篇敘事，沒有發表議論，而作者的批判態度在敘事中自然而然地流露出來，含蓄而有力量，實際上作了最沉痛的控訴。」㉒而治芳、楚葵也說：「官市是唐朝宮廷掠奪人民財物的一種方式。原本宮中的日常用品，由官府承辦購置，唐德宗貞元末年，改由太監直接向民間採買，實際上就是巧取豪奪，這是當時的一大弊政。本詩所寫就是百姓強遭掠奪的一個鏡頭。」㉓這個鏡頭是很酷虐的。又如蘇軾的〈水龍吟〉詞：

昔謝自然欲過海求師蓬萊，至海中，或謂自然曰：「道欽隔弱水三十萬里，不可到。天台有司馬子微，自居赤城，名在絳闕，可往從之。」自然乃還，受道於子微，白日仙

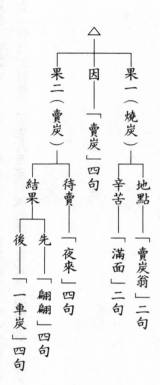

去。子微年百餘，將終，謂弟子曰：「吾居玉霄峯，東望蓬萊嘗有眞靈降焉。今爲東海青童所召。」乃蟬蛻而去。其後李太白作〈大鵬賦〉云：「嘗見子微於江陵，謂余有仙風道骨，可與神遊八極之表。」元豐七年冬，余過臨淮，湛然先生梁君在焉，童顏清澈，如二十許人。然人有自少見之，善吹鐵笛，遼然有穿雲裂石之聲。乃作〈水龍吟〉一首，記子微、太白之事，倚其聲而歌之。

古來雲海茫茫，道山絳闕知何處。人間自有，赤城居士，龍蟠鳳舉。清淨無為，坐忘遺照，八篇奇語，向玉霄東望，蓬萊晻靄，有雲駕，驂風馭。　行盡九州四海，笑紛紛、落花飛絮。臨江一見，謫仙風采，無言心許。八表神遊，浩然相對，酒酣箕踞。待垂天賦就，騎鯨路穩，約相將去。

此詞正如題序所言，完全用以「記子微、太白之事」。其上半闋記述的，是題序中所謂「昔謝自然……乃蟬蛻而去」的經過；而下半闋記述的，則是題序中所謂「其後李太白……八極之表」的事情。如果分細一點，則自篇首起至「赤城居士」止，用以記子微之所居；自「龍蟠鳳舉」起至「八篇奇語」，用以記子微之坐忘；自「白玉霄」起至「落花飛絮」停，用以記子微之蟬蛻、仙逝；自「臨江一見」起至「酒酣箕踞」止，用以記子微之見太白；自「待垂天賦就」起至末，用以記子微、太白神遊之約。據此其結構表是這樣子的：

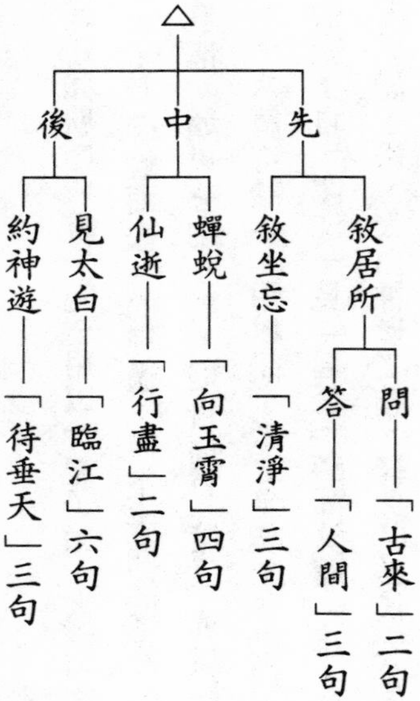


這首詩作於宋神宗元豐七年冬㉔，此時作者正因烏台詩案而被安置於黃州。他「記子微、太白之事」，是用子微來比喻「湛然先生梁公」，而以太白來比喻自己。曾棗莊、吳洪澤以爲「全詞天上人間，自由馳騁，富於浪漫色彩，原不必拘泥於事典以求解」㉕，這種見解頗正確。如果依據作者差不多時間的作品㉖來看，則作者應是想藉這首詞來表達他「遊心物外」的曠達心意的。

## 三、複合類型

主旨置於篇外的類型，除用單「景」（物）或單「事」所形成者外，尚有將「景」（物）與「事」複合而成的。這裡複合的類型，大致又可分爲「先景（物）後事」、「先事後景（物）」和「景」（物）、「事」疊用……等數種。

### ㈠先景（物）後事類型

這種類型，相當常見。就其中的「景」（物）或「事」而言，屬聯合關係者居多，而有主從關係者較少㉗。如王維的〈終南山〉詩：

> 太乙近天都，連山接海隅。白雲回望合，青靄入看無。分野中峯變，陰晴眾壑殊。欲投人處宿，隔水問樵夫。

此詩前三聯，用以寫「景」，採「先泛後具」的順序來安排。其中首聯，就終南山之位置與氣脈，寫其高遠；爲「泛」。而中間兩聯，則先以頷聯就「賓」㉘，具寫山上雲氣的變幻，再以頸聯，就「主」㉙，具寫終南山本身的遼闊與景象之異；爲「具」。至於結聯，則主要用以敘「事」，敘自己因遊興特濃，於是隔水問樵夫借宿，以備明日再入山窮勝，但「事」中也帶「景」，呈現出「山之遼闊荒遠」㉚，而與上六句寫景的部分連成一片。其結構分析表可呈現如下：

- △
  - 景
    - 泛
      - 位置——「太乙」句
      - 氣脈——「連山」句
    - 具
      - 賓（雲氣）——「白雲」二句
      - 主（山身）——「分野」二句
  - 事
    - 因——「欲投」句
    - 果——「隔水」句

這首詩寫終南山之高達與遼闊，不但充分表現了作者對山林的愛好之情，也反映了作者坦蕩的胸懷。徐敏說：「詩人在山中流連忘返，直到天晚才想到找一人家借宿，但是山空人少，好不容易才看見山澗那邊有一個幕歸的樵夫，只好隔水相問。看著這幅畫圖，讀者彷彿聽到詩人與樵夫指指點點的大聲問話，那聲音在崇山密林、白雲青靄中迴盪。這裡展現的是一個多麼深邃而又

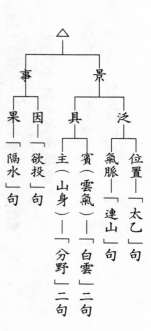

高遠的意境，而詩人的自我形象也終於鮮明生動地躍然於畫面中，他對終南山的愛戀之情也就洋溢而出了。這一聯使所描繪的終南山成爲融注著詩人主觀感情的有生命之物，成爲充滿生動意趣的山，成爲表現詩人坦蕩胸襟的山。從這個更爲深一層的意義上說，最後一聯也可謂全詩的點睛之筆。」㉛體會得很深刻。又如蘇軾的〈浣溪沙〉詞：

簌簌衣巾落棗花，村南村北響繅車。牛衣古柳賣黃瓜。　酒困路長惟欲睡，日高人渴漫思茶，敲門試問野人家。

此詞是五首〈浣溪沙〉組詞中的第四首，寫作者前往「徐門石潭謝雨」㉜後，在途中之所見與所爲。其上片三句，用以寫「景」，先就視覺，寫落於衣巾上之棗花，再就聽覺，寫響徹南北的繅車聲，然後又就視覺，寫擺在路旁待賣的黃瓜，以呈現農村雨後衣食無憂的景象。而下片三句，則用以敘「事」，寫作者酒後口渴，找野人家敲門討茶的事情，以見農村雨後衣食無憂的淳樸一面㉝，從而襯托出作者愉悅的心情。其結構表可呈現如下：

- △
  - 景
    - 視覺─「簌簌」句
    - 聽覺─「村南」句
    - 視覺─「牛衣」句
  - 事
    - 因
      - 欲睡─「酒困」句
      - 思茶─「日高」句
    - 果（討茶）─「敲門」句

這首詞透過自己在途中之見聞與經歷，從篇外表達了對農村衣食無憂的愉悅心情，表達得十分動人。陳桂芬說：「元豐元年戊午春，發生乾旱，東坡在徐門城東二十里之石潭禱雨有「起伏龍行」詩載集中，此則謝雨之作。久旱不雨，心情自然十分焦灼，一旦天降甘霖，那種愉快是無以言喻的，好比再生一般，不用說，心情一定是很輕鬆，所以東坡在愉悅之下，便描寫了鄉村自然之美，就好像你我，在心情愉快的時候也會哼哼小調。」㉞這雖是泛就五首〈浣溪沙〉詞來說，但專用來說這首詞，也是很恰當的。

㈡先事後景（物）類型

這種類型，也相當常見，而且和「先景（物）後事」者一樣，大都是沒有主從之別的。如李

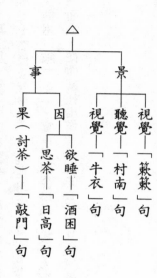

白的〈黃鶴樓送孟浩然之廣陵〉詩：

故人西辭黃鶴樓，煙花三月下揚州。孤帆遠影碧空盡，惟見長江天際流。

這首詩的結構很簡單，可分爲兩個部分：一是敘「事」部分，即起二句，敘的是故人西辭武昌前往廣陵——揚州的事實；二是寫「景」部分，即結二句，寫的是故人乘船遠去，消失於天際的景象，作者就單單透過「事」與「景」，從篇外表出無限的離情來。喻守真說：「首句標出送別之地是『黃鶴樓』，二句標出送別之時是『三月』、送往之地是「揚州」。結構即非常綿密。三句始寫離情，望斷碧山，目送孤帆行人已去，長江自流。景物可畫，別情難遣。」㉟將一篇之作意把握得很好。其結構表可呈現如下：

△
- 事
  - 送別之地——「故人」句
  - 所往之鄉——「煙花」句
- 景
  - 帆影——「孤帆」句
  - 江流——「惟見」句

此詩之主旨是離情，而全篇卻只藉著「事」與「景」來「描繪送別景況，沒有一句抒情而又無不句句寓情，情景交融，渾然一體」㊱，使得作品的情韻更趨深長。又如朱敦儒的〈好事近〉詞：

> 搖首出紅塵，醒醉更無時節。活計綠蓑青笠，慣披霜衝雪。　晚來風定釣絲閒，上下是新月。千里水天一色，看孤鴻明滅。

此詞是用「先事後景」的結構寫成的。「事」的部分，爲上片四句，泛敘自己不得已而歸隱，從事漁釣的事實。所謂「搖首」，所謂「醒醉更無時節」，可看出作者無可奈何的心意。「景」的部分爲下片四句，具寫一次漁釣的經驗，先以「晚來」二句，寫新月在水面上下相映的靜景；再以「千里」二句，寫孤鴻在水天一色中出現、消失的動景。就在一靜一動中，構成了一幅極爲悠閒、美麗的畫面，令人神往。其結構表可呈現如下：

△
- 事
  - 因（出紅塵）—「搖首」二句
  - 果（作漁夫）—「活計」二句
- 景
  - 靜景（新月）—「晚來」二句
  - 動景（孤鴻）—「千里」二句

這首詞就藉由這種「事」和「景」，表達出作者閒適之情來。陳弘治說：「朱敦儒晚年罷官後，長期寓居嘉禾（今浙江嘉興市），常放浪煙霞間，他前後曾用了〈好事近〉的詞調，寫出六首漁父詞來歌詠自己漫游江海的閒適生活。此篇是其六首中的一首。」㊲所謂「閒適」，不僅是這闋詞或這套組詞的共通主旨，也是所有「漁父詞」的核心內容。

㈢景（物）、事疊用類型

一篇作品中所用的「景」（物）和「事」，除了是「先景（物）後事」或「先事後景（物）」外，也可以是彼此疊用的。而這種例子，也到處可見。如王維的〈輞川閒居贈裴秀才迪〉詩：

寒山轉蒼翠，秋水日潺湲。倚杖柴門外，臨風聽暮蟬。渡頭餘落日，墟里上孤煙。復值接輿醉，狂歌五柳前。

此詩乃作者和裴迪秀才相酬爲樂之作。他在首、頸兩聯，特地描繪了「輞川」附近的水陸秋景與暮色，勾勒出一幅有色彩、音響和動靜結合的和諧畫面。而在頷、末兩聯，則於一派悠閒的自然圖案中，嵌入了作者倚杖聽蟬和裴迪狂歌而至的人事景象，兩兩相映成趣，形成物我一體的藝術境界。其結構表可呈現如下：

- △
  - 先
    - 景
      - 陸──「寒山」句
      - 水──「秋水」句
    - 事
      - 倚杖──「倚杖」句
      - 聽蟬──「臨風」句
  - 後
    - 景
      - 水──「渡頭」句
      - 陸──「墟里」句
    - 事
      - 友至──「復值」句
      - 狂歌──「狂歌」句

如此疊用「景」與「事」，寫出了作者閒逸之趣。邱燮友說：「王維這首詩的主題，全落在『閒』字上，閒然恬適，無拘無束，便是禪，『雲在青霄水在瓶』，是禪機，也是禪境。由於閒居，心境也就閒放，無所拘束，便能自然無礙。於是『寒山轉蒼翠』，也能看到，『秋水日潺湲』也能聽到，這些都是由於閒居的緣故。心境的閒適，於是黃昏時，才有閒情『倚杖柴門外，臨風聽暮蟬』，也才能看到渡頭的落日、墟里的孤煙。同時又遇到像楚狂接輿的裴迪，來到我家門前放

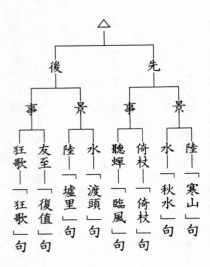

歌。詩中前六句，針對『輞川閒居』所看所聽的景物，烘托出閒居的情境，後兩句『復值接輿醉，狂歌五柳前』，轉而寫人，針對詩題『贈裴秀才迪』而發，尤其是詩句中的『復值』、『狂歌』，都與閒居的悠閒有關。因此『復』字，代表又的意思，復值就是又遇到，由於閒暇，才能經常遇到裴迪，而裴迪是個秀才、『處士』，無公職的知識分子或詩人，是個狂狷之士，他的『狂歌』，不是發狂而歌，而是清狂，無拘無束的放歌。讀詩如同品茶，要能品味，因此品詩要能品其韻味，品出味外之旨、弦外之因。」㊳所謂「味外」、「弦外」，指出了本詩將主旨置於篇外的特點。又如吳文英的〈八聲甘州〉詞：

陪庾幕諸公游靈巖

渺空煙四遠，是何年、青天墜長星？幻蒼崖雲樹，名娃金屋，殘霸宮城。箭徑酸風射眼，膩水染花腥。時靸雙鴛響，廊葉秋聲。　宮裡吳王沉醉，倩五湖倦客，獨釣醒醒。問蒼波無語，華髮奈山青！水涵空、闌干高處，送亂鴉，斜日落漁汀。連呼酒，上琴台去，秋與雲平。

此詞起頭兩句破空而來，幻寫山的由來，似太白詩，又像東坡詩。第三句以幻字點醒。「名娃」兩句，是說此地吳宮故址、英雄美人，同歸冥漠。山下有箭徑、劍水，用射、腥形容，皆荒寒驚人。響屧廊以秋聲興懷古之情。下半段以「醒醒」兩字，籠罩江山興亡之恨。而前片所言館娃宮、采香徑、響屧廊，俱已化爲烏有，今則山自青，水自碧，亂鴉盤空而已。末尾陡然興起，呼酒登台，秋空高朗，人與雲平。寫來真是波瀾壯闊，筆力奇橫。其結構表可呈現如下：

- △
  - 今（景）
    - 青山—「渺空煙」二句
    - 雲樹—「幻蒼崖」句
    - 残宮—「名娃」二句
    - 箭徑—「箭徑」二句
    - 響屧廊—「時靸」二句
  - 昔（事）
    - 吳王—「宮裡」句
    - 范蠡—「倩五湖」二句
  - 今
    - 景
      - 靜（水山）—「問蒼波」三句
      - 動（亂鴉）—「送亂鴉」句
      - 靜（漁汀）—「斜日」句
    - 事
      - 呼酒—「連呼酒」句
      - 上台—「上琴台去」句
    - 景
      - 「秋與雲平」句

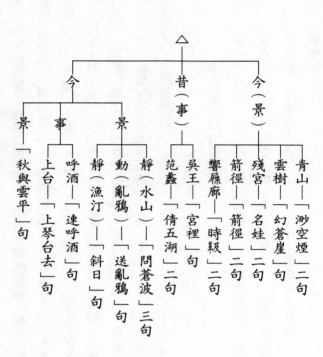

作者就藉著這些重疊的「景」（物）或「事」，用「今、昔、今」的順序加以組合，將他的家國之悲與身世之感烘托出來。萬雲駿說：「上篇主要通過景物以寓懷古諷今之情，下篇則主要通過人事，以諷刺當世。」㊴對此詞作意而言，看法大致正確。而陳文華則清楚指出：「總括而言，此詞乃夢窗登靈巖弔古傷今之作也。上篇以吳王遺跡爲主，化實爲虛，寫登眺時耳目之所接，橫生幻筆，帶出懷古之深情。下篇則以『吳王沉醉』與『倦客獨醒』對舉，點出懷古主題，醉者亡而醒者興也。『問蒼波』以下，更切入自己，歷史固是無情，而己亦衰矣；無力回天，徒喚奈何！『亂鴉斜日』，衰世之徵，呼酒登台，秋與雲平，四顧蒼茫，自是悲懷難遣。如此解法，通篇融洽矣。」㊵所謂「借古喻今」，旨意是相當明晰的。

㈣其他類型

複合的類型頗多，除上述三種外，還有「景（物）、事、景（物）」和「事、景（物）、事」兩種。前者如王維的〈使至塞上〉詩：

> 單車欲問邊，屬國過居延。征蓬出漢塞，歸雁入胡天。大漠孤煙直，長河落日圓。蕭關逢候騎，都護在燕然。

這是首有名的邊塞詩，作於作者赴邊途中。首先以起聯，說自己輕車前往西北邊塞；其次以頷聯，說自己有如蓬、雁，而出漢塞、入胡天；以上是敘「事」的部分。不過，「歸雁」句，十分技巧地「即景設喻，用歸雁自比，即敘事，又寫景，一筆兩到，貼切自然」㊶。再其次以頸聯，寫進入邊塞後所看到的奇特壯景，用「圓」和「直」兩字，使得「煙」和「日」所構成的景象，更爲逼真、孤寂而醒目；這是寫「景」的部分。最後以末聯，說自己已到達邊塞，卻沒有遇到「都護」（在此指河西節度使），因爲他正在燕然前線；這又是敘「事」的部分。其結構表可呈現如下：

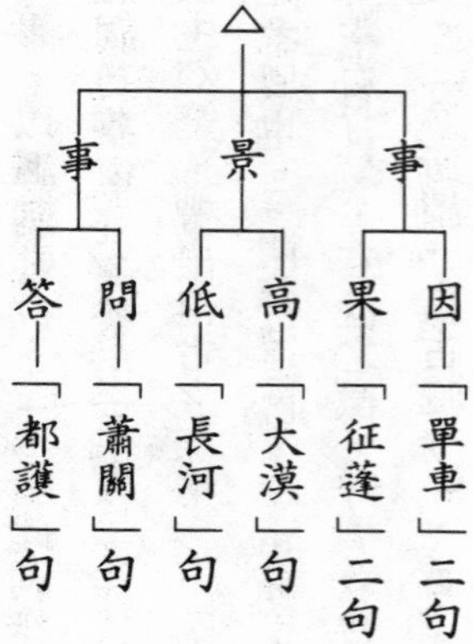


作者這次出使塞上，由於是政治失意的結果，所以心情一直很抑鬱。這種抑鬱之情，便從這

首詩中反映出來。林東海說：「這詩敍事以虛代實，寫景由實入虛，事中見景，景中見事，事與景交織成文，相映成趣，把邊塞的景象和邊庭的戰事融化在千古壯觀的境界之中，表現出詩人的悲壯之情。」㊷這種「悲壯之情」，很顯然的，統一了「事」、「景」，成爲本詩的言外之旨。後者如蘇軾〈江城子〉詞：

湖上與張先同賦，時聞彈箏

鳳凰山下雨初晴。水風清，晚霞明。一朵芙蕖，開過尚盈盈。何處飛來雙白鷺，如有意，慕娉婷。忽聞江上弄哀箏。苦含情，遣誰聽？煙斂雲收，依約是湘靈。欲待曲終尋問取，人不見，數峯青。

此詞首先在上片，依序寫湖上雨晴的景象、一朵盛開的芙蕖和一隻飛來的白鷺，這是寫「景」的部分。其次以下片「忽聞」五句，寫「聞彈箏」之事，從中帶出本詞之焦點人物，即「彈箏」之主人，這是敍「事」的部分。最後以「欲待」三句，回應開端的「鳳凰山」，以景襯情收結，這又是寫「景」的部分。其結構表可呈現如下：

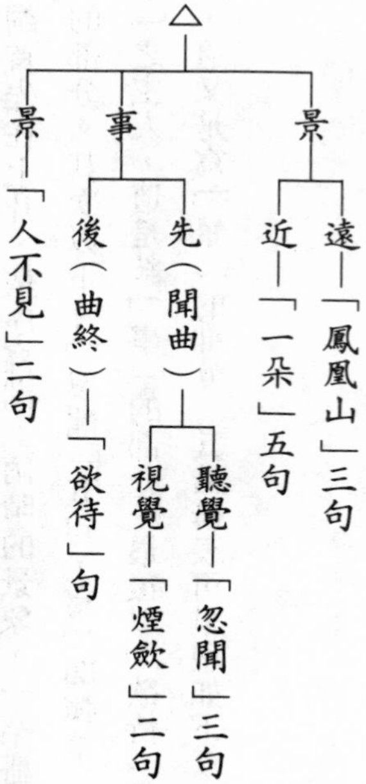


這樣以「景、事、景」的結構來寫，可說「極煙水微茫，空靈縹緲之致」[43]，而作者面對湖上清景之際，因聞箏之哀而引生的失意之苦，也不著痕跡地帶了出來。葉嘉瑩說：「在蘇軾詞中，雖以超曠爲其主調，然而其中卻時而隱現一種失志流轉之悲。」[44]這種「失志流轉之悲」，不是在這首詞中和女主人翁的箏之哀、情之苦互相應和嗎？

## 四、結語

綜上所述，文章的主旨見於篇外的類型，無論是屬單一或複合，都有著共同的特點，那就是通篇只用以寫「景（物）」或敍「事」，而不加以直接抒情或說理。這樣「意（情、理）」在言外」，自然就在形式上有秩序、聯貫之美外，還在內涵上具有統一、含蓄之美，而特別耐人尋味。也因爲有這種特色，所以在循「景（物）」或「事」等材料去抽絲剝繭的時候，要特別留心，以免差之毫釐而謬以千里。

## 注釋

①陸機〈文賦〉：「立片言而居要，乃一篇之警策。雖衆辭之有條，必待茲而效績。亮功多而累寡，故取足而不易。」注引方廷珪《昭明文選大成》：「以片言顯出一篇之意，故功多。足，指片言。不意，謂雖片言不可改易也。」見《昭明文選譯注》第二冊（吉林文史出版社，一九九四年十一月二版二刷），頁九一六、九二五。

②《文心雕龍．隱秀》：「文之英蕤，有隱有秀。隱也者，文外之重旨也；秀也者，篇中之獨拔者也。」王更生合「篇」與「章」加以解釋說：「『隱』指含蓄；『秀』指精警。」見《文心雕龍讀本》（下篇）（文史哲出版社，民國七十五年十一月再版），頁二一〇。

③宋文蔚：「主意既定，或於篇首預先揭明，或在中間醒出，或留於篇終結穴，皆無不可。惟中間議論處，必須處處顧定主意，不可與之相離，或至相背。」見《評注文法津梁》（復文圖書出版社，民國八十二年二月修訂二版），頁四八。

④胡仔《苕溪漁隱叢話後集》卷十五：「〈宮詞〉云：『監宮引出暫開門，隨例雖朝不是恩。銀鑰卻收金鎖

合，月明花落又黃昏。』此絕句極佳，意在言外，而幽怨之情自見，不待明言之也。詩貴夫如此，若使人一覽而意盡，亦何足道哉？」（商務印書館，民國五十七年六月台一版），頁五二二。

⑤同②。

⑥見《詩品二十四則・含蓄》（商務印書館，民國二十八年十二月初版），頁六。

⑦見拙作〈談篇章結構〉（上）、（下）（《國文天地》十五卷五、六期，民國八十八年十、十一月），頁六五～七一、五七～六六。

⑧見《人間詞話刪稿》，《詞話叢編》㈤（新文豐出版公司，民國七十七年二月台一版），頁四二五七。

⑨即全篇，與節段之「章」有別，見拙著《章法學新裁》（萬卷樓圖書有限公司，民國九十年一月初版），頁五三五～五四四。

⑩同⑨，頁四九〇～五〇五。

⑪見拙作〈談篇章結構〉（上），（下），同⑦。

⑫底，指「底圖」之底。底，也作「地」。王秀雄：「在視覺心理上，把視覺對象從其背景浮現出來，而讓我們認識得到的物，叫做『圖』（Figure）……其周圍之背景，叫做『地』（Ground）。」見《美術心理學》（三信出版社，民國六十四年初版），頁一二六。

⑬同⑫。

⑭見《唐詩三百首譯析》（吉林文史出版社，二〇〇〇年二月二版二刷），頁三一九。又吳小如：「柳宗元

筆下的山水詩有個顯著的特點，那就是把客觀境界寫得比較幽僻。而詩人的主觀心情則顯得比較寂寞，甚至有時不免過於孤獨，過於冷清，不帶一點人間煙火氣。這顯然同他一生的遭遇和他整個的思想感情的發展變化是分不開的。這首〈江雪〉正是這樣。詩人只用了二十個字，就把我們帶到一個幽靜寒冷的境地。」見《唐詩大觀》（商務印書館香港分館，一九八六年一月香港一版二刷），頁九三二。

⑮見《唐詩大觀》，同⑭，頁一四五三。

⑯見《唐宋詩詞名篇鑑賞詞典》（內蒙古人民出版社，二〇〇〇年十月一版），頁五〇〇。又李祚唐：「上片依人的視覺，由遠及近。潮來時雷霆萬鈞之勢，已全在眼前。下篇復由上片的劇烈動態轉爲平緩，逐漸消失爲靜態。」見《詞林觀止》（上）（上海古籍出版社，一九九四年一版），頁六四九。

⑰見常國武《新選宋詞三百首》（人民出版社，二〇〇〇年一版），頁四九二。

⑱見《唐宋詞鑑賞集成》（中華書局香港分局，一九八七年七月初版），頁一二五〇。

⑲同⑦。

⑳爲「平提側注」之變體，見拙著〈談「平提側收」的篇章結構〉，《第二屆中國修辭學學術研討會論文集》（民國八十九年六月），頁一九三～二一三。

㉑同⑮，眉四八三～四八四。

㉒見《中國古代詩歌欣賞辭典》（世紀出版集團、漢語大詞典出版社，二〇〇〇年五月一版四刷），頁三〇八。

㉓見《歷代敍事詩選譯》（江蘇教育出版社，一九八四年十月一版一刷），頁一一一。

㉔見龍楡生《東坡樂府箋》（華正書局，民國六十七年九月初版），頁二〇〇。

㉕見《蘇辛詞選》（三民書局，民國八十九年十一月初版一刷），頁一〇四。

㉖王水照：「貶居生活畢竟是個嚴酷的現實，不久又不免悲從中來：他寫孤鴻，是『有恨無人醒』，『揀盡寒枝不肯棲』；寫海棠，是『名花苦幽獨』，『天涯流落俱可念』，都是他心靈的外化。隨後在元豐五年出現了一批名作：前後〈赤壁賦〉、〈定風波〉（莫聽穿林打葉聲）、〈浣溪沙〉（山下蘭芽短浸溪）、〈西江月〉（照野瀰瀰淺浪）、〈臨江仙〉（夜飲東坡醒復醉）等，都共同抒寫出翛然曠遠、超塵絕世的情調，表現出曠達文化性格的初步穩固化」。見《蘇軾論稿》（萬卷樓圖書有限公司，民國八十三年十二月初版），頁八五～八六。

㉗吳應天說明這種關係：「複合文的結構決定於兩種思維形式的互相結合，這裡所說的兩種思維形式，是指邏輯思維和形象思維。進一步『一分爲二』，兩種邏輯思維就是普通邏輯和辯證邏輯，兩種形象思維就是歷時性形象思維和空間性形象思維。這就是說，說明文、議論文、敍述文、描寫文，都可以成爲文章結構的一個複合單位，進入文章結構的最高層次。只是由於兩種思維形式之間在新的條件下形成新的不同關係，所以又可以分爲兩種不同的類型：一、聯合複合型，二、主從複合型。」見《文章結構學》（中國人民大學出版社，一九八九年八月一版三刷），頁三〇八。

㉘喻守眞：「首句先定山的位置，次句寫山的氣脈。因看山而看到雲靄，愈足以顯終南山的高遠，所以頷

聯就從雲氣的變幻立說，這就是文章中的借賓定主法。頸聯就正詠山的本身，是題中應有的文章。結句是說終日看山並不饜足，直至日暮，要想向山中人家借宿，入山窮勝。『隔水』二字，可知是隔水遠望，並非臆測。」見《唐詩三百首詳析》（台灣中華書局，民國八十五年四月台二十三版五刷），頁一五二。

㉙同㉘。

㉚同⑮，頁一五九。

㉛見《山水詩歌鑑賞辭典》（中國旅遊出版社，一九八九年一版一刷），頁一七三。

㉜〈浣溪沙〉詞組前有序：「徐門石潭謝雨，道上作五首。潭在城東二十里，常與泗水增減，清濁相應。」同㉙，頁九八。

㉝劉乃昌、崔海正：「這首詞記述自己在村郊的見聞和經歷，似乎信手拈來，但在構思和用語上都是頗見匠心的。詞中『棗花』、『繅車』、『牛衣』、『古柳』等都是農村習見的典型事物，『賣瓜人』、『野人家』也很有鄉土風味。尤其向農戶敲門求茶，更見出農村淳厚的風俗。清新樸實，明白如話，是這首詞顯著的藝術風格」。同⑱，頁四二二。

㉞見《千古風流蘇東坡》（莊嚴出版社，民國七十一年九月九版），頁一四六。

㉟同㉘，頁二九五。

㊱見《歷代名篇賞析集成》（中國文聯出版公司，一九八八年十二月一版），頁七三五。

㊲見《唐宋詞名作析評》（文津出版社，民國六十六年十月再版），頁二八五。

㊳見《高中國文教材鑑賞分析》（五南圖書公司，民國八十三年四月初版一刷），頁三一七～三一八。
㊴同⑱，頁一一八四。
㊵見《海綃翁夢詞說詮評》（里仁書局，民國八十五年二月初版），頁六九。
㊶同⑮，頁一六三。
㊷同㊱，頁六六七～六七〇。
㊸見《東坡樂府箋講疏》（廣文書局，民國六十一年九月初版），頁一四。
㊹見《靈谿詞說》（國文天地雜誌社，民國七十八年十二月初版），頁二一一。

**（原載二〇〇一年六月《第三屆中國修辭學學術研討會論文集》，頁一一一四～一一四三）**

# 《孟子・養氣》章的篇章結構

## 一、前言

自古以來，孟子的養氣說，和他的性善論一樣，一直受到衆多學者的重視，也很自然地對它加以論述的，便相應地多而精①，似乎沒有留下任何空間可談了。不過，若試著從不同的角度去探析，則或許能呈現一些不同的結果，有助於人對孟子養氣說的了解。因此本文即由其篇章結構（含內容與形式）②切入，將《孟子・養氣》章作一分析，以探其究竟。

## 二、全篇結構

《孟子》的〈養氣〉章，若從整體（篇）來看，則可用下表來呈現：

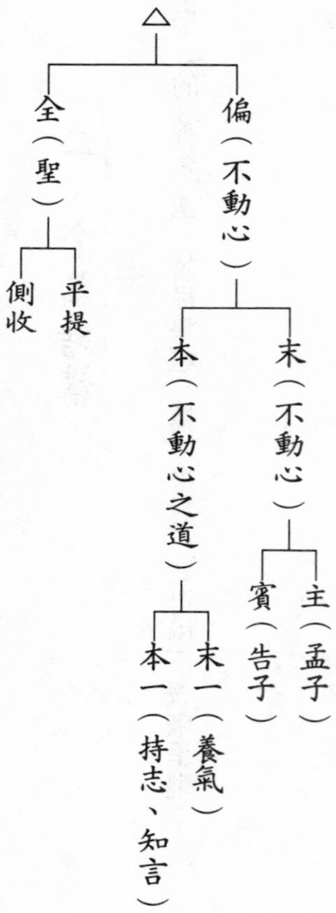


由上表可知，《孟子》的〈養氣〉章，大約可分爲兩大部分：先用「先偏後全」③的結構組合而成。其中的「偏」，又由「先末後本」④的順序來安排：「末」自「公孫丑問曰」起至「告子先我不動心」止，先提出本章的主題「不動心」，以生發下面的議論；「本」自「曰：不動心有道乎」起至「必從吾言矣」止，具論「不動心」之道，亦即養氣（勇）、持志（仁）、知言（智），乃本章之主體所在。而「全」，則自「宰我、子貢善爲說辭」起至「未有盛於孔子也」止，交代了「不動心」（養氣、持志、知言）的最終成效，就在於成爲一個聖人，也藉此來讚美孔子「仁且智（含勇）」的聖人境界。這樣由「養氣」（持志、知言）而「不動心」，又由「不動心」而「仁且智（含勇）」（聖），其本末終始是極其清楚的。

## 三、章節結構

《孟子》這章文字，既然採「先偏後全」的結構組成，底下便分「偏」和「全」兩個部分加以探析：

### ㈠「偏」的部分

1.就「末」來看，這個部分的文字是這樣子的：

公孫丑問曰：「夫子加齊之卿相，得行道焉，雖由此霸王，不異矣。如此，則動心否乎？」

孟子曰：「否。我四十不動心。」

曰：「若是，則夫子過孟賁遠矣。」

曰：「是不難。告子先我不動心。」

這段文字，通常被視爲全文的引子，可用下表來呈現：

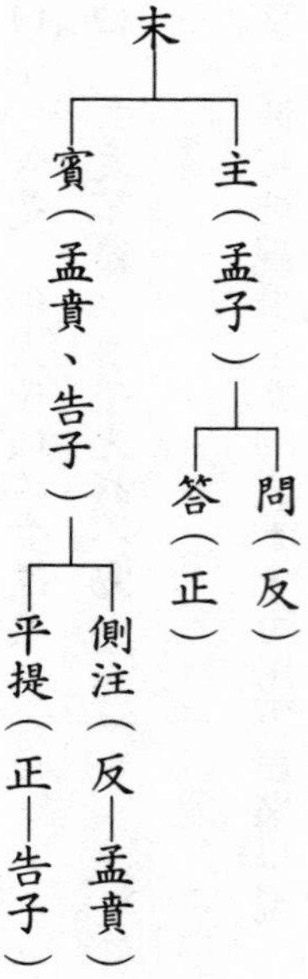


這短短的一段，由公孫丑之二「問」與孟子之二「答」，採「先主後賓」⑤的順序來安排。它首先就「主」（孟子），採「先反後正」⑥的形式，由公孫丑之第一「問」引生孟子之第一「答」，提明「不動心」的一章主題；接著以「先側注後平提」⑦的形式，由公孫丑之第二「問」帶出孟子之第二「答」，指出自己（孟子）要遠過孟賁不難，卻後於告子之「不動心」，藉此將「特例」變成「通則」，從孟、告子身上推擴到一般情況，以備作進一步之論述。

2.就「本」來看，這個部分主要論「不動心」之道，可依據其「先本後末㈠」的結構，分成兩半：

(1)就「末㈠」來看，這段文字是這樣子的：

曰：「不動心有道乎？」

曰：「有。北宮黝之養勇也，不膚撓，不目逃，思以一毫挫於人，若撻之於市朝；不受於褐寬博，亦不受於萬乘之君；視刺萬乘之君，若刺褐寬博；無嚴諸侯，惡聲至，必反之。孟施舍之所養勇也，曰：『視不勝猶勝也，量敵而後進，慮勝而後會，是畏三軍者也。舍豈能為必勝哉？能無懼而已矣。』孟施舍似曾子，北宮黝似子夏。夫二子之勇，未知其孰賢，然而孟施舍守約也。昔者曾子謂子襄曰：『子好勇乎？吾嘗聞大勇於夫子矣：自反而不縮，雖褐寬博，吾不惴焉？自反而縮，雖千萬人，吾往矣。』孟施舍之氣，又不如曾子之守約也。」

此論「不動心」之首要在於「養氣（勇）」，可用下表來呈現：

- △末㈠
  - 問
  - 答
    - 凡
    - 目
      - 淺（北宮黝、孟施舍）
        - 目
          - 北宮黝
          - 孟施舍
        - 凡
      - 深（孟施舍、曾子）
        - 因（側注）
        - 果（平提）

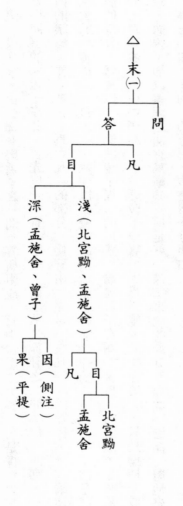

這一段文字，由公孫丑與孟子之一問一答所組成，其中孟子之「答」，是採「先凡後目」⑧的順序回答的。孟子在此，首先以一「有」字，一面上承公孫丑之「問」作一回應，一面又下啓後面的議論，作一總冒，爲「凡」的部分。接著用「先目㈠後凡㈠」的順序，分別論述北宮黝與孟施舍的「養勇」（目一），並加以比較，認爲孟施舍較能「守約」（凡一）；這是就「淺」⑨來說的部分。然後以「先側注後平提」的形式，論述曾子有關「養勇」的說法，並和孟施舍加以比較，認爲孟施舍在「守約」上又遜曾子一籌，因爲孟施舍的「養勇」，只是操持一股無所畏懼盛氣，而曾子卻以義理之曲直爲斷⑩；這是就「深」來說的部分。如此一層深一層地來論述⑪，將「養勇」須「守約」的意思，表達得十分明白。

(2)就「本㈠」來看，此段文字是這樣子的：

曰：「敢問夫子之不動心，與告子之不動心，可得聞與？」

「告子曰：『不得於言，勿求於心；不得於心，勿求於氣。』不得於心，勿求於氣，可；不得於言，勿求於心，不可。夫志，氣之帥也；氣，體之充也。夫志至焉，氣次焉。故曰：持其志，無暴其氣。」

「既曰：『志至焉，氣次焉。』又曰：『持其志，無暴其氣。』何也？」

曰：「志壹則動氣，氣壹則動志也。今夫蹶者趨者，是氣也，而反動其心。」

「敢問夫子惡乎長？」

曰：「我知言，我善養吾浩然之氣。」

「敢問何謂浩然之氣？」

曰：「難言也。其為氣也，至大至剛，以直養而無害，則塞於天地之間。其為氣也，配義與道，無是，餒也。是集義所生者，非義襲而取之也。行有不慊於心，則餒矣。我故曰：告子未嘗知義，以其外之也。必有事焉而勿正；心勿忘，勿助長也。無若宋人然；宋人有閔其苗之不長而揠之者，芒芒然歸，謂其人曰：『今日病矣，予助苗長矣！』其子趨而往視之，苗則槁矣。天下之不助苗長者寡矣。以為無益而舍之者，不耘苗者也；助之長者，揠苗者也；非徒無益，而又害之。」

「何謂知言？」

曰：「詖辭知其所蔽，淫辭知其所陷，邪辭知其所離，遁辭知其所窮。生於其心，害於其政；發於其政，害於其事。聖人復起，必從吾言矣。」

看起來，此段文字顯然較爲複雜，是由公孫丑與孟子的五問五答，採「先凡後目」的順序加以組合的，可用下表來呈現：

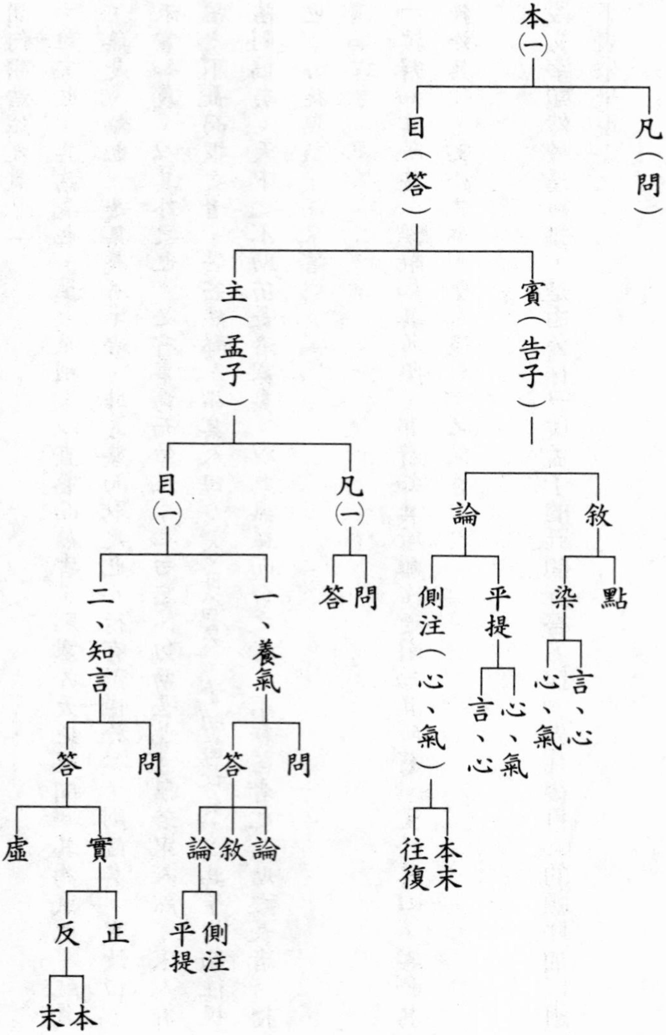


它首先回應到一開端的「不動心」，來談告子與孟子的不同，以統攝底下的議論；這是

「凡」的部分。其次用「先賓（告子）後主（孟子）」的順序，針對公孫丑之「問」加以回答。其中的「賓」，自「告子曰」起至「而反動其心」止，主要藉告子之說法，在論持志與養氣的關係，是採「先敍後論」⑫的順序加以處理的。它先引告子「言」與「心」、「心」與「氣」之說，爲「敍」，再就此生發議論，採「先平提後側注」⑬的順序來呈現，爲「論」。其中自「不得於心」起至「不可」止，論述「心與氣」、「言」與「心」，爲「平提」；自「夫志，氣之帥也」起至「而反動其心」止，側於「心與氣」上，就其本末、往復的關係加以論述，爲「側注」。經過這番論述，「養勇（氣）」必先「持志」的意思，闡釋得很清晰，而「持志」與「守約」二而一的關係，也不言而喻。

至於其中的「主」，自「敢問夫子惡乎長」起至「必從吾言矣」止，主要藉孟子自身之見解，在論「知言」與「養氣」的關係，是用「先凡㈠後目㈠」的形式來組合的。其中公孫丑「惡乎長」之「問」與孟子「我知言」之「答」，提出「知言」與「養氣」的兩個論題，以統括下文，爲「凡㈠」；而公孫丑「敢問何謂浩然之氣」之「問」與孟子「難言也」之「答」，爲「目㈠」之一；至於公孫丑「何謂知言」之「問」與孟子「詖辭知其所蔽」之「答」，則爲「目㈠」之二。就「目㈠」之一來看，孟子之「答」，是用「論、敍、論」⑭來形成結構的。它的頭一個「論」，自「難言也」起至「勿助長」止，從正面來論「浩然之氣」，指出它「至大至剛」、「配義與道」，而由此以至於「不動心」，是與告子義外的「不動心」，有所不同的。中間的

「敘」，自「無若宋人然」起至「苗則槁矣」止，引述宋人揠苗助長的故事，從而帶出下文的議論。而後一個「論」，則自「天下之不助苗長者寡矣」起至「而又害之」止，針對宋人的故事，呼應上文的「勿忘」、「勿助長」，從反面來論「浩然之氣」，使人由此而掌握「養氣（勇）」的體與用。就「目㈠」之二來看，孟子之「答」，是以「先實後虛」⑮形成其結構的。其中的「實」，自「詖辭知其所蔽」起至「害於其事」，又採「先正後反」的順序來安排。所謂「正」，指「詖辭」四句，是就能「知言」者來說的；所謂「反」，指「生於其心」四句，是就本末來說不能「知言」者之害的。而「虛」，則指「聖人」二句，在此，孟子假設後世有聖人復起，就必定會肯定他的言論，以增強說服力。

㈡「全」的部分

這個部分，以「聖」（仁且智）統合上文所論的「不動心」與「不動心」之道（養氣、持志、知言）。其文字是這樣子的：

「宰我、子貢善為說辭，冉牛、閔子、顏淵善言德行。孔子兼之，曰：『我於辭命，則不能也。』然則夫子既聖矣乎？」

曰：「惡，是何言也！昔者子貢問於孔子曰：『夫子聖矣乎？』孔子曰：『聖則吾不能，我學不厭而教不倦也。』子貢曰：『學不厭，智也；教不倦，仁也。仁且智，夫子既聖矣。』夫聖，孔子不居。是何言也！」

「昔者竊聞之：子夏、子游、子張，皆有聖人之一體；冉牛、閔子、顏淵，則具體而微。敢問所安？」

曰：「姑舍是。」

曰：「伯夷、伊尹何如？」

曰：「不同道。非其君不事，非其民不使；治則進，亂則退，伯夷也。何事非君，何使非民？治亦進，亂亦進，伊尹也。可以仕則仕，可以止則止；可以久則久，可以速則速，孔子也。皆古聖人也，吾未能有行焉。乃所願，則學孔子也。」

「伯夷、伊尹於孔子，若是班乎？」

曰：「否。自有生民以來，未有孔子也。」

曰：「然則有同與？」

曰：「有。得百里之地而君之，皆能朝諸侯，有天下；行一不義，殺一不辜，而得天下，皆不為也。是則同。」

曰：「敢問其所以異？」

曰：「宰我、子貢、有若，智足以知聖人，汙不至阿其所好。宰我曰：『以予觀於夫子，賢於堯舜遠矣。』子貢曰：『見其禮而知其政，聞其樂而知其德，由百世之後，等百世之王，莫之能違也。自生民以來，未有夫子也。』有若曰：「豈惟民哉？麒麟之於走獸，鳳凰之於飛鳥，泰山之於丘垤，河海之於行潦，類也。聖人之於民，亦類也。出乎其類，拔乎其萃，自生民以來，未有盛於孔子也。』」

這一大段文字，用「先平提後側收」⑯的形式加以組成，可用下表來呈現：

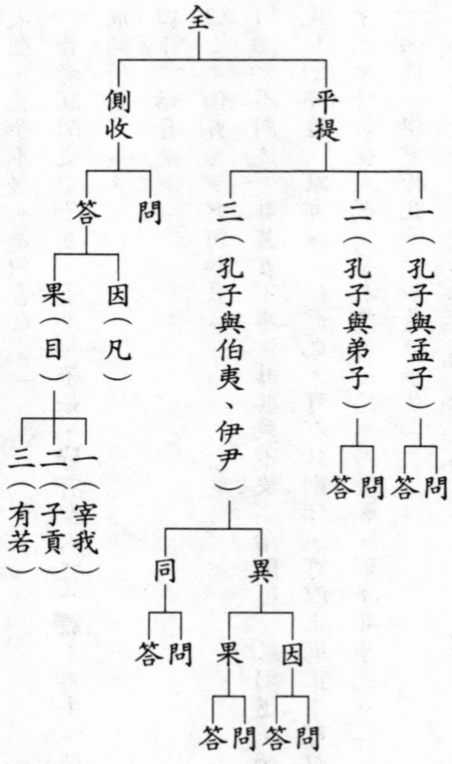

其中「平提」的部分，自「宰我、子貢善爲説辭」起至「是則同」止，用五問五答的形式，分論孔子與孟子、孔子與弟子和孔子與伯夷、伊尹之間的同異，而重點置於孔子「仁且智（含勇）」的聖德，以回應「偏」部分的「不動心」（「養氣（勇）」、「持志（仁）」、「知言（智）」）⑰。而「側收」的部分，則自「敢問其所以異」起至「未有盛於孔子也」止，表面上看來，只是側就孔子與伯夷、伊尹之「異」來說，而意思卻概括了孔子與孟子、弟子之「異」。它以「先因後果」⑱的順序，分別舉宰我、子貢、有若之言，來讚美孔子之聖，而由此交代「不動心」（養氣、持志、知言）的終極境界，把〈養氣〉這一章收結得極爲圓滿。

## 四、從篇章結構看孟子的養氣思想

篇章的內容與形式，是分割不開的，因爲內容須靠形式來呈現，而形式也要內容來支撐，兩者的結構可說是疊合無間的⑲。所以由篇章結構來掌握其思想情意，是最好不過的。以下就以三種篇章結構來探討孟子的養氣思想：

### ㈠從本末結構看

試由全篇來看《孟子・養氣》章的思想內容，若不考慮其互動、循環而提升的關係，則所形成的是「先本後末」的結構。其中「偏」（起點）是「本」，論的是邁入聖域的基礎──「不動心」，而「全」（終點）則爲「末」，論的是「不動心」的最後歸趨──「聖」。孟子所謂的「不動心」，即孔子所說的「不惑」⑳；所謂的「聖」（仁且智），即孔子所說的「從心所欲不踰矩」㉑。《論語．爲政》說：

> 子曰：「吾十有五而志於學；三十而立；四十而不惑；五十而知天命；六十而耳順；七十而從心所欲，不踰矩。」

說的便是這個道理。

再由「本末」來看它章節的內容，所形成的是「先末後本」的結構。它先在「末」的部分，提「不動心」；再由「本」的部分，說明「不動心」之道就在於「養氣」（勇）、「持志」（仁）、「知言」（智）。這樣由「不動心」而談「養氣」（勇），由「養氣」而談「持志」（仁），由「持志」（仁）而談「知言」（智），用的正是「由末而本」的闡釋手法。如此說來，在這章節裡，「知言」（智）爲本，「不動心」爲末，而「持志」（仁）、「養氣」（勇），則是其過程了。《朱子語類》卷五十二說：

孟子論浩然之氣一段，緊要全在「知言」上，所以《大學》許多工夫，全在格物、致知㉒。

又說：

或問「知言養氣」一章。曰：「此一章專以知言為主。若不知言，則自以為義，而未必是義；自以為直，而未必是直；是非且莫辨矣。」㉓

又說：

問：「浩然之氣，集義是用功夫處否？」曰：「須是先知言。知言，則義精而理明，所以能養浩然之氣。知言正是格物、致知。苟不知言，則不能辨天下許多淫、邪、詖、遁。將以為仁，不知其非仁；將以為義，不知其非義，則將何以集義而生此浩然之氣。」㉔

這是極有見地的。《論語・子罕》說：

子曰：「知者不惑，仁者不憂，勇者不懼。」

朱熹注說：

明足以燭理，故不惑；理足以勝私，故不憂；氣足以配道義，故不懼；此學之序也㉕。

可見知（智）、仁、勇是有先後之序的。而萬先法也說：

吾謂知言，大智也。集義，大仁也。浩然之氣，大勇也。智以知仁，勇以行仁，此儒家三達德之教，固已盡備於本章之旨矣㉖。

由此看來，「不動心」之道是形成本末結構的。

㈡從往復結構看

所謂「往復」，是往而復來、循環不已的意思。如仁與智，就人爲教育上來說，是由智而仁（自明誠）；就天然性分上來說，是由仁而智（自誠明）。兩者是互動而循環不已，以至於合仁與智爲一的。所以《中庸》第二十一章（依朱子《章句》）說：

> 自誠明，謂之性；自明誠，謂之教；誠則明矣，明則誠矣。

這所謂的「明（智）則誠（仁）」、「誠（仁）則明（智）」，說的不就是「性」（天然）與「教」（人爲）互動而循環不已的結果嗎？其實，這種往復的作用，孟子也曾就「志」與「氣」加以說明過，他說：

> 志壹則動氣，氣壹則動志。

朱熹注說：

> 言志之所向專一，則氣固從之；然氣之所在專一，則志亦反為之動㉗。

《朱子語類》卷五十二也說：

> 持志養氣二者，工夫不可偏廢。以「氣一則動志，志一則動氣」觀之，則見交相為養之理矣㉘。

而徐復觀更說：

此二語乃說明志與氣可以互相影響，氣並非是完全被動的地位，故二者須交互培養㉙。

所謂「反」、「交相爲養」，所謂「互相影響」、「交互培養」，便指出了這種往復的作用。由此將往復的作用，擴而大之，則「知言」（智）與「持志」（仁）、「持志」（仁）與「養氣」（勇），也應是如此。如用圖來表示，是這樣子的：

它們是兩兩交互作用，而形成往復結構的㉚。

㈢從偏全結構看

偏全是以本末、往復爲基礎的一種結構。這所謂的「偏」，指的是「局部」，爲起點、過程；所謂的「全」，指的是「整體」，爲終點。拿仁與智作爲例子，就「全」的觀點來說，說的是大仁與大智；就「偏」的觀點來說，說的是小仁與小智。而大仁與大智，是須經由小智與小仁、小仁而小智，交相作用，逐漸循環、擴充，才能達到的㉛。用這種觀點來看〈養氣〉章，「偏」是指「不動心」和「不動心」之道（知言、持志、養氣）。它們是經由不斷的互動、循環（偏），以至於邁入聖域（全）的。《中庸》第三十章說：

> 仲尼祖述堯舜，憲章文武（成己——仁）；上律天時，下襲水土（成物——智）；辟如天地之無不持載，無不覆幬，辟如四時之錯行，如日月之代明；萬物並育而不相害，道並行而不相悖，小德川流，大德敦化，此天地之所以為大也（配天、配地）。

對這段話，王夫之在其《讀四書大全說》裡，曾總括起來闡釋說：

> 小德、大德，合知、仁、勇於一誠，而以一誠行乎三達德者也㉜。

而唐君毅也以為：

> 所謂「萬物並育而不相害，道並行而不相悖。

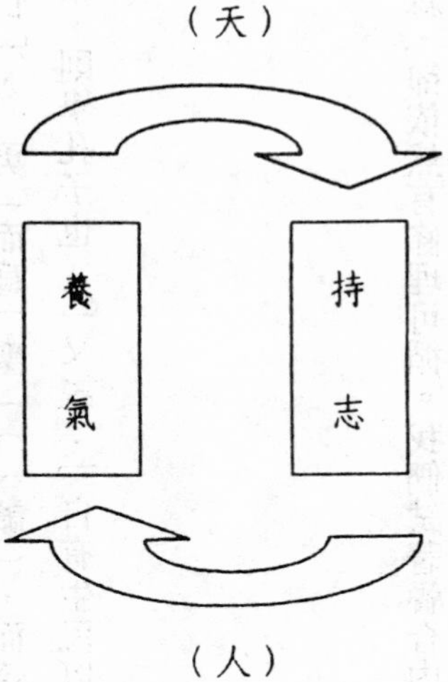


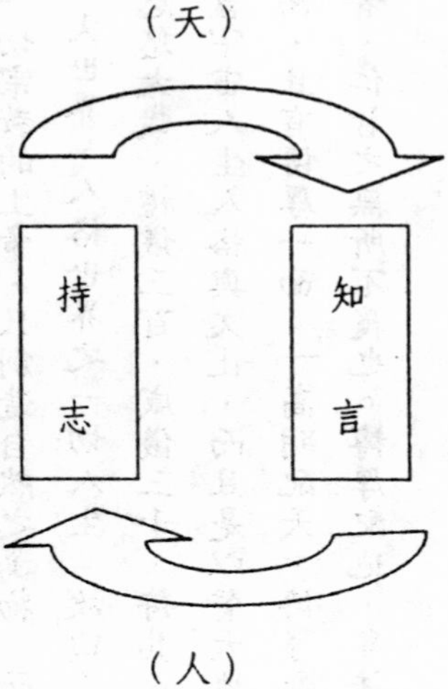

小德川流，大德敦化，此天地之所以為大也」。一切宗教的上帝，只創造自然之萬物。而中國聖人之道，則以贊天地化育之心，兼持載人文世界，人格世界之一切人生。故曰：「大哉聖人之道，洋洋乎發育萬物，峻極於天。悠悠大哉，禮儀三百，威儀三千，待其人而後行。」因中國聖人之精神，不僅是超越的涵蓋宇宙人生人格與文化，而且是以贊天地化育之心，對此一切加以持載。故不僅有高明一面，且有博厚一面。「高明配天，博厚配地。」「崇效天，卑法地。」高明配天，崇效天者，仁智之無所不覆也。博厚配地，卑法地者，禮義自守而尊人，無所不載也㉝。

足見孔子的偉大，是靠「好學」不已，經由「智」、「仁」、「勇」三者，在「天」與「人」的互動、循環而提升的螺旋作用㉞下，終於合「智」、「仁」、「勇」而爲「聖」（一誠），而達於配天配地（與天地參）的境界。孟子會説：「乃所願，則學孔子也。」又説：「自有生民以來，未有孔子也。」不是由於這個緣故嗎？

## 五、結語

綜上所述，《孟子．養氣》這一章的篇章，雖相當複雜，卻依然有條理可循。我們試著疊合內容與形式切入，就「篇」而言，發現它形成偏全結構；就「章」而言，發現它形成了本末、凡目、因果、問答、平側、正反、淺深、點染、敍論、平列及往復等大小層級不同的結構。而其中又以「本末」、「往復」、「偏全」三者，對孟子這一章的思想脈絡來說，最關緊要，是可藉以理清「知言」、「持志」、「養氣」、「不動心」與「聖」的關係的。

## 注釋

①各家注疏，如趙岐注、孫奭疏的《孟子注疏》、朱熹《孟子集註》、趙順孫《孟子纂疏》及焦循《孟子正義》等，皆作了疏理；而近、今人，如徐復觀、戴君仁、錢穆、胡簪雲、何敬羣、周羣振、毛子水、王文欽、楊一峯、程兆熊、王道、左海倫、蔡仁厚、萬先法、曾昭旭、余培林等，也作了精要的闡釋。

②篇章結構，是指篇章中組織其內容與形式的一種形態，而內容與形式，是相疊合的。參見拙作〈談篇章結構〉（上）、（下），《國文天地》十五卷五、六期，頁六五～七七、五七～六六，及〈談縱橫向疊合的篇章結構〉，《國文天地》十六卷七期，頁一〇〇～一〇六。

③所謂的「偏」，指局部；所謂的「全」，指整體。用此章法可形成「先偏後全」、「先全後偏」、「偏、全、偏」、「全、偏、全」及「偏全疊用」等結構類型。

④本末法的結構類型之一，參見拙著《章法學新裁》，萬卷樓圖書有限公司，民國九十年一月初版，頁三二六～三三四；另參見仇小屏《篇章結構類型論》（上），萬卷樓圖書有限公司，民國八十九年二月初版，

頁一八一～一九八。

⑤賓主法的結構類型之一，參見拙著《章法學新裁》，同④，頁八九～九九；另參見仇小屏《篇章結構類型論》（下），同④，頁三七四～四〇四。

⑥正反法的結構類型之一，參見拙著《章法學新裁》，同④，頁一一〇～一二三；另參見仇小屏《篇章結構類型論》（下），同④，頁四〇五～四三七。

⑦平側法的結構類型之一，參見拙著《章法學新裁》，同④，頁三四八～三四九；另參見仇小屏《篇章結構類型論》（下），同④，頁五〇三～五二九。

⑧凡目法的結構類型之一，參見拙著《國文教學論叢續編》，萬卷樓圖書有限公司，民國八十七年三月初版，頁一九一～二四八；另參見仇小屏《篇章結構類型論》（下），同④，頁三四一～三五七。

⑨「淺」，指「先淺後深」的「淺」。而「先淺後深」爲淺深法的結構類型之一，參見拙著《章法學新裁》，同④，頁三二七；另參見仇小屏《篇章結構類型論》（上），同④，頁一九九～二〇七。

⑩參見楊伯峻《孟子譯注》，河洛圖書公司，民國六十六年五月台影印初版，頁六五。

⑪萬先法：「孟子講北宮黝等三人之勇，是一層深一層來講的。」見〈孟子知言養氣章申釋〉，《中華文化復興月刊》六卷二期，頁七。

⑫敍論法的結構類型之一，參見拙著《章法學新裁》，同④，頁四〇七～四四四；另參見仇小屏《篇章結構類型論》（上），同④，頁二六七～二八八。

⑬同⑦。

⑭同⑫。

⑮虛實法的結構類型之一，參見拙著《章法學新裁》，同④，頁九九～一一〇；另參見仇小屏《篇章結構類型論》（下），同④，頁三三〇～三四〇。

⑯平側法的一種變體，參見拙作〈談「平提側收」的篇章結構〉，《第二屆中國修辭學學術研討會論文集》，民國八十九年六月，頁一九三～二一三。

⑰智、仁、勇三者與聖的關係，見下文「從篇章結構看孟子的養氣思想」一節說明。

⑱因果法的結構類型之一，相當原始，參見拙著《章法學新裁》，同④，頁三五〇～三五一；另參見仇小屏《篇章結構類型論》（上），同④，頁二〇八～二一五。

⑲同②。

⑳朱熹：「四十强仕，君子道明德立之時。孔子四十而不惑，亦不動之謂。」見《四書集註》，學海出版社，民國七十三年九月初版，頁二三二。

㉑朱熹：「隨其心之所欲，而自不過於法度，安而行之，不勉而中也。」同⑳，頁六一。所謂「安而行之」，指「仁」；所謂「不勉而中」，指「智」；而「仁且智」即爲「聖」。

㉒見《朱子語類》四，文津出版社，民國七十五年十二月出版，頁一二四一。對這一點，戴君仁加以申釋說：「朱子文集裡〈與郭沖晦書〉，有一段話，可當作這章書的提要。他說：『孟子之學，蓋以窮理集義

爲始，不動心爲效。蓋唯窮理爲能知言，唯集義爲能養其浩然之氣。理明而無所疑，氣充而無所懼，故能當大任而不動心。』拿先儒的學說來比，知言相當於格物致知，養氣相當於誠意正心。拿後儒的學說來比，程伊川所謂『涵養須用敬』，相當於養氣；『進學則在致知』，相當知言。二者都是如車兩輪，如鳥兩翼，不可缺一。」《戴靜山先生全集》，戴靜山先生遺著編審委員會，民國六十九年九月初版，頁一八四六。

㉓同㉒，頁一二七〇。

㉔同㉒，頁一二六一。

㉕同⑳，頁一一五。

㉖同⑪，頁一一三。

㉗同⑳，頁二三四。對這種作用，陳大齊從心理與生理加以解釋說：「我們平常總以爲樂了才笑，悲了才哭，亦即只知道心理上的變化會引發生理上的變化。但亦有心理學家作相反的主張，謂笑了才樂，哭了才悲，以生理上的變化爲心理上變化的起因。事實告訴我們：表情確能影響感情，令其有所昇降，愈笑則愈樂，愈哭則愈悲，忍住不笑不哭，其樂與悲亦逐漸退而卒至消失。孟子已見及此，亦承認生理上的變化足以引發心理上的變化，所以緊接下去說道：『氣壹則動志也』，並且舉『今夫蹶者趨者，是氣也，而反動其心』爲例證。心理上的變化與生理上的變化，可以互相影響，可以互爲因果。」見《淺見集》，台灣中華書局，民國五十七年四月初版，頁二二七～二二八。

㉘同㉒，頁一二三九。

㉙見徐復觀〈孟子知言養氣章試釋〉，《中國思想史論集》，學生書局，民國六十四年五月四版，頁一四三。

㉚參見拙作〈從修學的過程看智仁勇的關係〉（上）、（下），《孔孟月刊》十七卷十二期、十八卷一期，頁三三～三五、三〇～三四。

㉛參見拙作〈孔子的仁智觀〉，《國文天地》十二卷四期，頁八～一五。

㉜見《讀四書大全說》，河洛圖書出版社，民國六十三年五月台影印初版，頁三三一。

㉝見《人文精神之重建》，新亞研究所，民國四十四年三月初版，頁二二八。

㉞螺旋作用，即互動、循環而提升之作用，由本末、往復、偏全等組合促成，見拙作〈談儒家思想體系中的螺旋結構〉，台灣師大《國文學報》第二十九期，頁一～三五。

（原載二〇〇一年六月《慶祝莆田黃錦鋐教授八秩嵩壽論文集》，頁二五一～二七四）

# 論時空交錯的虛實複合結構

## ——以蘇辛詞爲例

### 一、前言

「章法」是以「邏輯思維」爲主、「形象思維」①爲輔的，因此簡單地說，它所探討的是篇章之條理，而此條理乃源自於人類與萬物共通的理則②。而「時」與「空」的交錯或融合，與「實」與「虛」的單一或複合③，就是其中最基本而普遍的理則。雖然時、空與虛、實的道理，自古以來，無論在哲學或文學上，都有很多學者從事研究，而也都獲得了相當高的成就，留下不少相關的重要著作，卻因長久以來在章法的視野上，大家都僅見其樹而不見其林，延緩了章法學的成熟④，故不曾有人從章法的角度切入，作一疏理。一直到去年（民國八十九年），台灣師大國研所博士生仇小屏才以〈古典詩詞時空設計之研究〉一文，初作這樣的嘗試，而於今年二月獲得博士學位；但也未曾鎖定辭章在「時空交錯（含融合）」的條理下，所形成幾種虛實複合結構的類型，加以探究。所以本文即特別著眼於此，單舉蘇辛詞爲例，並分別附以結構分析表，略予研討，以見其梗概。

## 二、時空交錯與虛實複合界說

我們的祖先，生活在「時空」之中，早就意識到它的存在，而以「宇宙」稱呼它。《莊子．讓王》說：「余立於宇宙之中，冬日衣皮毛，夏日衣葛絺；春耕種，形足以勞動；秋收斂，身足以休食；日出而作，日入而息，逍遙於天地之間，而心意自得。」這裡所說的「冬」、「夏」、「春」、「秋」與「日出」、「日入」，指的是「時」，亦即「宙」；而「天地」，指的則爲「空」，亦即「宇」。所以高誘於《淮南子．原道》「紘宇宙而章三光」句下注云：

> 四方上下曰宇，古往今來曰宙。

這種牢籠「時」與「空」的「宇宙」，在根本上，不僅是「時空合一體」，更是「流蕩著的生動氣韻」⑤。人類俯仰生息於其中，不可一刻或離，而一切一切的研究與創作，自然也就繞此而生而榮。其中有著力於「物理時空」（或稱客觀時空）一面的，也有著力於「藝術時空」（或稱心理時空）一面的⑥，無論哪一面，都有著輝煌的成就。就以「藝術時空」這一面的耕耘而言，「辭章」一類，可說表現得異常出色。它們往往將「時」與「空」交錯或融合在一起，以組織各種材料、表達各種情意。有時以「時」爲主、「空」爲輔；有時又以「空」爲主、「時」爲輔⑦；不管怎樣，全離不開「時空」。如果單著眼於「主」，而不計較「輔」的部分，則「時」與「空」可以分呈，而形成「先時後空」、「先空後時」、「時、空、時」、「空、時、空」等結構⑧。其中以「時」爲主、「空」爲輔的來說，有兩種：一種是雖然所呈現的主要是時間，卻也從旁帶出了空間，亦即在敍事（時）中含寫景（空）成分；另一種是所呈現的，在表面上完全係時間，而把空間含藏其中，亦即純敍事（時）而不帶寫景（空）語詞。前者如杜甫〈贈衛八處士〉詩的結二句：

明日隔山岳，世事兩茫茫。

這兩句詩，主要是就時間，虛寫「明日」後各分西東的情事，而從中藉由「隔山岳」三字，將空間推擴出去，很技巧地結合時空，一方面加深了主客今夜相見時悲喜交集之情，一方面也傳達了對國家前途的憂心⑨。附結構簡表如下：

△—時（空）—┬因—「明日」句
　　　　　　└果—「世事」句

後者如陶淵明〈詠荊軻〉詩的頭四句：

> 燕丹善養士，志在報強嬴。招集百夫良，歲暮得荊卿。

此四句詩，純由時間切入，敘述戰國時燕太子丹爲了報秦仇，「歲暮」募得了勇士荊軻的事，作爲此詩敘事的開端，藉以帶出底下荊軻刺秦王的過程與奇功不成的結局，來歌頌荊軻⑩。從表面上看，好像與空間完全無關，但它卻藏了燕、秦的國土、招集的場面與荊軻的形象在字裡行間，隨時間的推移而形成層次空間，使所敘之事由一團模糊而歸於清晰具體。如果時空不是這樣融合在一起，作品又怎麼能夠感動人呢？附結構簡表如下：

△—時—┬先（因）—「燕丹」二句
　　　　└後（果）—「招集」二句

以「空」爲主、「時」爲輔來說，也有兩種：一種是雖然所呈現的主要是空間，卻也從中浮出了時間，亦即在寫景（空）中含敘事（時）的成分；另一種是所呈現的，在表面上完全係空間，而把時間含藏其中，亦即純寫景（空）而不帶敘事（時）詞語。前者如杜牧〈秋夕〉詩：

銀燭秋光冷畫屏，輕羅小扇撲流螢。天階夜色涼如水，臥看牽牛織女星。

此詩藉宮中秋夕之景，以襯托出宮女之怨情。首句寫室內寂寞的靜景，次句寫室外宮人在無聊遊戲的動景，這主要是著眼於地面來寫的。三句寫天空一片水涼的夜色，結句以「臥看」爲媒介，寫在七夕渡河的雙星，這主要是著眼於空中來寫的⑪。就在這寫景的句子中，巧妙地嵌入「秋」、「夜」兩個詞，既用以點題，也用以使作品在空間之中明顯地融入時間，以結合兩者，增強感染力。附結構簡表如下：

△—空（時）—┬低（地面）—「銀燭」二句
　　　　　　└高（天空）—「天階」二句

後者如李白的〈送友人入蜀〉詩：

山從人面起，雲傍馬頭生。

這是其中的兩句詩，寫的是友人上蜀道之際，衝著友人和馬，迎面而來的崖壁與雲氣，以凸顯出蜀道之險峻、高危⑫，這是經由設想加以虛寫的。初看起來，這兩句詩好像只觸到空間而未及時間，但其中的「人」和「馬」卻在暗中成功地將時間定在友人騎著馬走上蜀道之際，以結合時空，達到了「懸想的示現」⑬之最高效果。附結構簡表如下：

△—空—┬—山（靜）—「山從」句
　　　　└—雲（動）—「雲傍」句

至於「虛實」，和「時空」一樣，原是哲學上所探討的一個重要課題，而落在辭章上來說，則用以指具體與抽象、設想（含虛假）與真實（含現況）的辭章條理，爲一大族章法（如泛具、情景、敍論、凡目、詳略、時間虛實、空間虛實等）的族長⑭。這種「虛實」章法，用於「時」與「空」，無論以「時」爲主、「空」爲輔，或以「空」爲主、「時」爲輔，都可形成「單一」與「複合」的兩類結構。所謂「單一」，是指單虛或單實。單虛者，如杜甫的〈月夜〉詩：

今夜鄜州月，閨中只獨看。遙憐小兒女，未解憶長安。香霧雲鬟濕，清輝玉臂寒。何時倚虛幌，相照淚痕乾。

此詩作於長安，寫的是對遠方妻兒的無限思念。其前三聯，設想妻兒遠在鄜州的月下情景，以妻子的「只獨看」與小兒女的「未解憶」，從對面強化自己對她（他）們的思念之情，這主要是就空間來寫的。而末聯，則設想未來有朝一日能和妻兒團聚在一起的情景，藉倚窗對月、照乾淚痕的「懸想的示現」，以推深思念之情，這主要是就時間來寫的。這首詩就這樣全用虛寫而不予實寫，形成了「單虛」的結構。附結構簡表如下：

```
△—虛─┬─空（時）─┬─泛—「今夜」四句
      │          └─具—「香霧」二句
      └─時（空）—「何時」二句
```

單實者，如趙師秀的〈約客〉詩：

黃梅時節家家雨，青草池塘處處蛙。有約不來過夜半，閒敲棋子落燈花。

這首詩寫約客不至的孤寂之情。首句主要用以交代時間，說此刻正屬梅雨季節，而隨著帶出「家家雨」的空間景象，以烘染淒苦的氣氛；次句主要用以敘寫空間，承「家家雨」，描寫了池塘裡處處蛙鳴的空間景象，以加重淒苦的氣氛；以上是就室外來寫的。三句呼應首句，又用以交代時間，說等客人而未至，卻已過了夜半時分，藉時間之久來强化寂寥的心境；結句則呼應次句，主要用以寫空間，寫詩人因失望而在燈花的開落之下，頻敲桌上棋子的形影，更進一層地表白了詩人內心的孤寂；這是就室內來寫的⑮。如此全著眼於時空之「實」來寫，與上一首全著眼於「虛」的，正好相反。附結構簡表如下：

△—實空（時）—┬—室外—「黃梅」二句
　　　　　　　└—室內—「有約」二句

所謂「複合」，是指「虛」與「實」的交相組合。它不但在單「時」（以時爲主、空爲輔）或單「空」（以空爲主、時爲輔）之下，可以形成「先虛後實」、「先實後虛」、「虛、實、虛」、「實、虛、實」等主要結構，也可在時空交錯（如「先時後空」、「先空後時」、「時、空、時」、「空、時、空」、「時、空、時、空」、「空、時、空、時」等）之下，形成如上所舉之虛實結構。如韋應物的〈秋夜寄丘二十二員外〉詩：

懷君屬秋夜，散步詠涼天。山空松子落，幽人應未眠。

此詩若單從空間切入，顯然起二句寫的是實空間，即作者所在之地。他在此，特以「散步詠涼天」的動景來具寫「懷君」，而「懷君」即一篇之主旨。結二句寫的則是虛空間，透過設想，將空間投到「丘二十二員外」（即幽人）所在之地，寫他在空山裡因思念自己，聽著「松子落」的聲音而未眠之情景，從對面強化了自己「懷君」之情⑯；這種「先實後虛」的結構，是由單「空」所形成的。附結構簡表如下：

△
- 實（空）
  - 泛——「懷君」句
  - 具——「散步」句
- 虛（空）——「山空」二句

又如李商隱的〈夜雨寄北〉詩：

君問歸期未有期，巴山夜雨漲秋池。何當共剪西窗燭，卻話巴山夜雨時。

這首詩乃客中寄遠之作。若從時間切入，上聯寫的是「現在」（即作者作此詩之時），主要以「君問」句作交代，爲實時間；而下聯寫的是「未來」（即團聚之日），主要以「何當」、「卻話時」等語作交代，爲虛時間。若從空間切入，則上聯寫的是實空間，主要以「巴山」句作具體呈現；而下聯寫的則是虛空間，主要以「共剪西窗燭」、「卻話」等景作虛擬的呈現，又由「卻話時」之「虛」（時）拉回到眼前之「實」（空），與「巴山夜雨」之景相疊合，使虛中含實，產生了「往復生姿」的效果⑰。如此既將時空交錯，又把虛實複合，再使之回環往復，自然就「能傳唱古今，歷久彌新」⑱了。附結構簡表如下：

△
- 實
  - 時—「君問」句
  - 空—「巴山」句
- 虛（時、空）—「何當」二句

經由上述，不僅大致可看出，「時」與「空」交錯（含融合）、「虛」與「實」單用或複合的類型，也可概見「時空」與「虛實」結合在一起的情況。這對切入一篇辭章的篇章而言，是頗爲重要的。

## 三、時空交錯的「先虛後實」結構

這所謂的「虛」與「實」，可以指時間，也可以指空間。照道理說，這種「先虛後實」的結構，該只有「先時（虛）後空（實）」與「先空（虛）後時（實）」的兩種而已；但在實際上，其中的「虛」與「實」，既可以同時用來並指「時」與「空」，也可以用來單指二者之一，其變化可說是相當多樣的。如蘇軾的〈青玉案〉詞：

三年枕上吳中路，遣黃犬，隨君去。若到松江呼小渡。莫驚鴛鷺，四橋盡是，老子經行處。　輞川圖上看春暮，常記高人右丞句。作箇歸期天已許。春衫猶是，小蠻針線，曾濕西湖雨。

此詞題作「和賀方回韻，送伯固還吳中」，據朱（祖謀）注引王（文誥）案之說，作於宋哲宗元祐七年（西元一〇九二年）八月⑲。它首先以九句（「三年」句起至「常記」句止），從虛空間切入，透過設想，寫蘇堅（伯固）這次回吳中故居時，走在途中和回到家園的情景。其中「吳中路」，由三年來之夢（枕上）帶出，是總括地說（凡）；「松江小渡」、「四橋」，是就途中

（近故居）說（目一）；而「輞川圖」，以王維故居作比，是就回到家園時說（目二）；這主要是就虛空間來寫的。然後以「作箇歸期」四句，由虛轉實，將空間和時間拉回到這個送別之時和地，藉「小蠻」（喻作者之妾朝雲）[20]曾在杭州爲伯固縫衣之事，以回應篇首之「三年」，一方面表達了兩人深固長久的友誼，一方面又暗示伯固不要忘了杭州、不要忘了老朋友；這主要是就實時間來寫的。附結構分析表如下：

- △
  - 虛（空）
    - 凡—「三年」三句
    - 目
      - 途中—「若到」四句
      - 家園—「輞川圖」二句
  - 實（時）
    - 許歸—「作箇」句
    - 憶舊—「春衫」三句

又如辛棄疾的〈沁園春〉詞：

三徑初成，鶴怨猿驚，稼軒未來。甚雲山自許，平生意氣；衣冠人笑，抵死塵埃。意倦須還，身閒貴早，豈為蓴羹鱸鱠哉。秋江上，看驚弦雁避，駭浪船回。　東岡更葺茅齋。

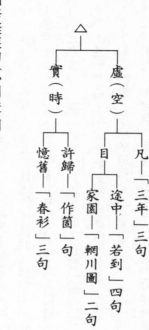

好都把、軒窗臨水開。要小舟行釣，先應種柳；疏籬護竹，莫礙觀梅。秋菊堪餐，春蘭可佩，留待先生手自栽。沉吟久，怕君恩未許，此意徘徊。

這闋詞題作「帶湖新居將成」，作於宋孝宗淳熙八年（西元一一八一年）。此所謂「帶湖新居」，在江西上饒縣，經始於作者第二次帥江西時（西元一一八〇年）㉑。因作此詞時，作者正在江西帥任內，故一開篇即由虛空間切入，以絕大篇幅（自篇首至「留待」句止）繞著「新居」來寫。它先以「三徑」三句，凸出將成之整個「帶湖新居」，交代好題目；再以「甚雲山」四句，承上述「稼軒未來」，寫該來而未來的無奈；接著以「意倦須還」六句，就主觀與客觀兩層，表出自己該來、欲來的原因；這是著眼於「全」（新居之整體）來寫的。然後以「東岡」九句（自「東岡」句起至「留待」句止），針對「帶湖新居」，仍不離虛空間（含虛時間），依序寫要在它適當的地點葺茅齋、栽花木的一些打算；這是著眼於「偏」（新居之局部）來寫的。至於「沉吟久」三句，則由虛轉實，寫此刻此地在仕隱之間，猶豫不決、難以言宣的心意㉒，呼應篇首的「未來」作收；這主要是就實時間來寫的。作者就這樣在「先虛（空）後實（時）」的框架下，將自己矛盾的心理活動作了生動的呈現㉓。附結構分析表如下：

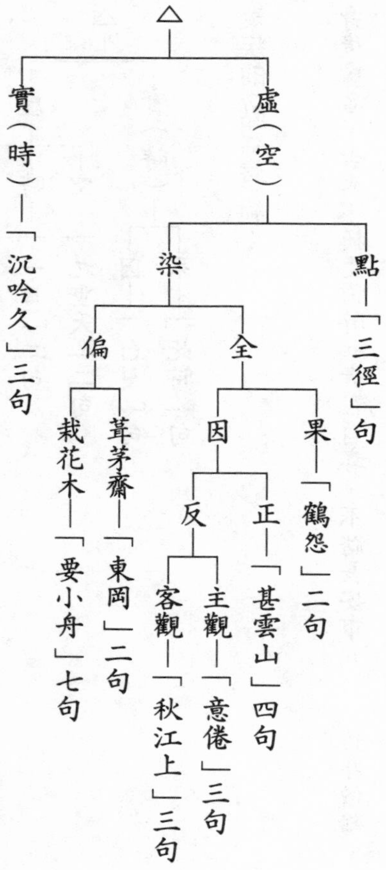


又如辛棄疾的〈菩薩蠻〉詞：

送君直上金鑾殿，情知不久須相見。一日甚三秋，愁來不自由。　九重天一笑，定是留中了。白髮少經過，此時愁奈何！

此詞題作「送鄭守厚卿赴闕」，當作於作者隱居帶湖時（西元一一九〇～一一九二年？），時鄭厚卿正家居上饒㉔。它直接針對題目之「赴闕」，首先以「送君」二句，把空間投到京城，賀鄭厚卿受詔將「直上金鑾殿」，這主要是就虛空間來寫的；其次以「一日」二句，寫鄭厚卿離開之後，自己將像《詩・王風・采葛》所說的「一日不見，如三秋兮」，會湧生無限的思念（愁），這主要是就虛時間來寫的；再其次以「九重天」二句，預祝鄭厚卿將受到天子之重用，留在朝中任職，這主要是就虛空間來寫的。到了最後，才以「白髮」二句，由虛而實，大力拉回到送別此刻，說自己年老，不堪承受離愁，以表達深切之情誼，這主要是就實時間來寫的。如此用「先虛（空、時、空）後實（時）」的結構來寫，在整齊中含變化，饒有章法。附結構分析表如下：

△
- 虛
  - 空—「送君」二句
  - 時—「一日」二句
  - 空—「九重天」二句
- 實（時）
  - 因—「白髮」句
  - 果—「此時」句

又如辛棄疾的〈點絳脣〉詞：

身後虛名，古來不換生前醉。青鞋自喜，不踏長安市。　竹外僧歸，路指霜鐘寺。孤鴻

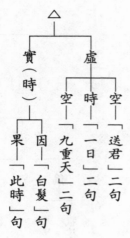

起，丹青手裡，剪破松江水。

此詞作年莫考，反映的是作者的隱退意識。它首先在上片，用「先時後空」的順序，寫自己現在正喜著草鞋，不必置身於「長安」（在此藉指臨安），以贏得身後虛名，來交換生前「宜醉、宜遊、宜睡」（〈西江月〉）之樂；而「身後」爲虛時間、「長安」爲虛空間；可見這主要是著眼於虛時間、虛空間來寫的。然後在下片，用「先遠後近」的順序，先寫眼前所見和尚由竹外歸寺的遠景，再寫畫中所見孤鴻剪水的「奇想」㉕近景，這主要是著眼於實空間來寫的。如單以時空結構而言，與上幾首顯有不同。附結構分析表如下：

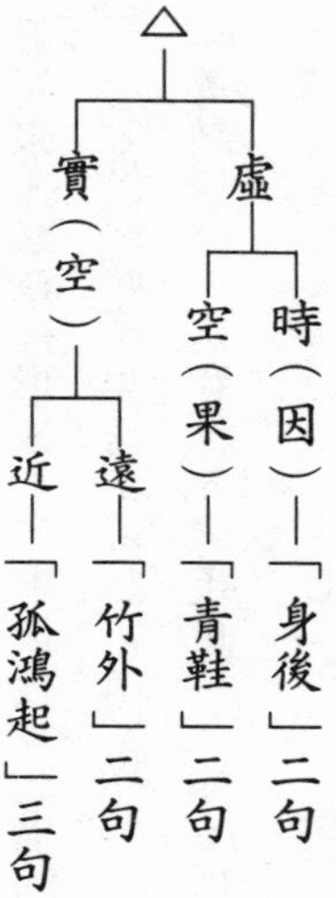

## 四、時空交錯的「先實後虛」結構

一般說來，辭章裡形成「先虛後實」結構的，比較少見，而形成「先實後虛」結構的，則俯拾皆是。它如以時空呈現，則除可以形成「先時（實）後空（虛）」、「先空（實）後時（虛）」等結構外，也和「先虛後實」一樣，可組合成多樣類型。如蘇軾的〈菩薩蠻〉詞：

秋風湖上蕭蕭雨，使君欲去還留住。今日漫留君，明朝愁煞人。　佳人千點淚，灑向長河水。不用斂雙蛾，路人啼更多。

這闋詞題作「西湖送述古」，作於宋神宗熙寧七年（西元一〇七四年）。述古，即杭州太守陳襄，時卸任，將赴京城㉖。它直接先以起句，就實空間，寫眼前湖上雨景，以襯托離愁；再以「使君」三句，就實時間，寫此刻留戀情懷，以增添離愁；接著以「明朝」句，就虛時間，設想到「明日」之離愁，拈出「愁」字，以統括全詞；然後以「佳人」四句，就虛空間，進一步寫「明朝」送行時佳人與路人啼淚的情景，來推深離愁，並暗含著述古有遺愛在杭州之讚美㉗，予以收結。這樣以「先實後虛」的結構呈現，層次井然。附結構分析表如下：

- △
  - 實
    - 空—「秋風」句
    - 時—「使君」二句
  - 虛
    - 時—「明朝」句
    - 空
      - 佳人—「佳人」三句
      - 路人—「路人」句

又如蘇軾的〈陽關曲〉詞：

暮雲收盡溢清寒，銀漢無聲轉玉盤。此生此夜不長好，明月明年何處看！

此詞題作「中秋作」，作於熙寧十年（西元一〇七七年）中秋，時作者在徐州（彭城）[28]。它一開始就由實空間切入，以「暮雲」二句，寫天空中的明月景色；再由實空間轉到實時間，寫一如往年「不長好」的「此夜」；然後由實轉虛，結合時空，以「明月」句，承「不長好」，說自己明年（時）不知在何處度中秋（空），以強烈表達對未來的憂心。此時烏台詩案正在形成，作者有這種憂心，是很自然的事。附結構分析表如下：

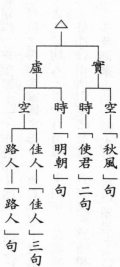

- △
  - 實
    - 空—「暮雲」二句
    - 時—「此生」句
  - 虛（時、空）—「明月」句

又如蘇軾的〈八聲甘州〉詞：

有情風、萬里卷潮來，無情送潮歸。問錢塘江上，西興浦口，幾度斜暉？不用思量今古，俯仰昔人非。誰似東坡老，白首忘機。　記取西湖西畔，正春山好處，空翠煙霏。算詩人相得，如我與君稀。約他年東還海道，願謝公、雅志莫相違。西州路，不應回首，為我沾衣。

此詞題作「寄參寥子」，作於元祐四年（西元一〇八九年），時作者正在杭州巽亭[29]，藉以抒發自己身世之感（含家國之思），並對參寥子表示絕不違早退之約，以深化對他的特殊友誼。它首先從實空間切入，以「有情風」十四句（自開端起至「如我」句止），寫登巽亭時所見西湖水山好景，從而帶出所引申之身世（含家國）感觸和對參寥子的無限懷念。其中「有情風」二句，寫的是黃昏時潮來去的空闊水景，用以領起下面抒情的句子；「問錢塘」三句，是以眼前所面對

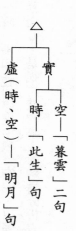

「西興浦口」的斜暉作爲引渡，用回憶、激問之筆，寫過去自己與參寥子一起共度時光的情景；「不用思量」四句，寫的是自己對人事變化、宦海浮沉的「忘機」態度，從中抒發了身世（含家國）之感㉚；「記取」五句，乃以「記取」三句，呼應「幾度斜暉」之「幾度」，一樣用回憶之筆，將眼前所見西湖周遭之煙山美景與過去兩人所共度之時光併在一起，以領出「算詩人」二句，表達出兩人深刻的友誼。然後由實轉虛，將時間推向未來，用謝安（喻己）與羊曇（喻參寥子）的典故（見《晉書·謝安傳》），呼應「白首忘機」，寫自己絕對守約隱退的心意㉛，以推深兩人情誼。由此可見，這首詞是用「先實（空）後虛（時）」的結構寫成的。附結構分析表如下：

△
- 實（空）
  - 水
    - 景——「有情風」二句
    - 情
      - 憶昔——「問錢塘」三句
      - 感今——「不用」四句
  - 山
    - 景（今、昔）——「記取」三句
    - 情（友誼）——「算詩人」二句
- 虛（時）
  - 因——「約他年」二句
  - 果——「西州路」三句

又如辛棄疾的〈鷓鴣天〉詞：

聚散匆匆不偶然，二年歷遍楚山川。但將痛飲酬風月，莫放離歌入管弦。　縈綠帶，點青錢。東湖春水碧連天。明朝放我東歸去，後夜相思月滿船。

這首詞題作「離豫章，別司馬漢章大監」，作於淳熙五年（西元一一七八年）。它一開始即由實時間入筆，先以「聚散」二句，就「昔」寫二年來的奔波、聚散，含身世之感，爲此次之離情作鋪墊；再以「但將」二句，就「今」寫此次之別宴，由此帶出離情；然後由實時間過到實空間，以「縈綠帶」三句，寫在別宴時所面對的水天景色，藉以襯托離情。到了最後，才由實轉虛，以「明朝」二句，依「先時後空」的順序，設想「明朝東歸」後的情景，將離情作進一層之推深，使全詞充滿著離別之情與身世之感㉜。附結構分析表如下：

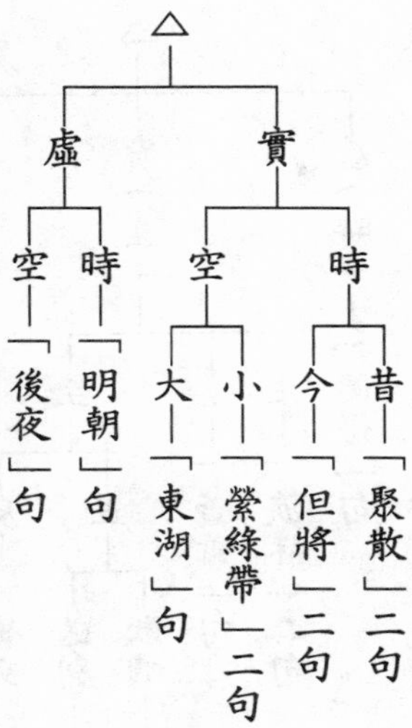


## 五、時空交錯的「虛、實、虛」結構

在時空交錯（含融合）的前提下，辭章要形成「先虛後實」或「先實後虛」的兩種結構，因兩者均著重在秩序，較爲單純，所以在辭章裡都可常見到；而「虛、實、虛」與「實、虛、實」兩者，則由於它們均著重在變化，比較複雜，因此在辭章裡都不易見到。尤其是「虛、實、虛」這種類型，更是如此。但依然在蘇辛詞裡，可以找到它的蹤影。如蘇軾的〈醉落魄〉詞：

蒼顏華髮，故山歸計何時決。舊交新貴音書絕。唯有佳人，猶作殷勤別。離亭欲去歌聲咽，蕭蕭細雨涼吹頰。淚珠不用羅巾浥。彈在羅衫，圖得見時說。

這首詞題作「蘇州閶門留別」，當作於熙寧七年（西元一〇七四年）[33]。它一開篇即置重於虛時間，以「蒼顏」二句，把時間推向未來，發出不知何時才能歸鄉的感嘆，爲下敘的離情蓄力。接著置重於實空間，採「主、賓、主」的順序，先以「舊交」四句，敘寫美人唱離歌殷勤送別的場景，以帶出離情，這是「主」；再以「蕭蕭」句，寫不斷吹頰的蕭蕭細雨，以景襯情，此爲「賓」；末以「淚珠」句，寫美人淚滴羅衫的情狀，以加重離情，這又是「主」。然後又置重於虛時間，以結句應起，將時間推向未來，用「淚」作橋梁，設想未來見面時的情景，一面藉以安慰「美人」，一面藉以推深離情。如此以「虛（時）、實（空）、虛（時）」的結構呈現，很富於變化。附結構分析表如下：

△
- 虛（時）—「蒼顏」二句
- 實（空）
  - 主
    - 反 —「舊交」句
    - 正
      - 送別 —「唯有」二句
      - 歌咽 —「離亭」句
  - 賓 —「蕭蕭」句
  - 主 —「淚珠」二句
- 虛（時）—「圖得」句

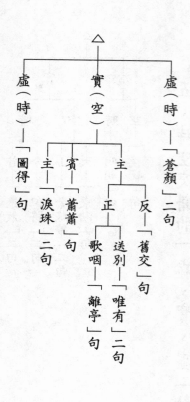

又如蘇軾的〈河滿子〉詞：

> 見說岷峨悽愴，旋聞江漢澄清。但覺秋來歸夢好，西南自有長城。東府三人最少，西山八國初平。　莫負花溪縱賞，何妨藥市微行。試問當壚人在否，空教是處聞名。唱著子淵新曲，應須分外含情。

此詞題作「湖州寄益守馮當世」，當作於熙寧九年（西元一〇七六年），時作者在密州，而馮當世（京）在成都[34]。它首先以起二句，主要就虛空間，凸出「岷峨」（藉指成都），寫馮當世在四川平定茂州夷人叛亂的功績（見《宋史．馮京傳》），一如周宣王時召虎之平淮夷，以表示慶賀之意。接著以「但覺秋來」二句，主要就實時間，承上寫自己「秋來」，因有馮當世鎮守家鄉四川，故有好的「歸夢」。然後以「東府」二句及整個下片，又主要就虛空間，鎖定「成都」來寫：它首以「東府」二句，呼應「江漢澄清」，指出馮當世來鎮守四川，成就了有如唐朝韋皋震服「西山八國」的功業，所以宋神宗特召知樞密院事（熙寧九年十月，見《續資治通鑑》卷七十一），成為「東府三人（王珪、吳充、馮京）最少」[35]的顯要，以極力讚美馮當世；次以「莫負花溪」四句，勸馮當世不妨在公餘，微服出行，走訪那成都著名的花溪、藥市與文君壚，以察訪民情；末以「唱著子淵」二句，用漢代益州刺史王襄舉王褒，而王褒後來作〈聖主得賢臣頌〉來加以歌頌的故事（見《漢書・王褒傳》），要他識拔當地人才。這樣以「虛（空）、實（時）、虛（空）」的結構來寫，不但讚美了馮當世的武功（主），也對他的文治（賓），作了很高的期許。雖然前後用了很多典故，卻絲毫不損其意味。附結構分析表如下：

- △
  - 虛（空）
    - 先——「見說」句
    - 後——「旋聞」句
  - 實（時）
    - 果——「但覺」句
    - 因——「西南」句
  - 虛（空）
    - 主（武功）——「東府」二句
    - 賓（文治）——「莫負」六句

又如辛棄疾的〈千秋歲〉詞：

塞垣秋草，又報平安好。尊俎上，英雄表。金湯生氣象，珠玉霏談笑。春近也，梅花得似人難老。　莫惜金尊倒，鳳詔看看到。留不住，江東小。從容帷幄去，整頓乾坤了。千百歲，從今盡是中書考。

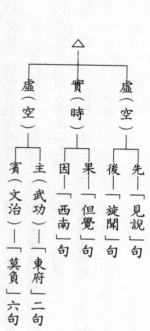

這首詞題作「金陵壽史帥致道，時有版築役」，作於乾道五年（西元一一六九年）。它首先由虛空間切入，以開端二句，寫邊塞平安無事，爲底下之壽慶預鋪路子。其次由虛轉實，正式落到壽宴上來：首以「尊俎上」四句，主要就「空」，寫史致道談笑自若的英雄氣概與金湯永固的重修工程㊱，以交代題目；次以「春近也」二句，依然就「空」，寫冬天盛開的梅花，一面扣緊史致道的生日（在冬至日後），一面說他還很年輕，勝過梅花，以寫他神采奕奕的形象；末以「莫惜」二句，則主要就「時」，寫勸酒的事，並祝他高升。然後又由實轉虛，以「留不住」六句，承「鳳詔看看到」，將時間推向未來，說他會離開江東（指金陵），銜命收復中原，完成統一大業，而一直高居宰輔之位，以加强慶賀的意思。附結構分析表如下：

△
- 虛（空）—「塞垣」二句
- 實
  - 空
    - 壽翁—「尊俎上」二句
    - 版築—「金湯」句
    - 壽翁—「珠玉」三句
  - 時（勸酒）—「莫惜」二句
- 虛（時）
  - 因—「留不住」四句
  - 果—「千百歲」二句

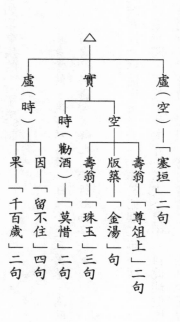

又如辛棄疾的〈清平樂〉詞：

> 此身常健，還卻功名願。枉讀平生三萬卷，滿酌金杯聽勸。　男兒玉帶金魚，能消幾許詩書？料得今宵醉也，兩行紅袖爭扶。

此詞題作「壽信守王道夫」，作於紹熙二年（西元一一九一年），時作者隱居於帶湖。它首先著眼於虛時間，預祝信州太守王道夫（自中）自此能健康地去完成他建立功名的願望。接著著眼於實時間，以「枉讀」四句，寫到壽席之上：先用「枉讀」二句，主要就「空」，承上寫自己斟酒勸王道夫要建功立名的情景；再用「男兒」二句，主要就「時」，以「朝廷那些做高官的，未必就有多少詩書才學」㊲，從反面抒發自己此刻被迫閒居的感慨。最後則又轉實爲虛：先以「料得」一句，主要就「時」寫當夜酒醉的時候，再由此領出「兩行」句，主要就「空」寫到時須有美人爭扶的情景㊳，藉「醉酒」表達出祝壽之忱與感慨之深，以收拾全詞。附結構分析表如下：

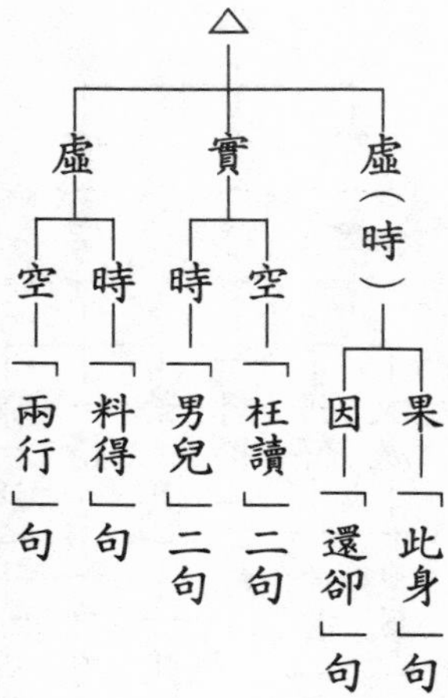


## 六、時空交錯的「實、虛、實」結構

這種結構，和上一種一樣，均極富於變化，可藉以形成「時空交錯」的多變類型。一般說來，無論「時」與「空」，寫「虛」都比寫「實」爲難，尤其在開篇時，更是如此。因此在辭章裡，「實、虛、實」這種結構，比起「虛、實、虛」來，見到的機會自然會多一些，即以蘇辛詞而言，也不例外。如蘇軾的〈蝶戀花〉詞：

雨後春容清更麗，只有離人，幽恨終難洗。北固山前三面水，碧瓊梳擁青羅髻。　一紙鄉書來萬里，問我何年，真箇成歸計。回首送春拚一醉，東風吹破千行淚。

此詞題作「京口得鄉書」，作於熙寧七年（西元一〇七四年）。由於此時正值春天，所以作者便主要著眼於實空間來寫。他先以起句，泛寫雨後清麗之春景；再以「北固山」二句，鎖定「京口」之地標「北固山」和山下之長江水，將「山」比作「青羅髻」、「水」比作「碧瓊梳」，具寫雨後清麗之春景；而於此兩者之間，特地插入「只有」二句，即景抒情，寫「得鄉書」後的無限離恨；又在此兩者之後，轉而著眼於實時間，正式以「一紙」句交代這時「得鄉書」的這件事實。接著以「問我」二句，承「一紙」句，很技巧地由實轉虛，將時間伸向未來，寫不知何日才能歸鄉的「幽恨」。然後以「回首」二句，又由虛歸實，主要著眼於實空間，寫自己面對東風拚醉落淚的情狀，既和上片所寫之實空間打成一片，將「幽恨」再予具象化，又暗含歸期無望之意㊴，使作品更富於韻味。附結構分析表如下：

△
- 實（空）
  - 景（泛）—「雨後」句
  - （情）—「只有」二句
  - 景（具）—「北固山」二句
- 虛（時）—「問我」二句
- 實（空）
  - 拚醉—「回首」句
  - 吹淚—「東風」句

又如蘇軾的〈浣溪沙〉詞：

> 軟草平莎過雨新，輕沙走馬路無塵。何時收拾耦耕身？　日暖桑麻光似潑，風來蒿艾氣如薰。使君元是此中人。

這首詞爲一套組詞的最後一首，此組詞題作「徐門石潭謝雨，道上作五首」。潭在城東二十里，常與泗水增減、清濁相應」。作於元豐元年（西元一〇七八年），時作者在徐州（彭城）。它一開篇就由實空間切入，以「軟草」二句，特別著眼於道旁的莎草與道中的輕沙，寫走在「道上」所見道旁雨後的清新景象，預爲下句敘隱逸之思鋪路。接著由實轉虛，將時間推向未來，以「何時」句，即景抒情，抒發了隱退的强烈意願。繼而以「日暖」二句，又回到實空間，特別著眼於「桑麻」的光澤與「蒿艾」的香氣，應起寫走在道上所見雨後的另一清新景象，以强化隱逸之思；最後以結句，主要著眼於實時間，寫此時所以會有强烈的隱退意願，是由於自己原本就來自於田野的緣故。這樣用「實（空）、虛（時）、實（空、時）」的結構來組合材料，將隱逸之旨表達得極爲明白。附結構分析表如下：

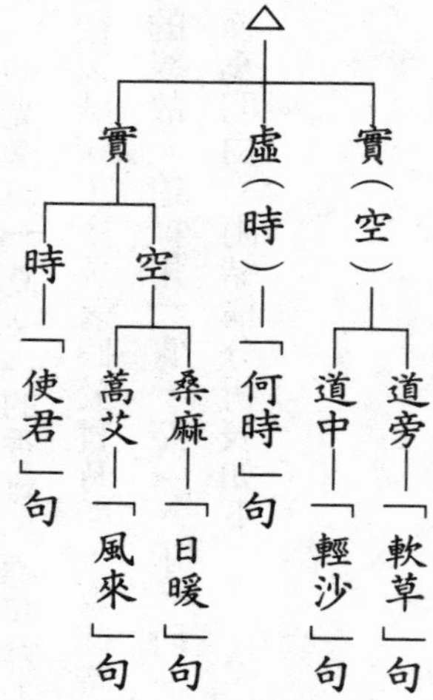


又如辛棄疾的〈臨江仙〉詞：

風雨催春寒食近，平原一片丹青。溪頭換渡柳邊行。花飛蝴蝶亂，桑嫩野蠶生。　綠野先生閒袖手，卻尋詩酒功名。未知明日定陰晴。今宵成獨醉，卻笑眾人醒。

這闋詞題作「即席和韓南澗韻」，作於作者閒退帶湖年間（西元一一八二～一一九〇年）。它雖是在席上所寫，寫的可能是再現景，而非眼前景，卻同樣屬於實景，與出自設想之虛景有所不同。所以此詞自篇首起至「卻尋」句止，完全就「實」而寫：其中「風雨」句，先著眼於

「時」，指明現在是逼近寒食的暮春時節；「平原」四句，再著眼於「空」，由遠而近地具寫「寒食近」時的田野風光；「綠野」二句，則又倒回來，著眼於「時」，點出「韓南澗」（以裴度爲喻）㊵和自己現在過的是吟詩醉酒的閒退生活，既以交代題目，也藉以領出下句。作者著眼於「實」寫到了這裡，才突然地以「未知」一句，轉實爲虛，承上兩句，把時間伸向「明日」（未來），寫對前途未卜的疑慮，這和作者另一首作於淳熙十五年（西元一一八八年）之〈蝶戀花〉詞所謂「今歲花期消息定，只愁風雨無憑準」的意思，是相同的。著眼於「虛」寫了這麼一句，卻又轉回到「實」，寫到此刻之席上來，反用屈原「舉世皆濁我獨清，衆人皆醉我獨醒」（《楚辭．漁父》）的詩意㊶，發出感慨作收。附結構分析表如下：

- △
  - 實
    - 時—「風雨」句
    - 空
      - 遠—「平原」二句
      - 近—「花飛」二句
    - 時—「綠野」二句
  - 虛（時）—「未知」句
  - 實（時）—「今宵」二句

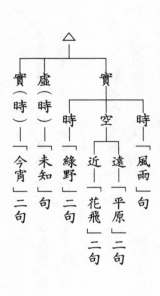

又如辛棄疾的〈虞美人〉詞：

> 翠屏羅幕遮前後，舞袖翻長壽。紫髯冠佩御爐香，看取明年歸奉、萬年觴。　今宵池上蟠桃席，咫尺長安日。寶煙飛焰萬花濃，試看中間白鶴、駕仙風。

這首詞題作「壽趙文鼎提舉」，當作於紹熙二年（西元一一九一年）前後。它首先主要由實空間切入，直接鎖緊壽宴，以「翠屏」三句，採「先底後圖」[42]的順序來寫，先是「翠屏」二句，主要寫筵席上的壽舞，爲「底」；再來是「紫髯」句，主要寫筵席上的壽翁，爲「圖」。其次以「看取」三句，由實轉虛，主要用「先時後空」的順序，預祝壽翁「明年」將高升入京；不過必須一提的是，雖然在此插了「今宵」一句，涉及今夜之筵席，但它僅僅爲「看取」句（時）與「咫尺」句（空）充作橋梁之用，因此可視爲附屬成分，這在辭章上是很常見的。最後以「寶煙」二句，又由「虛」拉回到「實」，主要就實空間，依然採「先底後圖」的順序來寫，「底」指「寶煙」句，寫的是筵席上濃如萬花的煙火；「圖」指「試看」句，寫的是筵席上如同仙鶴的壽翁。就這樣，將慶賀之場面表達得十分喜氣，從而加深了祝賀之忱。附結構分析表如下：

- △
  - 實（空）
    - 底（壽舞）—「翠屏」二句
    - 圖（壽星）—「紫髯」句
  - 虛
    - 時（明年）—「看取」句
    - 空（長安）—「今宵」二句
  - 實（空）
    - 底（煙花）—「寶煙」句
    - 圖（壽星）—「試看」句

## 七、結語

綜上所述，足見辭章在「時空交錯」之下，可以形成「虛實複合」的多種結構。其中「先虛後實」、「先實後虛」或「先時後空」、「先空後時」……等，主要出自於人類求「秩序」的心理，也因而使得辭章形成「秩序」之美。而「虛、實、虛」、「實、虛、實」或「時、空、時」、「空、時、空」……等，則出自於人類求「變化」的心理，也因而使得辭章形成「變化」之美。以上兩種，無論「秩序」或「變化」，均能使「虛」與「實」、「時」與「空」互相呼應而聯貫，成爲「對比」（趨於陽剛）或「調和」（趨於陰柔），因此就使得辭章多了「聯貫」（含對比、調和）之美。而最要緊的，就是從篇首到篇末，必須將所要表達的情意，形成主旨或

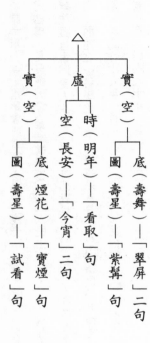

綱領，「一以貫之」（《論語·里仁》），以達於「統一」的目的，這無疑是出自於人類求「統一」的心理，自自然然地就使得辭章形成「統一」之美。而這所謂的「秩序」、「變化」、「聯貫」、「統一」，正是辭章章法的四大律㊸，既各有其心理基礎，也各有其美感效果，所謂「人同此心，心同此理」，是不宜以「莫須有」或「無用」來看待它們的。

## 注釋

①邏輯思維與形象思維乃人類最基本之兩種思維方式。參見侯健《文學通論》（北京大學出版社，一九八六年五月一版一刷），頁一五三～一五七。

②此即「人同此心，心同此理」之理，參見拙作〈談辭章章法的主要內容〉、〈談篇章結構〉，《章法學新裁》（萬卷樓圖書有限公司，民國九十年一月初版），頁三一九～三六〇、三六四～四一九。

③所謂「單一」，指單虛或單實；所謂「複合」，指虛與實的交互組合。用「單一」與「複合」來區別不同結構，見吳應天《文章結構學》（中國人民出版社，一九八九年八月一版三刷），頁三一一。

④章法雖自古即受人注意，但一直都只見樹而不見林，到最近才大致集樹成林，確定其範圍、內容與原則，而建立一科學化之章法學體系。見王希杰〈讀仇小屏博士的《文章章法論》〉（《國文天地》十六卷四期，民國八十九年一月），頁一〇一。又見拙作〈卻顧所來徑——《章法學新裁》代序〉（《國文天地》十六卷八期，民國九十年一月），頁一〇〇～一〇五。

⑤宗白華：「我們宇宙既是一陰一陽、一虛一實的生命節奏，所以它根本上是虛靈的時空合一體，是流盪著的生動氣韻。」見《美學與意境》（人民出版社，一九八七年四月一版一刷），頁二六一。

⑥見李元洛《詩美學》（三民書局，民國七十九年二月初版），頁三六三～三七七。又見李浩《唐詩的美學闡釋》（安徽大學出版社，二〇〇〇年四月一版一刷），頁四〇～七五。

⑦李浩：「詩人俯仰流觀的並不僅僅是空間形象，同時也還有時間意象，詩人用心靈的眼睛俯仰古今，遊心太玄，回環往復，因此，空間中滲透了時間，時間中融合了空間，形成了四維度的空間結構。」同⑤，頁六八。

⑧其理論與應用，見仇小屏《篇章結構類型論》（上）（萬卷樓圖書有限公司，民國八十九年二月初版），頁一三六～一四七。

⑨金性堯：「詩中的『訪舊半爲鬼』，點出了時代背景，『世事兩茫茫』，又擔心著國家前途。」見《唐詩三百首新注》（中華書局香港分局，一九八七年一月初版），頁一二。

⑩治芳、楚葵說此詩：「是一首詠史詩。荊軻，戰國末衞國人，曾爲燕太子丹謀刺秦王嬴政，未成被殺。本篇描述的便是這一歷史事件。詩中再現了易水餞別的悲壯場面和氣氛，對荊軻的英雄氣概作了由衷的歌頌。」見《歷代敍事詩選譯》（江蘇教育出版社，一九八四年十月一版一刷），頁五六～五七。

⑪喻守眞：「首句寫秋景，用一『冷』字，可見宮中寂寞景況。二句寫宮人無聊中的遊戲，還待君王的臨幸。三句加『涼如水』是寫夜深，以『天階夜色』一轉，轉出臥看雙星，意味雙星猶能在七夕渡河相會，何

以我久處冷宮，無相見之日。不言怨而怨自在言外，這種間接寫法，在宮詞中很多。蘅塘退士評此詩謂：『層層佈景，是一幅著色人物畫，只「臥看」二字，逗出情思，便通身靈活。』」見《唐詩三百首詳析》（台灣中華書局，民國八十五年四月台二十三版五刷）中頁三一四。

⑫趙山林：「在層巒疊嶂的蜀道上盤旋而行，懸崖峭壁彷彿迎面而來，從人的臉側拔地而起，縹緲的雲氣依傍著馬頭滋生不息，使人猶如騰雲駕霧一般。這種空間的意外拼接，生動地表現出蜀道的險峻、高危，驚心動魄，而詩人寫來又極其自然。」見《詩詞曲藝術論》（浙江教育出版社，一九九八年三月版七刷），頁一六六。

⑬見黃慶萱《修辭學》（三民書局，民國六十四年一月初版），頁三七三～三七五。

⑭見拙著《章法學新裁》，同①，頁九九～一一〇、四六八～四七五。另參見陳佳君〈虛實章法析論〉（民國九十年五月台灣師大碩士論文），頁一～二七六。

⑮李元洛說此詩：「從畫面上看，前面兩個鏡頭較爲擴大，是遠景、全景，後一個鏡頭較爲細小，是近景、小景，相當於電影中的『特寫』。在這一特寫鏡頭中，只見主人失望而仍然不無期待地頻頻敲著桌上的棋子，燈花開了又落，而客人則期期不至。一『敲』一『落』，表現時間之久，憶念之深，企盼之殷，而室外的雨聲、蛙聲，室內的敲棋聲與燈花開落聲，聲聲入耳，這種強動態的聽覺描寫，正深層地表白了主人公內心的孤寂，把那種『客有可人期不來』的情緒與氛圍，表現得分外動人。」見《歌鼓湘靈》（東大圖書公司，民國七十九年八月初版），頁四〇〇。

⑯陳邦炎：「從整首詩看，作者運用寫實與虛構相結合的手法，使眼前景與意中景同時並列，使懷人之人與所懷之人兩地相連，進而表達了異地相思的深情。」見《唐詩大觀》（商務印書館香港分館，一九八六年十一月一版二刷），頁六八八。

⑰傅更生：「此懸想將來之能卻話今日，虛實顛倒，明縱而暗收，蓋遙企於西窗剪燭之樂，正以見巴山夜雨之苦；若微波之漣漪，往復生姿也。」見《中國文學欣賞舉隅》（國文天地雜誌社，民國七十九年四月初版），頁七三。又李浩：「作者的想像從巴山預先飛馳家中，縈繞西窗，又從家中折轉飛回巴山，形成了一個環狀運動。這其中既有空間上的往復疊映，又有時間上的回環旋轉，且虛實相生，婉轉纏綿，搖曳蕩漾出千種風情。」同⑤，頁七五。

⑱李浩語，同⑯。

⑲朱（祖謀）注：「案伯固於己巳年（西元一〇八九年）從公杭州，至壬申三年（一〇九二）未歸，故首句云然。王案：壬申八月，詔以兵部尚書召還。」見龍榆生《東坡樂府箋》（華正書局，民國六十七年九月初版）引，頁二五七。

⑳陳邇冬注：「小蠻，人名，唐代大詩人白居易的家妓，善舞。這裡蘇軾藉以指他的妾朝雲。」見《蘇軾詞選》（人民文學出版社，一九八六年七月二版），頁一〇〇。

㉑洪邁有〈稼軒記〉詳述此事，見鄧廣銘《辛稼軒年譜》（河洛圖書出版社，民國六十八年六月台影印初版），頁八二～八三。

㉒常國武：「『沉吟久』三字，寫自己左思右想，在去留之間，心情仍然十分矛盾。『怕君恩未許』，說明對孝宗還存有幻想，對仕宦仍有所留戀。從全詞的藝術結構來看，作者當時的心情確很矛盾，然而矛盾的主要方面依舊是用世思想。」見《辛稼軒詞集導讀》（巴蜀書社，一九八八年九月一版一刷），頁一五九～一六〇。

㉓喻朝剛：「此詞通篇寫心理活動，從不同側面表現用世與退隱的矛盾。」見《辛棄疾及其作品》（時代文藝出版社，一九八九年三月一版一刷），頁一五六。

㉔鄭厚卿其人其事，見鄧廣銘《辛稼軒年譜》，同⑳，頁九五。又見其《稼軒詞編年箋注》（華正書局，民國六十七年一月二版），頁一九六、二二五。

㉕「丹青」二句，出於杜甫〈戲題王宰畫山水圖歌〉之結二句：「焉得并州快剪刀，翦取吳淞半江水。」吳（摯甫）注：「更以奇想作收。」見《唐宋詩舉要》（學海出版社，民國六十二年二月初版），頁二二六。

㉖朱（祖謀）注：「《紀年錄》：甲寅，送述古赴南都作。」同⑲，頁二七。

㉗陳邇冬於「路人啼更多」句下注：「意味好官去任，人們捨不得。」同⑳，頁一九。

㉘同⑲，頁九二。

㉙曾棗莊、吳洪澤：「南宋傅幹《注東坡詞》，題下有『時在巽亭』四字。《咸淳臨安志》：『南園巽亭，在鳳凰山舊府治內，以在郡城東南，故名。』元祐四年（西元一〇八九年）蘇軾知杭州，有〈次韻詹適宣德小

飲巽亭〉詩，此詞當作於同時。時參寥住西湖孤山，與巽亭有一段距離，故云『寄』。」見《蘇軾詞選》（三民書局，民國八十九年十一月初版一刷），頁一一六。

㉚曾棗莊、吳洪澤：「開頭二句以江潮爲比興，實際描繪了元祐初年的整個政治形勢。『問錢塘江上』三句，抒發『夕陽無限好，只是近黃昏』（李商隱〈登樂遊原〉）的深沉感慨。……『不用思量今古』二句，化用王羲之〈蘭亭集序〉：『俯仰之間，已爲陳跡。』兩句緊承『幾度斜暉』，表明他不僅是詠落日，也在感嘆人事。『誰似東坡老』二句，這是蘇軾表明對潮來潮去、日起日落以及宦海浮沉的態度。」同㉙，頁一一四。

㉛徐中玉：「這幾句（『約他年』五句）與參寥子相約，日後退隱杭州，並期望付諸實現，使參寥子不致爲作者遺憾。」見《蘇東坡文集導讀》（巴蜀書社，一九九〇年六月一版一刷），頁二五八。

㉜常國武：「全詞篇幅雖短，但能將身世之感和離別之情置於一處抒寫，並照顧到景物的襯托，也頗見作者的藝術匠心。」同㉒，頁一四四。

㉝此詞應作於熙寧七年（甲寅）冬，朱（祖謀）注：「王案：甲寅十月，至金閶。」同⑲，頁四八。

㉞石聲淮、唐玲玲：「題說『湖州寄益守馮當世』，詞中內容是馮當世作益守時的事，馮當世作益守在熙寧九年丙辰（西元一〇七六年）。這年蘇軾在密州，題說『湖州』，時和地相矛盾。」見《東坡樂府編年箋注》（華正書局，民國八十二年八月初版），頁九一～九二。

㉟東府，指樞密院，與中書省，並稱二府。三人，指中書門下平章事吳充、王珪二人，加上馮京。時（熙

寧九年）王珪五十八歲、吳充和馮京五十六歲，大約馮京出生的月份早，所以說「最少」。見《東坡樂府編年箋注》，同㉞，頁九三～九四。

㊱所謂「版築役」，當指鎮淮、飲虹二橋重修而言。見鄧廣銘《稼軒詞編年箋注》，同㉔，頁一三。

㊲見劉坎龍《辛棄疾詞全集詳注》（新疆人民出版社，二〇〇〇年十一月第一版），頁二〇三。

㊳劉坎龍：「結尾兩句寫酒醉後侍女爭扶的情景，是想像之辭。」同㊲。

㊴陳邇冬釋「回首」二句：「二句未對鄉書所問直接回答，但以送春一醉、熱淚千行暗示歸期無望。作者此時距最後一次離開故鄉已六年，雖懷歸心切，終不能如願。」同⑳，頁一〇。

㊵綠野先生，指唐裴度，有別墅，號綠野堂。在此用以指韓南澗。辛棄疾題作「甲辰歲壽韓南澗尚書」的〈水龍吟〉詞有「綠野風煙」之句，即將韓南澗比作裴度。見《稼軒詞編年箋注》，同㉔，頁一一九。

㊶劉坎龍：「詞的下片直抒胸臆，寫自己不受重用，投閒置散，像裴度那樣，飲酒作詩，不問世事，實際上內心深處蘊含了憤懣和牢騷。所以結句反用〈漁父〉中揭示屈原被流放原因的詩句，來表達自己的情懷，引人深思。」同㊲，頁八四。

㊷「底」，指背景，也稱為「地」；「圖」，指焦點。王秀雄：「在視覺心理上，把視覺對象從其背景浮現出來，而讓我們認識得到的物，叫做『圖』（Figure）……其周圍之背景，叫做『地』（Ground）。」見《美術心理學》（三信出版社，民國六十四年初版），頁一二六。另參見仇小屏〈論「圖底」章法的空間結構〉（《國文天地》十七卷五期，民國九十年十月），頁一〇〇～一〇四。

㊸見拙作〈論辭章章法的四大律〉（《國文天地》十七卷四期，民國九十年九月）頁一〇一～一〇七。又參見仇小屏《篇章結構類型論》上、下，同⑧，頁一～六〇〇。

（原載《中國學術年刊》二十三期，二〇〇二年六月，頁三五七～三七九）

# 凡目法在蘇辛詞裡的運用

## 一、前言

所謂的「凡」，指的是「總括」；而「目」，則是「條分」的意思。以總括、條分的方式來組合詞章材料，可說由來已久，且極爲普遍。即以蘇辛詞而言，便有不少是採這種方式來組合材料的。以下就分「凡而目」、「目而凡」、「凡目凡」、「目凡目」等四種，各舉數例，並略作說明，以見凡目法在蘇辛詞裡運用的情形。

## 二、凡而目者

這是將綱領或要旨以開門見山的方法安置於前端，作個總括，然後條分爲若干部分，以依次針對綱領或要旨來敍寫的一種形式。這種形式，古時稱爲外籀，今則通稱演繹。它在蘇辛詞裡的運用情形，大致可分爲兩式：一爲單軌式，這是用置於開端的單一意思來貫穿所有材料的一種形式，它的簡式爲：

A（凡）↓$A_1$（目一）．$A_2$（目二）……

一為雙軌式，這是將平列或有主從關係的兩個意思安置於前端，以依次組合下面兩組材料的一個形式，它的簡式為：

AB（凡）↓$A_1$（目一）．$B_2$（目二）

單軌的，如：

天涯流落思無窮（A），既相逢，卻匆匆。攜手佳人，和淚折殘紅。為問東風餘幾許，春縱在，與誰同（$A_1$）。　隋隄三月水溶溶，背歸鴻，去吳中。回首彭城，清泗與淮通。欲寄相思千點淚，流不到楚江東（$A_2$）。（蘇軾〈江城子〉）

這是首抒寫別恨的作品。它先用首句「天涯流落思無窮」，泛寫別恨，以統攝全詞，這是「凡」的部分；接著以「既相逢」七句，藉此番「別徐州」（題目）美人送別的情景，實寫別恨，這是「目一」的部分；最後以下片八句，透過想像，將時間由現在推向未來，虛寫自己去「吳中」（即湖州）途中之所見、所感，大力地把別恨推深一層，這是「目二」的部分。這樣以先凡後目的形式來寫，脈絡極爲分明。又如：

> 飛花成陣春心困，寸寸別腸，多少愁悶（A）。無人問，偷啼自揾殘妝粉（$A_1$）。抱瑤琴尋出新韻，玉纖趁，南風來解幽慍。低雲鬢，眉峯斂暈嬌和恨（$A_2$）。（蘇軾〈瑤池燕〉）

這也是首抒寫別愁的作品。作者以開篇三句，拈出「別愁」，作一總括（凡），以帶出下面條分（目）的部分來。其中「無人問」二句，藉著美人「偷啼」的情狀具體地襯托出一份「別愁」，爲「目一」的部分；而「抱瑤琴尋出新韻」五句，則爲「目二」的部分，藉著美人彈琴的動作與斂眉的樣子又襯托出另一份「別愁」，以收束全詞。顯而易見的，這也是採先凡後目的形式所寫成的作品。又如：

出處從來自不齊（A）。後車方載太公歸；誰知寂寞空山裡，卻有高人賦采薇（$A_1$）。黃菊嫩，晚香枝，一般同是采花時（$A_2$）。蜂兒辛苦多官府，蝴蝶花間自在飛（$A_3$）。（辛棄疾〈鷓鴣天〉）

這是首慨嘆出處不齊的作品。作者在此，先用「出處從來自不齊」一句揭出一篇主旨，以統括全詞，這是「凡」的部分；然後依此主旨，分別舉出三樣「出處不齊」的例證來。在第一個例證裡，太公望相周，是「出」；伯夷、叔齊隱於首陽山，採薇而食，是「處」；這是「目一」的部分，是就人類「出處」的「不齊」來說的。在第二個例證裡，黃菊始開，是「出」；晚香將殘，是「處」；這是「目二」的部分，是就植物「出處」之「不齊」來說的。在第三個例證裡，蜂兒辛苦，是「出」；蝴蝶自在，是「處」，這是「目三」的部分，是就昆蟲「出處」之「不齊」來說的。由於這闋詞也是採「凡而目」的方法來寫，所以條理格外清晰。又如：

好雨當春，要趁歸耕。況而今已是清明（A）。小窗坐地，側聽簷聲。恨夜來風，夜來月，夜來雲（$A_1$）。花絮飄零，鶯燕丁寧，怕妨儂湖上閒行（$A_2$）。天心肯後，費甚心情。放霎時陰，霎時雨，霎時晴（$A_3$）。（辛棄疾〈行香子〉）

這是首寫歸耕要趁早的作品。梁啓超解釋說：「此告歸未得請時作也。——發端云：『好雨當春，要趁歸耕，況而今已是清明。』道出本意，文義甚明，次云：『小窗坐地，側聽簷聲。恨夜來風，夜來月，夜來雲。』謂受讒謗迫擾，不能堪忍也。下半闋云：『花絮飄零，鶯語丁寧，怕妨儂湖上閒行。』尚慮有種種牽制，不得自由歸去也。次云：『天心肯後，費甚心情。放霎時陰，霎時雨，霎時晴。』謂只要俞旨一允，萬事便了；卻是君意難測，然疑間作，令人悶殺也。此詩人比興之旨，意內言外，細繹自見。」（《辛稼軒先生年譜》）透過這番解釋，可知此詞可析爲四個部分：頭一部分是開端三句，拈出「要趁歸耕」作爲一篇之主意，爲「凡」的部分；第二部分是「小窗坐地」五句，寫「要趁歸耕」的理由，爲「目一」的部分；第三部分是「花絮飄零」三句，寫「要趁歸耕」的阻礙，爲「目二」的部分；第四部分是「天心肯後」四句，寫「要趁歸耕」的疑慮，爲「目三」的部分。這顯然和上舉三首一樣，是採「凡而目」的形式所寫成的。

雙軌的，如：

> 雨後春容清更麗（A），只有離人，幽恨終難洗（B）。北固山前三面水，碧瓊梳擁青螺髻（$A_1$）。一紙鄉書來萬里，問我何年，真箇成歸計。回首送春拚一醉，東風吹破千行淚（$B_1$）。（蘇軾〈蝶戀花〉）

這是首抒寫離恨的作品。開端三句，泛寫清麗之景（凡—從）與離人之恨（凡—主），爲「凡」的部分。「北固山前三面水」二句，具寫京口北固山水清麗之景，爲「目一」（從）的部分。「一紙鄉書來萬里」五句，具寫離人，也就是作者「得鄉書」（題目）卻不得歸去之恨，爲「目二」（主）的部分。這樣來組合材料，採的正是雙軌式的演繹法。又如：

> 梧桐葉上三更雨（A），驚破夢魂無覓處（B）。夜涼枕簟已知秋，更聽寒蛩促機杼（$A_1$）。夢中歷歷來時路，猶在江亭醉歌舞。尊前必有問君人，為道別來心與緒（$B_1$）。（蘇軾〈木蘭花令〉）

這是抒寫思念之情的作品。其中首句「梧桐葉上三更雨」，以三更時雨打梧桐來寫「聞夜雨」（題目）之事，爲「凡一」（從）的部分；次句「驚破夢魂無覓處」，寫夢後對「子由、才叔」（題目）的思念，爲「凡二」（主）的部分；「夜涼枕簟已知秋」二句，寫雨中室內外冷落的景象，是針對首句加以渲染的，爲「目一」（從）的部分；下片四句，寫夢中的情景，是針對次句加以追敘的，爲「目二」（主）的部分。由這種安排看來，和上一首的章法是沒什麼兩樣的。又如：

> 一箇去學仙（A），一箇去學佛（B）。仙飲千杯醉似泥，皮骨如金石（$A_1$）。　不飲便康強，佛壽須千百。八十餘年入涅槃，且進杯中物（$B_1$）。（辛棄疾〈卜算子〉）

這是自嘲「飲酒成病」（題目）的作品。發端二句，一以寫「學仙」，爲「凡一」的部分；一以寫「學佛」，爲「凡二」的部分。「仙飲千杯醉似泥」二句，是針對「一箇去學仙」句來寫「飲酒成病」的，爲「目一」的部分。下片四句，是針對「一箇去學佛」句來寫「飲酒成病」的，爲「目二」的部分。由凡而目，且採雙軌的形式來寫，條理特別分明。又如：

> 富貴不須論（A），公應自有；且把新詞祝公壽（B）。當年僊桂，父子同攀希有。人言金殿上，他年又。冠冕在前，周公拜手，同日催班魯公後（$A_1$）。此時人羨，綠鬢朱顏依舊。親朋來賀喜，休辭酒（$B_1$）。（辛棄疾〈感皇恩〉）

這是首祝壽的作品。在它開端三句裡，作者就以「富貴」（從）與「祝壽」（主）兩個意思來作總括，以統攝下面的詞句，爲「凡」的部分。自「當年僊桂」句至「同日催班魯公後」句止，指出壽星（陳及之，見題目）父子同領鄉薦、同舉進士以及仕宦顯貴的經歷，以寫其「富貴」，這是「目一」（從）的部分。自「此時人羨」句至篇末，具體以親友的賀喜來寫「祝壽」，這是

「目二」（主）的部分。這樣透過雙軌的「凡而目」形式來寫，令人讀了很容易掌握它的脈絡。

## 三、目而凡者

這是將思想材料先條分爲若干部分，依次安置於前，然後才將綱領或要旨提出於後來加以敍寫的一種形式。這種形式，古時稱爲內籀，今則通稱歸納。它在蘇辛詞裡的運用情形，也大致可分爲兩式：一爲單軌式，這是用置於末端的單一意思來統一所有材料的一種形式，它的簡式爲：

$A_1$（目一）．$A_2$（目二）……→A（凡）

一爲雙軌式，這是將平列或有主從關係的兩個意思安置於末端，以依次收拾上面兩分組材料的一種形式，它的簡式爲：

$A_1$（目一）．$A_2$（目二）→AB（凡）

單軌的，如：

細雨斜風作小寒，淡煙疏柳媚晴灘。入淮清洛漸漫漫（$A_1$）。雪沫乳花浮午琖，蓼茸蒿筍試春盤（$A_2$）。人間有味是清歡（A）。（蘇軾〈浣溪沙〉）

這是敍寫清歡的作品。作者在這兒，先以上片三句，寫「從泗州劉倩叔遊南山」（題目）時所見令人「清歡」之景，這是「目一」的部分；再以「雪沫乳花浮午琖」兩句，寫遊南山時所遇令人「清歡」之事，這是「目二」的部分；最後以結句，總括上面兩個條分的部分，拈出「清歡」二字以收拾全詞，所謂「一筆兜裹」，收得十分高明。又如：

海上乘槎侶，仙人萼綠華。飛升元不用丹砂，住在潮頭來處渺天涯（$A_1$）。雷輥夫差國（$A_2$），雲翻海若家（$A_3$）。坐中安得弄琴牙，寫取餘聲歸向水仙誇（A）。（蘇軾〈南歌子〉）

這是首讚美錢塘江潮的作品，題目爲「八月十八觀潮」。它的上片四句，藉仙人飛升的故事，寫潮面的遼闊，這是「目一」的部分。而下片起句「雷輥夫差國」，寫潮聲如雷，這是「目二」的部分；次句「雲翻海若家」，寫潮勢如雲，這是「目三」的部分。至於結二句，用伯牙的故事，並採側注（潮聲）以繳全體（包括潮聲之外的潮面與潮勢）的收結方法，稱讚錢塘江潮爲天下第一，這是「凡」的部分。無疑的，這也是採單軌的「目而凡」法寫成的。又如：

> 寶釵分，桃葉渡，煙柳暗南浦。怕上層樓，十日九風雨。斷腸片片飛紅，都無人管；更誰勸、啼鶯聲住（$A_1$）。　鬢邊覷。試把花卜歸期，才簪又重數。羅帳燈昏，哽咽夢中語（$A_2$）。是他春帶愁來，春歸何處，卻不解、帶將愁去（A）。（辛棄疾〈祝英台近〉）

這是首抒寫離愁的作品。它的上片，主要是藉「晚春」（題目）的景象，以襯托離愁，這就是王國維所說的「一切景語皆情語」（《人間詞話》）啊！爲「目一」的部分；下片自「鬢邊覷」至「硬咽夢中語」止，主要是藉主人翁卜花的動作與夢後的硬咽，以具寫離愁，爲「目二」的部分；而「是他春帶愁來」三句，則總括上面條分的部分，拈出一個「愁」字來統一全詞，爲「凡」的部分。作者把統一全詞的綱領置於末尾，採的正是「目而凡」的方法。又如：

> 一水西來，千丈晴虹，十里翠屏。喜草堂經歲，重來杜老；斜川好景，不負淵明。老鶴高飛，一枝投宿，長笑蝸牛戴屋行。平章了，待十分佳處，著箇茅亭（$A_1$）。　青山意氣崢嶸，似爲我、歸來嫵媚生。解頻教花鳥，前歌後舞；更催雲水，暮送朝迎。酒聖詩豪，可能無勢，我乃而今駕馭卿（$A_2$）。清溪上，被山靈卻笑：白髮歸耕（A）。（辛棄疾

〈沁園春〉）

這是首抒寫歸耕之喜的作品。作者首先在上片，寫歸耕之所在：先寫它的山水勝景，再把它譬作杜老的草堂與淵明的斜川，然後寫歸來「著箇茅亭」的打算，以交代題目「卜築」的意思，這是「目一」的部分。接著在下片，由「青山意氣崢嶸」九句，寫歸耕的樂趣，這是「目二」的部分。最後以「清溪上」三句，拈出「歸耕」二字以統括全詞，這是「凡」的部分。就在總括（凡）的部分裡，作者採用自嘲的方式來寫，使意味更爲深長。

雙軌的，如：

莫聽穿林打葉聲，何妨吟嘯且徐行。竹杖芒鞵輕勝馬，誰怕，一蓑煙雨任平生（$A_1$）。料峭春風吹酒醒，微冷，山頭斜照卻相迎（$B_1$）。回首向來蕭瑟處，歸去，也無風雨（A）也無晴（B）。（蘇軾〈定風波〉）

這是首抒情謫後心境的作品。撇開旨意不談，單就所運材料來看，上片寫的是「沙湖道中遇雨」而「獨不覺」（題目）的情事，這是就「風雨」來寫的，爲「目一」的部分；下片開端「料峭春風吹酒醒」三句，寫的是雨後斜照相迎的情景，這是就「晴」來寫的，爲「目二」的部分；而結尾三句，總寫感想，以「無風雨」上收「目一」五句，以「無晴」上收「目二」三句，這是「凡」的部分。就這樣，作者很技巧地道出了他不避苦難、經得起挫折的生活態度，以及只求平安、不計較得失的前途展望。又如：

> 乳燕飛華屋，悄無人，桐陰轉午，晚涼新浴。手弄生綃白團扇，扇子一時似玉。漸困倚、孤眠清熟。簾外誰來推繡戶，枉教人、夢斷瑤台曲，又卻是，風敲竹（$A_1$）。　石榴半吐紅巾蹙，待浮花浪蕊都盡，伴君幽獨。穠豔一枝細看取，芳心千里似束。又恐被、秋風驚綠（$B_1$）。若待得君來向此，花前對酒不忍觸。共粉淚，兩簌簌（AB）。（蘇軾〈賀新郎〉）

這是首感慨幽獨的作品。僅就所用材料而言，作者在上片寫幽獨的美人，在這兒，他先寫幽獨的環境，再寫幽獨的美人由晚浴、困倚、清夢斷的經過，以增強美人幽獨的感染力，這是「目一」的部分。而在下片，則先以「石榴半吐紅巾蹙」六句，將幽獨的榴花由初開寫到盛開，並由實而虛地寫到衰謝，這是「目二」的部分；再以「若待得君來向此」四句，並寫人和花，用「君來」上收「目一」的部分，用「花前」上收「目二」的部分，寫出榴花驚風衰謝和美人哀憐落淚的失意情狀，使情寓景中，達於人花交融的境界，這是「凡」的部分。顯然的，這和上一首，一樣是用雙軌的「目而凡」的形式寫成的。又如：

> 清泉犇快，不管青山礙。十里盤盤平世界，更著溪山襟帶（$A_1$）。古今陵谷茫茫，市朝往往耕桑（$B_1$）。此地居然形勝（A），似曾小小興亡（B）。（辛棄疾〈清平樂〉）

這是首感慨興亡的作品。作者首先以上片四句，實寫上盧橋（題目）邊的美麗風景，由橋下的清流推擴到周遭十里的沃野與沃野上的溪山，這是就結尾的「形勝」二字來寫的，爲「目一」的部分；接著以下片開端二句，透過想像，虛寫陵谷、市朝的變幻，這是就結尾的「興亡」二字來寫的，爲「目二」的部分；然後在結尾處，以「此地居然形勝」一句，上收「目一」的部分，以「似曾小小興亡」一句，上收「目二」的部分，發出感慨收結，這是「凡」的部分。如此以「目而凡」的形式寫來，脈絡極爲清楚。又如：

> 一榻清風殿影涼，涓涓流水響回廊。千章雲木鉤輈叫，十里溪風穲稏香（$A_1$）。衝急雨，趁斜陽，山園細路轉微茫（$B_1$）。倦途卻被行人笑：只為林泉（A）有底忙（B）！（辛棄疾〈鷓鴣天〉）

這是首記遊寫景的作品。上片四句，寫的是「鵝湖寺道」（題目）周遭的林泉勝景，首先是清風中的涼殿，其次是回廊外的流水，再其次是千章的雲木，最後是十里的香稻，景物由近而遠地寫得十分清麗，這是就結句的「林泉」二字來寫的，爲「目一」的部分。下片開頭三句，寫的是「衝急雨」、「趁斜陽」、「轉微茫」的匆忙情形，這是就結句的「忙」字來寫的，爲「目二」的部分。結二句爲「凡」的部分，以「倦途卻被行人笑」句承上啓下，藉人之口帶出「只爲林泉有底忙」的一句話來，以總括上面兩個條分的意思作結。很明顯的，這和前三首一樣，是用雙軌式的「目而凡」法寫成的。

## 四、凡目凡者

這是將上述「凡而目」與「目而凡」兩者加以疊用，形成「合、分、合」或「整、零、整」結構來敘寫的一種形式。這種形式，在散文裡被採用得相當普遍，而在詩詞裡則比較少見，即以蘇辛詞而言，也不例外。大致說來，它的運用情形，也可分爲兩式：一爲單軌式，這是將一篇的單一綱領或主意同時置於開端和末尾，而於中間部分來分述的一種形式。它的簡式是：

$A \downarrow A_1 \cdot A_2 \cdots\cdots \downarrow A$

一爲雙軌式，這是將平列或有主從關係的兩個意思，既置於開端，又置於末尾，以統括中間分述部分各思想材料的一種形式。它的簡式爲：

AB
↓
$A_1$・$B_1$
↓
AB

單軌的，如：

老夫聊發少年狂（A）。左牽黃，右擎蒼。錦帽貂裘，千騎卷平岡。為報傾城隨太守，親射虎，看孫郎（$A_1$）。

酒酣胸膽尚開張。鬢微霜，又何妨。持節雲中，何日遣馮唐（$A_2$）。會挽雕弓如滿月，西北望，射天狼（A）。（蘇軾〈江城子〉）

這是首抒發豪情壯志的作品。它先以「老夫聊發少年狂」一句，作個總括，以領起下文，這是「凡」的部分；次以「左牽黃」七句，藉「密州出獵」（題目）時威武的場面寫「狂」，這是「目一」的部分；其次以「酒酣胸膽尚開張」五句，用前三句作上下文之接榫，用後二句，藉期待朝廷用自己守邊的事寫「狂」，這是「目二」的部分；最後以結三句，一面用「挽雕弓」回應「目一」的部分，一面用「射天狼」回應「目二」的部分，緊扣著首句的「狂」字作收，表現出英雄欲用武以靖邊的强烈願望，這又是「凡」的部分。敘次由凡而目而凡，極爲分明，又如：

夢中了了醉中醒，只淵明，是前生（A）。走遍人間，依舊卻躬耕。昨夜東坡春雨足，烏鵲喜，報新晴（$A_1$）。雪堂西畔暗泉鳴，北山傾，小溪橫。南望亭丘，孤秀聳曾城。都是斜川當日境（$A_2$）。吾老矣，寄餘齡（A）。（蘇軾〈江城子〉）

這是首慨嘆老來歸耕的作品。作者在此，首先以「夢中了了醉中醒」三個因果句，指明自己的前生是陶淵明，以統括下文，這是「凡」的部分；其次以「走遍人間」五句，寫自己「鳥倦飛而知還」，終於躬耕於東坡的情況，來證明「只淵明，是前生」，這是「目一」的部分；接著以「雪堂西畔暗泉鳴」六句，採先目後凡的形式，寫自己「躬耕於東坡」（題目）之所見所聞，完全等於陶淵明當日「斜川之遊」（題目），進一步地證明「只淵明，是前生」，這是「目二」的部分；然後以結二句，用陶淵明〈遊斜川詩〉「開歲倏五十，吾生行歸休」的句意，應起作收，這又是「凡」的部分。顯然的，這也是用「凡目凡」的單軌形式所寫成的。又如：

鳳尾龍香撥（A）。自開元、〈霓裳曲〉罷，幾番風月？最苦潯陽江頭客，畫舸亭亭待發。記出塞、黃雲堆雪。馬上離愁三萬里，望昭陽宮殿孤鴻沒。弦解語。恨難說。　遼陽驛使音塵絕。瑣窗寒、輕攏慢撚，淚珠盈睫。推手含情還卻手，一抹〈梁州〉哀徹。千古事、雲飛煙滅（$A_1$）。賀老定場無消息，想沉香亭北繁華歇（$A_2$）。彈到此，為嗚咽（A）。

（辛棄疾〈賀新郎〉）

這是首藉「賦琵琶」（題目）以寓興亡之感的作品。此作以首句「鳳尾龍香撥」扣緊題目，寫彈琵琶，藉以帶出下面有關彈琵琶的事，這是「凡」的部分；由「自開元、〈霓裳曲〉罷」起至「千古事、雲飛煙滅」句止，承首句，採先目後凡的形式，組合了楊貴妃〈霓裳羽衣曲〉、白居易〈琵琶行〉、王昭君和番，以及遼陽驛使、〈梁州曲〉等故事，以寫昔日琵琶之「盛」，這是「目一」的部分；由「賀老定場無消息」二句，反用賀懷智「定場」和楊貴妃「沉香亭北倚闌干」（李白〈清平調〉）的故事，而以「無消息」、「繁華歇」，將時間由昔拉到今，來寫今日琵琶之「衰」，這是「目二」的部分；而結處的「彈到此」二句，則發出感傷，以收拾全詞，這又是「凡」的部分。無疑的，它採的又是「凡目凡」的雙軌結構。又如：

恨之極，恨極銷磨不得（A）。萇弘事，人道後來，其血三年化為碧（$A_1$）。鄭人緩也泣：「吾父，攻儒助墨。十年夢，沉痛化余，秋柏之間既為實（$A_2$）。」相思重相憶。被怨結中腸，潛動精魄，望夫江上巖巖立。嗟一念中變，後期長絕（$A_3$）。君看啟母憤所激，又俄頃為石（$A_4$）。難敵。最多力。甚一忿沉淵，精氣為物，依然困鬥牛磨角。便影入山骨，至今雕琢（$A_5$）。尋思人世，只合化，夢中蝶（A）。（辛棄疾〈蘭陵王〉）

這是首抒發寃憤之情的作品。其開篇三句，拈出「恨極」作爲一篇綱領，必貫穿全詞，這是「凡」的部分。而自「萇弘事」起至「至今雕琢」句止，全用以列舉人世「恨極」之事，其中「萇弘事」三句，敍萇弘恨事，爲「目一」的部分；「鄭人緩也泣」六句，敍鄭緩恨事，爲「目二」的部分；「相思重相憶」六句，敍望夫石恨事，爲「目三」的部分；「君看啓母憤所激」二句，敍啓母石恨事，爲「目四」的部分；「難敵」七句，敍張難敵恨事（詳見題序），爲「目五」部分。至於「尋思人世」三句，用莊子夢蝶之意，從反面回應篇首之「恨極」作結，這又是「凡」的部分。由這種結構看來，和前三首是沒什麼兩樣的。

雙軌的，如：

三徑初成（A），鶴怨猿驚，稼軒未來（B）。甚雲山自許，平生意氣；衣冠人笑，抵死塵埃。意倦須還，身閒貴早，豈為蓴羹鱸鱠哉。秋江上，看驚弦雁避，駭浪船回（$B_1$）。東岡更葺茅齋。好都把、軒窗臨水開。要小舟行釣，先應種柳；疏籬護竹，莫礙觀梅。秋

> 菊堪餐，春蘭可佩，留待先生手自栽（$A_1$）。沉吟久，怕君恩未許，此意徘徊（AB）。（辛棄疾〈沁園春〉）

這是首抒寫去留難決之苦的作品。它先以「三徑初成」三句，一面用以交代題目「帶湖新居將成」，一面又將自己未能急流勇退的事實作一泛敘，而由「三徑初成」、「稼軒未來」形成兩軌，以貫穿全篇，這是「凡」的部分；次以「甚雲山自許」十句，寫自己該來而未來，這是針對「稼軒未來」加以具寫的，爲「目一」的部分；其次以「東岡更葺茅齋」九句，寫修葺新居的種種打算，這是針對「三徑初成」加以具寫的，爲「目二」的部分；最後以「沉吟久」三句，點明自己「三徑初成」而「未來」的真正原因，這又是「凡」的部分。這樣用「凡目凡」的雙軌形式來寫，脈絡非常分明。又如：

> 寶釵分（A），桃葉渡，煙柳暗南浦（B）。怕上層樓，十日九風雨。斷腸片片飛紅，都無人管；更誰勸、啼鶯聲住（$B_1$）。　鬢邊覷。試把花卜歸期，才簪又重數。羅帳燈昏，哽咽夢中語（$A_1$）。是他春帶愁來，春歸何處，卻不解、帶將愁去（AB）。（辛棄疾〈祝英台近〉）

這是首寫暮春恨別的作品。它由篇首三句，直接點出離別（寶釵分）與「晚春」（題目），分爲二軌，將全詞作一總括，這是「凡」的部分；由「怕上層樓」六句，承篇首的「煙柳暗南浦」（晚春），透過風雨下的飛紅與啼鶯，寫晚春的殘景，這是「目一」的部分；由「鬢邊覷」五句，承篇首的「寶釵分」，透過卜花與入夢，寫別後相思的情狀，這是「目二」的部分；由「是他春帶愁來」三句，以「春歸」上收「目一」的部分，以「愁」上收「目二」的部分，拈明「春愁」作結，這又是「凡」的部分。這種「凡目凡」的雙軌結構，出現在篇幅短小的詞裡，是很難能可貴的。又如：

> 金閨（A）老，眉壽（B）正如川。七十且華筵。樂天詩句香山裡，杜陵酒債曲江邊。問何如，歌窈窕，舞嬋娟（$B_1$）？　更十歲、太公方出將；又十歲、武公方入相。留盛事、看明年。直須腰下添金印，莫教頭上欠貂蟬（$A_1$）。向人間，長富貴（A），地行仙（B）。（辛棄疾〈最高樓〉）

這是首祝壽的作品。它首先以開篇「金閨老」二句，將「金閨」和「眉壽」分爲雙軌，爲「洪景盧內翰七十」作一泛祝，這是「凡」的部分；其次以「七十且華筵」六句，承篇首的「眉壽」，亦即洪氏「七十」，藉白居易〈九老圖〉與杜甫「人生七十古來稀」（〈曲江〉）的詩意，來寫「華筵」，這是「目一」的部分；繼而以「更十歲、太公方出將」六句，承篇首的「金閨」，藉姜太公、衞武公的勳業，來預祝「洪景盧」更上一層樓的富貴，這是「目二」的部分；最後藉「向人間」三句，以「長富貴」上收「目二」的部分，以「地行仙」上收「目一」的部分，祝洪景盧既富貴且長壽，這又是「凡」的部分。此種首尾圓合的章法，如上兩首完全相同。又如：

江南盡處，墮玉京僊子（A），絕塵英秀（B）。彩筆風流偏解寫，姑射冰姿清瘦。笑殺春工，細窺天巧，妙絕應難有。丹青圖畫，一時都愧凡陋（$A_1$）。還似籬落孤山，嫩寒清曉，祇欠香沾袖。淡竚輕盈誰付與，弄粉調朱纖手（$B_1$）。疑是花神，揭來人世，佔得佳名久（A）。松篁佳韻，倩君添做三友（B）。（辛棄疾〈念奴嬌〉）

這是首「戲贈善作墨梅者」（題目）的作品。在這兒，作者由「江南盡處」三句，分「墮玉京僊子」（因）與「絕塵英秀」（果）爲二軌，先對所作墨梅泛予讚美，這是「凡」的部分；由「彩筆風流偏解寫」七句，藉《莊子．逍遙遊》「藐姑射之山」上神人的冰姿，對所作墨梅再作具體的讚美，雖然這幾句詞仍含有「絕塵英秀」之意，但主要還是就篇首的「墮玉京僊子」來寫，爲「目一」的部分；由「還似籬落孤山」五句，藉黃魯直引用林逋事來嘆賞墨梅的話語與故事，又對所作墨梅作進一步的讚美，這主要是承篇首的「絕塵英秀」而寫，爲「目二」的部分；由「疑是花神」五句，讚嘆所作墨梅，乃由花神所化成（墮玉京僊子），其佳韻足與松、竹比美（絕塵英秀），以應起作收，這又是「凡」的部分。顯而易見，本詞也是採「凡目凡」的雙軌形成所寫成的。

## 五、目凡目者

這是將一篇的綱領或主意置於篇腹，而以條分的材料分置於首尾加以敘寫的一種形式。這種形式，在蘇辛詞裡，用得還算普遍，也可分為兩式：一為單軌式，這是用置於篇腹的單一意思來統一首尾材料的一種形式，它的簡式為：

$A_1$……→A→$A_2$……

一為雙軌式，這是將平列或有主從關係的兩個意思安置於篇腹，以分領首尾兩組材料的一種形式，它的簡式是：

$A_1$……→A B→$B_1$……

單軌的，如：

蜀客到江南，長憶吳山好。吳蜀風流自古同（$A_1$）。歸去應須早（A）。還與去年人，共藉西湖草。莫惜尊前子細看，應是容顏老（$A_2$）。（蘇軾〈卜算子〉）

這是首「自京口還錢塘道中」（題目）懷念太守陳襄的作品。它的綱領爲「歸去應須早」一句，在篇腹，這是「凡」的部分。而「歸去應須早」的理由有二：一爲錢塘這個地方好如故鄉，作者用篇首「蜀客到江南」三句來交代，這是「賓」，爲「目一」的部分；其二爲錢塘有值得懷念的人，即陳襄，作者用下片「還與去年人」四句來寫，這是「主」，爲「目二」的部分。這樣以「目凡目」的單軌形式來寫，令人一目了然。又如：

覆塊青青麥未蘇，江南雲葉暗隨車（$A_1$）。臨皋煙景世間無（A）。雨腳半收檐斷線，雪床初下瓦跳珠。歸來冰顆亂黏鬚（$A_2$）。（蘇軾〈浣溪沙〉）

這是首描寫「臨皋」（作者所居，在黃岡）美景的作品。它的主意在「臨皋煙景世間無」一句，採泛寫的方式，對臨皋之風景作了讚美，這是「凡」的部分。爲什麼作這樣子的讚美呢？它的依據有二：一是依據篇首「覆塊青青麥未蘇」二句所寫作者在車上所見遠距離的純自然清景，這是「目一」的部分；一是依據下片「雨腳半收檐斷線」三句所寫作者在車上所見近距離而融入人事的清景，這是「目二」的部分。有了這首尾兩個條分的部分來爲篇腹的主意作有力襯托，作品的感染力自然增强不少。又如：

不向長安路上行，卻教山寺厭逢迎（$A_1$）。味無味處求吾樂，材不材間過此生（A）。寧作我，豈其卿。人間走遍卻歸耕。一松一竹真朋友，山鳥山花好弟兄（$A_2$）。（辛棄疾〈鷓鴣天〉）

這是首自述志趣的作品。它的主意爲「味無味處求吾樂」二句，用了老、莊之意，明言要在味無味、材不材間尋求生活樂趣，這是「凡」的部分。爲了要使這個主意作充分的表達，作者便先由篇首「不向長安路上行」二句，説自己不再尋求功名富貴，以致常到寺廟盤桓，預爲主意的部分蓄力，這是「目一」的部分；又於下片「寧作我」五句，强烈表示不再熱中仕宦而歸耕的決心與閒情，再爲主意的部分增强它的意味。這是「目二」的部分。如此以「目凡目」的形式來寫，層次特別清楚。又如：

連雲松竹（$A_1$），萬事從今足（A）。拄杖東家分社肉，白酒床頭初熟（$A_2$）。　西風梨棗山園，兒童偷把長竿。莫遣旁人驚去，老夫靜處閒看（$A_3$）。（辛棄疾〈清平樂〉）

這是首抒寫喜情的作品。其中次句「萬事從今足」，是一篇綱領之所在，爲「凡」的部分；而首句「連雲松竹」，寫自己「檢校山園」（題目）之所見，藉以先表出一份「萬事從今足」的喜悅，爲「目一」的部分；接著「拄杖東家分社肉」二句，作者藉往分社肉、床頭酒熟來寫另一份「萬事從今足」的喜悅，這是「目二」的部分；然後以下片四句，藉靜看兒童偷偷打棗的情事，將「萬事從今足」的喜悅推到顛峯，這是「目三」的部分。此作顯然和上三首一樣，也是採「目凡目」的單軌形式寫成的。

雙軌的，如：

秋風湖上蕭蕭雨，使君欲去還留住（$A_1$）。今日漫留君（A）。明朝愁殺人（B）。
佳人千點淚，灑向長河水。不用斂雙蛾，路人啼更多（$B_1$）。（蘇軾〈菩薩蠻〉）

這是首抒寫別情的作品。它的綱領在篇腹，即「今日漫留君」二句，其中「今日漫留君」與「明朝愁殺人」各自成軌，這是「凡」的部分。作者爲了要具寫這兩軌意思，首先於篇首「秋風湖上蕭蕭雨」二句，針對「今日漫留君」來寫雨留人，這是「目一」的部分；然後於下片「佳人千點淚」四句，透過設想，針對「明朝愁殺人」來寫佳人與路人之淚，這是「目二」的部分。很清楚地可以看出，這是用「目凡目」的雙軌形式所寫成的作品。又如：

> 萬頃風濤不記蘇，雪晴江上麥千車（$A_1$）。但令人飽（A）我愁無（B）。　翠袖倚風縈柳絮，絳唇得酒爛櫻珠。尊前呵手鑷霜鬚（$B_1$）。（蘇軾〈浣溪沙〉）

這是首寫爲「食無憂」而喜的作品。其主意在於「但令人飽我愁無」一句，其中「令人飽」（因）爲一軌，「我愁無」（果）爲一軌，這是「凡」的部分。作者爲什麼說「令人飽」呢？那是因爲在風雪之下依然糧穀充足，這點，作者藉篇首「萬頃風濤不記蘇」二句來交代，這是「目一」的部分；又怎樣看出「我愁無」呢？這可從歌酒下以手鑷鬚的動作覘得，這點，作者藉下片「翠袖倚風縈柳絮」三句來交代，這是「目二」的部分。這樣用「目凡目」的雙軌結構來寫，條理至爲清晰。又如：

> 壯歲旌旗擁萬夫，錦襜突騎渡江初。燕兵夜娖銀胡䩮，漢箭朝飛金僕姑（$A_1$）。
> 追往事（A），嘆今吾（B）。春風不染白髭鬚。卻將萬字平戎策，換得東家種樹書（$B_1$）。

（辛棄疾〈鷓鴣天〉）

這是首慨嘆今昔的作品。其綱領爲篇腹「追往事，嘆今吾」二句，這二句各以一句成軌，以收上啓下，這是「凡」的部分。作者爲此，先以上片「壯歲旌旗擁萬夫」四句，追述當年奉表南歸，並入金營擒張安國事，以實寫「追往事」，這是「目一」的部分；再以「春風不染白髭鬚」三句，寫自己被迫歸耕的事，以交代「嘆今吾」，這是「目二」的部分。這種結構，與上三首是一樣的。又如：

千峯雲起，驟雨一霎兒價。更遠樹斜陽風景，怎生圖畫！青旗賣酒，山那畔別有人家（$A_1$）。只消山水光中（A），無事過這一夏（B）。　午醉醒時，松窗竹戶，萬千瀟灑。野鳥飛來，又是一般閒暇。卻怪白鷗，覷著人欲下未下。舊盟都在，新來莫是，別有說話（$B_1$）？

（辛棄疾〈醜奴兒近〉）

這是首即景抒情的作品。它的綱領置於篇腹「只消山光水色中」二句，其中「山（水）光」爲一軌、「無事」爲一軌，這是「凡」的部分。作者爲了要具寫「山（水）光」，便以篇首「千峯雲起」六句，寫「博山道中」（題目）所見夏日雨後的景色，這是「目一」的部分；爲了要具寫

「無事」，就在下片「午醉醒時」十句，藉松竹的蕭灑、野鳥的閒暇與盟鷗（作者有題作「盟鷗」的〈水調歌頭〉）的反應，寫自己的閒情，這是「目二」的部分。很明顯的，這又是採雙軌的「目凡目」形式所寫成的。

## 六、結語

綜上所述，可知凡目法，無論屬單軌或雙軌，在蘇辛詞裡，都用得頗爲靈活，可說幾乎和寫散文沒有什麼兩樣，甚至用得更爲細密。不過，須一提的是，「凡目凡」的雙軌形式，由於遍尋東坡詞集，一時沒找到例子，所以只好都舉稼軒詞爲例作說明，這不能不說是一種遺憾。其補苴之功，只有待諸來日了。

（原載《國文天地》十一卷十、十一期，一九九六年四、五月，頁三六～四四、五六～六五）

# 教學篇

# 論章法與國文教學

## 一、前言

國文教學的主要內容，在中學階段，含「聽」、「說」、「讀」、「寫」等四方面①；而其中又以「讀」和「寫」，受到更多的重視，因爲「聽」和「說」，在小學的國語文課裡，已經打好了很好之基礎，因此在中學時，「聽」和「說」，只要融在「讀」或「寫」的教學中，伺機逐步加强就可以了。由於章法，是組織篇章以求合於邏輯結構的一種條理或方式，簡單地說，就是「謀篇佈局」的法則。因此章法在進行國文教學，尤其是「讀」、「寫」教學之際，佔有十分顯著的地位。本文即著眼於此，試以「何謂章法」、「章法與閱讀教學」、「章法與寫作教學」三者爲主要內容，舉例並附結構（章法）分析表，一一加以探討，以見章法在國文教學中的重要性。

## 二、何謂章法

大體而言，「辭章是結合『形象思維』與『邏輯思維』而形成的②。這兩種思維，各有所司。一般說來，如果是將一篇辭章所要表達之『情』或『理』，訴諸主觀，直接透過各種聯想，和所選用之『景（物）』或『事』連接在一起③，或者是專就個別之『景』（物）、『事』等材料本身設計其表現技巧的，皆屬『形象思維』；這涉及了『立意』、『取材』與『措詞』等問題，而主要以此為研究對象的，就是主題學、意象學與修辭學。如果是專就『景（物）』或『事』等各種材料，訴諸客觀，對應於自然規律，按秩序、變化、聯貫與統一之原則，前後加以安排、佈置，以具體表達『情』或『理』的，皆屬『邏輯思維』；這涉及了『運材』、『佈局』與『構詞』等問題，而主要以此為研究對象的，就字句言，即文（語）法學；就篇章言，就是章法學。至於合『形象思維』與『邏輯思維』而為一，探討其整個體性④的，則為風格學」⑤。

如此說來，章法所探討的，為篇章之邏輯結構，是源自於人類共通之理則，亦即對應於自然規律來說的。所以一般創作者雖日用而不知、習焉而不察，但很早就受到辭章學家的注意，只不過所看到的都是其中的幾棵「樹」，而一概不見其「林」。一直到晚近，經過多年努力的探究，才逐漸「集樹成林」，並確定它的原則、範圍和主要內容（含類別與模式），尋得它的哲學基礎和美感效果，建構了一個體系，而形成一個新的學門⑥。而目前所能掌握之章法，約四十種，那就是：今昔、久暫、遠近、內外、左右、高低、大小、視角轉換、知覺轉換、時空交錯、狀態變化、本末、淺深、因果、衆寡、並列、情景、論敍、泛具、虛實（時間、空間、假設與事實、虛構與真實）、凡目、詳略、賓主、正反、立破、抑揚、問答、平側（平提側注）、縱收、張弛、插補⑦、偏全、點染、天（自然）人（人事）、圖底、敲擊⑧等。這些章法，用在「篇」或「章」（節、段）都可以擔負組織材料情意之作用。茲依章法之四大律⑨，約略說明如下：

**首先是秩序律**：所謂「秩序」，是將材料依序加以整齊安排的意思。任何章法都可依循此律，形成其先後順序。茲舉較常見的十幾種章法來看，它們可就其先後順序，形成如下結構：㈠今昔法：「先今後昔」、「先昔後今」；㈡遠近法：「先近後遠」、「先遠後近」；㈢大小法：「先大後小」、「先小後大」；㈣本末法：「先本後末」、「先末後本」；㈤虛實法：「先虛後實」、「先實後虛」；㈥賓主法：「先賓後主」、「先主後賓」；㈦正反法：「先正後反」、「先反後正」；㈧抑揚法：「先抑後揚」、「先揚後抑」；㈨立破法：「先立後破」、「先破後立」；㈩平側法：「先平後側」、「先側後平」；⑪凡目法：「先凡後目」、「先目後凡」；⑫因果法：「先因後果」、「先果後因」；⑬情景法：「先情後景」、「先景後情」；⑭論敍法：「先論後敍」、「先敍後論」；⑮底圖法：「先底後圖」、「先圖後底」。這些「順」或「逆」所形成的結構，隨處可見⑩。

其次是變化律：所謂「變化」，是把材料的次序加以參差安排的意思。每一章法依循此律，也都可造成順逆交錯的效果。同樣以上舉十幾種常見章法來看，可形成如下結構：㈠今昔法：「今、昔、今」、「昔、今、昔」；㈡遠近法：「遠、近、遠」、「近、遠、近」；㈢大小法：「大、小、大」、「小、大、小」；㈣本末法：「本、末、本」、「末、本、末」；㈤虛實法：「虛、實、虛」、「實、虛、實」；㈥賓主法：「賓、主、賓」、「主、賓、主」；㈦正反法：「正、反、正」、「反、正、反」；㈧抑揚法：「抑、揚、抑」、「揚、抑、揚」；㈨立破法：「立、破、立」、「破、立、破」；㈩平側法：「平、側、平」、「側、平、側」；⑪凡目法：「凡、目、凡」、「目、凡、目」；⑫因果法：「因、果、因」、「果、因、果」；⑬情景法：「情、景、情」、「景、情、景」；⑭論敘法：「論、敘、論」、「敘、論、敘」；⑮底圖法：「底、圖、底」、「圖、底、圖」。這些「順」和「逆」交錯的結構，也到處可以見到⑪。

又其次是聯貫律：所謂「聯貫」，是就材料先後的銜接或呼應來說的，也稱爲「銜接」。無論是那一種章法，都可以由局部的「調和」與「對比」，形成銜接或呼應，而達到聯貫的效果。在約四十種章法中，大致說來，除了貴與賤、親與疏、正與反、抑與揚、立與破、衆與寡、詳與略、張與弛……等，比較容易形成「對比」外，其他的，如今與昔、遠與近、大與小、高與低、淺與深、賓與主、虛與實、平與側、凡與目、縱與收、因與果……等，都極易形成「調和」的關係。通常「前者會因此而產生對比美，後者則會產生調和美；不過第三種情形是：有一些章法所組織起來的內容材料，並非絕對會形成對比或調和的關係，而是必須視個別篇章的情況來判定，因此它可能產生對比美，也可能產生調和美，圖底法、今昔法和空間諸法等就是如此。」⑫

**最後是統一律**：所謂的「統一」，是就材料情意的通貫來說的。這裡所說的「統一」，乃側重於內容（包含內在的情理與外在的材料）之整體而言，與前三律之側重於個別或部分內容材料者，有所不同。也就是說，這個「統一」，和聯貫律中由「調和」所形成的「統一」，所指非一。因此要達成內容的「統一」，則非訴諸主旨（情意）與綱領（大都為材料的統合）不可。而綱領既有單軌、雙軌或多軌的差別，就是主旨（含綱領）也有置於篇首、篇腹、篇末與篇外的不同⑬，這就必須主要由「邏輯思維」，而輔以「形象思維」來加以完成。一篇辭章，無論是何種類型，都可以由此「一以貫之」，以呈現其特殊條理⑭。

如此由不同的章法，以形成不同的章法結構，如「先遠後近」、「先平提後側注」、「先凡後目」、「先敘後論」等；而同一個章法，又可形成不同的結構類型，如「先正後反」、「先反後正」、「正、反、正」、「反、正、反」等。教師熟悉了這些條理，才能夠對應於每一作者「習焉而不察」之各種邏輯思維，將其篇章的邏輯結構疏理清楚，從而深入辭章的義蘊、辨析佈局的奧妙、掌握鑑賞的要領，以提昇「讀」與「寫」的教學效果⑮。

## 三、章法與閱讀教學

閱讀教學，本有課內與課外之別，但在此，則只談課內教材。而課內教材之閱讀教學，其範圍、步驟，大致爲「題解」、「作者生平」、「單詞分解」（形、音、義）、「語句剖析」（文法）、「義旨探究」（主題、意象）、「作法審辨」（修辭、章法）、「深究鑑賞」與「評量」等⑯，其中與章法有直接而密切關係的，就是「作法審辨」。這個部分，主要訴諸主觀，特別講求「形象思維」的，爲「修辭」；而主要訴諸客觀，特別講求「邏輯思維」的，則是「章法」。底下即專著眼於「章法」，探討它與辭章「作法」、「義旨」與「鑑賞」之間的緊密關係，分項舉例，略予說明，以見章法在閱讀教學上的重要性。

### ㈠凸顯主旨

主旨乃一篇辭章之中心意旨，是作者所要表達的「情」或「理」。雖然它有顯隱之別，而造成層次，但都一樣是主旨⑰。譬如列子〈愚公移山〉一文，它的主旨是隱於篇外的，而其首層爲「有志竟成」，次層爲「人助天助」，三層爲「天人合一」（由人爲的努力帶動天然的力量，使它產生作用）⑱。這種不同層次的顯隱主旨，很多時候是可由一篇辭章的章法結構來推得或驗證的。如方苞的〈左忠毅公軼事〉：

先君子嘗言，鄉先輩左忠毅公視學京畿。一日，風雪嚴寒，從數騎出，微行，入古寺。廡下一生伏案臥，文方成草。公閱畢，即解貂覆生，為掩戶，叩之寺僧，則史公可法也。及試，吏呼名，至史公，公瞿然注視。呈卷，即面署第一；召入，使拜夫人，曰：「吾諸兒碌碌，他日繼吾志事，此生耳。」

及左公下廠獄，史朝夕窺獄門外。逆閹防伺甚嚴，雖家僕不得近。久之，聞左公被炮烙，旦夕且死，持五十金，涕泣謀於禁卒，卒感焉。使史公更敝衣草屨，背筐，手長鑱，為除不潔者，引入，微指左公處，則席地倚牆而坐，面額焦爛不可辨，左膝以下，筋骨盡脫矣。史前跪，抱公膝而嗚咽。公辨其聲，而目不可開，乃奮臂以指撥眥，目光如炬。怒曰：「庸奴！此何地也，而汝來前！國家之事，糜爛至此。老夫已矣，汝復輕身而昧大義，天下事誰可支拄者！不速去，無俟姦人構陷，吾今即撲殺汝。」因摸地上刑械，作投擊勢。史噤不敢發聲，趨而出。後常流涕述其事以語人曰：「吾師肺肝，皆鐵石所鑄造也！」

崇禎末，流賊張獻忠出沒蘄、黃、潛、桐間，史公以鳳廬道奉檄守禦，每有警，輒數月不就寢，使將士更休，而自坐幄幕外，擇健卒十人，令二人蹲踞，而背倚之，漏鼓移，則番代。每寒夜起立，振衣裳，甲上冰霜迸落，鏗然有聲。或勸以少休，公曰：「吾上恐負朝廷，下恐愧吾師也。」史公治兵，往來桐城，必躬造左公第，候太公、太母起居，拜夫人於堂上。

余宗老塗山，左公甥也，與先君子善，謂獄中語乃親得之於史公云。

這篇文章藉左光斗的一件軼事，以寫其「忠毅」精神，是用「先順敍，後補敍」的結構來寫的：

「順敍」的部分，由起段至四段止，採「先點後染」之條理加以安排。其中「點」指起句，而「染」則指首段的「鄉先輩」句起至第四段止，乃用「先主後賓」的順序來寫，從內容來看，可分如下三部份：

頭一部分爲首段，爲本文的序幕，寫的是左光斗識拔史可法的經過。在這個部分裡，作者借其父親之口，敍明左公曾「視學京畿」，將左公所以能識拔史公的原因作個交代；接著以「一日」與「及試」作時間上之聯絡，依次記敍左公於微服出巡時在一古寺識得史公，以及主持考試時當史公面爲署第一的情形；然後以「召入」二字作接榫，引出「使拜夫人」數句，藉史公入拜左公夫人的機會，用「吾諸兒碌碌」三句話，寫出左公對史公的深切期許，認爲只有史公才足以繼承他忠君愛國的志業，將左公爲國舉拔英才的忠忱與苦心，寫得極其生動。這就第二部分（主體）來說，是背景之陳述，爲「底」，主要是用「主、賓、主」的結構來敍述的。

第二部分即次段。是本文的主體，對第一段而言，爲「圖」，主要是用「賓、主、賓」的結構加以陳述，陳述的是左公被下廠獄後史公冒死探監的經過。這段文字以「及」字承上啓下，首先用四句敍明左公被下牢獄與禁人接近的事實；接著用「久之」與「一日」作時間上的聯絡，依次寫左公受刑將死、史公冒死買通獄吏，以及史公探監、左公怒斥史公使離去的情形；然後著一「後」字，帶出史公「吾師肺肝」的兩句感慨的話，充分的寫出左公的公忠憂國（忠）與剛正不屈（毅）來。以上兩個部分，主要在寫左光斗，爲「主」。

第三部分，包括三、四、五段，是本文的餘波。這個部分，先以第三段寫史公受左公感召，繼其志業，「忠毅」的奉檄守禦流寇的辛苦；再以第四段寫史公篤厚師門，時時不忘拜候左公父母及夫人的情事；這寫的主要是史可法，對前兩部分而言，爲「賓」。

而末段則補敍本文所記的軼事，確係有根有據，以回應篇首的「先君子嘗言」，以收束全文。

縱觀此文，作者始終是針對著對「忠毅」二字來寫的。其中寫左公「忠毅」的部分是「主」，而寫史公「忠毅」的部分則爲「賓」；也就是說，寫史公的「忠毅」，便等於在寫左公的「忠毅」，所謂「借賓以定主」，手段是相當高明的。附其結構分析表如下：

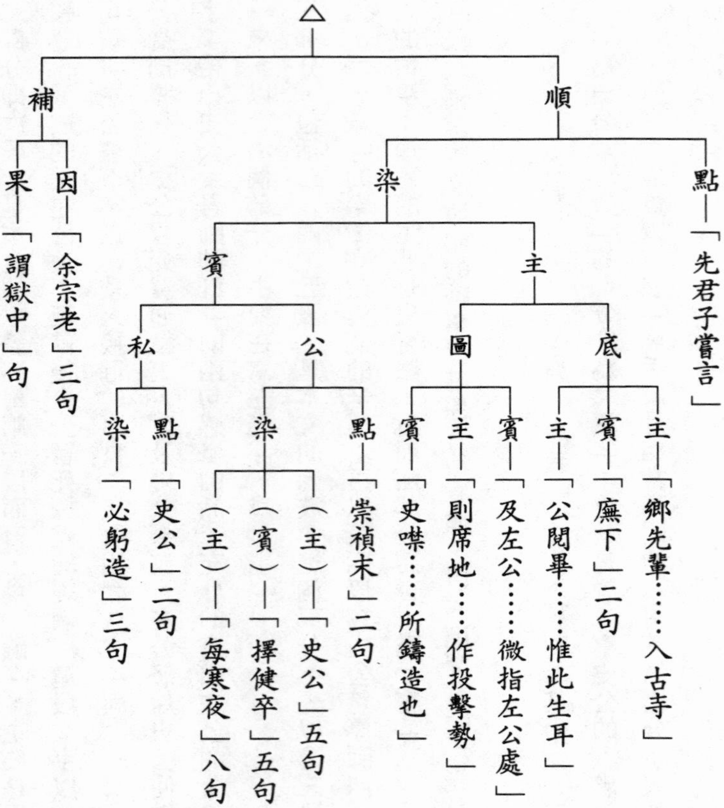
△
補
順
果
因
染
點
「謂獄中」句
「余宗老」三句
「先君子嘗言」
賓
主
私
公
圖
底
染
點
染
點
賓
主
賓
主
賓
主
「必躬造」三句
「史公」二句
（主）—「每寒夜」八句
（賓）—「擇健卒」五句
（主）—「史公」五句
「崇禎末」二句
「史噤……所鑄造也」
「則席地……作投擊勢」
「及左公……微指左公處」
「公閱畢……惟此生耳」
「廡下」二句
「鄉先輩……入古寺」

可見這篇文章，最主要的章法結構爲「先主後賓」。這所謂的「主」，指的是左公（光斗）；所謂的「賓」，指的是史公（可法）。就在「主」的部分裡，又形成「主、賓、主」與「賓、主、賓」的結構，其中的「主中主」，是指左公（光斗）；而「主中賓」，則指史公（可法）。至於「賓」的部分，雖與上個部分（主）一樣，也形成「主、賓、主」的結構，但其中的「賓中主」，指的是史公（可法），而「賓中賓」，則指的是「健卒」。這樣就形成了「四賓主」（「主中主」、「主中賓」、「賓中主」、「賓中賓」）[19]。很明顯地，在此「四賓主」中，以「主中主」最爲重要，乃一篇主旨之所在[20]。所以這篇文章的主旨，一定落在「主中主」的左公（光斗）身上。一直以來，有人以爲此文之主旨在於寫「師生情誼」，這就不分賓主了；又有人以爲它是在寫「尊師重道」，這就喧賓奪主了。由此可知透過章法結構，是可以凸顯主旨的。

又如賈誼的〈過秦論〉：

秦孝公據殽函之固，擁雍州之地，君臣固守，以窺周室；有席卷天下，包舉宇內，囊括四海之意，并吞八荒之心。當是時也，商君佐之，內立法度，務耕織，修守戰之具，外連衡而鬥諸侯。於是秦人拱手而取西河之外。

孝公既沒，惠文、武、昭襄，蒙故業，因遺策，南取漢中，西舉巴蜀，東割膏腴之地，北收要害之郡。諸侯恐懼，會盟而謀弱秦，不愛珍器重寶肥饒之地，以致天下之士，合從締交，相與為一。當此之時，齊有孟嘗，趙有平原，楚有春申，魏有信陵；此四君者，皆明智而忠信，寬厚而愛人，尊賢重士，約從離橫，兼韓、魏、燕、趙、齊、楚、宋、衛、中山之眾。於是六國之士，有甯越、徐尚、蘇秦、杜赫之屬為之謀；齊明、周最、陳軫、召滑、樓緩、翟景、蘇厲、樂毅之徒通其意；吳起、孫臏、帶佗、兒良、王廖、田忌、廉頗、趙奢之倫制其兵。嘗以十倍之地，百萬之眾，叩關而攻秦。秦人開關延敵，九國之師，逡巡遁逃而不敢進。秦無亡矢遺鏃之費，而天下諸侯已困矣。於是從散約解，爭割地而賂秦。秦有餘力而制其敝，追亡逐北，伏尸百萬，流血漂櫓；因利乘便，宰割天下，分裂河山，強國請服，弱國入朝。施及孝文王、莊襄王，享國日淺，國家無事。

及至始皇，奮六世之餘烈，振長策而馭宇內，吞二周而亡諸侯，履至尊而制六合，執捶拊以鞭笞天下，威振四海。南取百越之地，以為桂林、象郡；百越之君，俛首係頸，委命下吏；乃使蒙恬北築長城而守藩籬，卻匈奴七百餘里；胡人不敢南下而牧馬，士不敢彎弓而報怨。於是廢先王之道，燔百家之言，以愚黔首；隳名城，殺豪俊，收天下之兵，聚之咸陽，銷鋒鍉，鑄以為金人十二，以弱天下之民。然後踐華為城，因河為池，據億丈之城、臨不測之谿以為固。良將勁弩，守要害之處；信臣精卒，陳利兵而誰何？天下已定，始皇之心，自以為關中之固，金城千里，子孫帝王萬世之業也。

始皇既沒，餘威震於殊俗。然而陳涉，甕牖繩樞之子，甿隸之人，而遷徙之徒也，材能不及中庸，非有仲尼、墨翟之賢，陶朱、猗頓之富，躡足行伍之間，倔起阡陌之中，率罷散之卒，將數百之眾，轉而攻秦；斬木為兵，揭竿為旗，天下雲集而響應，贏糧而景從。山東豪俊，遂並起而亡秦族矣。

且夫天下非小弱也，雍州之地，殽函之固，自若也；陳涉之位，非尊於齊、楚、燕、趙、韓、魏、宋、衛、中山之君也；鋤櫌棘矜，非銛於鉤戟長鎩也；謫戍之眾，非抗於九國之師也；深謀遠慮，行軍用兵之道，非及曩時之士也；然而成敗異變，功業相反也。試使山東之國，與陳涉度長絜大，比權量力，則不可同年而語矣；然秦以區區之地，致萬乘之權，招八州而朝同列，百有餘年矣；然後以六合為家，殽函為宮，一夫作難而七廟隳，身死人手，為天下笑者，何也？仁義不施，而攻守之勢異也。

這篇課文，如同分析表所列，由「敍」與「論」兩部分組成：

「敍」這個部分，包括一、二、三、四等段，用「先反後正」之結構，敍秦強之難（反）與秦亡之速（正）：

首先由反面敍秦強之難，包括一、二、三等段。其中第一段，用以寫秦強之初，在這裡，作者以「先因後果」之結構來敍述：先以「秦孝公據殽函之固」起至「并吞八荒之心」，敍秦併吞天下的巨大野心：再以「當是時也」起至「外連橫而鬥諸侯」，敘秦併吞天下的積極措施，這是「因」；然後以「於是秦人拱手而取西河之外」一句，敘秦併吞天下的具體成果，這是「果」。全段是用簡筆來寫秦國之强大的㉑。

它的第二段，用以敘秦强之漸，作者在此，用「擊、敲、擊」的結構來安排。它先以「孝公既沒」起至「北收要害之郡」止，承首段簡敘在惠、文、武、昭襄時「秦謀六國」的措施與成果，這是頭一個「擊」；再以「諸侯恐懼」起至「叩關而攻秦」，繁敘六國抗秦的策略、人力與行動，其中又特別著重於人力上，分賢相、兵衆、謀士、使臣、將帥等方面，加以詳細的介紹，這是「敲」的部分㉒；然後以「秦人開關延敵」起至「國家無事」，綜合上兩節，敘明秦謀六國與六國抗秦的結果，並簡略地交代孝文王、莊襄王時事；這屬後一個「擊」㉓。對應於起段，此段是用繁筆從側面來寫秦國之强大的㉔。

它的第三段，用以寫秦强之最，在這段文字裡，作者先以「及至始皇」起至「委命下吏」，寫秦亡諸侯；再以「乃使蒙恬北築長城而守藩籬」起至「以弱天下之民」，寫秦弱天下；然後以「然後踐華爲城」起至「子孫帝王萬世之業也」，寫秦守要害；這完全依時間之先後來寫，可說也是用繁筆從正面寫秦國之强大的㉕。

然後用正面寫秦亡之速，僅一段，即第四段。作者在此，用「先因後果」的條理來呈現：它先以「始皇既沒」起至「贏糧而景從」，寫陳涉首義，這是「因」；後以「山東豪俊，遂並起而亡秦族矣」二句，寫豪傑亡秦，這是「果」。對應於「反」的部分，是用至簡之筆來寫秦國之敗亡的㉖。

「論」這個部分，僅一段，即末段。在這裡，作者先以「且夫天下非小弱也」起至「爲天下笑者何也」止，用以上各段所提供的材料（其中於一、二、三、四等段直接提供秦的材料外，又分別於二、四等段從旁提供六國與陳涉的材料），將秦、六國與陳涉「比權量力」一番，認爲六國該勝秦、秦該勝陳涉，而結果卻正相反，即秦勝六國、陳涉勝秦；於是由此作一提問，逼出一篇的主旨「仁義不施而攻守之勢異也」十一字，以收束全篇。從內容來看是如此，若著眼於章法結構，則形成了「實、虛、實」之結構。其中由「且夫天下」起至「功業相反也」止，實寫秦與陳涉比較卻「成敗異變」之事實，爲頭一個「實」；由「試使山東之國」起至「則不可同年而語矣」止，透過假設，虛寫六國與陳涉「比權量力」之「成敗」結果，爲「虛」的部分；由「然秦以區區之地」起至末，用「果（問）後因（答）」的結構，實寫秦亡於陳涉的結果與原因，爲後一個「實」。如此切入，可以充分幫助讀者去理解文章之理路意脈。

總結起來看，此文旨在論秦之過在於「仁義不施而攻守之勢異」，爲了要論說這個主旨，作者特先以第一、二段及三段前半寫「攻」，第三段後半及四段寫「守」，以見「攻守之勢異」，而又於第三段中述明「仁義不施」的事實，於第四段交代「仁義不施」的結果；再以第五段利用前四段所陳列材料，將六國、秦與陳涉的權力加以比較，以見出「成敗異變、功業相反」的情形，進而逼出一篇的主旨來。附其結構分析表如下：

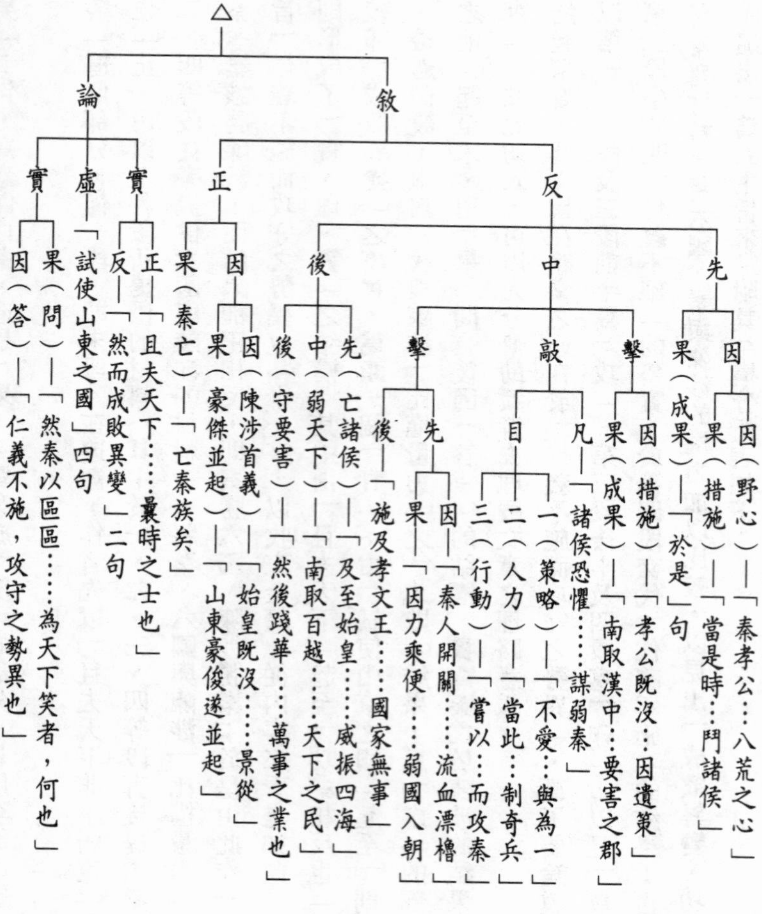
△
敘
反
先
因
因（野心）—「秦孝公…八荒之心」
果（措施）—「當是時…鬥諸侯」
果（成果）—「於是」句
中
擊
因（措施）—「孝公既沒…因遺策」
果（成果）—「南取漢中…要害之郡」
敲
凡—「諸侯恐懼……謀弱秦」
目
一（策略）—「不愛…與為一」
二（人力）—「當此…制奇兵」
三（行動）—「嘗以…而攻秦」
擊
先
因—「秦人開關……流血漂櫓」
果—「因力乘便……弱國入朝」
後—「施及孝文王……國家無事」
後
先（亡諸侯）—「及至始皇……威振四海」
中（弱天下）—「南取百越……天下之民」
後（守要害）—「然後踐華……萬事之業也」
正
因
因（陳涉首義）—「始皇既沒……景從」
果（豪傑並起）—「山東豪俊遂並起」
果（秦亡）—「亡秦族矣」
論
實
正—「且夫天下……曩時之士也」
反—「然而成敗異變」二句
虛—「試使山東之國」四句
實
果（問）—「然秦以區區……為天下笑者，何也」
因（答）—「仁義不施，攻守之勢異也」

此文由其主旨「仁義不施，攻守之勢異也」看來，該含有兩軌：一爲「仁義不施」，二爲「攻守之勢異」，而它自古以來，就一直被認爲是用歸納法（先凡後目）所寫成之代表作㉗。這樣，應可以用雙軌來貫穿才對，不過，事實卻非如此。其問題就出在第三、四段，因爲它對應於第一、二段之寫「攻」，可以說是用以寫「守」的，卻與「不施仁義」之內容相重疊。也正好有這種重疊，就產生了提示作用，即「秦之過，主要在於『守不以仁義』」，這是「顯」的意思；如果換成「隱」的一層，從積極面來說，就是「守必以仁義」了。所謂「借古以喻今」，這種諷勸朝廷的意思，不言而喻。這就可看出章法結構之分析，對主旨之凸顯、確認而言，確是一把利器。

### ㈡辨明技法

單就聯貫律來看，章法所探討的是辭章聯絡照應之技巧。而聯絡照應之技巧，又有基礎（有形）與藝術（無形）之別㉘。在此，僅就其藝術聯絡照應的部分，舉兩個例子，作局部之說明，以見其技巧之一斑。如杜甫的〈聞官軍收河南河北〉詩：

> 劍外忽傳收薊北，初聞涕淚滿衣裳。卻看妻子愁何在，漫卷詩書喜欲狂。白日放歌須縱酒，青春作伴好還鄉。即從巴峽穿巫峽，便下襄陽向洛陽。

這首詩旨在寫「聞官軍收河南河北」時「喜欲狂」之情，是以「目（實）、凡、目（虛）」的結構寫成的。

作者「首先在起聯，針對題目，寫『聞官軍收河南河北』（因）時自己（主）喜極而泣的情形（果），藉『忽傳』、『初聞』寫事出突然，藉『涕淚滿衣裳』具寫喜悅；接著在頷聯，採設問的形式，由自身移至妻子（賓）身上，寫妻子聞後狂喜的情狀，很技巧地以『卻看』作接榫，帶出『漫卷詩書』作具體之描寫。以上全用以實寫『喜欲狂』，爲『目一』的部分。而緊接著『漫卷詩書』而來的『喜欲狂』三字，正是一篇的主旨所在，爲『凡』部分。繼而在頸聯，由實轉虛，以『放歌縱酒』上承『喜欲狂』、『作伴好還鄉』上承『妻子』，寫春日攜手還鄉的打算（時）；最後在結聯，緊接上聯『還鄉』之打算，一口氣虛寫還鄉所準備經過的路程（空）。以上全用以虛寫『喜欲狂』，爲『目二』的部分。如此，由『忽傳』而『初聞』、『卻看』而『漫卷』、『即從』而『便下』，以單軌一氣奔注㉙，將自己與妻子『喜欲狂』的心情，描摹得真是生動極了。」㉚附其結構分析表如下：

- △
  - 目一（實）
    - 因—「劍外」句
    - 果
      - 主（自身）—「初聞」句
      - 賓（妻子）—「卻看」十一字
  - 凡—「喜欲狂」
  - 目二（虛）
    - 時（歸期）—「白日」二句
    - 空（路程）—「即從」二句

由此看來，此詩結構，主要除了用「目（實）、凡、目（虛）」（篇）外，也用「先因後果」、「先時後空」（章）等，以組合篇章，使全詩前後呼應，亦即「目」（實）與「目」（虛）、「因」與「果」、「賓」與「主」、「時」與「空」作局部之呼應，而以「凡」（喜欲狂）統攝二「實」一「虛」的兩個「目」，以統一全詩的情意。在此，值得注意的是：「漫卷詩書」的人，通常都以爲是杜甫自己㉛，其實，「漫卷詩書」是妻子（賓）的動作，乃「愁何在」這一「問」之「答」，也就是「妻子」愁雲煙消雲散的具體憑據。這和詩人自己（主）「涕淚滿衣裳」的樣子，正好構成了一幅家人「喜欲狂」的畫面。如此以賓（妻子）主（詩人自己）來切入此詩，似乎比較能使全詩前後平衡，而且「一以貫之」，而合於章法之聯貫原理。

又如沈復的〈兒時記趣〉：

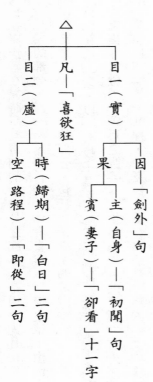

余憶童稚時，能張目對日，明察秋毫。見藐小微物，必細察其紋理，故時有物外之趣。夏蚊成雷，私擬作羣鶴舞空，心之所向，則或千或百，果然鶴也；昂首觀之，項為之強。又留蚊於素帳中，徐噴以煙，使之沖煙飛鳴，作青雲白鶴觀；果如鶴唳雲端，為之怡然稱快。

又常於土牆凹凸處，花臺小草叢雜處，蹲其身，使與臺齊；定神細視，以叢草為林，蟲蟻為獸，以土牆凸者為丘，凹者為壑；神遊其中，怡然自得。

一日，見二蟲鬥草間，觀之，興正濃，忽有龐然大物，拔山倒樹而來，蓋一癩蛤蟆也。舌一吐而二蟲盡為所吞。余年幼，方出神，不覺呀然驚恐。神定，捉蛤蟆，鞭數十，驅之別院。

此文旨在寫作者在兒時所常得到的「物外之趣」，是用「先凡後目」的結構寫成的。「凡」的部分，僅一段，即首段。作者直接以回憶之筆，由因而果，拈出「物外之趣」的主旨，以貫穿全文。「目」的部分，包括二、三、四等段：

首先在第二段，以一羣蚊子爲例，細察牠們的紋理，把牠們擬作「羣鶴舞空」、「鶴唳雲端」，寫出作者獲得「項爲之强」、「怡然稱快」的這種「物外之趣」之情形，爲「目一」。就在寫「羣鶴舞空」的一節裡，「夏蚊成雷」寫的是「物內」；「羣鶴舞空」至「果然鶴也」，寫的是「物外」；而以「私擬作」作橋梁，這是寫「細察紋理」的部分。至於寫「物外之趣」的部分裡，「昂首觀之」爲聯貫的句子，而「項爲之强」寫的則是「物外之趣」。在寫「鶴唳雲端」的一節裡，「又留蚊」句起至「使之沖煙」句止，寫的是「物內」；「青雲」二句，寫的是「物外」；而以「作」字作橋梁；這又是「細察紋理」的部分。至於寫「物外之趣」的部分，則以「爲之」作聯貫，而以「怡然稱快」寫「物外之趣」。

其次在第三段，以土牆凹凸處的叢草、蟲蟻爲例，細察牠們的紋理，把叢草擬作樹林、蟲蟻擬作野獸，寫出作者獲得「怡然自得」的這種「物外之趣」的情形，爲「目二」。就在寫「細察紋理」的部分裡，「又常於」句起至「使與臺齊」句止，寫的是「物內」；「以叢草」句起至「凹者爲壑」句止，寫的是「物外」；而以「定神細視」作橋梁。至於寫「物外之趣」的部分裡，「神遊其中」爲聯貫的句子，而「怡然稱快」寫的則是「物外之趣」。

然後在末段，以草間的二蟲與癩蛤蟆爲例，細察牠們的紋理，把癩蛤蟆擬作龐然大物，舌一吐便盡吞二蟲，寫出作者獲得「捉蛤蟆，鞭數十，驅之別院」[32]的這種「物外之趣」的情形，爲「目三」。就在寫「細察紋理」的部分裡，「一日」二句寫的是「物內」；「觀之」二句，是由「物內」過到「物外」的橋梁；「忽有」句起至「不覺」句止，寫的是「物外」；而特用「蓋一癩蛤蟆也」與「余年幼，方出神」等句，插敍[33]在中間，作必要的說明。至於寫「物外之趣」的部分裡，「神定」爲聯貫的詞語，而「捉蛤蟆」三句，寫的則是「物外之趣」。很特別的是：這個「物外之趣」是回到「物內」初時之情形加以交代的。

十分明顯地，全文是以「物外之趣」一意貫穿，自始至終無不針對著「趣」字來寫，使前後都維持著一致的情意。附其結構分析表如下：

△
- 凡
  - 因（細察紋理）
    - 因—「余憶」三句
    - 果—「見藐小」二句
  - 果（物外之趣）—「故時有」句
- 目
  - 例一
    - ㈠
      - 因
        - 物內—「夏蚊」句
        - 物外—「私擬」三句
      - 果—「昂首」二句
    - ㈡
      - 因
        - 物內—「又留」三句
        - 物外—「作青雲」二句
      - 果—「為之」句
  - 例二
    - 因
      - 物內—「又常」四句
      - 物外—「定神」五句
    - 果—「神遊」二句
  - 例三
    - 因
      - 物內—「一日」二句
      - 物外—「觀之」九句
    - 果—「神定」四句

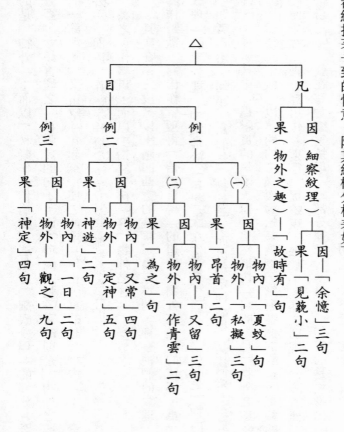

這篇文章在「篇」的部分，以「凡」和「目」形成呼應；在「章」的部分，連續以「因」與「果」、「人」（物內）與「天」（物外）彼此形成呼應。而就在寫「物外」由起點而過程而終點的時候，前後有著一些明顯的變化。首先看「私擬作羣鶴舞空」句起至「果然鶴也」句止，即有起點、過程，亦有終點；其中「私擬作」句，爲起點；「心之所向」二句，爲過程；而「果然鶴也」句，則是終點。再看「作青雲白鶴觀」二句，卻以「作青雲白鶴觀」爲起點、「果如鶴唳」爲終點，而省略了過程。接著看「定神細視」五句，很明顯地只敘起點，而將過程和終點完全省略了。最後看「忽有龐然大物」七句，拿掉插敘的幾句不算，則都是就終點來寫，而省略了起點和過程。這種變化、省略的技巧，如不透過章法分析，是很難看出端倪來的。

此外，「項爲之强」與「捉蛤蟆」三句，「有人以爲二段的『項爲之强』，寫的不是『物外之趣』，這該是錯誤的看法。因爲『趣』，不只限於寫心理而已，用動作或姿態來寫，更爲具體而富變化。又有人以爲篇末『捉蝦蟆，鞭數十，驅之別院』，是寫作者主持正義的行爲，這也該是錯誤的看法。因爲作者要是主持正義的話，必然是一鞭就把癩蝦蟆鞭死，怎麼可能在鞭數十下之後，竟然活得好好的，而又把牠趕到別院去呢？還有，果真如此，則寫的已不再是童心童趣，與前文也就不能維持一致的意思了。所以此三句，寫的該是作者得到『物外之趣』的動作，這樣，全文的意思就得以『一以貫之』了。」㉞由此可見章法「統一律」疏理辭章的妙處。

### ㈢掌握美感

國文教學有三個層進的目標，即工具性之語文訓練、文學性之文藝欣賞與文化性之精神陶冶㉟。而美感之掌握，爲文藝欣賞（文學性）走向精神陶冶（文化性）的一座橋梁，絕不能稍予輕忽。國文教學如果不提升至此，將是失敗的。由於它是整體性的，乃合形象思維與邏輯思維而爲一的活動，所以章法只能作部分之處理、掌握，雖然如此，已可以稍稍訴諸條理，而非完全是靠自由心證了。如王維的〈輞川閑居贈裴秀才迪〉詩：

寒山轉蒼翠，秋水日潺湲。倚杖柴門外，臨風聽暮蟬。渡頭餘落日，墟里上孤煙。復值接輿醉，狂歌五柳前。

此詩乃作者與裴迪秀才相酬爲樂之作。在一特定時空之下，作者藉自然景物與人物形象之刻劃，以寫自己閒適之情。它一面在首、頸兩聯，具體描繪了「輞川」附近的水陸秋景與暮色，勾勒出一幅有色彩、音響和動靜的和諧畫面；另一面又在頷、末兩聯，於一派悠閒之自然圖案中，很生動地嵌入了作者自己倚杖聽蟬，和裴迪狂歌而至的人事景象；使兩者相映成趣，而形成了物我一體的藝術境界，十分活潑地將「輞川閑居」之樂作了具體的表達。附其結構表如下：

- △
  - 先
    - 天（物象一）
      - 高（山）—「寒山」句
      - 低（水）—「秋水」句
    - 人（人事一）
      - 視覺（倚杖）—「倚杖」句
      - 聽覺（聽蟬）—「臨風」句
  - 後
    - 天（物象二）
      - 低（水）—「渡頭」句
      - 高（空）—「墟里」句
    - 人（人事二）
      - 視覺（友至）—「復值」句
      - 聽覺（狂歌）—「狂歌」句

此詩主要以「今（後）昔（先）」、「天（物象）人（人事）」、「遠近」、「高低」與「知覺（視、聽）轉換」等章法，形成其結構，以「調和」全詩。其中除「今昔」之外，又將「天人」、「高低」、「知覺轉換」組成雙疊的形式，以增添其節奏之美；這些都強化了作者閒逸之趣。李浩說此詩「全詩具有時間的特指（『落日』時分）和空間位置的具體固定，通過『（柴門）外』、『（渡）頭』、『（墟）里』、『（五柳）前』等方位名詞，勾勒出景物的相互位置關係，景物具有空間開發性，既活潑無礙，又彼此依存，是構成整個畫面諧調的一個部分。讀這樣的詩，應該在一個時間的片刻裡從空間上去理解作品，把握詩人用最高的藝術手腕所凝定下來的富

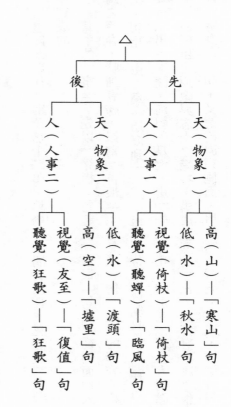

有包孕性的瞬間印象」㊱，這種體會十分深刻。

又如辛棄疾的〈賀新郎〉詞：

綠樹聽鵜鴂，更那堪、鷓鴣聲住，杜鵑聲切！啼到春歸無尋處，苦恨芳菲都歇。算未抵人間離別：馬上琵琶關塞黑，更長門翠輦辭金闕。看燕燕，送歸妾。　將軍百戰身名裂，向河梁回頭萬里，故人長絕。易水蕭蕭西風冷，滿座衣冠似雪。正壯士、悲歌未徹。啼鳥還知如許恨，料不啼清淚長啼血。誰共我，醉明月。

這闋詞題作「別茂嘉十二弟。鵜鴂、杜鵑實兩種，見《離騷補註》」，是用「先賓後主」的順序寫成的。

其中的「賓」，先以「綠樹」句起至「苦恨」句止，從側面切入，用鵜鴂、鷓鴣、杜鵑等春鳥之啼春，啼到春歸，以寫「苦恨」；這是頭一個「敲」的部分。再以「算未抵」句起至「正壯士」句止，由「鳥」過渡到「人」，採「先平提後側收」㊲的技巧，舉古代之二女（昭君、歸妾）二男（李陵、荊軻）爲例，用「先反後正」的形式，來寫人間離別的「苦恨」，暗涉慶元黨禍，將朝臣之通敵與志士之犧牲，構成强烈的對比，以抒發家國之恨㊳；這是「擊」的部分。末以「啼鳥」二句，又應起回到側面，用虛寫（假設）方式，推深一層寫啼鳥的「苦恨」；這是後一個「敲」的部分。

而「主」，則正式用「誰共我」二句，表出惜別「茂嘉十二弟」之意，以收拾全篇。所謂「有恨無人省」㊴，作者之恨在其弟離開後，將要變得更綿綿不盡了。附其結構分析表如下：

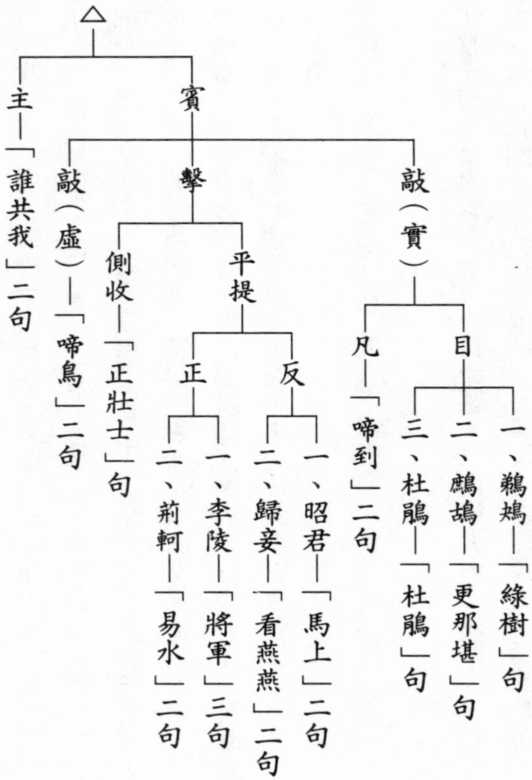

如此，既以「賓」和「主」、「敲」和「擊」、「虛」和「實」、「凡」和「目」、「平提」和「側收」等結構，形成「調和」，又以「正」和「反」形成「對比」、「敲」和「擊」形成「變化」；也就是說，在「調和」中含有「對比」，在「順敍」中含有「變化」。而這「變化」的部分，既佔了差不多整個篇幅，其中「對比」又出現在篇幅正中央，而用「擊」加以呈現，這樣在「變化」的牢籠之下，特用「對比」來凸顯其核心內容，使其他「調和」的部分，也全爲此而服務，所以這種安排，對此詞風格之趨於「沉鬱蒼涼，跳躍動盪」㊵，是大有作用的。掌握了這一點，再配合其他特色，則此詞之美，就可以大致領略出來了。

## 四、章法與寫作教學

寫作教學的主要內容有三：一爲命題，二爲指引，三爲批改（評析）。其中的指引，又可分爲經常性的指引和臨時性的指引兩種㊶。通常，這種指引可涵蓋審題、立意、運材、佈局與措詞等。而章法可著力的，就是「佈局」。底下就以「佈局」爲重心，旁涉命題與批改，從「命題、指引」與「批改、評析」兩方面，予以舉例說明，以見章法與寫作教學的密切關係。

### (一)在命題、指引上

用章法來命題，既可適用於長篇之傳統式作文，也可適用於短篇之限制式寫作。一般來說，可配合課文之所學，選擇一、二種或幾種較常見的章法，在題目中作指引，要求從中擇一種或兩種，加以應用，來寫成結構表或文章，藉以訓練學生靈活運用各種章法之能力。如下列例子：

1、例一

• 請試就《地球村的聯想》這個題目，畫出它的章法結構表來。

※附：學生實作

- △
  - 敘
    - 地球村是什麼（第一段）
    - 理想的地球村（第二段）
  - 論
    - 達成地球村的方法（第三段）
    - 終極理想：世界和平（第四段）（汪家侃）

△
- 凡：人為什麼目的而活（第一段）
- 目
  - 昔：古時盛世（第二段）
  - 今：鬥爭不斷（第三段）
- 凡：現代人應在地球村中和平相處（第四段）（陳振模）

△
- 凡：地球猶如一個小小的村落（第一段）
- 目
  - 敘：舉例說明現今地球上的情形（第二段）
  - 論：應如何維持地球上的安全與秩序（第三段）
- 凡：大家應互助合作，共同生存（第四段）（張俊彥）㊷

### 2、例二

(1)以下是一則報紙專欄文章〈抽煙的少女〉㊸：

近來，常常和朋友約在泡沫紅茶店或新式咖啡館見面，有時候到得早，不免左右觀看一下，結果發現吸煙的年輕女孩特別多。這個發現讓我有些惆悵。大家都知道抽煙對身體不

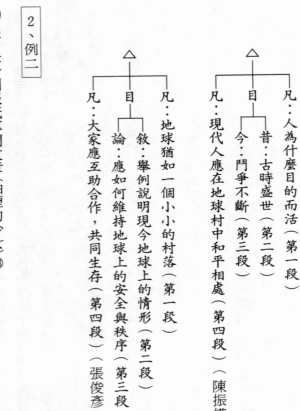

好；為了避免煙害，現在許多公共場所都禁煙，就連長途旅行的國際飛機上，以前還有小小的吸煙區，現在卻完全禁絕了。所以，有煙癮的人，無論上班、搭機或在任何公共場所，都會感到十分不便。過去，吸煙幾乎等於男人的專利，只有少數女性私下抽煙。現在男女平權，以前男人做的事情，不管好壞，女人都可以做。我會覺得惆悵，是發現如今吸煙的年輕男性反而少了，卻到處見到不顧煙害抽煙的年輕少女。吸煙倒也罷了，卻見到她們姿勢那麼不優雅，一副旁若無人、沒教養的樣子。男女平權，女性機會多了，不是應該讓自己過得更好才對嗎？

(2)說明：

甲、正反法就是將差異極大的材料互相映照，作成強烈的對比，藉反面的材料襯托初正面的意思，以增強主旨的說服力與感染力。

乙、賓主法就是運用輔助材料（賓），來襯托主要材料（主），從而有力地傳達出主旨的一種章法。

丙、因果法是一種古老的法則，其簡單句式爲「因爲……所以……」。這「因爲……」是「因」「所以……」是「果」。

丁、請依前三項說明，以及專欄文章〈抽煙的少女〉，將正反法、因果法與賓主法三種運材方式結合，完成一篇〈勸請在學少女不要抽煙〉的文章。

戊、題目自訂。

己、字數八百至一千字爲限。

(3)章法結構提示：

(1)以正反法勸說
- 正（不抽煙的好處）
- 反（抽煙的壞處）

(2)以賓主法安排親友加入勸說行列
- 賓
  - 一（父親）—抽煙有害健康
  - 二（母親）—勿讓別人吸二手煙
- 主（在學的抽煙少女）

(3)以因果法作結論
- 因—大家的努力勸說
- 果—在學的抽煙少女，就不抽煙了

以上作法提示僅供參考，同學們可自行虛擬勸說內容，安排各種親友勸說，勸說結果失敗或成功，亦可自行虛擬。

## ※附：學生實作

1、〈請勿抽煙〉（劉宜銘）

第一部份　章法結構表：

(1)賓主法

△
- 賓
  - 一（父）— 抽煙有害健康
  - 二（母）— 勿讓別人吸二手煙
  - 三（友）— 抽煙是不好的事
- 主（女學生）— 戒煙很難，不是說改就改

(2)因果法

△
- 因 — 大家努力的勸說
- 果 — 在學少女決定開始戒煙

(3)正反法

△
- 正—不抽煙的好處
- 反—抽煙的壞處

第二部分　正文

近年來抽菸的女性是越來越多了，尤其是年輕的女孩子。

小婕是一個剛從國中畢業的小女生，因為讀的是五專，學校對學生的約束比較放縱，所以小婕就常和同學到舞廳玩，因而學會了抽煙和喝酒。常將自已打扮成光鮮亮麗的交際花，三五好友到酒店參加派對，狀況實在是越來越糟，不但是小婕的父母擔心，就連以前的朋友都看不下去了。

所以大家一直不斷的勸小婕，抽煙有害身體健康，而且是一件傷害身心的事，年輕人應該好好享受生活，不要把自己的身體弄得像是個老人家，一旦再這樣下去，等到成年後身體一定會開始變差，而且也有可能影響到下一代，年輕人該為自己未來想想，整天玩樂總不是辦法，就算要玩也不可以影響到自己的健康。

而小婕的母親常告訴小婕說，就算是覺得自己的健康好壞無所謂，也要為生活在周遭的人想想，弟弟還小，就不怕帶壞他嗎？而且在公共場合抽煙是很不禮貌的，那會使不想抽煙的人吸二手菸，不但傷害了自己也會妨害別人的健康。而且你現在是學生，應以課業為重才是。以前的朋友也極力勸說小婕必須要戒煙，朋友總是說小婕變漂亮了，但也不像從前來的健康、有活力，而且時常身上都是煙味，和以前的小婕實在連不上來，如果這是所謂的男女平權，那寧可不要，希望下次同學會中出現的小婕能和以往一樣的健康、一樣的有活力。說了那麼多，可是除小婕本人，誰能完完全全的了解小婕她自己的想法呢？小婕的年紀還小，也有自己的想法、自己的觀點、自己的是非，所以儘管小婕的父母及朋友如何的勸說小婕，小婕也無法了解，因為小婕的身邊有太多的誘惑了，所以一切也都只能靜觀其變，由小婕自己想通。小婕常頂撞父母，他說其他同學都在抽煙，就算她不抽，也會吸到二手煙，就這樣一再為自己找藉口和說詞，總是說抽煙可以使她放鬆心情，忘掉不愉悅的事，還把這樣的壞習慣說成是正常的，再不然就是嘴巴說要戒，但是私底下還是偷偷地抽，如果被發現，就又會有另一番說詞，比方說戒煙很困難，不是說戒就戒，或說自己是初犯，諸如此類，小婕的父母為了這樣的她實在是很痛心。過了許久，小婕發現父母親因為她的關係天天憂愁滿面，慢慢的感覺到大家對她的關心，而且也可以體會父母的擔心。

小婕終於決定開始戒煙了。

戒煙後的小婕，日子過得既充實而又健康。

以上的故事結局是好的，如果你我的身邊有人有抽煙的壞習慣，那麼一定要勸他不要愛抽煙了，或者是你本身就有抽煙的壞習慣，那麼你一定要想辦法戒煙，因為我覺得抽煙無論年齡大小都對身體不好，一旦染上了煙癮就很難戒，所以最好不要碰，如果不抽煙，會有健康的身體；如果不抽煙，會有美好的人生；如果不抽煙，會有新鮮的空氣，抽煙絕對是一件百害無益的事，所以絕對不要去嘗試，抽煙不但危害自己的身體健康，也會造成空氣品質的惡化，更糟的是讓別人吸二手煙，而且抽煙在公共場合是不受歡迎的，所以大家「請勿抽煙」。㊹

2、〈迷途的羔羊〉（何敏聰）

第一部份　章法結構表：

一、以正反法勸說─┬正─不抽煙的好處
　　　　　　　　└反─抽煙的壞處

二、以賓主法勸說
- 賓—學校教官
- 主—在學的抽煙少女

三、以因果法勸說
- 因—經由教官的輔導
- 果—少女不抽煙了

## 第二部分　正文

某學校的一處角落，一名坐在樓梯斜角處年約十六、七歲的少女迅速掏出口袋的煙包，就這麼抽起煙來了。她沉浸在煙裡，沒聽到聞煙而來的危險腳步聲，當少女聽到鐘聲要離開時，才聽到樓梯傳來的腳步聲。她慌了，不知所措。當腳步聲離她越來越近、越來越近……直至樓梯轉角，定眼一看，出現在她眼前的是學校的教官。

少女被帶到了輔導室，教官看著這名不是太壞的少女，「既然她不是太壞，那一定有辦法輔導。」教官心想，於是，他決定給少女一個改過的機會，於是教官開口問這名驚慌的少女：「你抽煙是為了什麼？」

少女：「回答教官，我……我抽煙是為了……解除壓力而已！」

教官：「解除壓力的方法很多呀！為何要碰煙呢？」
少女：「當我第一次碰到同學交給我的煙時，又加上朋友縱容我，我便無法戒了。」
教官：「抽菸的壞處太多了，你知道嗎？」
少女：「有很大的壞處嗎？」
教官：「我跟你說明好了，例如：當你吸入那些煙，是不是有一種很特別的感受呀！」
少女：「嗯……有一點！」
教官：「那就表示這時煙裡的尼古丁……等已進到你的肺裡，想想一根煙將近有兩千種毒物，而這兩千種一個也不剩進到你的肺，有什麼感想呢？」
少女：「有……有這麼可怖嗎！」
教官：「你知道就好了，不抽煙還可以讓你的肺輕鬆一些，而且不會傷害到你的身體，只要你下大決心，克制自己，其實，解除壓力的方法很多的。」
少女：「謝謝教官，我一定會努力壓抑自己不受煙毒的迫害的。」
教官：「那要看你下多少決心囉！」
少女打開輔導室的大門，心想著一定要戒除菸癮。當她開心的走時，輔導教官也很高興：「我挽回一隻迷途的羔羊。」㊺

## (二)在批改、評析上

作文之批改或評析，用章法的角度切入，以指導學生謀篇佈局之技巧，其成效是相當大的。既可以用章法之四大律（秩序、變化、聯貫、統一）加以疏理，以進行指導；也可以就某一些適用之章法加以組織，以進行批改或評析。如：

在上一輩人的心中，都市代表著進步、富貴，而鄉村卻代表著落後、貧賤。然而風水輪流轉，在現代人眼中，都市卻是罪惡的淵藪，而鄉村竟是令人嚮往的樂園。

我出生在一個小村莊裡，小時候看到的，不是人，就是牛，而很少看到汽車。一直到七歲，還不知道都市這種地方。整天只知道在水河中嬉水、抓魚，在田埂上奔跑、釣青蛙。這種鄉村生活的情趣，經過了幾年都市繁華富裕的生活之後，到現在才真正體會出來。

都市除了生活枯燥無味外，更增添了不安與不適，整天懼怕不良分子的騷擾、宵小的光顧，和交通壅塞、空氣汙染等。而鄉村現在又逐漸都市化了，大河成了水泥做的小水溝，田地、魚池也爭相聳立著大樓。我真怕有一天鄉村會從地球上消失，再也看不到小山、小河、樹木、花草，也聽不到鳥鳴、蟲叫、雞啼。

既然鄉村都市化，已是必然的趨勢，而都市也該鄉村化，以減少它的缺點。所以讓都市與鄉村互助並存，才是我所希望的。

這篇文章題作〈都市與鄉村〉，撇開別的不談，單在篇章安排上，就有不少該修正的地方：先就「秩序」（含變化）來說，作者在首段以今昔觀點說明一般人對都市與鄉村看法之轉變，次段用自己的經驗寫鄉村生活的情趣，三段論都市生活的不安和對鄉村都市化的憂慮，末段點明「都市與鄉村互助並存」的主旨。這樣寫，層次實在不夠分明。照末段的結論來看，最好先在第二段論鄉村都市化，再在第三段論都市鄉村化，以求合於「秩序」（含變化）的要求。

再就「聯貫」來說，第二段是由首段末尾「樂園」帶出的，而末段開端又與第三段「鄉村現在又逐漸都市化了」互相連絡，可說已注意到段落的「聯貫」；但第三段起句寫「都市除了生活枯燥無味外」，卻十分突然，顯然有「上無所頂」的缺憾，爲了彌補這個缺憾，應該將第二段末尾「都市繁華富裕生活」句中的「繁華富裕」改爲「枯燥無味」，來爲下段的論述預鋪路子。

末就「統一」來說，這篇習作把一篇的主旨置於末段，主張經由「都市鄉村化，鄉村都市化」來「讓都市與鄉村互助並存」，但在前三段裡卻始終找不到針對這個主旨來論述的文字，所以應該大作調整，從第二段開始採「先目（條分）後凡（總括）」的形式來寫，以使全文能「一以貫之」，收到「統一」的效果㊻。

這是用四大律切入作指導的例子。

又如：

㈠〈妳說〉（雨夜星河）

妳說，妳愛虹
於是
我造了最美的虹
只為妳

妳說，妳愛流星
於是
我帶來最閃耀的流星
只為妳

而妳說，妳愛他
我扮成了他

渴望
得到妳的愛

附：結構分析表

△
- 賓
  - 一（變虹）：「妳說，妳愛虹」四行
  - 二（變流星）：「妳說，妳愛流星」四行
- 主（變成他）：「而妳說，妳愛他」四行

作者在第一、二節引入虹、流星這兩個並不罕見的意象，而且遣字鍊句也不特別精緻，僅僅是作爲陪襯而已（賓）；但最末一節輕輕一翻，卻毫不費力地翻轉出一個鮮活新境（主）。可說是用平常語道心中事，引得所有有情人爲之同聲唏噓。作者能在平淡中造出新意，篇幅雖小卻有波瀾，筆力不可小覷，只列爲佳作，實在委屈了一點。

## (二)〈夾縫〉（馬思源）

嘆息與落髮在我右側

左側一片空無
我不斷肢解自己，像
一根枯枝在木塊中旋轉，摩擦
遠山日薄，金黃的風悼念焦黑的今日

微笑和冷漠在我右側
跳躲的眼神急速奔離彼此的光芒
左側一片陰暗
我不斷在脈動的瞬間
摘下面容，質疑神情

歌聲與啜泣在我右側
浪子拖著比影還短的自憐
在異地嚼著愛人的名字
左側一片閴靜
我不斷憑著聲響拼湊天空一隅

感知和謎語在我右側
我不斷開門　走向另道門
當荒謬猝然再生
無門之門成了最後的謎
左側一片虛幻

嘆息與落髮在我右側
左側，左側一雙無形的手
黙黙拉引我　在瘦狹的眉間打開一扇亮窗……

附：結構分析表

△
- 反
  - 一
    - 賓
      - 右：「嘆息與落髮在我右側」
      - 左：「左側一片空無」
    - 主：「我不斷肢解自己，像」三行
  - 二
    - 賓
      - 右：「微笑和冷漠在我右側」二行
      - 左：「左側一片陰暗」
    - 主：「我不斷在脈動的瞬間」二行
  - 三
    - 賓
      - 右：「歌聲與啜泣在我右側」三行
      - 左：「左側一片闃靜」
    - 主：「我不斷憑藉聲響拼湊天空一隅」
  - 四
    - 賓（右）：「感知和謎語在我右側」
    - 主：「我不斷開門　走向另道門」三行
    - 賓（左）：「左側一片虛幻」
- 正
  - 賓
    - 右：「嘆息與落髮在我右側」
    - 左：「左側，左側一雙無形的手」
  - 主：「默默拉引我　在瘦狹的眉間打開一扇亮窗……」

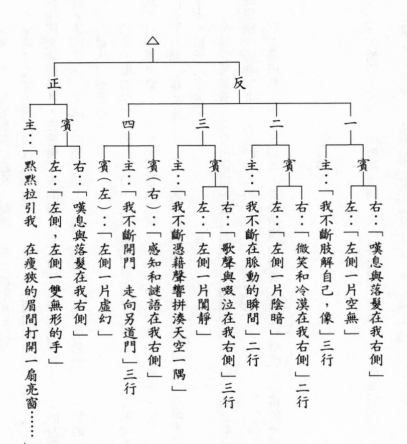

作者以右、左的配置凸顯出夾縫來，是全詩的重點所在。

全詩分五節，前四節以右側的方向、分別從不同的點切入，寫掙扎：在捨與不捨間掙扎、在溫暖與疏離間掙扎、在愛與不愛間掙扎、在清醒與未知間掙扎……，而左側一片空無、陰暗、闃靜、虛幻……，不確定的恐慌湧上，行將滅頂於不確定的恐慌……。然而這些全都是「反」，作用在爲最末一節蓄勢。

最末一節的第一句回應首節，企圖造成首尾圓合的效果；並且前兩句仍保留「右、左」的形式，以呼應全篇。但這些仍不是重點所在，作者全力重擊的是最後一句：「默默拉引我　在瘦狹的眉間打開一扇亮窗……」，「瘦狹的眉間」是另一道夾縫，唯這道夾縫中隱約透出一線天光……，留予人多少希冀。

全詩詩思緊致，微有可議處，便是對右、左的處理稍嫌僵硬板滯，應可尋求更富藝術性的處理手法；若非如此，則此詩置入前三名中，當無愧色㊼。

以上是用章法的角度切入，並藉結構分析表，來進行批改、評析的例子。

## 五、結語

綜上所述，可知章法所講求的，是內容的邏輯結構，而這種邏輯結構，乃對應於自然規律來說的；因此作者在創作之際，一定會受到此種邏輯條理之左右，來安排各種材料。就算這種左右，對作者而言，往往是日用而不知、習焉而不察的，卻自自然地都將邏輯條理反映在作品之上。所以無論是閱讀或寫作，全離不開呈現邏輯條理的章法，這使得章法在國文教學上，就佔有著很重要的地位，不僅可藉以訓練學生邏輯思考的能力，也可將閱讀教學與寫作教學合而爲一。這樣，對提高教學的效果來說，該是十分有效的。

## 注釋

①小學國語文之教學內容，主要含「聽」、「說」、「讀」、「寫」、「作」等。其中的「寫」，指寫字（書法），而「作」才指作文，與一般以「寫」指寫作（含作文）的，是有所不同的。嚴格說來，「寫」，含「傳統式作文」與「限制式寫作」。其中「限制式寫作」，一般稱之爲「非傳統式作文」，見拙著《作文教學指導》（萬卷樓，民國八三・一〇月初版），頁三二—八九。

②吳應天：「人們的思維既有形象性，也有邏輯性，所以既可寫成形象體系，也可寫成邏輯體系。前者是文學作品，後者是科學理論。這樣劃分，同樣也是客觀事物的反映，但是這仍然是片面的看法。如果辨證地看問題，那就知道形象體系中寓有邏輯性，邏輯體系中也包含著形象性，兩者不僅互相聯繫、互相滲透，而且還互相結合、互相轉化。原因在於形象性和邏輯性具有對立統一關係。正由於這個緣故，由於簡明扼要的邏輯系統很容易爲人們所理解，而生動具體的形象體系更容易使人感動，所以許多文學作

品往往是形象性和邏輯性結合的複合文。」見《文章結構學》（中國人民大學出版社，一九八九、一版三刷），頁三四五。

③彭漪漣：「形象思維需要遵守聯想律，也就是形象結合的方式。具體一點說，人們在文藝創作中，必須從對象中選取最足以揭示其本質的形象，用聯想律（如時空上的接近聯想、現象上的相似聯想、事件間的因果聯想和對立面的對比聯想等）來把握形象的內在聯繫，形成具體的詩的意境，或構想出典型環境中的典型性格。」見《古典詩詞邏輯趣談》（上海人民出版社，二〇〇一・九一版一刷），頁一三。

④陳望道：「語文的體式很多，……表現上的分類，就是《文心雕龍》所謂的『體性』的分類，如分爲簡約、繁豐、剛健、柔婉、平淡、絢爛、謹嚴、疏放之類。」見《修辭學發凡》（大光出版社，一九六一・二版），頁二五〇。

⑤參見拙作〈論章法與邏輯思維〉，《第四屆中國修辭學國際學術研討會論文集》（洪葉文化公司，民國九一・五初版），頁二。

⑥研究「章法學」，一路辛苦地走來，很慶幸地已逐漸受到兩岸學者之肯定。如台灣學者張春榮教授以爲「其用志『章法』，深耕廣織，握管不輟，……全力聚焦章法結構，漸成體系。……是自歲月自學養中鍛鍊出的一把利刃，揮向國文教材教法，揮向章法學的未來，以結合心理基礎與美感效果的目標，其建構之功，誠有目共睹」（見〈拓植與深化——陳滿銘《章法學新裁》〉，《文訊》二〇〇一・六，頁二六—二七）；又如大陸學者鄭韶風強調台灣的章法學，已開拓了漢語辭章學研究的新領域，和大陸的北京（以

張志公爲首）、福州（以鄭頤壽爲首），各以所長，形成了三支强而有力的隊伍，且認爲「陳滿銘教授抓住『章法』作了深入的開挖，除了寫論文外，還寫幾部專著來論析辭章章法論」，而「開了『章法』論的專門辭章學先河」（見〈漢語辭章學四十年述評〉，《國文天地》，二〇〇一、七，頁九三—九七）；再如大陸鄭頤壽教授，在去年（二〇〇一）十一月於廈門舉行的「海峽兩岸閩南文化學術研討會」上發表〈台灣辭章學研究述評〉一文，以重點方式加以評述，認爲台灣之章法學研究具有「哲學思辨」、「多科融合」、「（讀寫）雙向兼顧」、「體系完整」、「重點突出」、「行知相成」等六大特點，並且指出「台灣學者陳滿銘教授，在研究（章法學）這一方面具有突出的成就，雖非絕後，實屬空前。……從辭章章法理論研究方面，由前人『見樹不見林，語焉而不詳』的狀況，發展到對章法的範圍、原則與內容等多視角的切入，形成一個體系」（見論文，頁一—一五）。這些肯定，在週遭一些「章法無用」的打擊聲中，是彌足珍貴的。

⑦以上章法，見拙作〈談辭章章法的主要內容〉，《章法學新裁》（萬卷樓，民國九〇・一初版），頁三一九—三六〇。又見仇小屏《篇章結構類型論》上、下（萬卷樓，民國八九・二初版），頁一—六二〇。

⑧以上五種章法，見拙作〈論幾種特殊的章法〉（臺灣師大《國文學報》民國九一・六在三一期），頁一九三—二二二。

⑨見拙作〈論辭章章法的四大律〉（《國文天地》一七卷四期），頁一〇一—一〇七。

⑩參見拙作〈論辭章章法的四大律〉，同注九，頁一〇一—一〇二。

⑪參見拙作〈論辭章章法的四大律〉，同注九，頁一〇三。

⑫見仇小屏〈論章法的對比與調和之美〉，《第四屆中國修辭學國際學術研討會論文集》，同注五，頁一一八。

⑬見拙作〈談辭章章法的主要內容〉，《章法學新裁》，同注七，頁三五一—三五九。

⑭見拙作〈論章法與邏輯思維〉，同注五，頁一九。

⑮見拙作〈談課文結構分析的重要——以高中國文課文爲例〉，《兩岸暨港新中小學國語文教學國際研討會論文集》（台灣師大中輔會，民國八四・六），頁一三—四一。

⑯參見章微穎《中學國文教學法》（蘭臺書局，民國五八・九再版），頁三七—六〇。又參見黃錦鋐《中學國文教材教法》（教育文物出版社，民國七二・二初版），頁五七—一五八。

⑰參見拙作〈談辭章主旨的顯與隱——以中學國文課文爲例〉，《章法學新裁》，同注七，頁二四〇—二四九。

⑱參見拙著《文章結構分析——以中學國文課文爲例》（萬卷樓，民國八五・五初版），頁一二九—一三三。

⑲「四賓主」之說，起於清代的閻若璩：「四賓主者：一、主中主，如一家人唯有一主翁也；二、主中賓，如主翁之妻妾、兒孫、奴婢，即主翁之身分以主內事者也；三、賓中主，如親戚朋友，任主翁之外事者也；四、賓中賓，如朋友之朋友，與主翁無涉者也。於四者中，除卻賓中賓，而主中主亦只一見；

惟以賓中主鈎動主中賓而成文章，八大家無不然也。」見《潛丘札記》，《四庫全書》八五九冊（臺灣商務印書館，民國七二・六），頁四一三—四一四。

⑳劉衍文、劉永翔針對閻若璩「主中主亦只一見」之說加以申釋：「所謂『主中主亦只一見』云云，就是指一篇文章的重心，即現在我們所說的整個主題思想的突出體現處只能有一個。整個主題思想要統率其他各個分主題和題材所反映出來的內容。」見增補本《文學鑑賞論》（洪葉文化公司，一九九五・九初版一刷），頁六一五。

㉑本來要敍明秦孝公時商鞅變法與併吞六國的成果，是用幾千，甚至幾萬字，都不爲過的，但作者在這裡所看重的，只在於簡略的事實，而非其內容與過程，因此只用了幾句話來交代而已。而在敍併吞天下的野心時，則一連用了「席卷天下」等句意相同的四句話，這顯然是因爲要特別强調秦國君臣有併吞天下的强烈意願，這樣當然要比一句帶過好得很多。所謂「可以多說，也可以少說」的道理，可以從這裡約略體會出來。見拙作〈談辭章剪裁的手段〉，《國文教學論叢續編》（萬卷樓，民國八七・三初版），頁四三九。

㉒「敲」這個部分，一般文論家都視爲「反襯」，如王文濡在「相與爲一」句下評注：「正欲寫秦之强，忽寫諸侯，作反襯。」又在「尊賢而重士」句下評注：「極贊四君，以反襯秦之强。」又在「趙奢之倫制其兵」句下評注：「極寫諸侯得人之盛，以反襯秦之强。」見《古文析義合編》上冊（廣文書局，民國五四・一〇再版），卷六頁六—七。再如王根林在論此文特色時，特標「反襯」一項：「上篇寫秦始皇

以前幾代君主雄踞關中、俯視山東各國的形勢，是從描寫山東諸國的威勢著筆的：『當是時……中山之衆』，還有一大批優秀的政治家、外交家、軍事家爲本國出謀獻策、馳騁疆場，『常（嘗）以十倍之地、百萬之衆叩關而攻秦』。儘管他們地廣兵衆，人才薈萃，然而『秦人開關而延敵，九國之士（師）逡巡遁逃而不敢進』。這樣寫，比直接描繪秦國如何强大，顯然能收到更好的效果。同樣，寫秦王朝在風雨飄搖中一朝傾覆，也是用它的對立面陳涉之弱小加以反襯的。」見《古代文學作品鑑賞》（上海古籍出版社，一九八八．三二版一刷），頁四八—四九。

㉓詳見拙作〈論幾種特殊的章法〉，同注八，頁二二六。

㉔總括起來看，這一段文字是用繁筆寫成的。作者在此，儘量避開正面，從側面下手，用了許多材料來介紹六國之强大，這無非是爲了替末段「比權量力」的部分，預先提供足夠的材料，作爲立論的憑據，而作者卻沒有讓「喧賓」奪「主」，特地用「秦人開關延敵，九國之師，逡巡遁逃而不敢進」等句，輕輕一轉，成功地將六國之强轉爲秦國之强，這種剪裁與安排的手段，是十分高明的。見拙作〈談辭章剪裁的手段〉，《國文教學論叢．續編》，同注二一，頁四四一。

㉕這一段可以說完全捨去了秦亡六國的實際過程，卻不厭其煩地針對著篇末「仁義不施」四字來取材，換句話說，如果作者在這一段不安排這些材料，是得不出「仁義不施」的結論來的。同注二一，頁四四二。

㉖這一段用至簡之筆寫成，它先寫「陳涉首義」，再寫「豪傑並起而亡秦」。就在寫「陳涉首義」的部分

裡，特殊强調陳涉不値一顧的地位、才能與武器，這顯然也是預爲末段的「比權量力」提供材料。不然，這一段可以寫得更短，與前四段之「强」作成更强烈之對比，以强化「强」之難、「亡」之易的意思。同注二一，頁四四二。

㉗以歸納法（先凡後目）分析此文，可形成不同的結構類型。參見拙作〈如何進行課文結構分析——以高中國文教材爲例〉（台灣省高級中學國文科教學研究專輯第五輯，民國八八・六），頁五六—五七。

㉘詳見拙作〈談辭章聯絡照應的幾種技巧〉，《國文教學論叢》（萬卷樓，民國八〇・七初版），頁四〇九—四五〇。

㉙趙山林指出這是承續式意象之組合，以爲：「這是一首情感眞摯充沛的抒情佳作，但從意象結構上說，卻帶有一定的敍事特色。《杜詩詳注》引黃生說：『此通首敍事之體。』這是說得很有道理的。不僅從感情發展的內在脈絡說，即使從『忽傳』、『初聞』、『卻看』、『漫卷』、『即從』、『便下』這些字眼上，也可以明顯地看出前後續接、一脈相承的關係，錯亂不得，顚倒不得。這是典型的承續式意象組合。」見《詩詞曲藝術論》（浙江教育出版社，一九九八・六一版一刷），頁一二四。

㉚見拙著《章法學新裁》，同注七，頁三八三。

㉛如史雙元說：「『卻看』，即再看、回看，驚喜之中。詩人回頭再看妻子兒女，依個個喜笑顏開，往日的憂鬱已煙消雲散。親人的喜悅助長了詩人興奮之情，詩人眞是樂不可支，隨手捲起詩書，不覺手之舞之，足之蹈之，眞是『老夫聊發少年狂』了。」見《中學古詩文鑑賞辭典》（江蘇古籍出版社，一九八八・

七一版一刷），頁六八。又霍松林：「『卻看』，是『回頭看』。『回頭看』這個動作極富意蘊，詩人似乎想像家人說些什麼，但又不知從何說起。其實。無須說什麼了，多年籠罩全家的愁雲不知跑到哪兒去了，親人們都不再是愁眉苦臉，而是笑逐顏開，喜氣洋洋。親人的喜反轉來增加了自己的喜，再也無心伏案了，隨手捲起詩書，大家同享勝利的歡樂。」見《唐詩大觀》（商務印書館香港分館，一九八六、一一版二刷），頁五四三。

㉜這三句用得到「物外之趣」之後的動作來寫「物外之趣」。見拙著《國文教學論叢・續編》，同注二一，頁一四六。

㉝「插敘」如同「補敘」，是一種使辭章秩序產生變化的章法。詳見〈插敘法在辭章裡的運用〉，《國文教學論叢・續編》，同注二一，頁二七七—二八八。

㉞見拙作〈如何畫好國文課文結構分析表〉，《國文教學論叢》，同注二八，頁二三九。

㉟見章微穎《中學國文教學法》，同注一六，頁一—一四。又參見黃錦鋐《中學國文教材教法》，同注一六，頁六。

㊱見《唐詩的美學闡釋》（安徽大學出版社，二〇〇〇・四一版一刷），頁二五五。

㊲見拙作〈談「平提側收」的篇章結構〉，《章法學新裁》，同注七，頁四三五—四五九。

㊳鞏本棟：「鄧小軍先生所撰〈辛棄疾〈賀新郎・別茂嘉弟〉詞的古典與今典〉一文……認爲辛棄疾〈賀新郎〉詞的主要結構，『乃是古典字面，今典實指。即借用古典，以指靖康之恥、岳飛之死之當代史。從而亦

寄託了稼軒自己遭受南宋政權排斥之悲憤，及對南宋政權對金妥協投降政策之判斷。』」見《辛棄疾評傳》（南京大學出版社，一九九八・一二二版一刷）頁四〇〇—四〇一。另見拙作〈唐宋詞拾玉（四）—辛棄疾的〈賀新郎〉〉（《國文天地》，民國八五・六，一二卷一期）頁六六—六九。

㊴蘇軾題作「黃州定慧院寓居作」之〈卜算子〉詞下片：「驚起卻回頭，有恨無人省。揀盡寒枝不肯棲，寂寞沙洲冷。」見《東坡樂府箋》（華正書局，民國六七・九初版），頁一六八。

㊵見陳廷綽《白雨齋詞話》卷一，《詞話叢編》四（新文豐出版公司，民國七七・二臺一版）頁三七九一。

㊶「經常性的指引，是要在課文讀講時一併進行的，也就是說，要在講授課文之際，仔細分析課文，對文中有關立意、運材、布局、措辭等工夫，一一予以深究，使學生對寫作的方法，能由點而面，由面而立體地加以掌握，形成一個系統，這是指導學生作文最重要的一環。有不少人以爲課文自課文，作文自作文，是兩碼子事，因此在指導學生作文時，往往另起爐灶，硬是將作文與課文拆開，這是本末倒置的作法，是十分不妥當的。至於臨時性的指引，則在出了作文題之後，要針對所出的題目，用極短的時間，對題目的意義、重心，可用的材料或章法，甚至措辭技巧等，給予必要的提示，以補經常性指引之不足。」見拙著《作文教學指導》，同注一，頁一一五。

㊷見仇小屏《深入課文的一把鑰匙——章法教學》（萬卷樓，民國九〇・二初版），頁二七六。

㊸廖輝英：〈抽煙的少女〉，《國語日報》第五版，一九九九年一一月五日星期五。

㊹以上命題、指引與實作，見劉寶珠〈章法學運用在作文教學之操作實例〉（民國九一・六《國文天地》一八

卷一期），頁三六一—三八。

㊺同注四四。

㊻參見拙著《作文教學指導》，同注一，頁三六二—三六四。

㊼以上二例，見仇小屏〈下在我眼眸裡的雪——八十九學年度成功高中文藝新詩獎評介〉，《下在我眼眸裡的雪——新詩教學》（萬卷樓，民國九〇・二初版），頁一九六—二〇一。

（預定在「新民工專國文科學術研討會」上發表，二〇〇二・七）

# 章法教學與思考訓練

## 一、前言

辭章章法是以「邏輯思維」爲主、「形象思維」①爲輔的，因此簡單地說，它所探討的主要是內容的深層邏輯，也就是篇章的「條理」，而此「條理」乃源自於人之心理，從內在應接萬事萬物，所呈顯的共通理則②。而這共通的理則，落到章法之上，便成爲「秩序」、「變化」、「聯貫」、「統一」等四大原則。其中「秩序」、「變化」與「聯貫」三者，主要著重於個別材料（景與事）之佈置，以梳理各種章法結構，重在分析思維；而「統一」則主要著眼於情、理或統合材料，凝成主旨或綱領，以貫穿全篇③，重在綜合思維。從根源上說，這四大原則（條理），乃經由人心之邏輯思考而得以呈顯，可說貫通了人我、物我，是完全合於天理人情的，所以透過章法教學來對學生進行思考訓練，最可收到事半功倍的效果。有鑑於此，本文即以章法四大原則為綱，就一些章法結構，舉中學課文為例，並附以結構分析表，略作說明，藉以看出章法教學與思考訓練之密切關係。

## 二、秩序原則與思考訓練

秩序原則，也稱為秩序律。而所謂的秩序，是說將材料依時間、空間或事理展演的順序加以安排的意思。而目前所能掌握之章法，將近四十種，那就是：今昔、久暫、遠近、內外、左右、高低、大小、視角轉換、知覺轉換、時空交錯、狀態變化、本末、淺深、因果、衆寡、並列、情景、論敘、泛具、虛實（時間、空間、假設與事實、虛構與真實）、凡目、詳略、賓主、正反、立破、抑揚、問答、平側（平提側注）、縱收、張弛、插補④、偏全、點染、天（自然）人（人事）、圖底、敲擊⑤等。這些章法，都可以依秩序原則，形成「順」與「逆」的兩種結構。如今昔法，可形成「先今後昔」（逆）、「先昔後今」（順）的結構；又如遠近法，可形成「先遠後近」（順）、「先近後遠」（逆）的結構；又如因果法，可形成「先因後果」（順）、「先果後因」（逆）的結構；又如虛實法，可形成「先虛後實」（逆）、「先實後虛」（順）的結構；又如點染法，可形成「先點後染」（順）、「先染後點」（逆）的結構；又如圖底法，可形成「先圖後底」（逆）、「先底後圖」（順）的結構。這些結構，無論順、逆，都呈現出「層次邏輯」的條理。如孟浩然〈宿桐廬江寄廣陵舊遊〉詩：

> 山暝聽猿愁，滄江急夜流。風鳴兩岸葉，月照一孤舟。建德非吾土，維揚憶舊遊。還將兩行淚，遙寄海西頭。

據詩題，可知此詩爲作者乘舟停泊桐廬江畔時所作，旨在抒發自己對揚州（廣陵）友人的懷念之情與自己的身世之感（愁）⑥，是以「先底後圖」的結構寫成的。「底」（背景）的部分，爲「山暝」三句，一面就視覺，將空間推擴，呈現了黃昏時的山色、江流與岸樹；一面又訴諸聽覺，依序寫山上猿啼、江中急流、風吹岸樹的幾種聲音；把作者在舟上所面對的空間，蒙上一片「愁」的況味，爲底下「孤舟」上主人翁（作者）的抒情，作有力的烘托，十足地發揮了「底」（背景）的作用。而「圖」（焦點）的部分，則爲「月照」五句，用「先點後染」順序來寫。其中「孤舟」句，經由「月」之照，將焦點集中在「孤舟」上的作者身上，作爲抒發懷念之情的落足點，爲「點」的部分。「建德」二句，指此地（桐廬）不是自己的故鄉（賓），以加强對揚州舊遊的懷念（主），所謂「雖信美而非吾土兮，曾何足以少留」（王粲〈登樓賦〉），使「愁」又加深一層；而「還將」二句，則由泛而具，透過凝想，將自己的眼淚遠寄到揚州，大力地深化對揚州舊友的思念之情（愁）；這是「染」的部分。作者就這樣，主要以「先底後圖」（篇）和

「先點後染」、「先賓後主」、「先泛後具」（章）的結構來寫，寫得「旅況寥落」、「情深語摯」⑦，極爲動人。附結構分析表如下：

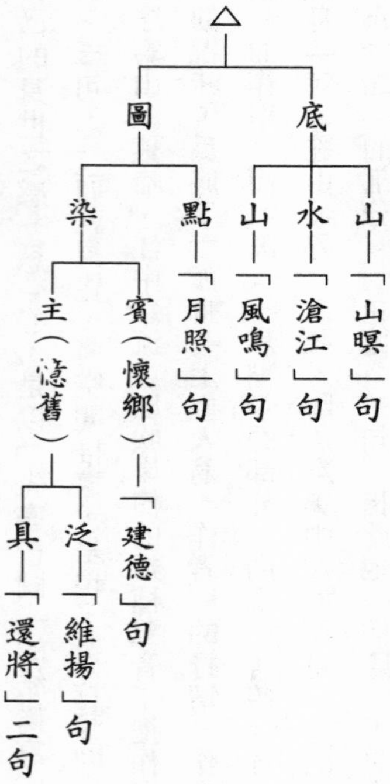


又如曹操的〈短歌行〉詩：

對酒當歌，人生幾何？譬如朝露，去日苦多。慨當以慷，幽思難忘。何以解憂？唯有杜康。青青子衿，悠悠我心。但為君故，沉吟至今。呦呦鹿鳴，食野之苹。我有嘉賓，鼓瑟吹笙。明明如月，何時可掇？憂從中來，不可斷絕。越陌度阡，枉用相存。契闊談讌，心念舊恩。月明星稀，烏鵲南飛。繞樹三匝，何枝可依？山不厭高，海不厭深。周公吐哺，天下歸心。

這首詩主要在抒發沒有人才來幫助自己一統天下的感嘆，所以傅更生認爲它「意有所主，寓懷思招來之情」⑧，是用「先果後因」的結構寫成的。「果」的部分，自篇首至「何枝可依」句止，也一樣採「先果（一）後因（一）」的順序來寫：它首先以「對酒」八句，抒發對人生苦短的感慨（因），認爲只得靠「酒」來解憂（果）而已；這是「果（一）」。其次首以「青青子衿」八句，就「實」，向眼前尚未歸附自己之賢才，表達長久以來的思慕之情（反—消極），並强調對那些歸附自己之賢者，是會竭誠歡迎，而加以禮遇的（正—積極）⑨；次以「明明如月」八句，就「虛」，對賢才何時求得、理想何時實現的重大事情，表達了一憂一喜的複雜心理；末以「月明」四句，藉月下烏鵲尋枝卻無枝可依的景象，以景襯情，帶出自己對無依賢才的愛憐之情；以上二十句，先抒情、後寫景，情景交融，爲「因（一）」。而「因」的部分爲「山不厭高」四句，特以「山」、「水」爲喻（虛），並引「周公吐哺」之典，「表明自己求賢不懈的耿耿赤忱，希望能開創一個『天下歸心』的大好局面」⑩（實）。如此以「先果後因」（篇、章）、「先因後果」、「先反後正」、「先情後景」、「先實後虛」、「先虛後實」（章）等結構來寫，曲折而成功地表出了作者憐才、一統的心意。附結構分析表如下：

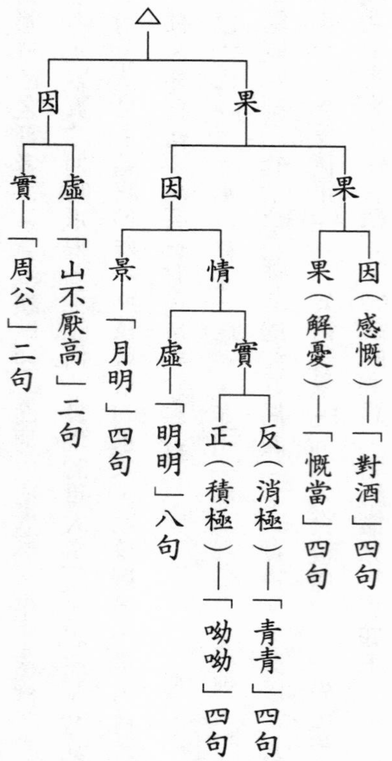


這種合於「秩序」的結構，無論順、逆，都是作者將寫作材料，訴諸人類求「秩序」的心理，經過邏輯思考，予以組合而成的。因此用以訓練學生作或順或逆的單向思考，是極爲直接而有效的。松山正一著、歐陽鍾仁譯的《教師啓發學童思考能力的方法》一書中列有幾種方法，如「有條理地啓發學生的思考」、「藉分析事理啓發學生的思考」、「藉因果關係啓發學生的思考」、「藉知識的結構啓發學生的思考」⑪，都與此有關。而多湖輝所著的《全方位思考法》一書更針對著逆向思考，提出「站在完全相反的立場來思考」的主張⑫。而這「順」和「逆」的思考，如反映在小學生的作文上，據調查是這樣子的：

六年級學生的作文，順敘佔八七、六一%，插敘佔三、五四%，倒敘佔八、八五%。小學生基本上只能運用順敘法。據黃仁發等的調查，三年級學生只會順敘，五年級會插敘的佔二、二八%，個別學生作文有倒敘的萌芽，即開頭一、二句把後面的事情提前說⑬。可知「順」的思考，對學生而言，遠比「逆」者的發展爲早、爲易。

不過，無論「順」、「逆」，如就今與昔、遠與近、因與果、虛與實、凡與目、圖與底等相應之兩者來說，它們的結合關係就是「反復」，亦即「齊一」的形式。陳雪帆（望道）說：

> 形式中最簡單的，是反復（Repetition）。反復就是重複，也就是同一事物的層見疊出。如從其他的構成材料而言，其實就是齊一。所以反復的法則同時又可稱為齊一（Uniformity）的法則。這種齊一或反復的法則，原本只是一個極簡單的形式，但頗可以隨處用它，以取得一種簡純的快感⑭。

所謂「形式」，乃指「事物所有的結合關係」⑮，而所謂「先甲後乙」者，指的就是形成秩序的「甲」與「乙」（同一事物）之結合，由此可見，章法所說的「秩序」，從另一角度說，就是「反復」、「齊一」，這對思考訓練而言，當然是很有用的。

## 三、變化原則與思考訓練

變化原則，也稱爲變化律。而所謂變化，是說改變材料的次序，予以參差安排的意思。一般而言，作者會將時間、空間或事理展演的自然過程加以改變，造成「參差見整齊」的效果。就拿每種章法來說，都可形成幾種變化的結構，如大小法，可形成「大、小、大」、「小、大、小」等結構；又如本末法，可形成「本、末、本」、「末、本、末」等結構；又如情景法，可形成「情、景、情」、「景、情、景」等結構；又如凡目法，可形成「凡、目、凡」、「目、凡、目」等結構；又如立破法，可形成「立、破、立」、「破、立、破」等結構；又如敲擊法，可形成「敲、擊、敲」、「擊、敲、擊」等結構。這些結構是將「順」和「逆」作雙向結合，與秩序原則只循單向求「齊一」的，有所不同。如杜甫的〈聞官軍收河南河北〉詩：

> 劍外忽傳收薊北，初聞涕淚滿衣裳。卻看妻子愁何在，漫卷詩書喜欲狂。白日放歌須縱酒，青春作伴好還鄉。即從巴峽穿巫峽，便下襄陽向洛陽。

這首詩旨在寫「聞官軍收河南河北」時「喜欲狂」之情，是以「目、凡、目」的結構寫成的。作者「首先在起聯，針對題目，寫『聞官軍收河南河北』（因）時，自己喜極而泣的情形（果），藉『忽傳』、『初聞』寫事出突然，藉『涕淚滿衣裳』具寫喜悅；接著在頷聯，採設問的形式，由自身移至妻子身上，寫妻子聞後狂喜的情狀，很技巧地以『卻看』作接榫，帶出『漫卷詩書』作具體之描寫。以上全用以實寫『喜欲狂』，爲『目一』的部分。而緊接著『漫卷詩書』而來的『喜欲狂』三字，正是一篇的主旨所在，爲『凡』部分。繼而在頸聯，由實轉虛，以『放歌縱酒』上承『喜欲狂』、『作伴好還鄉』上承『妻子』，寫春日攜手還鄉的打算（時）；最後在結聯，緊接上聯『還鄉』之打算，一口氣虛寫還鄉所準備經過的路程（空）。以上全用以虛寫『喜欲狂』，爲『目二』的部分。如此，由『忽傳』而『初聞』、『卻看』而『漫卷』、『即從』而『便下』，以單軌一氣奔注⑯，將自己與妻子『喜欲狂』的心情，描摹得真是生動極了」⑰。由此看來，此詩結構，主要除了用「目（實）、凡、目（虛）」（篇）外，也用「先因後果」、「先時後空」（章）等，以組合篇章，使全詩維持一致的情意。附結構分析表如下：

- △
  - 目一（實）
    - 因—「劍外」句
    - 果
      - 自身—「初聞」句
      - 妻子—「卻看」十一字
  - 凡—「喜欲狂」句
  - 目二（虛）
    - 時（歸期）—「白日」二句
    - 空（路程）—「即從」二句

又如賈誼的〈過秦論〉：

孝公既沒，惠文、武、昭襄，蒙故業，因遺策，南取漢中，西舉巴蜀，東割膏腴之地，北收要害之郡。諸侯恐懼，會盟而謀弱秦，不愛珍器重寶肥饒之地，以致天下之士，合縱締交，相與為一。當此之時，齊有孟嘗，趙有平原，楚有春申，魏有信陵；此四君者，皆明智而忠信，寬厚而愛人，尊賢重士，約從離横，兼韓、魏、燕、趙、齊、楚、宋、衛、中山之眾。於是六國之士，有甯越、徐尚、蘇秦、杜赫之屬為之謀；齊明、周最、陳軫、召滑、樓緩、翟景、蘇厲、樂毅之徒通其意；吳起、孫臏、帶佗、兒良、王廖、田忌、廉頗、趙奢之倫制其兵。嘗以十倍之地，百萬之眾，叩關而攻秦。秦人開關延敵，九國之

> 師，逡巡遁逃而不敢進。秦無亡矢遺鏃之費，而天下諸侯已困矣。於是從散約解，爭割地而賂秦。秦有餘力而制其敝，追亡逐北，伏尸百萬，流血漂櫓；因利乘便，宰割天下，分裂河山，強國請服，弱國入朝。

這是〈過秦論上〉的次段文字，承首段⑱進一步寫秦國之强大。它首先以「孝公既没」句起至「北收要害」句止，從正面寫秦國的三位君王（惠文、武、昭襄），在孝公之後，由於「蒙故業」、「因遺策」（因），而繼續在侵蝕六國上，獲得了可觀成果（果）；這是頭一個「擊」的部分。其次以「諸侯恐懼」句起至「叩關而攻秦」句止，極寫六國抗秦之事：先以「諸侯恐懼」二句，作一總括；再以「不愛珍器」句起至「制奇兵」句止，分策略（合縱）、人力（賢相、兵衆、謀士、使臣、將帥）和實際行動（攻秦）等，凸顯出六國抗秦的强大力量；作者這樣寫六國之强大，對寫秦國之强大而言，與其說是「反襯」⑲，不如說是「側寫」，因此這是「敲」的部分。又其次以「秦人開關」句起至「弱國入朝」句止，又由側面轉爲正面，將六國之强大轉爲秦國之最後勝利，以極寫秦國的强大；這是後一個「擊」的部分。如此來看待此段文字，可知它除了在首層用「擊、敲、擊」外，又在次層用「先因後果」與「先凡後目」的結構，貫穿前後，以寫「秦强之漸」，這和第一、三段全用正寫的手法，是有所不同的。附結構分析表如下：

- △
  - 擊
    - （因）措施—「孝公既沒……因遺策」
    - （果）成果—「南取漢中……要害之郡」
  - 敲
    - 凡—「諸侯恐懼……謀弱秦」
    - 目
      - 策略—「不愛……與為一」
      - 人力—「當此……制奇兵」
      - 行動—「嘗以……而攻秦」
  - 擊
    - 因—「秦人開關……流血漂櫓」
    - 果—「因利乘便……弱國入朝」

這種將「順」和「逆」結合在一起所形成的結構，比起單「順」與單「逆」者，要來得複雜而有變化。而這種變化，可說源自於人類要求變化的心理，陳雪帆在其《美學概論》中說：

> 人類心理卻都愛好富於變化的刺激，大抵喚取意識須變化，保持意識的覺醒狀態也是需要變化的。若刺激過於齊一無變化，意識對它便將有了滯鈍、停息的傾向。在意識的這一根本性質上，反復的形式實有顯然的弱點。反復到底不外是同一（縱非嚴格的同一，也是異常的近似）狀態之齊一地刺激著我們的事。反復過度，意識對於本刺激也便逐漸滯鈍停息

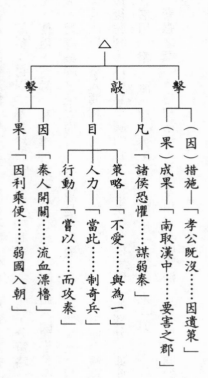

> 起來，移向那有變化有起伏的別一刺激去的趨勢[20]。

因此掌握這類富於變化的結構（條理）來訓練學生的思考能力，是完全能切合他（她）們的心理的。這種求變的心理，如反映在小學生的作文上，據調查是這樣子的：

> 張宏熙等發現，不同的題材，學生對結構層次的安排不一樣，寫一件事，最喜歡用「一詳一略」來反映的佔二一、六%；任何題材，都喜歡結構多變的佔五八、九%。學生喜歡結構多變的原因，是這種作文內容隨意，不必考慮獨特的開頭，巧妙的結尾，形式隨便。總之，學生作文的結構層次，已從統一固定的模式，向靈活多變的模式過渡[21]。

由「齊一」而求「變化」，是人共通的心理。唯有求變化，才能提升人的思考能力，而使頭腦保持靈活。多湖輝在其《全方位思考法‧序》中，就由個人生活的角度切入說：

> 如何克服生活呆板化，是一般人最困擾的，唯有從「改變生活的空間」、「改變生活的時間」、「改變生活的習慣」著手，隨時隨地多多從各個角度觀看事物，甚至反習慣思考日常生活中理所當然的成規，一旦努力嘗試，養成處處腦力激盪的習慣，這樣自我訓練，就

能長保思想靈活，創意便不會枯竭了㉒。

足見變化思考對人生活的影響之大，而要幫助學生開啓這扇大門，章法教學無疑是最好的一把鑰匙。

## 四、聯貫原則與思考訓練

聯貫原則，也稱爲聯貫律。而「所謂『聯貫』，是就材料先後的銜接或呼應來說的，也稱爲『銜接』。無論是那一種章法，都可以由局部的『調和』與『對比』，形成銜接或呼應，而達到聯貫的效果。在三十幾種章法中，大致說來，除了貴與賤、親與疏、正與反、抑與揚、立與破、衆與寡、詳與略、張與弛……等，比較容易形成『對比』外，其他的，如今與昔，遠與近、大與小、高與低、淺與深、賓與主、虛與實、平與側、凡與目、縱與收、因與果……等，都極易形成『調和』的關係。」㉓一般說來，辭章裡全篇純然形成「對比」者較少，而在「對比」（主）中含有「調和」（輔）者則較常見；至於全篇純然形成「調和」者則較多；而在「調和」（主）中含有「對比」（輔）者，雖然也有，卻較少見；這種情形，尤以古典詩詞爲然。不過，無論怎樣，都可以收到前後呼應、聯貫爲一的效果㉔。如李文炤的〈儉訓〉：

> 儉，美德也，而流俗顧薄之。
> 貧者見富者而羨之，富者見尤富者而羨之。一飯十金，一衣百金，一室千金，奈何不至貧且匱也？每見閭閻之中，其父兄古樸質實，足以自給，而其子弟羞向者之為鄙陋，盡舉其規模而變之，於是累世之藏，盡費於一人之手。況乎用之奢者，取之不得不貪，算及錙銖，欲深谿壑；其究也，諂求詐騙，寡廉鮮恥，無所不至；則何若量入為出，享恆足之利乎？
> 且吾所謂儉者，豈必一切捐之？養生送死之具，吉凶慶弔之需，人道之所不能廢，稱情以施焉，庶乎其不至於固耳。

此文旨在勉人養成節儉美德，以免因奢侈浪費而寡廉鮮恥，無所不至，是用「先凡後目」的結構寫成的。「凡」的部分爲起段，採開門見山的方式，提明「儉」是美德（正），而流俗卻反而輕視它（反），作爲全篇總冒，以統攝下文。而「目」的部分，則先從反面論「流俗顧薄之」，即次段；然後回到正面來論「儉美德也」，即末段。就在論「流俗顧薄之」的次段，作者首以「貧者見富者」五句，泛論因奢侈而致「貧且匱」的道理；次以「每見閭閻之中」七句，舉常例來說明因奢侈而致敗家的必然後果；末則依序以「況乎用之」四句，指出「奢者」之慾望無窮，以「其究也」四句，指出這樣的結果是「寡廉鮮恥，無所不至」，以「則何若」二句，由反面轉到正面，勸人節儉以享恆足之利。至於論「儉美德也」的末段，作者特以「且無所謂」二句作一激問，帶出「養生送死」四句的回答，指明「儉」不是要捐棄一切，而是要在「人道」上「稱情以施」，以免流於固陋。作者就這樣一面以「正」和「反」作成鮮明「對比」，以貫穿「凡」和「目」，一面又以「因」和「果」、「敍」和「論」、「問」和「答」，兩兩呼應，形成「調和」，使得此文在「對比」中帶有「調和」，將全文聯貫成一個整體，成功地闡發了「儉美德也」的道理。附結構分析表如下：

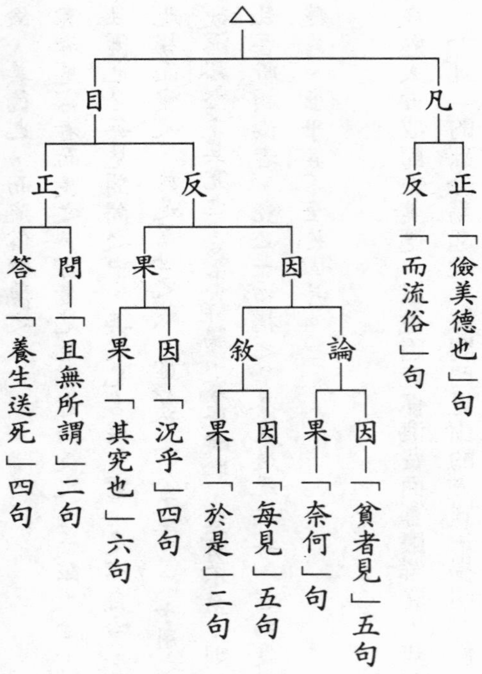

又如辛棄疾的〈賀新郎〉詞：

> 綠樹聽鵜鴂，更那堪、鷓鴣聲住，杜鵑聲切！啼到春歸無尋處，苦恨芳菲都歇。算未抵人間離別：馬上琵琶關塞黑，更長門翠輦辭金闕。看燕燕，送歸妾。　將軍百戰身名裂，向河梁回頭萬里，故人長絕。易水蕭蕭西風冷，滿座衣冠似雪。正壯士、悲歌未徹。啼鳥還知如許恨，料不啼清淚長啼血。誰共我，醉明月。

這闋詞題作「別茂嘉十二弟。鵜鴂、杜鵑實兩種，見《離騷補註》」，是用「先賓後主」的順序寫成的。其中的「賓」，先以「綠樹」句起至「苦恨」句止，從側面切入，用鵜鴂、鷓鴣、杜鵑等春鳥之啼春，啼到春歸，以寫「苦恨」；這是頭一個「敲」的部分。再以「算未抵」句起至「正壯士」句止，由「鳥」過渡到「人」，採「先平提後側收」㉕的技巧，舉古代之二女（昭君、歸妾）二男（李陵、荊軻）爲例，用「先反後正」的形式，來寫人間離別的「苦恨」，暗涉慶元黨禍，將朝臣之通敵與志士之犧牲，構成強烈對比，以抒發家國之恨㉖；這是「擊」的部分。末以「啼鳥」二句，又應起回到側面，用虛寫（假設）方式，推深一層寫啼鳥的「苦恨」；這是後一個「敲」的部分。而「主」，則正式用「誰共我」二句，表出惜別「茂嘉十二弟」之意，以收拾全篇。所謂「有恨無人省」，作者之恨在其弟離開後，將要變得更綿綿不盡了。如此既以「賓」

和「主」、「敲」和「擊」、「虛」和「實」、「凡」和「目」、「平提」和「側注」等結構，形成「調和」，又以「正」和「反」形成「對比」，也就是說在「調和」中含有「對比」，而這「對比」又出現在篇幅正中央，用以正「擊」的部分，這對此詞風格之趨於「沉鬱蒼涼，跳躍動盪」㉗，是有作用的。附結構分析表如下：

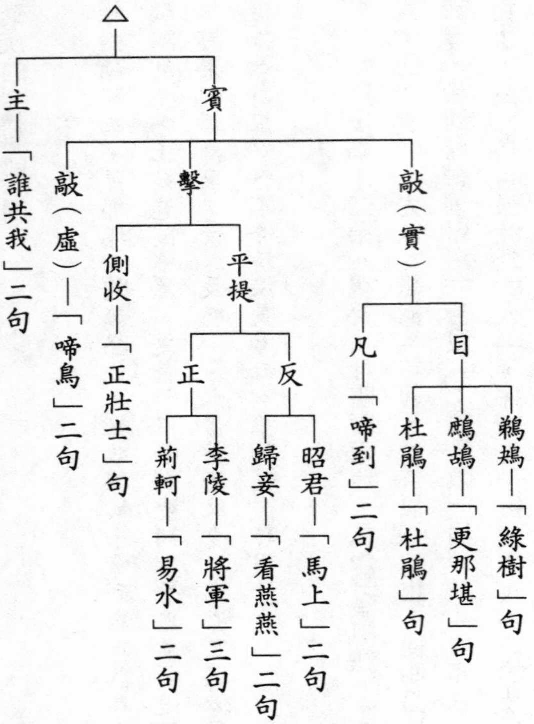

要使一篇辭章形成「調和」與「對比」，如果僅就局部（章）的組織來說，其思考基礎，和形成「秩序」或「變化」的，沒多大差異；如果落到整體（篇）之聯貫、統一而言，則顯然要複雜、困難多了。這從小學生思考發展的過程，可看出一點端倪。王耘、葉忠根、林崇德在《小學生心理學》中說：

> 在小學生辯證思考的發展中……有一定的順序性，是一個從簡單到複雜，從低級到高級的不斷提高的過程。……小學生對不同內容的辯證判斷的正確率不同。以「主要與次要」方面的正確率最高，接著依次是「內因與外因」方面，「現象與本質」方面，「部分與整體」方面，以「對立與統一」的內容方面最為薄弱[28]。

所謂「主要與次要」、「內因與外因」、「現象與本質」，涉及了「本末」、「深淺」、「內外」等章法；而「部分與整體」，則涉及了「凡目」、「偏全」等章法；至於「對立與統一」，所涉及的，正是「調和」與「對比」；它們依次是「從簡單到複雜」，換句話說，它們大致是由「秩序」而「變化」而趨於「聯貫」的。

其實，「調和」與「對比」兩者，並不是永遠都如此，固定不變。所謂的「調和」，在某個層面來看，指的乃是「對比」前的一種「統一」；而所謂的「對比」，或稱「對立」，如著眼於進一層面，則形成的又是「調和」或「統一」的狀態；兩者可說是一再互動、循環，而形成「螺旋結構」㉙的。所以邱明正在其《審美心理學》中說：

> 對立原則貫穿於整個審美、創造美的心理運動之中，它無處不在，無時不有。但是審美心理運動有矛盾對立的一面，又有矛盾統一的一面。人通過自覺或不自覺的自我調節，協調各種矛盾，可以由矛盾、對立趨於統一，並在主體審美心理上達於統一和諧。例如主體對客體由不適應到適應，就是由矛盾趨於統一。即使主體仍然不適應客體，甚至引起反感，但主體心理本身卻處於和諧平衡狀態。這種既對立又統一的原則，體現了矛盾的雙方相互對立，互相排斥，又在一定條件下相互轉化，互相統一的矛盾運動法則，是宇宙萬物對立統一的普遍規律、共同法則在審美心理上的反映㉚。

審美是由「末」（辭章）溯「本」（心理—構思）的逆向活動，而創作則正相反，是由「本」（心理—構思）而「末」（辭章）的順向過程；其中的原理法則，是重疊的，是一樣的。一篇作品，假如能透過分析，尋出其篇章條理，以進於審美，則作者寫作這篇作品時的構思線索，就自然能加以掌握，上述的「秩序」、「變化」的條理，是如此；即以形成「聯貫」的「調和」與「對比」來說，也是如此。所以藉這些條理來訓練學生思考，收效是極大的。

## 五、統一原則與思考訓練

統一原則，也稱爲統一律。而所謂的「統一」，是就材料情意的通貫來說的。這裡所說的「統一」，乃側重於內容（包含內在的情理與外在的材料）而言，與前三個原則之側重於形式（條理）者，有所不同。也就是說，這個「統一」，和聯貫律中由「調和」所形成的「統一」，所指非一。因此要達成內容的「統一」，則非訴諸主旨（情意）與綱領（大都爲材料的統合）不可。而綱領既有單軌、雙軌或多軌的差別，就是主旨也有置於篇首、篇腹、篇末與篇外的不同㉛。一篇辭章，無論是何種類型，都可以由此「一以貫之」。如沈復的〈兒時記趣〉：

> 余憶童稚時，能張目對日，明察秋毫。見藐小微物，必細察其紋理，故時有物外之趣。夏蚊成雷，私擬作羣鶴舞空，心之所向，則或千或百，果然鶴也；昂首觀之，項為之強。又留蚊於素帳中，徐噴以煙，使之沖煙飛鳴，作青雲白鶴觀；果如鶴唳雲端，為之怡然稱快。
>
> 又常於土牆凹凸處，花台小草叢雜處，蹲其身，使與台齊；定神細視，以叢草為林，蟲蟻為獸，以土牆凸者為丘，凹者為壑；神遊其中，怡然自得。

一日，見二蟲鬥草間，觀之，興正濃，忽有龐然大物，拔山倒樹而來，蓋一癩蝦蟆也。舌一吐而二蟲盡為所吞。余年幼，方出神，不覺呀然驚恐。神定，捉蝦蟆，鞭數十，驅之別院。

此文旨在寫作者在兒時所常得到的「物外之趣」，是用「先凡後目」的結構寫成的。「凡」的部分，僅一段，即首段。作者直接以回憶之筆，由因而果，拈出「物外之趣」的主旨，以貫穿全文。「目」的部分，包括二、三、四等段：首先在第二段，以一羣蚊子爲例，細察牠們的紋理，把牠們擬作「羣鶴舞空」、「鶴唳雲端」，寫出作者獲得「項爲之强」、「怡然稱快」的這種「物外之趣」之情形，爲「目一」。就在寫「羣鶴舞空」的一節裡，「夏蚊成雷」寫的是「物內」；「羣鶴舞空」至「果然鶴也」，寫的是「物外」；而以「私擬作」作橋梁，這是寫「細察紋理」的部分。至於寫「物外之趣」的部分，「昂首觀之」爲聯貫的句子，而「項爲之强」寫的則是「物外之趣」。在寫「鶴唳雲端」的一節裡，「又留蚊」句起至「使之沖煙」句止，寫的是「物內」；「青雲」二句，寫的是「物外」；而以「作」字作橋梁；這又是「細察紋理」的部分。至於寫「物外之趣」的部分，則以「爲之」作聯貫，而以「怡然稱快」寫「物外之趣」。其次在第三段，以土牆凹凸處的叢草、蟲蟻爲例，細察牠們的紋理，把叢草擬作樹林、蟲蟻擬作野獸，寫出作者獲得「怡然自得」的這種「物外之趣」的情形，爲「目二」。就在寫「細察紋理」

的部分，「又常於」句起至「使與台齊」句止，寫的是「物內」；「以叢草」句起至「凹者爲壑」句止，寫的是「物外」；而以「定神細視」作橋梁。至於寫「物外之趣」的部分，「神遊其中」爲聯貫的句子，而「怡然稱快」寫的則是「物外之趣」。然後在末段，以草間的二蟲與癩蝦蟆爲例，細察牠們的紋理，把癩蝦蟆擬作龐然大物，舌一吐便盡吞二蟲，寫出作者獲得「捉蝦蟆，鞭數十，驅之別院」㉜的這種「物外之趣」的情形，爲「目三」。就在寫「細察紋理」的部分，「一日」二句寫的是「物內」；「觀之」二句，是由「物內」過到「物外」的橋梁；「忽有」句起至「不覺」句止，寫的是「物外」；而特用「蓋一癩蝦蟆也」與「余年幼，方出神」等句，插敘在中間，作必要的說明。至於寫「物外之趣」的部分，「神定」爲聯貫的詞語，而「捉蝦蟆」三句，寫的則是「物外之趣」。很特別的是：這個「物外之趣」是回到「物內」初時之情形加以交代的。十分明顯的，全文是以「物外之趣」一意貫穿，自始至終無不針對著「趣」字來寫，使前後都維持著一致的情意。附結構分析表如下：

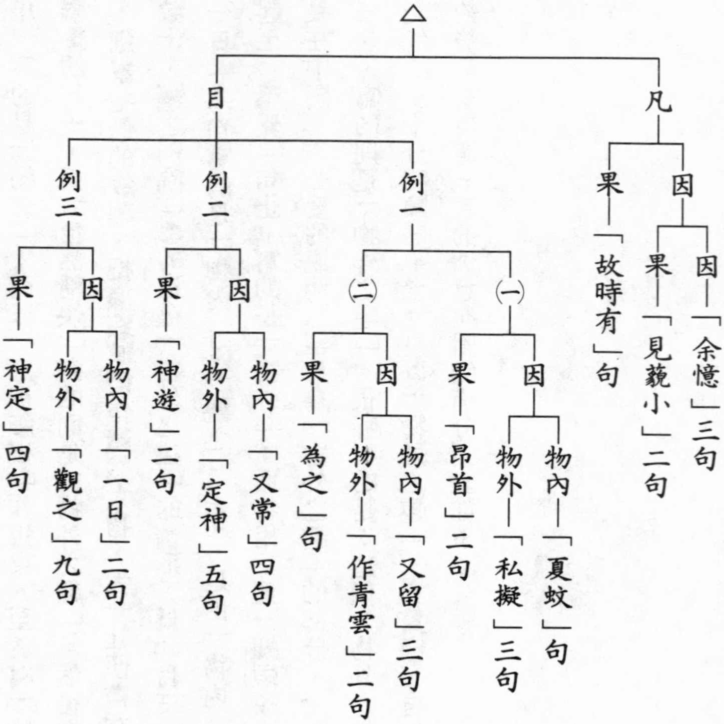
△
凡
因
因
「余憶」三句
果
「見藐小」二句
果
「故時有」句
目
例一
㈠
因
物內
「夏蚊」句
物外
「私擬」三句
果
「昂首」二句
㈡
因
物內
「又留」三句
物外
「作青雲」二句
果
「為之」句
例二
因
物內
「又常」四句
物外
「定神」五句
果
「神遊」二句
例三
因
物內
「一日」二句
物外
「觀之」九句
果
「神定」四句

又如袁宏道的〈晚遊西湖六橋待月記〉：

西湖最盛，為春為月。一日之盛，為朝煙，為夕嵐。今歲春雪甚盛，梅花為寒所勒，與杏桃相次開發，尤為奇觀。石簣數為余言：「傅金吾園中梅，張功甫玉照堂故物也，急往觀之。」余時為桃花所戀，竟不忍去湖上。由斷橋至蘇隄一帶，綠煙紅霧，彌漫二十餘里。歌吹為風，粉汗為雨，羅紈之盛，多於隄畔之草，艷冶極矣。

然杭人遊湖，止午、未、申三時。其實湖光染翠之工，山嵐設色之妙，皆在朝日始出，夕春未下，始極其濃媚。月景尤不可言，花態柳情，山容水意，別是一種趣味。此樂留與山僧遊客受用，安可為俗士道哉！

此文旨在藉西湖六橋風光之盛來寫待月之樂。作者首先在起段即以開門見山的方式提明西湖六橋最盛的，是春景、是月景（久），而一日最盛的，是朝煙、夕嵐（暫），這是「凡」的部分；接著以二、三兩段，透過梅、桃、杏之「相次開發」與「歌吹」、「羅紈」之盛來具寫春景，這是「目一」的部分；然後以末段「然杭人遊湖」等七句，取湖光、山色作陪襯，來具寫朝煙和夕嵐，這是「目二」的部分；末了以「月景尤不可言」等六句，拿花柳、山水作點綴，來具寫月景，以帶出「樂」，這是「目三」的部分。這樣以「春」爲一軌、「月」爲二軌、「朝煙」和「夕嵐」爲三軌，作爲一篇綱領，採「先凡後目」的結構來寫，層次極爲分明，而全文也由此通貫而爲一。附結構分析表如下：

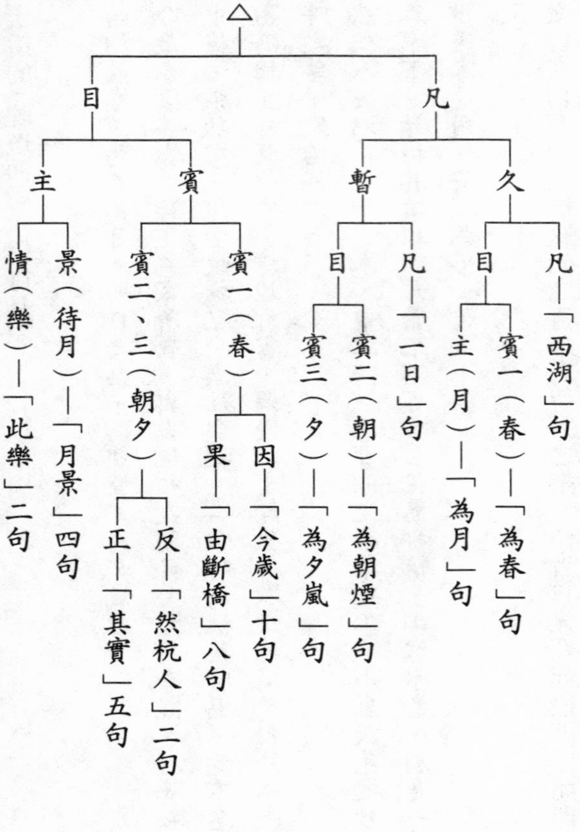

一篇辭章，用核心的情理（主旨）或統合的材料（綱領）來作統一，使全文自始至終維持一致的意思，以凸出焦點內容，是一篇辭章寫得成功與否的關鍵所在。松山正一著、歐陽鍾仁譯的《教師啓發學童思考能力的方法》一書，將「重視一貫性的思考」列爲思考方法之一㉝，即注意於此。朱作仁、祝新華在其所編著的《小學語文教學心理學導論》中說：

> 分析發現，在何處點題，與作文內容、結構及寫法密切相關。

所謂「點題」，即立主旨或綱領，以此統一全文，當然和「內容、結構及寫法」，關係密切。吳應天在其《文章結構學》中於論「整體結構的統一和諧」之後說：

> 此外，還有觀點和材料的統一，論點和論據的統一，這都是邏輯思維的問題，但同時顧及和諧的心理因素㉞。

這雖是單就論說文來說，但它的原理，同樣適用於其他文體。而所謂「觀點和材料的統一」，擴大來說，就是主旨或綱領與全篇材料之間的統一，這和章法結構的統一，可說疊合在一起，使得辭章整體能達於最高的和諧。能疊合這種內容與形式使它們達於統一和諧，可說是運用綜合思維的結果。所以吳應天又說：

> 積極主動地進行綜合思維，文章的內容和結構形式才能很快地達到高度統一，而且可以達到「知常通變」的目的㉟。

可見教師如能藉此以訓練學生作綜合思維，將事半而功倍，收到良好效果。

## 六、結語

所謂「人同此心，心同此理」，每個作者在寫作時，都會自覺或不自覺地基於這個「心」和「理」，來組織各種材料、表達各種情意；尤其在謀篇佈局上，會特別運用分析思維與綜合思維，對應於自然法則，而形成「秩序」、「變化」、「聯貫」和「統一」的篇章規律。吳應天指出「文章結構規律作為文章本質的關係，恰好跟人類的思維形式相對應，而思維形式又是客觀事物本質關係的反映」㊱，便是這個意思。而就以這四種規律而言，前三者，比較偏於分析思維，而後一種，則比較偏於綜合思維。這兩種思維，在學生思考能力的訓練上，無疑的，都極其重要，絕不可偏廢。所以藉章法教學，掌握「秩序」、「變化」、「聯貫」與「統一」的四大原則，來推動學生思考的訓練，是最爲直接而有效的。

## 注釋

①邏輯思維與形象思維爲人類最基本的兩種思維方式。參見侯健《文學通論》（北京大學出版社，一九八六年五月一版一刷），頁一五三～一五七。

②此即「人同此心，心同此理」之「理」，參見拙作〈談辭章章法的主要內容〉、〈談篇章結構〉，《章法學新裁》（萬卷樓圖書有限公司，民國九十年一月初版），頁三一九～三六〇、三六四～四一九。

③見拙作〈論辭章章法的四大律〉（《國文天地》十七卷四期，民國九十年九月），頁一〇一～一〇七。又參見仇小屏《文章章法論》（萬卷樓圖書有限公司，民國八十七年十一月初版），五一〇頁，及《篇章結構類型論》上、下（萬卷樓圖書有限公司，民國八十九年二月初版），六二〇頁。

④以上章法，見拙作〈談辭章章法的主要內容〉，同②。及仇小屏《篇章結構類型論》上、下，同③。

⑤以上五種章法，見拙作〈論幾種特殊的章法〉（已通過審查，將於民國九十一年六月在台灣師大《國文學報》三十一期發表）稿本，二一頁。

⑥喩守眞：「這是旅途中寄給舊友的詩，詩中滿含傷感，想見作者奔波無定、很不得意的情況。」見《唐詩三百首詳析》（台灣中華書局，民國八十五年四月台二十三版五刷），頁一六一。

⑦見高步瀛選注《唐宋詩學要》（學海出版社，民國六十二年二月初版），頁四三八～四三九。

⑧傅更生：「沈歸愚云：『月明星稀四句，喻客子無所依託，山不厭高四句，言王者不卻衆庶，故能成其大也。』此詩意有所主，寓懷思招來之情，『但爲君故，沉吟至今』，此『君』必有所指。若不深求其脈注之鵠的，則此篇之旨，殊難揣摩。或曰：此曹操懷劉備詩也。說甚新穎，而尋繹之通篇可解，或其然歟？」見《中國文學欣賞舉隅》（國文天地雜誌社，民國七十九年四月初版），頁六六～六七。

⑨蔡厚示以爲此八句：「前半寫他求賢才不得時的日夜思慕；後半寫他求賢才既得後的竭誠歡迎。兩相對照，意極分明。」見《漢魏晉南北朝隋詩鑑賞辭典》（山西人民出版社，一九八九年三月一版一刷），頁一二三。

⑩同⑨。

⑪見《教師啓發學童思考能力的方法》（幼獅文化事業公司，民國七十八年七月七版），頁一五～一九、八五～八八、一〇四～一〇七、一二六～一二九。

⑫《全方位思考法》（萬象圖書公司，一九九四年七月初版一刷），頁一〇一～一〇六。

⑬見朱作仁、祝新華《小學語文教學心理學導論》（上海教育出版社，二〇〇一年五月一版一刷），頁一九五。

⑭見《美學概論》（文鏡文化事業公司，民國七十三年十二月重排初版），頁六一～六二。

⑮同③，頁六〇。

⑯趙山林指出這是承續式意象之組合，以爲：「這是一首情感眞摯充沛的抒情佳作，但從意象結構上說，

卻帶有一定的敘事特色。《杜詩詳注》引黃生說：『此通首敘事之體。』這是說得很有道理的。不僅從感情發展的內在脈絡說，即使從『忽傳』、『初聞』、『卻看』、『漫卷』、『即從』、『便下』這些字眼上，也可以明顯看出前後續接、一脈相承的關係，錯亂不得，顛倒不得。這是典型的承續式意象組合。」見《詩詞曲藝術論》（浙江教育出版社，一九九八年六月一版一刷），頁一二四。

⑰見拙著《章法學新裁》，同②，頁三八三。

⑱〈過秦論（上）〉前三段，依次寫秦强之始、秦强之漸、秦强之最。林雲銘在首段下注：「已（以）上言秦强之始。史載孝公發憤修政，故首言孝公。」見《古文析義》上（廣文書局，民國五十四年十月再版），頁一三二。

⑲一般文論家都視爲「反襯」，如王文濡在「相與爲一」句下評注：「正欲寫秦之强，忽寫諸侯，作反襯。」又在「尊賢而重士」句下評注：「極贊四君，以反襯秦之强。」又在「趙奢之倫制其兵」句下評注：「極寫諸侯得人之盛，以反襯秦之强。」見《精校評注古文觀止》（台灣中華書局，民國六十一年十一月台六版），卷六，頁六～七。再如王根林在論此文特色時，特標「反襯」一項：「上篇寫秦始皇以前幾代君主雄踞關中、俯視山東各國的形勢，是從描寫山東諸國的威勢著筆的：『當是時……中山之衆』，還有一大批優秀的政治家、外交家、軍事家爲本國出謀獻策、馳騁疆場，『常（嘗）以十倍之地、百萬之衆叩關而攻秦』。儘管他們地廣兵衆，人才薈萃，然而『秦人開關而延敵，九國之士（師）逡巡遁逃而不敢進』。這樣寫，比直接描繪秦國如何强大，顯然能收到更好的效果。同樣，寫秦王朝在風雨飄

搖中一朝傾覆，也是用它的對立面陳涉之弱小加以反襯的。」見《古代文學作品鑑賞》（上海古籍出版社，一九八八年三月一版一刷），頁四八～四九。

⑳同⑭，頁六三～六四。

㉑同⑬。

㉒同⑫，頁（序）二。

㉓見拙作〈論辭章章法的四大律〉（《國文天地》十七卷四期，民國九十年九月），頁一〇四。

㉔除此效果外，「對比」與「調和」還可以影響一篇辭章之風格，通常「對比」會使文章趨於陽剛，而「調和」則會使文章趨於陰柔。參見仇小屏〈古典詩詞時空設計之研究〉（台灣師大博士論文，民國九十年三月），頁三二三～三三一。

㉕見拙作〈談「平提側收」的篇章結構〉，《章法學新裁》，同②，頁四三五—四五九。

㉖鞏本棟：「鄧小軍先生所撰《辛棄疾〈賀新郎．別茂嘉弟〉詞的古典與今典》一文……認爲辛棄疾〈賀新郎〉詞的主要結構，『乃是古典字面，今典實指。即借用古典，以指靖康之恥、岳飛之死之當代史。從而亦寄託了稼軒自己遭受南宋政權排斥之悲憤，及對南宋政權對金妥協投降政策之判斷。』」見《辛棄疾評傳》（南京大學出版社，一九九八年十二月一版一刷），頁四〇〇～四〇一。見拙作《唐宋詞拾玉（四）——辛棄疾的〈賀新郎〉》（《國文天地》十二卷一期，民國八十五年六月），頁六六～六九。

㉗見陳廷焯《白雨齋詞話》卷一，《詞話叢編》四（新文豐出版公司，民國七十七年二月台一版），頁三七九

一。

㉘見《小學生心理學》（五南圖書公司，民國八十七年十月台初版二刷），頁一六八。

㉙兩種對立的事物，往往會產生互動、循環而提升的作用，而形成螺旋結構。參見拙作〈談儒家思想體系中的螺旋結構〉（台灣師大《國文學報》二十九期，民國八十九年六月），頁一～三四。

㉚見《審美心理學》（復旦大學出版社，一九九三年四月一版一刷），頁九四～九五。

㉛見拙作〈談辭章章法的主要內容〉，《章法學新裁》，同②，頁三五一～三五九。

㉜這三句用得到「物外之趣」之後的動作來寫「物外之趣」。見拙著《國文教學論叢續編》（萬卷樓圖書有限公司，民國八十七年三月初版），頁一四六。

㉝同⑪，頁一四五～一五〇。

㉞見《文章結構學》（中國人民大學出版社，一九八九年八月一版三刷），頁三五九。

㉟同㉞，頁三五三。

㊱同㉞，頁九。

（原載《人文及社會學科教學通訊》十二卷四期，二〇〇一年十二月，頁二八～五〇）

# 如何進行課文結構分析
## ——以高中國文教材爲例

### 一、前言

所謂的「結構」，就文章而言，是指聯句成節、聯節成段、聯段成篇的一種組織形態。對這種組織形態作分析，不但可深入內容的底蘊、尋繹文意的脈絡、判定節段的價值，更可理清聯絡的關鍵、辨明佈局的技巧①。因此它在國文教學上，佔有一席重要的地位，是不能稍予忽視的。就一般而言，要進行這種分析，有幾個重點必須加以掌握，玆分述如次：

### 二、了解結構成分

結構可分爲兩種：一是屬内容的，常隨著文章内容的不同而有不同，可說千變萬化，是無法加以規範的；二是屬形式的，可以靠一些方法來組成。而這些方法，通常又稱之爲「章法」②。因此「結構」與「章法」兩者，是屬於一實一虛的關係，如通指所有文章，虛就其方法來說，爲「章法」，如單指一篇文章，實就其組織形態而言，則爲「結構」。所以要分析結構，首先要懂得章法的內容，以掌握各種不同的結構成分。而章法的內容，可以用秩序、變化、銜接（聯貫）、統一等四大原則來概括③：

以秩序原則而言，屬於時間者，有兩種：一是由昔而今或由今至未來，爲順敘；二是由今及昔，爲逆敘。屬於空間者，可大別爲三種：一是由近而遠或由遠而近，這是就「接近」來分的；二是因大而小或由小而大，這是就「大小」來分的；三是由低而高或由高而低，這是就「高低」來分的。屬於事理者，主要有四種：一是由本而末或由末而本，這是就「本末」來分的；二是由淺而深或由深而淺，這是就「淺深」來分的；三是由貴而賤或由賤而貴，這是就「貴賤」來分的；四是由親而疏或由疏而親，這是就「親疏」來分的。茲舉一段文字爲例：

昔繆公求士，西取由余於戎，東得百里奚於宛，迎蹇叔於宋，來丕豹、公孫支於晉。此五子者，不產於秦，繆公用之，并國二十，遂霸西戎。孝公用商鞅之法，移風易俗，民以殷盛，國以富彊，百姓樂用，諸侯親服，獲楚魏之師，舉地千里，至今治彊。惠王用張儀之計，拔三川之地，西并巴蜀，北收上郡，南取漢中，包九夷，制鄢郢，東據成皋之險，割膏腴之壤，遂散六國之從，使之西面事秦，功施到今。昭王得范雎，廢穰侯，逐華陽，彊公室，杜私門，蠶食諸侯，使秦成帝業。此四君者，皆以客之功。由此觀之，客何負於秦哉？向使四君卻客而不內，疏士而不用，是使國無富利之實，而秦無彊大之名也。

這是李斯〈諫逐客書〉的一段文字。作者在此列舉了四位秦國君主用客致强的事蹟，來說明用客之利，首先是繆公，其次是孝公，再其次是惠王，最後是昭王，完全按時間的先後來排列，敍次由昔而今，極爲明晰。可見此以今昔爲結構成分。

以變化原則而言，屬於時間者，只有一種，即由今而昔而今。屬於空間者，主要有三種：一是由遠而近而遠或由近而遠而近，這是就「遠近」來分的；二是由大而小而大或由小而大而小，這是就「大小」來分的；三是由低而高而低或由高而低而高，這是就「高低」來分的。屬於事理的，主要有四種：一是由本而末而本或由末而本而末，這是就「本末」來分的；二是由淺而深而淺或由深而淺而深，這是就「淺深」來分的；三是由貴而賤而貴或由賤而貴而賤，這是就「貴賤」來分的；四是由親而疏而親或由疏而親而疏，這是就「親疏」來分的。玆舉一則文字爲例：

天命之謂性，率性之謂道，修道之謂教。道也者，不可須臾離也。可離，非道也。是故君子戒慎乎其所不睹，恐懼乎其所不聞。莫見乎隱，莫顯乎微，故君子慎其獨也。喜怒哀樂之未發，謂之中。發而皆中節，謂之和。中也者，天下之大本也。和也者，天下之達道也。致中和，天地位焉，萬物育焉。

這是《禮記．中庸》的首章（依朱子《章句》）文字，論的是《中庸》的綱領和修道要領、目標。首先是「天命之謂性」三句，指明《中庸》一書的綱領所在，這是依「由本而末」的順序來交代的。接著是「道也者」至「故君子慎其獨也」止，指出修道的要領，這是就「修道之謂教」來說的；然後是「喜怒哀樂之未發」八句，指出修道之內在目標，這是就「率性之謂道」來說的；末了是「致中和」三句，指出修道之終極目標，這是就「天命之謂性」來說的。由此看來，由「道也者」至「萬物育焉」止，乃按「由末而本」的順序來交代，而《中庸》這一章也就形成了「本、末、末、本」的結構。可見此以本末爲結構成分。

以銜接原則而言，可用的方法很多，較常見的有賓主（先賓後主、先主後賓、賓主賓、主賓主）、虛實（先虛後實、先實後虛、虛實虛、實虛實）、正反（先正後反、先反後正、正反正、反正反）、抑揚（先抑後揚、先揚後抑、抑揚抑、揚抑揚）、立破（先立後破、先破後立、立破立、破立破）、平側（先平後側、先側後平、平側平、側平側）、凡目（先凡後目、先目後凡、凡目凡、目凡目）、縱收（先縱後收、先收後縱、縱收縱、收縱收）、因果（先因後果、先果後因、因果因、果因果）和問答等。茲舉兩段文字爲例：

《五代史．馮道傳論》曰：「『禮、義、廉、恥，國之四維；四維不張，國乃滅亡。』善乎管生之能言也！禮、義，治人之大法；廉、恥，立人之大節。蓋不廉則無所不取，不恥則無所不為。人而如此，則禍敗亂亡，亦無所不致。況為大臣而無所不取，無所不為，則天下其有不亂，國家其有不亡者乎？」

然而四者之中，恥尤為要，故夫子之論士曰：「行己有恥。」孟子曰：「人不可以無恥。無恥之恥，無恥矣！」又曰：「恥之於人大矣！為機變之巧者，無所用恥焉！」所以然者，人之不廉而至於悖禮犯義，其原皆生於無恥也。故士大夫之無恥，是謂國恥。

這是顧炎武〈廉恥〉一文的兩段文字。作者在首段先平提「禮、義、廉、恥」，再側注到「廉、恥」之上；又在次段進一步地側注於「恥」之上。可見此以平側爲結構成分。以統一原則而言，除了要注意主旨的安置有篇內（篇首、篇腹、篇末）與篇外的不同④外，主要的要就所形成綱領的軌數（有一個、二個、三個或三個以上）⑤，將全文加以貫穿，形成統一。茲舉一篇文章爲例：

西湖最盛，為春為月。一日之盛，為朝煙，為夕嵐。

今歲春雪甚盛，梅花為寒所勒，與杏桃相次開發，尤為奇觀。石簣數為余言：「傅金吾園中梅，張功甫玉照堂故物也，急往觀之。」余時為桃花所戀，竟不忍去湖上。由斷橋至蘇隄一帶，綠煙紅霧，瀰漫二十餘里。歌吹為風，粉汗為雨，羅紈之盛，多於隄畔之草，豔冶極矣。

然杭人遊湖，止午、未、申三時。其實湖光染翠之工，山嵐設色之妙，皆在朝日始出，夕舂未下，始極其濃媚。月景尤不可言，花態柳情，山容水意，別是一種趣味。此樂留與山僧遊客受用，安可為俗士道哉！

這是袁宏道的〈晚遊六橋待月記〉，旨在藉西湖六橋風光之盛來寫待月之樂。作者首先在起段即以開門見山的方式提明西湖六橋最盛的，是春景、是月景，而一日最盛的，是朝煙、夕嵐，這是「凡」的部分；接著以二、三兩段，透過梅、桃、杏之「相次開發」與「歌吹」、「羅紈」之盛來具寫春景，這是「目一」的部分；然後以末段「然杭人遊湖」等七句，取湖光、山色作陪襯，來具寫朝煙和夕嵐，這是「目二」的部分；末了以「月景尤不可言」等六句，拿花柳、山水作點綴，來具寫月景，這是「目三」的部分。這樣以春爲一軌、月爲二軌、朝煙和夕嵐爲三軌，採由凡而目的形式來寫，層次極爲分明。可見此以凡目和三軌爲結構成分。

以上四大原則所概括的章法內容，諸如今昔、遠近、大小、高低、本末、貴賤、淺深、親疏、賓主、虛實、正反、抑揚、立破、平側、凡目、縱收、因果、問答等，只是舉其重要者而已，即此而論，已足以看出其多樣來，這也就說明了結構成分之多樣。

## 三、辨明結構形態

把握了結構成分後，就可以就一篇文章來進行分析，以辨明它的結構形態。雖然，一篇文章的結構形態，會因切入角度的不同，而得出不同的結果，也就是說它沒有絕對的是非可言，只有相對的好壞而已。但總要多方嘗試，以盡量凸顯其內容與形式之特色。所以在進行分析時，可用不同的結構成分加以疏理，以找出最妥當的一種結構形態。如以賈誼的〈過秦論〉來看：

秦孝公據殽函之固，擁雍州之地，君臣固守，以窺周室；有席卷天下，包舉宇內，囊括四海之意，并吞八荒之心。當是時也，商君佐之，內立法度，務耕織，修守戰之具，外連衡而鬥諸侯。於是秦人拱手而取西河之外。

孝公既沒，惠文、武、昭襄，蒙故業，因遺策，南取漢中，西舉巴蜀，東割膏腴之地，北收要害之郡。諸侯恐懼，會盟而謀弱秦，不愛珍器重寶肥饒之地，以致天下之士，合從締交，相與為一。當此之時，齊有孟嘗，趙有平原，楚有春申，魏有信陵；此四君者，皆明智而忠信，寬厚而愛人，尊賢重士，約從離橫，兼韓、魏、燕、趙、齊、楚、宋、衛、中山之眾。於是六國之士，有甯越、徐尚、蘇秦、杜赫之屬為之謀；齊明、周最、陳軫、樓緩、翟景、蘇厲、樂毅之徒通其意；吳起、孫臏、帶佗、兒良、王廖、田忌、廉頗、趙奢之倫制其兵。嘗以十倍之地，百萬之眾，叩關而攻秦。秦人開關延敵，九國之師，逡巡遁逃而不敢進。秦無亡矢遺鏃之費，而天下諸侯已困矣。於是從散約解，爭割地而賂秦。秦有餘力而制其敝，追亡逐北，伏尸百萬，流血漂櫓；因利乘便，宰割天下，分裂河山，強國請服，弱國入朝。施及孝文王、莊襄王，享國日淺，國家無事。

及至始皇，奮六世之餘烈，振長策而馭宇內，吞二周而亡諸侯，履至尊而制六合，執捶拊以鞭笞天下，威振四海。南取百越之地，以為桂林、象郡；百越之君，俛首繫頸，委命下吏；乃使蒙恬北築長城而守藩籬，卻匈奴七百餘里；胡人不敢南下而牧馬，士不敢彎弓而報怨。於是廢先王之道，燔百家之言，以愚黔首；隳名城，殺豪俊，收天下之兵，聚之咸陽，銷鋒鍉，鑄以為金人十二，以弱天下之民。然後踐華為城，因河為池，據億丈之城、臨不測之谿以為固。良將勁弩，守要害之處；信臣精卒，陳利兵而誰何?天下已定，始皇之心，自以為關中之固，金城千里，子孫帝王萬世之業也。

始皇既沒，餘威震於殊俗。然而陳涉，甕牖繩樞之子，甿隸之人，而遷徙之徒也，才能不及中人，非有仲尼、墨翟之賢，陶朱、猗頓之富，躡足行伍之間，崛起阡陌之中，率罷散之卒，將數百之眾，轉而攻秦；斬木為兵，揭竿為旗，天下雲集而響應，贏糧而景從。山東豪俊，遂並起而亡秦族矣。

且夫天下非小弱也，雍州之地，殽函之固，自若也；陳涉之位，非尊於齊、楚、燕、趙、韓、魏、宋、衛、中山之君也；鉏耰棘矜，非銛於鉤戟長鎩也；謫戍之眾，非抗於九國之師也；深謀遠慮，行軍用兵之道，非及曩時之士也；然而成敗異變，功業相反也。試使山東之國，與陳涉度長絜大，比權量力，則不可同年而語矣；然秦以區區之地，致萬乘之權，招八州而朝同列，百有餘年矣；然後以六合為家，殽函為宮，一夫作難而七廟隳，身死人手，為天下笑者，何也？仁義不施，而攻守之勢異也。

這篇文章自古以來就被認定是用歸納（即先目後凡）法寫成的代表作，它的主旨，也就是結論，出現在篇尾，是說秦之過在於「仁義不施，攻守之勢異」，爲「凡」的部分。而這個主旨（結論）形成兩軌，若以這兩軌來疏理全文，則可以發現第三段寫的是「仁義不施」的作法、第四段寫的是「仁義不施」的結果，可見這兩段都針對著「仁義不施」這一主軌來寫。但這兩段也爲「攻守之勢」這一副軌的「守」來寫，與第一、二段寫「攻」的形式呼應。如此主副兩軌便在第三、四兩段重疊在一起了。如果以簡表來表示，則更爲清楚，那就是：

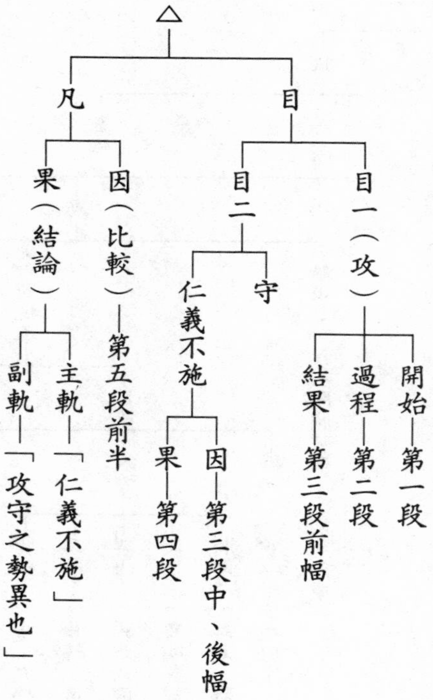


這樣對義旨的深究，雖然有提示的作用，亦即告訴讀者秦朝最大的過失在於「守不以仁義」，但在結構的歸屬上，卻無法在「目」的部分分軌理清，所以只好用「先敍（實）後論（虛）」的結構來加以疏理，繪出如下的結構分析表：

- 敘
  - 秦強
    - 始
      - 併吞天下野心：「秦孝公據殽函之固……并吞八荒之心」
      - 併吞天下措施：「當是時也……外連衡而鬥諸侯」
      - 併吞天下成果：「於是秦人拱手而取西河之外」
    - 漸
      - 秦謀六國
        - 措施：「孝公既沒……因遺策」
        - 成果：「南取漢中……北收要害之郡」
      - 六國抗秦
        - 凡：「諸侯恐懼，會盟而謀弱秦」
        - 目
          - 策略：「不愛珍器重寶肥饒之地……相與為一」
          - 人力
            - 賢相：「當此之時……約從離橫」
            - 兵眾：「兼韓、燕、趙、齊、楚、宋、衛、中山之眾」
            - 謀士：「於是六國之士……為之謀」
            - 使臣：「齊明、周最……通其意」
            - 將師：「吳起、孫臏……制其兵」
          - 行動：「嘗以十倍之地……叩關而攻秦」
      - 結果：「秦人開關延敵……國家無事」

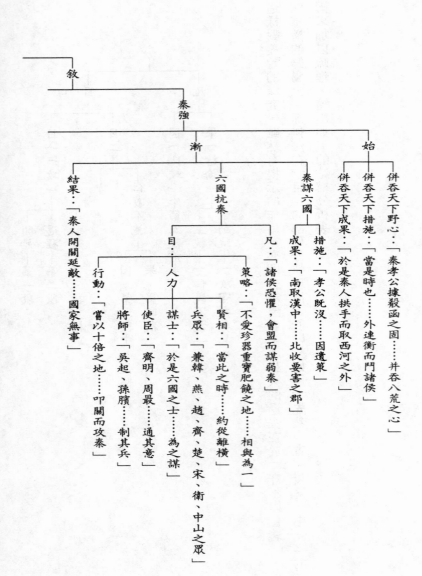

△

- 最
  - 亡諸侯：「及至始皇……威振四海」
  - 弱天下：「南取百越之地……以弱天下之民」
  - 守要害：「然後踐華為城……子孫帝王萬世之業也」
- 秦亡
  - 陳涉首義：「始皇既沒……贏糧而景從」
  - 豪傑並起：「山東豪俊遂並起」
  - 秦亡：「而亡秦族矣」
- 論
  - 比較權力與成敗
    - 一
      - 秦與陳涉比較
        - 秦：「且夫天下非小弱……自若也」
        - 陳涉
          - 地位：「陳涉之位……宋、衛、中山之君也」
          - 武器：「鋤櫌棘矜非銛於鉤戟長鎗也」
          - 兵眾：「謫戍之眾，非抗於九國之師也」
          - 謀略：「深謀遠慮……非及曩時之士也」
      - 成敗異變：「然而成敗異變，功業相反也」
    - 二
      - 六國與陳涉比較：「試使山東之國……則不可同年而語矣」
      - 成敗異變（問）：「然秦以區區之地……為天下笑者何也」
  - 結論（答）：「仁義不施，而攻守之勢異也」

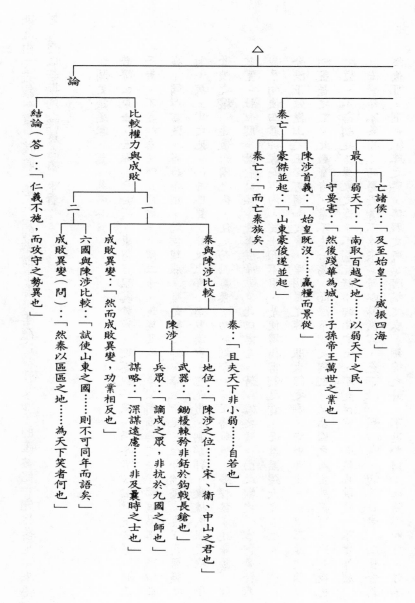

如此由「先敘（實）後論（虛）」的結構形態來牢籠這篇課文⑥，的確會比「先目後凡」來得好。再以李斯的〈諫逐客書〉來看：

臣聞吏議逐客，竊以為過矣。

昔繆公求士，西取由余於戎，東得百里奚於宛，迎蹇叔於宋，來丕豹、公孫支於晉。此五子者，不產於秦，繆公用之，并國二十，遂霸西戎。孝公用商鞅之法，移風易俗，民以殷盛，國以富彊，百姓樂用，諸侯親服，獲楚魏之師，舉地千里，至今治彊。惠王用張儀之計，拔三川之地，西并巴蜀，北收上郡，南取漢中，包九夷，制鄢郢，東據成皋之險，割膏腴之壤，遂散六國之從，使之西面事秦，功施到今。昭王得范雎，廢穰侯，逐華陽，彊公室，杜私門，蠶食諸侯，使秦成帝業。此四君者，皆以客之功。由此觀之，客何負於秦哉？向使四君卻客而不內，疏士而不用，是使國無富利之實，而秦無彊大之名也。

今陛下致崑山之玉，有隨和之寶，垂明月之珠，服太阿之劍，乘纖離之馬，建翠鳳之旗，樹靈鼉之鼓。此數寶者，秦不生一焉，而陛下說之何也？必秦國之所生然後可，則是夜光之璧，不飾朝廷；犀象之器，不為玩好；鄭衛之女，不充後宮；而駿馬駃騠，不實外廄；江南金錫不為用；西蜀丹青不為采。所以飾後宮，充下陳，娛心意，說耳目者，必出於秦然後可，則是宛珠之簪，傅璣之珥，阿縞之衣，錦繡之飾，不進於前；而隨俗雅化，佳冶窈窕，趙女不立於側也。夫擊甕叩缶，彈箏搏髀，而歌呼嗚嗚快耳者，真秦之聲也。鄭、衛、桑間、韶虞、武象者，異國之樂也。今棄擊甕叩缶而就鄭衛，退彈箏而取韶虞，若是者何也？快意當前，適觀而已矣！今取人則不然，不問可否，不論曲直，非秦者去，為客者逐。然則是所重者在乎色樂珠玉，而所輕者在乎民人也！此非所以跨海內，制諸侯之術也！

臣聞地廣者粟多，國大者人眾，兵彊者則士勇。是以泰山不讓土壤，故能成其大；河海不擇細流，故能就其深；王者不卻眾庶，故能明其德。是以地無四方，民無異國，四時充美，鬼神降福。此五帝三王之所以無敵也。今乃棄黔首以資敵國，卻賓客以業諸侯，使天下之士，退而不敢西向，裹足不入秦，此所謂藉寇兵而齎盜糧者也。

夫物不產於秦，可寶者多；士不產於秦，而願忠者眾。今逐客以資敵國，損民以益讎，內自虛而外樹怨於諸侯，求國無危，不可得也。

此文和上舉〈過秦論〉恰好相反，一直被認爲是採「先凡後目」的演繹法所寫的。如用這種結構形態來牢籠這篇文章，前面四段都不成問題，而末段則無從歸屬，因爲末段很明顯的，依序由「夫物不產於秦，可寶者多」兩句，上收「今陛下致崑山之玉」一段的意思；由「士不產於秦，而願忠者衆」兩句，上收「昔繆公求士」一段的意思；由「今逐客以資敵國」五句，上收「臣聞地廣者粟多」一段的意思。這與篇首「臣聞吏議逐客，竊以爲過矣」兩句話，可說一啓一收，首尾圓合，就結構來說，該屬於「凡」的部分。雖然這也似乎可視爲在「目」的部分，本身又形成了「先目後凡」的結構，如以簡表來表示，即：

△
- 凡──凡一段
- 目
  - 目──第二、三、四段
  - 凡──第五段

但總不如視作「凡、目、凡」這種結構來得好，因此就可繪出如下的結構分析表：

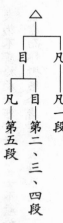

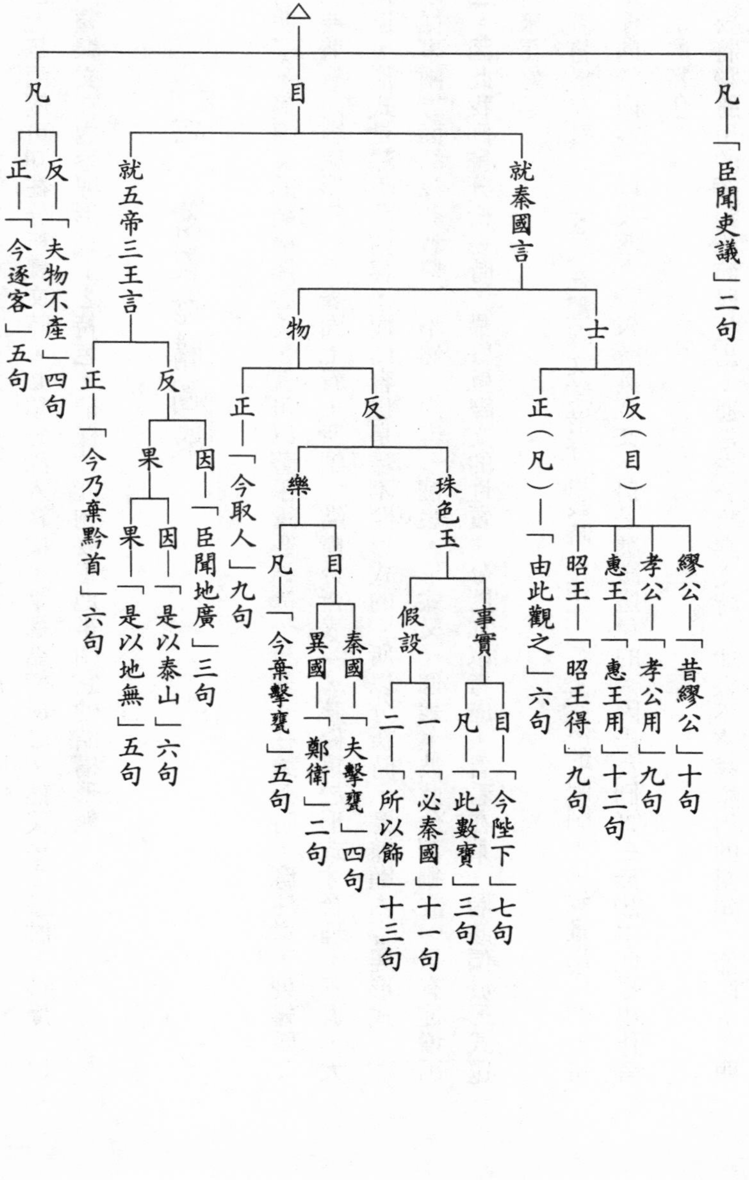
凡
目
凡—「臣聞吏議」二句
正—「今逐客」五句
反—「夫物不產」四句
就五帝三王言
就秦國言
正—「今乃棄黔首」六句
反
果
因—「臣聞地廣」三句
果—「是以地無」五句
因—「是以泰山」六句
物
士
正—「今取人」九句
反
樂
凡—「今棄擊甕」五句
目
異國—「鄭衛」二句
秦國—「夫擊甕」四句
珠色玉
假設
二—「所以飾」十三句
一—「必秦國」十一句
事實
凡—「此數寶」三句
目—「今陛下」七句
正(凡)—「由此觀之」六句
反(目)
昭王—「昭王得」九句
惠王—「惠王用」十二句
孝公—「孝公用」九句
繆公—「昔繆公」十句

如此以「凡、目、凡」的結構形態來統合這篇文章，應該是比較妥當的。

由上舉兩例可知在分析課文時，必須先深入課文，掌握結構成分，然後多方嘗試、揣摩，以力求凸顯課文在內容與形式上之特色，這樣才能夠妥善地辨明它的結構形態。

## 四、繪製結構圖表

辨明了一篇課文的結構形態後，就可以著手繪製結構分析表。在繪製時，應注意下列幾點：

㈠要兼顧內容與形式：從表面上看，所謂「結構分析表」，該偏重於形式才合理。不過，大家都知道，形式是離不開內容，而內容也是離不開形式的。所以分析時，應兼顧內容與形式，才能藉以從事兩方面的深究教學。不然，內容一個表，形式又一個表，彼此分割獨立，只有徒增困擾而已。因此我們畫分析表時，最好就課文的性質，分層加以考慮，看看在某一層該偏於形式還是內容來得好。

㈡要打散段落：一般人在畫課文結構分析表時，往往受了段落的限制，以致畫出來的分析表，都偏向於內容，以段落大意來統攝全文，這是應該避免的。因爲我們實在無法由此看出作者在作法上的特色。

㈢要將聯絡用的語句或節段析出：通常在分析課文時，如果不將聯絡用的語句、節段⑦辨明抽出，一定會妨害分析，影響分析的結果。譬如在主要用以寫景的節段，出現敘事或議論的語句，又如在主要用以敘事或議論的節段，出現寫景的語句，構成插敘的作用，都必須一一抽出，以利分析。

㈣要逐層標目，以統攝所屬文句：課文結構分析表，可視課文的特點與實際的需要，由上而下的分爲若干層，用以統攝各所屬文句。而每層都必須標目，以收一目了然之效。

㈤要以虛線表示前後照應的關係：在課文結構分析表裡所分各綱各目，它們的關係如何，是必須加以辨明的。要做到這點，最便捷的莫過於打上虛線。有了這些表明前後呼應關係的虛線，我們便可藉以探討各綱目對主旨以及各綱目與各綱目之間的地位、價值與功用，使得學生對作者的安排、聯絡手段，能好好吸收、應用，以增强他們的讀寫本領。

以上五點⑧，只是根據個人繪製課文結構分析表的經驗所提供的幾個看法與意見而已，疏陋和缺失，雖然是難免的，但也可藉以畫出差强人意的結構分析表來輔助教學。爲使理論與實際配合，特舉兩篇課文爲例，以見一斑。

其一是文天祥的〈正氣歌〉：

天地有正氣，雜然賦流形：下則為河嶽，上則為日星，於人曰浩然，沛乎塞蒼冥。皇路當清夷，含和吐明庭；時窮節乃見，一一垂丹青：

在齊太史簡，在晉董狐筆，在秦張良椎，在漢蘇武節；為嚴將軍頭，為嵇侍中血，為張睢陽齒，為顏常山舌；或為遼東帽，清操厲冰雪；或為出師表，鬼神泣壯烈；或為渡江楫，慷慨吞胡羯；或為擊賊笏，逆豎頭破裂。是氣所磅礴，凜烈萬古存。當其貫日月，生死安足論？地維賴以立，天柱賴以尊。三綱實繫命，道義為之根。嗟予遘陽九，隸也實不力。楚囚纓其冠，傳車送窮北。鼎鑊甘如飴，求之不可得。陰房闃鬼火，春院閟天黑。牛驥同一皁，雞棲鳳凰食。一朝蒙霧露，分作溝中瘠。如此再寒暑，百沴自辟易。哀哉沮洳場，為我安樂國！豈有他繆巧？陰陽不能賊。顧此耿耿在，仰視浮雲白，悠悠我心悲，蒼天曷有極！哲人日已遠，典型在夙昔，風簷展書讀，古道照顏色。

這是一首五言古詩，旨在論正氣在扶持倫常綱紀、延續宇宙生命的莫大價值，從而抒發憂國憂民的情懷。它採「先論（虛）後敘（實）」的結構寫成。

「論」的部分自篇首至「道義爲之根」止，作者在此，先以「天地有正氣」二句，作一總括，以引出下面的議論。其次以「下則爲河嶽」三句，平提河嶽（地）、日星（天）和人，指明正氣對天、地、人的影響；然後側注於「人」，用「先因後果」的形式來議論，其中「因」的部分自「皇路當清夷」至「逆豎頭破裂」止，在這裡，又先以「皇路」四句平提治世與亂世，再以

「在齊」十六句側注於亂世，列舉了歷史上十二位「哲人」的壯烈事跡，證明浩然正氣在人身上的體現；而「果」的部分則自「是氣所磅礴」至「道義爲之根」止，依序就時間（萬古存）、空間（貫日月）和人倫，由上舉歷史哲人所表現的浩然正氣上，道出它的所以然來，那就是它不僅足以立天立地，更是人類一切倫理道德的根源，這可說是一篇主旨之所在，作者所以能在歷經威嚇利誘下，始終堅守節操，力量就出在這裡。

至於「敍」的部分是由「嗟予遘陽九」至篇末，它先採「先凡後目」的形式來敍自己所遭遇的厄運，其中「嗟予」兩句爲「凡」，特寫下文的敍寫作一總冒；而「目」的部分，則先以「楚囚」四句寫自己倉卒被囚的事情，再以「陰房」十二句，分兩階段，即初時與如今，來寫自己在獄中的狀況，藉自身的經歷，再一次證實了浩然正氣的作用與價值；然後以「顧此」四句抒發了他憂國憂民的情懷，寫得真是身心、白雲交相輝映啊！這樣敍自身的厄運之後，作者再用「哲人日已遠」四句，既上收「時窮節乃見」的十二位哲人和受盡悲苦遭遇的自己，來歌頌正氣，也交代了自己作這一首詩的用意。林西仲說：「文之悲壯感慨、忠義之氣，千古長存。」（《古文析義》卷六）說得一點也不錯。

根據以上的分析可繪成如下結構分析表：

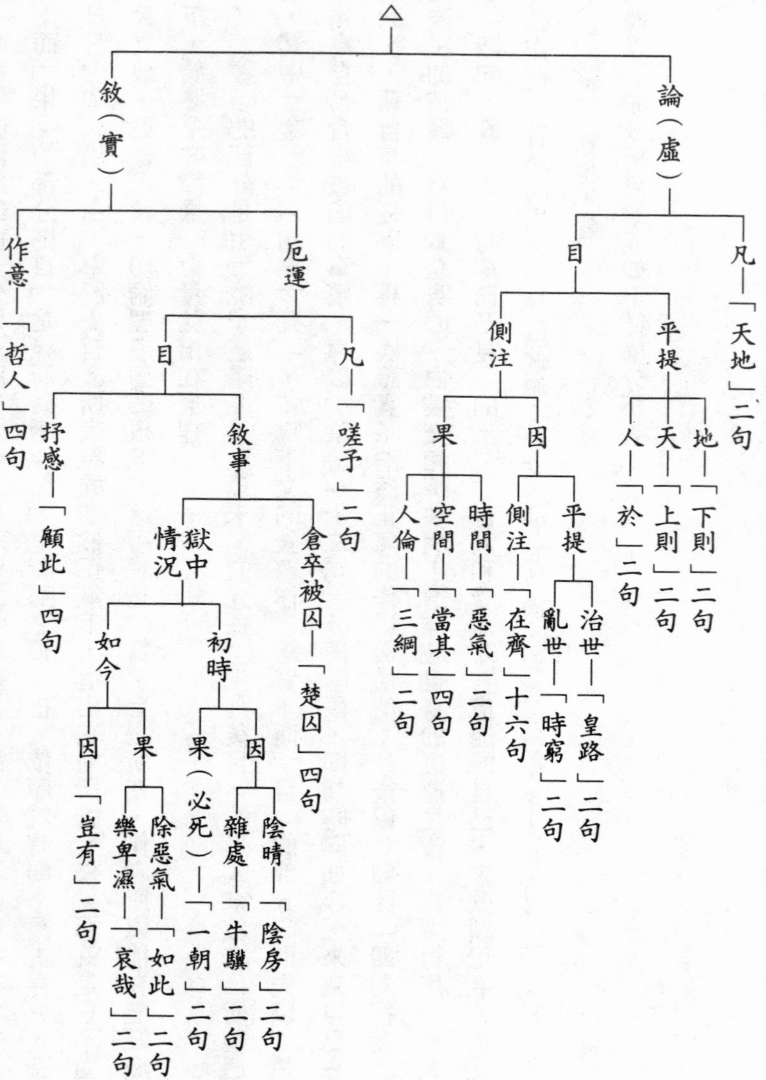
△
敘（實）
作意—「哲人」四句
厄運
目
抒感—「顧此」四句
敘事
獄中情況
如今
因—「豈有」二句
果
樂卑濕—「哀哉」二句
除惡氣—「如此」二句
初時
果（必死）—「一朝」二句
因
雜處—「牛驥」二句
陰晴—「陰房」二句
倉卒被囚—「楚囚」四句
凡—「嗟予」二句
論（虛）
目
側注
果
人倫—「三綱」二句
空間—「當其」四句
時間—「惡氣」二句
因
側注—「在齊」十六句
平提
亂世—「時窮」二句
治世—「皇路」二句
平提
人—「於」二句
天—「上則」二句
地—「下則」二句
凡—「天地」二句

其二爲歐陽修的〈醉翁亭記〉

環滁皆山也。其西南諸峯，林壑尤美。望之蔚然而深秀者，琅邪也。山行六七里，漸聞水聲潺潺，而瀉出於兩峯之間者，釀泉也。峯迴路轉，有亭翼然，臨於泉上者，醉翁亭也。作亭者誰？山之僧智僊也。名之者誰？太守自謂也。太守與客來飲於此，飲少輒醉，而年又最高，故自號曰醉翁也。醉翁之意不在酒，在乎山水之間也。山水之樂，得之心而寓之酒也。

若夫日出而林霏開，雲歸而巖穴瞑，晦明變化者，山間之朝暮也。野芳發而幽香，佳木秀而繁陰，風霜高潔，水落而石出者，山間之四時也。朝而往，暮而歸，四時之景不同，而樂亦無窮也。

至於負者歌於塗，行者休於樹，前者呼，後者應，傴僂提攜往來而不絕者，滁人遊也。臨谿而漁，谿深而魚肥；釀泉為酒，泉香而酒洌；山肴野蔌，雜然而前陳者，太守宴也。宴酣之樂，非絲非竹。射者中，弈者勝，觥籌交錯，起坐而喧嘩者，眾賓懽也。蒼顏白髮，頹然乎其間者，太守醉也。

已而，夕陽在山，人影散亂，太守歸而賓客從也。樹林陰翳，鳴聲上下，遊人去而禽鳥樂也。然而禽鳥知山林之樂，而不知人之樂；人知從太守遊而樂，而不知太守之樂其樂也。

醉能同其樂，醒能述以文者，太守也。太守謂誰？廬陵歐陽修也。

這篇文章，就其結構而言，含「正文」與「補敘」兩大部分。「正文」採「先泛寫（虛）、後具寫（實）」的形式寫成，其中「泛寫」（虛）的部分爲起段。這段文字以「先目後凡」的結構來組合，其中的「目」可別爲二：其一用以敘「亭」，用剝筍法（由大而小），依次以「環滁皆山」九句敘亭之山水環境（大）、「峯迴路轉」四句敘亭之位置（小）、「作亭者誰」四句敘作亭、作記之人；其二用以敘「醉翁」，依次以「太守與客」三句，分兩層敘「自號爲醉翁」之因、「故自號曰」句敘「自號曰醉翁」之果。而「凡」，則用「醉翁之意」四句，將上文之意作個總括，拈出「樂」字，以統攝全文。

「具寫」（實）的部分，和「泛寫」一樣以「先目後凡」的結構來組合。它的「目」可別爲三：其一用以寫山水之樂，爲次段。在此，先以「若夫日出」四句，寫山間朝暮之樂；再以「野芳發」四句，寫山間四時之景；然後以「朝而往」四句作一總括，寫朝暮、四時所享有的山水之樂；顯然這是呼應「泛寫」部分之「環滁皆山」九句來寫的。其二用以寫「朝而往」時宴飲之樂，爲第三段。在這裡，先以「至於負者」六句，寫滁人從遊之多；再以「臨谿而漁」七句，分魚肥、酒洌、山肴野味，寫太守宴客時菜肴之盛；然後以「宴酣之樂」十句，寫宴酣之種種；在此，依序用「宴酣之樂」四句寫太守與民同樂之事，用「觥籌交錯」三句寫衆客之樂，用「蒼顏白髮」三句寫太守自醉樂；顯然這是呼應「泛寫」部分之「太守與客」四句來寫的。其三用以寫「暮而歸」時禽鳥之樂，爲第四段開頭的「已而夕陽在山」六句。在這裡，先以「已而」四句，交代太守與客「暮而歸」之事；再以「樹林陰翳」三句，寫禽鳥之樂；這可以說是由以上兩「目」加以引申來寫的。林雲銘《古文析義合編》上冊說：「此處卻添出禽鳥之樂，借勢一路捲去，落想奇極。」體會得極爲深刻。而「凡」，是指「然而禽鳥知山林之樂」四句。作者在此總結「具寫」部分的三「目」之意，並呼應「泛寫」部分的「醉翁之意」四句，點明太守「與民同樂」之樂的一篇旨意，將「正文」作一收束，收束得真是圓滿而醒豁！

至於「補敘」，則指「醉能同其樂」五句。在這裡，先敘作記之事，再敘乍記者的姓名，並從中交代「太守」就是作記者，也是醉翁，充分發揮了補敘的效果。

根據以上的分析可繪成如下結構分析表：

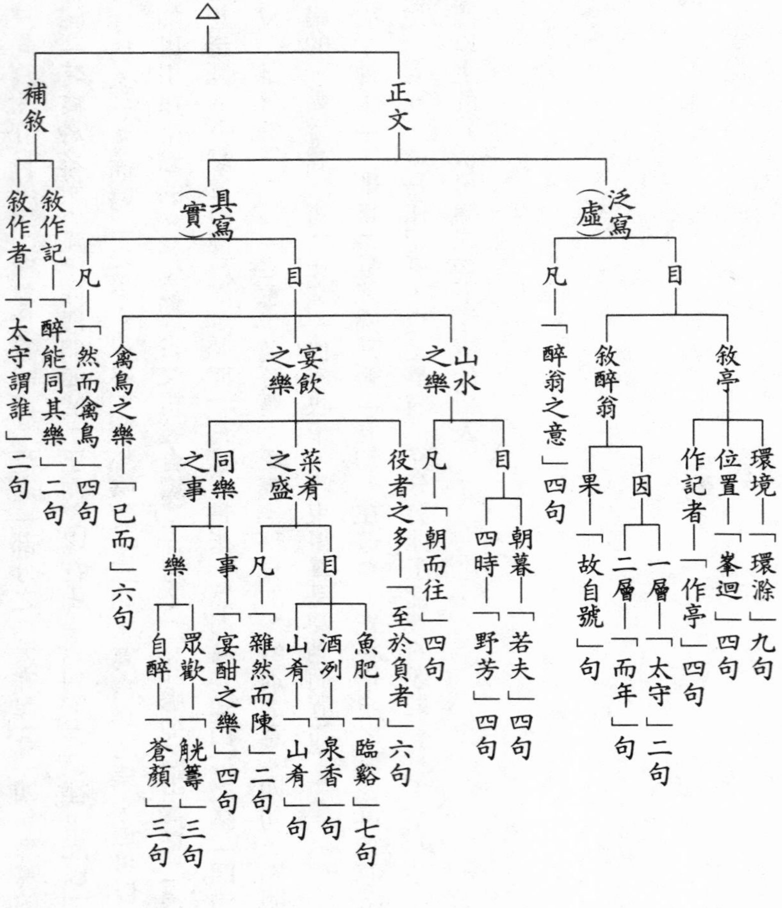
△
補敘
正文
敘作記—「醉能同其樂」二句
敘作者—「太守謂誰」二句
具寫（實）
泛寫（虛）
凡—「然而禽鳥」四句
目
禽鳥之樂—「已而」六句
宴飲之樂
山水之樂
同樂之事
菜肴之盛
役者之多—「至於負者」六句
樂
事—「宴酣之樂」四句
自醉—「蒼顏」三句
眾歡—「觥籌」三句
凡—「雜然而陳」二句
目
山肴—「山肴」句
酒冽—「泉香」句
魚肥—「臨谿」七句
凡—「朝而往」四句
目
四時—「野芳」四句
朝暮—「若夫」四句
凡—「醉翁之意」四句
目
敘醉翁
敘亭
果—「故自號」句
因
二層—「而年」句
一層—「太守」二句
作記者—「作亭」四句
位置—「峯迴」四句
環境—「環滁」九句

由上舉兩例可看出以上五點繪製課文結構分析表的注意事項，只有第三項無法明顯從圖表或說明中獲知訊息，這是因爲會在篇幅上增添許多困擾，所以未加以一一標舉、凸顯，不過在分析時已完全把它考慮在內了。

## 五、確認一篇主旨

一篇課文的主旨，通常在分析課文形式結構之前，要先作好初步的探究工作；等到分析課文形式結構之後，再作進一步的確認。這所謂的「主旨」，換個詞說，就是內容結構的核心成分，要確認它，馬上涉及的是它安置的部位；而安置的部位又與形式結構的各個成分息息相關。如就安置的部位來看，不外是篇內（篇首、篇腹、篇末）與篇外而已。其中屬篇外的，很容易分辨出來，若是一篇文章從頭到尾都用以敍事、寫景的，其主旨必定在篇外，這只要略作內容結構的分析即可得出結果，是不必經由形式結構來加以確認的。以王維的〈輞川閒居寄裴秀才迪〉詩來說，如同下表所舉，自首至尾，不是寫自然景物就是人物形象：

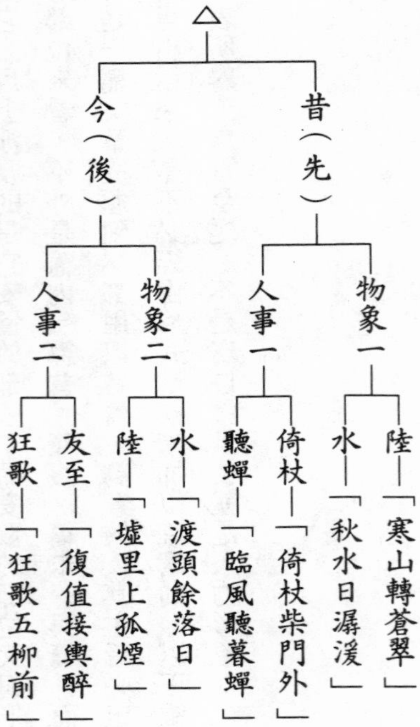


這首詩是王維和裴迪秀才相酬爲樂之作，旨在藉自然景物與人物形象的刻畫，以寫作者閒逸之趣。它在首、頸兩聯，特地描繪了「輞川」附近的水陸秋景與暮色，勾勒出一幅有色彩、音響和動靜結合的和諧畫面。而在頷、末兩聯，則於一派悠閒的自然圖案中嵌入了作者自己倚杖聽蟬和裴迪狂歌而至的人事景象，兩兩相映成趣，形成物我一體的藝術境界，將「輞川閒居」之樂作了具體的表達。而這種「閒居」之樂，正是一篇主旨之所在，作者卻未在篇內直接以「情語」作表達。因此主旨安置在篇外的，比較好處理，而安置於篇內的，則必須經由內容與形式結構分析來加以判定。以內容結構成分而言，一定出現在說理或抒情的部分；而就形式結構成分來說，則大體出現在「本」、「深」、「主」、「正」、「果」、「實」（就空間、時間言）、「側」（側注）、「凡」、「答」、「擒」等部分，而其他則很難說。如韓愈的〈師說〉：

古之學者必有師。師者，所以傳道、授業、解惑也。人非生而知之者，孰能無惑？惑而不從師，其為惑也終不解矣！

生乎吾前，其聞道也，固先乎吾，吾從而師之；生乎吾後，其聞道也，亦先乎吾，吾從而師之。吾師道也，夫庸知其年之先後生於吾乎？是故無貴、無賤、無長、無少，道之所存，師之所存也。

嗟乎！師道之不傳也久矣！欲人之無惑也難矣！古之聖人，其出人也遠矣，猶且從師而問焉；今之眾人，其下聖人也亦遠矣，而恥學於師。是故，聖益聖，愚益愚，聖人之所以為聖，愚人之所以為愚，其皆出於此乎？

愛其子，擇師而教之，於其身也則恥師焉，惑矣！彼童子之師，授之書而習其句讀者也，非吾所謂傳其道、解其惑者也。句讀之不知，惑之不解，或師焉，或不焉，小學而大遺，吾未見其明也。

巫、醫、樂師、百工之人，不恥相師；士大夫之族，曰師、曰弟子云者，則羣聚而笑之，問之，則曰：「彼與彼年相若也，道相似也。位卑則足羞，官盛則所諛。」嗚呼！師道之不復可知矣！巫、醫、樂師、百工之人，君子不齒，今其智乃反不能及，其可怪也歟！聖人無常師；孔子師郯子、萇弘、師襄、老聃，郯子之徒，其賢不及孔子。孔子曰：「三人行，則必有我師。」是故弟子不必不如師，師不必賢於弟子。聞道有先後，術業有專攻，如是而已。

李氏子蟠，年十七，好古文，六藝經傳，皆通習之。不拘於時，請學於余，余嘉其能行古道，作師說以貽之。

它的結構分析表大致是這樣子的：（見364頁）。

本文的結構，如表所列，可大別為兩截：

㈠論：這一截是本文的主體，主要在論述從師的重要。它含以下兩個部分：

1.凡（總括）的部分：這個部分僅「古之學者必有師。師者所以傳道、授業、解惑也」兩句，是一篇綱領之所在。後文「目」（條分）的部分，即完全由此逐步加以闡釋的。

2.目（條分）的部分：這個部分包括首段的後半及二、三、四、五、六等段。作者在這裡，先以「人非生而知之者」起至起段之末，說明人須「解惑」的原因，再以一、二、三、四、五、六等段，就「傳道」、「授業」作進一層的探討，以見從師的重要。就在探討「傳道」、「授業」的五段裡，作者採「先目後凡」的形式來論說，以「目」的部分而言，作者依次以第二段論述「吾師道也」的道理，以第三段感嘆師道久已不傳的情形，以第四、五段指出只令童子相師而自己則否，並恥笑巫、醫、樂師、百工之人相師的不明與不智，對時人不重師道的現狀提出了嚴正的批評。以「凡」的部分來說，作者以第六段將上文分論「傳道」、「授業」的部分作個總結。這段文字，先以「聖人無常師」一句作一總冒，再分別列舉孔子「無常師」的事例與言論加以說明，然後得出「是故弟子不必不如師」的五句結語，以收束「論」的部分。

㈡敍：這一截是本文的附記，用以讚美李蟠能重師道的可貴，從而述明作文的因由作結。

本文的主旨在强調從師授受業的重要，從而說明「師者，所以傳道、授業、解惑也」的道理。這個主旨以「先果後因」的結構出現在「論」中「凡」的部分，作者這樣安排，所謂「開門見山」，很容易使人一目了然。

- 論（從師之重要）
  - 凡：「古之學者必有師。師者，所以傳道、授業、解惑也」
  - 目
    - 解惑
      - 人人皆有惑：「人非生而知之者，孰能無惑」
      - 解惑須從師：「惑而不從師，其為惑也終不解矣」
    - 目
      - 傳道
        - 師所以傳道
          - 目
            - 生乎吾前：「生乎吾前……吾從而師之」
            - 生乎衛後：「生乎吾後……吾從而師之」
          - 凡
            - 因：「吾師道也，夫庸知其年之先後生於吾乎」
            - 果：「是故無貴……師之所存也」
        - 師道已不傳（愚）
          - 凡「嗟乎……欲人之無惑也難矣」
          - 目
            - 因
              - 古聖（反）：「古之聖人……猶且從師而問焉」
              - 今愚（正）：「今之眾人……而恥學於師」
            - 果「是故…其皆出於此乎」
      - 今童子相師（不明）
        - 凡（擇師教童子）：「愛其子……惑矣」
        - 目
          - 習句讀（小學）：「彼童子之師，授之書而習其句讀者也」
          - 不傳道解惑（大遺）：「非吾所謂傳其道、解其惑者也」
        - 凡（小學而大遺）：「句讀之不知……吾未見其明也」

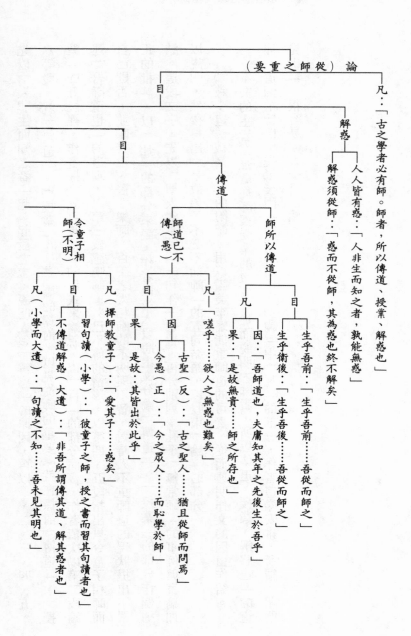

△

- 傳道授業
  - 授業
    - 笑巫醫樂師百工之人相師（不智）
      - 巫醫樂師百工之人相師：「巫、醫……不恥相師」
      - 士大夫羣聚而笑：「嗚呼……官盛則近諛」
      - 感嘆師道不復：「嗚呼……其可怪也歟」
  - 凡
    - 聖人無常師（因）
      - 凡—「聖人無常師」
      - 目
        - 事例：「孔子師郯子……其賢不及孔子」
        - 垂訓：「孔子曰……則必有我師」
    - 道之所存，師之所存（果）：「是故弟子不必不如師……如是而已」
- 敘（李蟠能從師）
  - 李蟠此人：「李氏子蟠……皆通習之」
  - 能從師：「不拘於時，請學於余」
  - 作文因由：「余嘉其能行古道，作師說以貽之」

主旨出現在「凡」、「主」、「正」、「果」……等的部分，可說是正例，但也偶爾會出現變例，如李煜的〈清平樂〉詞：

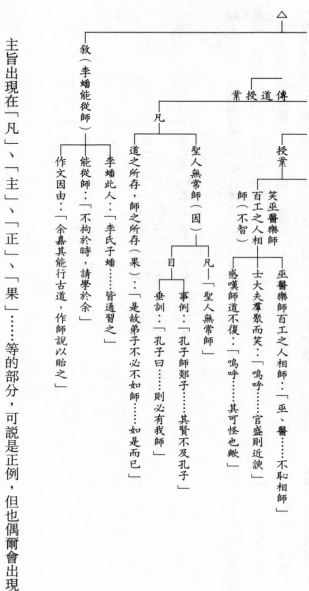

別來春半，觸目愁腸斷。砌下落梅如雪亂，拂了一身還滿。　雁來音信無憑，路遙歸夢難成。離恨恰如春草，更行更遠還生。

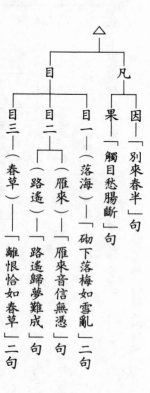

它的結構分析表是這樣子的：

△
- 凡
  - 因—「別來春半」句
  - 果—「觸目愁腸斷」句
- 目
  - 目一—（落海）—「砌下落梅如雪亂」二句
  - 目二
    - （雁來）—「雁來音信無憑」句
    - （路遙）—「路遙歸夢難成」句
  - 目三—（春草）—「離恨恰如春草」二句

如表所列，這闋詞是用「先凡後目」的結構寫成的。作者首先以起句「別來春半」，點明別離的時間。其次以次句「觸目愁腸斷」，用「觸目」作一泛寫，以領出後面實寫「觸目」所見之各種景物；用「愁腸斷」，爲主旨「離恨」，初就本身作形象之表出；這是「凡」的部分。繼而以「砌下落梅如雪亂」兩句，承次句之「觸目」，並下應結尾之「離恨」，寫落花之多與佇立之久，進一步的就外物與本身，表示無限之「離恨」來；這是「目一」的部分。接著以「雁來音信無憑」兩句，用「雁來」與「路遙」，承次句，寫「觸目」所見；用「音信無憑」與「歸夢難成」，大力的再將「離恨」推深一層；這是「目二」的部分。然後以結二句，藉「春草」之「更行更遠還生」，承次句，寫「觸目」所見，並拈出「離恨」以點醒全篇，這是「目三」的部分。如此一路寫來，脈絡極其明晰。

可見這首詞，旨在寫「離恨」，而「離恨」這個情語卻出現在「目三」的部分，而不是在開篇「凡」的部位，這和杜審言的〈和晉陵陸丞早春遊望〉詩的情形⑨，正好相同。當然，把「離恨恰如春草」兩句看作是另一個「凡」，也不是不可以；但那「更行更遠還生」的「春草」，也是緊接著在「落梅」、「雁來」、「路遙」之後，作者「觸目」所見更遠的另一種景物，雖然它以譬喻的方式帶出來，卻依然是眼前所見實景。因此，與其說是由「離恨」牽出「春草」，不如說是由「春草」觸生「離恨」⑩來得好。這樣來看待「離恨」二句，該是比較合理的。

由上舉數例可知一篇主旨，是要經過一番審慎的辨析過程來確認的。而藉全盤的結構分析，以理清結構成分，無疑地在確認過程中，扮演著極重要的角色。

## 六、結語

進行課文讀講之際，作結構分析，在內容上可詳可略，在時間上可長可短，完全視情況需要而定。遇到結構特殊的，不妨詳、長；而結構較常見的，則只要掌握第一、二層，或多至三層即可，是不必篇篇徹底交代清楚的。如能這樣做，就容易靈活運用有限時間，使課文教學與作文指導，甚至與課外讀寫，搭起一座堅固的橋梁。如此一來，要發揮教學的最大效果，是可預期的事。

## 注釋

①參見拙作〈談課文結構分析的重要〉，民國八十四年六月《兩岸及港新中小學國語文教學國際研討會論文集》，頁一三一—四一。今收入《國文教學論叢續編》（萬卷樓圖書有限公司八十七年三月）。

②章師微穎說：「章法就是文章構成的形態，也就是句成段、段成篇，如何組起來的方式。」見《中國國文教學法》，頁二四。

③詳見拙作〈談辭章章法的主要內容〉（上）、（下）《國文天地》十三卷七、八期，民國八十六年十二月、八十七年一月，頁八四—九三、一〇五—一一七。今收入《國文教學論叢續編》。又可參考仇小屏《文章

章法論》（萬卷樓圖書有限公司，民國八十七年十一月出版）。

④參見拙作〈談安排詞章主旨的幾種基本形式〉（《國文學報》十四期，，民國七十四年六月，頁二〇一—二二四。今收入《國文教學論叢》，萬卷樓圖書有限公司，民國八十七年七月）。

⑤同③。

⑥說明見拙作〈談課文結構分析的重要〉，餘同①。

⑦參見拙作〈談詞章聯絡照應的幾種技巧〉（《中等教育》三十九卷六期民國七十七年十二月），頁一四—二五。今收入《國文教學論叢》。

⑧詳見拙作〈如何畫好國文課文結構分析表〉《國文教學津梁》，民國七十九年六月，頁六四—八四。今收入《國文教學論叢》。

⑨見拙作〈談詞章主旨在凡目結構中的安排〉（《國文天地》十三卷三期，民國八十六年八月），頁八四—九二。今收入《國文教學論叢續編》。

⑩這些「觸目」所見景物都與「離恨」有關，說詳拙作〈怎樣教詞選——李煜清平樂與蘇軾念奴嬌詞〉（《國文天地》五卷一期，民國七十八年六），頁五一—五五。今收入《國文教學論叢》。

**（原載《台灣省高級中學國文科教學研究專輯》第五輯，民國八十八年六月，頁四九～七七）**

# 高中國文古典詩歌教材探析

## ——主要從義旨與章法的角度切入

### 一、前言

我國的古典詩歌，包含了詩、詞和曲。它們有如串串真珠，閃閃發光，照亮了我國文學的寶殿，也因此一直受到國人的喜愛與重視。而我國的中學國文教材當然就少不了它們，即以現行（國立編譯館本）的高中國文課本來說，便有計畫地安排了一些作品讓學生來精讀。本文就針對這些古典詩歌的教材，主要從義旨與章法的角度切入，採分篇解析與綜合探討的方式來略作探析，以見其得失之一斑，充作日後改進教材之參考。

## 二、分篇解析

現行的高中國文課本，依詩、詞、曲的順序，安排了二十一篇作品，茲分篇解析如左：

### ㈠詩

以詩而言，共選了十二篇，首先（依出現課本之先後爲序）是〈飲馬長城窟行〉：

青青河畔草，緜緜思遠道。遠道不可思，夙昔夢見之。夢見在我傍，忽覺在他鄉。他鄉各異縣，展轉不可見。枯桑知天風，海水知天寒。入門各自媚，誰肯相為言！客從遠方來，遺我雙鯉魚。呼兒烹鯉魚，中有尺素書。長跪讀素書，書中竟何如？上有加餐食，下有長相憶。

此詩最早見於《昭明文選》，題爲「樂府古辭」，郭茂倩《樂府詩集》歸入《相和鼓辭・瑟調曲》，旨在寫一位女子對外出丈夫的無限思念之情。它用「先凡（總括）後目（條分）」的形式寫成：首先以開篇二句起興，拈出「思遠道」作一篇綱領，以統攝全詩；這是「凡」的部分。其次以「遠道不可思」四句，寫這一位女主人翁夢見自己的丈夫來到身邊，頃刻之間又離去，無論怎樣也無法追尋他的蹤影，藉夢境的撲朔迷離，以增添「思遠道」之情；這是「目一」的部分。又其次以「他鄉各異縣」二句，正寫夢醒後的痛苦，以「枯桑知天風」四句，採譬喻和反襯的手法，寫鄰家夫妻團聚而自己卻無人慰問的情形，來寫自己的痛苦，由此加深「思遠道」之情；這是「目二」的部分。接著以「客從遠方來」八句，寫接讀丈夫來信的經過，其中「客從遠方來」二句寫接獲來信，「呼兒烹鯉魚」二句寫拆開信函，「長跪讀素書」二句寫跪讀書信，「上有加餐飯」二句寫信中內容，將「思遠道」推深到極處；尤其是結尾兩句，在表面上看來是勸慰語，而實際上卻暗含著丈夫歸家無期的意思，使這位女主人翁更黯然魂銷，肝腸寸斷；這是「目三」的部分。這樣用「思遠道」來一意貫串，言已盡而意無窮，十分耐人尋味。

附〈飲馬長城窟行〉結構分析表：

△
- 凡（泛寫）—「青青河畔草」二句
- 目（具寫）
  - 入夢情景—「遠道不可思」四句
  - 夢醒痛苦
    - 正寫—「他鄉各異縣」二句
    - 反襯—「枯桑知天風」四句
  - 接讀來信
    - 接信—「客從遠方來」二句
    - 折信—「呼兒烹鯉魚」二句
    - 讀信—「長跪讀素書」四句

其二爲〈飲酒之五〉：

結廬在人境，而無車馬喧。問君何能爾，心遠地自偏。採菊東籬下，悠然見南山；山氣日夕佳，飛鳥相與還。此中有真意，欲辨已忘言。

陶淵明有〈飲酒〉詩二十首，皆歸自彭澤所作。雖總題爲「飲酒」，實則藉以抒懷，寄託深遠。此爲其第五首，寫處於喧世能閒遠自得的意趣。它首先提明「心遠地自偏」的意思，再敍寫玩賞大自然的悠然心情，然後結出「得意而忘言」（《莊子・齊物》）的真趣。其中起二句，寫自

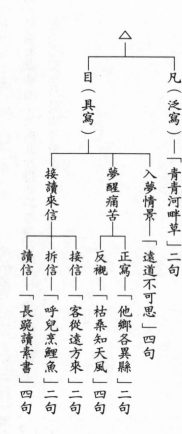

己雖處於世間，卻不受世俗應酬的困擾，以領出下面問答之辭。三、四兩句，先設問，再應答，寫精神超脫了世俗的束縛，則雖置身於喧境，也如同居於偏遠之地，由此拈出「心遠」作爲一篇之骨，以貫穿全詩。五、六兩句，寫採菊之際，無意間舉首而見南山，一時曠遠自得，悠然超出於塵俗之外；這是作者「心遠」的自然結果。七、八兩句，寫山氣與飛鳥，將「一任自然，適性自足」的自然景象，作生動的描摹；這又是「心遠」的另一番體現。末二句，寫此時此地此境，無法用言語來形容；這更是造自「心遠」的無上境界。吳淇在《六朝詩選定論》中說：「『意』字從上文『心』字生出，又加上『真』字，更跨進一層，則『心遠』爲一篇之骨，『真意』爲一篇之髓。」而方東樹在《昭昧詹言》裡也說：「境既閒寂，景物復佳，然非『心遠』則不能領略其『真意味』。」可見作者以「心遠」爲一篇之骨（綱領）來統括全詩，以「真意」爲一篇之髓（主旨）來收束全篇，是極有章法的；也由此使得此詩神遺言外，令人咀嚼不盡。

附〈飲酒之五〉結構分析表：

△
- 虛（心遠）
  - 果——「結廬在人境」二句
  - 因
    - 問——「問君何能爾」句
    - 答——「心遠地自偏」句
- 實（景）
  - 白晝——「採菊東籬下」二句
  - 傍晚——「山氣日夕佳」二句
- 虛（真趣）——「此中有真意」二句

其三爲〈贈衛八處士〉：

人生不相見，動如參與商；今夕是何夕？共此燈燭光。少壯能幾時；鬢髮各已蒼。訪舊半為鬼，驚呼熱中腸。焉知二十載，重上君子堂。昔別君未婚，兒女忽成行；怡然敬父執，問我來何方。問答未及已，驅兒羅酒漿。夜雨翦春韭，新炊間黃粱。主稱會面難，一舉累十觴；十觴亦不醉，感子故意長。明日隔山岳，世事兩茫茫。

這首詩是杜甫在唐肅宗乾元二年（西元七五九年）春，由洛陽還回華州途中所寫的。它採「先實後虛」的形式寫成：「實」的部分自篇首起至「感子故意長」止，全以「今夕」爲敘事抒

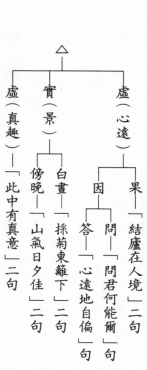

情的基點，其中由起句至「兒女忽成行」爲抒情的部分，由「怡然敬父執」至「感子故意長」爲敍事的部分。它的開端四句，寫今夕重逢的驚喜之情：前二句以參、商爲比，以凸顯今夕見面之難；後二句藉「共燭」來表達今夕重逢那種如夢似幻、疑真疑虛的感覺，這樣驚喜之情便躍然紙上。而「少壯能幾時」八句，則用今昔對照的手法來寫世事滄桑的慨嘆：前四句由故舊之凋零而嘆死生無常，後四句由兒女之成行而驚年華流逝，很技巧地從反面襯托出今夕重逢的驚喜之情。至於「怡然敬父執」十句，很自然地由抒情轉爲敍事，先以「怡然敬父執」二句寫衛八兒女待客的敬意，再以「問答未及已」八句依次藉羅酒漿、備飯菜、勸飲酒來寫衛八款客的殷勤，所謂「珍重主人心，酒深情亦深」（韋莊〈菩薩蠻〉詞），友情的溫馨就由此充分地表現出來。以上是實寫的部分。而末尾的兩句，則由實轉虛，虛寫明日離別的惆悵，再進一層從反面將今夕重逢之喜作襯托。就這樣，在今昔、虛實、悲喜的對比下，主旨便表達得更爲深刻了。

附〈贈衛八處士〉結構分析表：

- △
  - 實（今夕）
    - 抒情
      - 正（重逢之喜）—「人生」四句
      - 反（滄桑之感）
        - 賓—「少壯」四句
        - 主—「焉知」四句
    - 敘事
      - 羅酒漿—「怡然」四句
      - 備飯菜—「夜雨」二句
      - 勸酒—「主稱」四句
  - 虛（明日）—「明日」二句

其四爲〈八陣圖〉：

功蓋三分國，名成八陣圖。江流石不轉，遺恨失呑吳。

此詩乃杜甫於大曆元年（西元七六六年）初至夔州時所作，旨在詠懷諸葛武侯。它在起二句，藉「三分國」與「八陣圖」，從全局性的豐功偉業與重點性的軍事貢獻，來歌頌諸葛亮，比起那成都武侯祠中的碑刻所說的「一統經綸志未酬，佈陣有圖誠妙略」、「江上陣圖猶布列，蜀中相業有餘光」，將諸葛亮的功業、貢獻頌讚得更凝鍊、簡要，大力地預爲下面的憑弔作鋪墊。

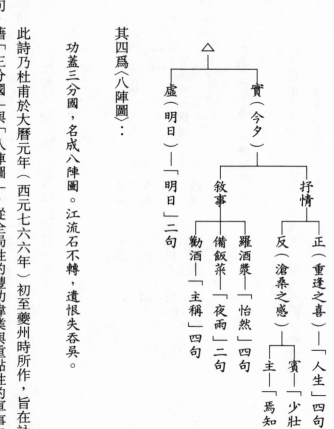

而「江流石不轉」句，一方面承上句「八陣圖」而寫，寫八陣圖中的石堆在長久大水的沖刷下至今依然未動、未變，以表達物是人非的感慨；一方面又暗含「我心匪石，不可轉也」（《詩・邶風・柏舟》）的意思，寫諸葛亮忠貞不二的心志，既表示對他的崇仰，也對他的齎志而歿有著惋惜的意思。於是緊接著就以結句，寫諸葛亮一生最大的遺恨。在這綿綿遺恨中，作者「官應老病休」（〈旅夜書懷〉詩）的抑鬱情懷也宣泄出來了。

附〈八陣圖〉結構分析表：

△
- 揚（頌讚）
  - 全面—「功蓋三分國」
  - 重點—「名成八陣圖」
- 抑（惋惜）
  - 接榫—「江流石不轉」
  - 遺恨—「遺恨失呑吳」

其五爲〈宿桐廬江寄廣陵舊遊〉：

山暝聽猿愁，滄江急夜流。風鳴兩岸葉，月照一孤舟。建德非吾土，維揚憶舊遊。還將兩行淚，遙寄海西頭。

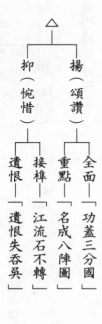

據詩題，可知這篇作品爲孟浩然乘舟停泊桐廬江畔時所作，旨在寫自己對揚州（廣陵）友人的懷念之情（愁）。全詩可分爲兩半：前半四句用以寫景，後半四句用以抒情。寫景的部分，先以開篇二句，就整體（大），藉山之暝、猿之啼和滄江夜晚的急流，襯托出一份「愁」，再以「風鳴兩岸葉」兩句，就局部（小），藉兩岸的風葉、月下的孤舟，兼及聽覺與視覺，進一步襯托出一份「愁」來。而抒情的部分，則先以「建德非吾土」兩句，指此地（桐廬）不是自己的故鄉（賓），以加强對揚州舊遊的懷念（主），所謂「雖信美而非吾土兮，曾何足以少留」（王粲〈登樓賦〉），又使「愁」推深一層；然後以「還將兩行淚」兩句，透過癡想，將自己的眼淚遠寄到揚州，大力地深化對揚州舊友的思念之情（愁）。由此可知，此詩是以篇首的「愁」字直貫至尾的。

附〈宿桐廬江寄廣陵舊遊〉結構分析表：

△
- 實（景）
  - 大
    - 山—「山暝聽猿愁」
    - 水—「滄江急夜流」
  - 小
    - 山—「風鳴兩岸葉」
    - 水—「月照一孤舟」
- 虛（情）
  - 賓（懷鄉）—「建德非吾上」
  - 主（憶舊）—「維揚憶舊遊」三句

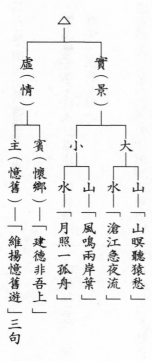

其六爲〈輞川閒居贈裴秀才迪〉：

寒山轉蒼翠，秋水日潺湲。倚杖柴門外，臨風聽暮蟬。渡頭餘落日，墟里上孤煙。復值接輿醉，狂歌五柳前。

這首詩是王維和裴迪秀才相酬爲樂之作，旨在藉自然景物與人物形象的刻畫，以寫作者閒逸之趣。它在首、頸兩聯，特地描繪了「輞川」附近的水陸秋景與暮色，勾勒出一幅有色彩、音響和動靜結合的和諧畫面。而在頷、末兩聯，則於一派悠閒的自然圖案中嵌入了作者自己倚杖聽蟬和裴迪狂歌而至的人事景象，兩兩相映成趣，形成物我一體的藝術境界，將「輞川閒居」之樂作了具體表達。趙慶培說：「既賞佳景，更遇良朋，輞川閒居之樂，至於此極啊！」（《唐詩鑑賞辭典》）道出了此詩好處。

附〈輞川閒居寄裴透才迪〉結構分析表：

- △
  - 昔（先）
    - 物象一
      - 陸—「寒山轉蒼翠」
      - 水—「秋水日潺湲」
    - 人事一
      - 倚杖—「倚杖柴門外」
      - 聽蟬—「臨風聽暮蟬」
  - 今（後）
    - 物象二
      - 水—「渡頭餘落日」
      - 陸—「墟里上孤煙」
    - 人事二
      - 友至—「復值接輿醉」
      - 狂歌—「狂歌五柳前」

其七爲〈山行〉：

遠上寒山石徑斜，白雲生處有人家。停車坐愛楓林晚，霜葉紅於二月花！

這是一秋日遊山之作，旨在藉山行時所見清麗秋色以寫作者恬適的心情。它的前二句，寫秋山之行，在這裡，作者以「遠」寫山之高，以石徑之「斜」寫路之曲折，而又以白雲中的人家作爲點綴，使得秋寒的高山顯得格外清幽安詳，且又令人感到溫暖，這是泛就山行所見清景來寫的。至於後二句，則用以寫紅豔的楓林，作者在此，採比較的手法，指明沐浴在斜陽之下的楓葉比二月花還來得紅，很巧妙地構成了一幅楓葉流丹、山林盡染的迷人畫面，這是特就山行時所見豔景來寫的。作者就這樣以清、豔之景，襯托出他玩賞秋山楓林時所湧生的恬靜而愉悅的心情。而這種情是耐人從篇外去尋取、領會的。

附〈山行〉結構分析表：

- △
  - 上山經過（昔）——「遠上寒山石徑斜」
  - 所見景物（今）
    - 清景——「白雲生處有人家」
    - 豔景——「停車坐愛楓林晚」二句

其八爲〈黃鶴樓〉：

昔人已乘黃鶴去，此地空餘黃鶴樓。黃鶴一去不復返，白雲千載空悠悠。晴川歷歷漢陽樹，芳草萋萋鸚鵡洲。日暮鄉關何處是，煙波江上使人愁。

此爲懷古思鄉之作，是採「先目後凡」的結構寫成的。作者先將題目扣緊，透過想像，在起、頷兩聯，就黃鶴樓虛寫它的來歷；而由黃鶴之一去不返與白雲千載之悠悠，將時空擴大，預爲結句之「愁」蓄力；這是「目一」的部分。接著在頸聯，仍針對著題目，實寫登樓所見的空闊景物，而由歷歷之晴川和萋萋之芳草，正如所謂的「水流無限似儂愁」（劉禹錫〈竹枝詞〉）、「王孫遊兮不歸，春草生兮萋萋」（《楚辭．招隱士》），含著無限愁恨，再爲結句之「愁」助勢；這是「目二」的部分。然後在尾聯，由自問自答中，承上聯，把空間從漢陽、鸚鵡洲推拓出去，伸向遙遠的故園，且在其間抹上一望無際的渺渺輕煙，很自然地逼出一篇主旨「鄉愁」作結；這是「凡」的部分。如此一路寫來，脈絡極其清晰。

附〈黃鶴樓〉結構分析表：

△
- 目
  - 一—虛寫來歷（敘事）—「昔人已乘」四句
  - 二：實寫景觀（寫景）—「晴川歷歷」二句
- 凡（抒情）—「日暮鄉關」二句

其九爲〈登金陵鳳凰台〉：

鳳凰台上鳳凰遊，鳳去台空江自流。吳宮花草埋幽徑，晉代衣冠成古邱。三山半落青天外，二水中分白鷺洲。總為浮雲能蔽日，長安不見使人愁。

這首詩旨在寫身世之感與家國之悲，和上一首一樣，是採「先凡後目」的結構寫成的。它首先以鳳凰之去與江之自流，讓人興起盛衰之感，爲尾句的「愁」字蓄力；再來以埋幽徑之吳宮花草和成古邱之晉代衣冠，承「鳳去台空」作進一層的描寫，巧妙地透過了眼前的幽徑與古邱作歷史的追溯。大家都知道三國時的東吳和後來的東晉都先後建都於金陵，繁華可說盛極一時，然而吳國昔日的富麗宮廷卻已經荒蕪，埋在今日的幽徑；東晉從前的風流人物也早已逝世，埋於今日的丘墳；這些都使作者產生强烈的興亡之感，再爲尾句的「愁」字助勢。接著以半落青天外之三山與中分白鷺洲之二水，將目光由弔古而轉向若隱若現的三山與奔騰不息的長江，有意藉登台所見的山水壯闊之景，和上聯所寫的衰颯之狀作成鮮明的對比，以寓人事已非、江山如故的深切感慨，進一步爲尾句的「愁」字加强它的感染力量。最後以浮雲之蔽日譬邪臣之蔽賢，一方面爲自己被排擠出京而憤懣，一方面又爲唐王朝重蹈六朝覆轍而憂慮，明白地爲結尾的「愁」交代了它形成的主因。就這樣以「先目後凡」的形式，將一篇之主旨「愁」巧妙地拈出，手法是極高明的。

附〈登金陵鳳凰台〉結構分析表：

△
- 目
  - 一—虛寫來歷（敘事）—「鳳凰台上」二句
  - 二—實寫景觀（寫景）
    - 近
      - 幽徑—「吳宮花草」句
      - 古邱—「晉代衣冠」句
    - 遠
      - 山……「三山半落」句
      - 水……「二水中分」句
- 凡（抒情）—「總為浮雲」二句

其十為〈琵琶行〉：

潯陽江頭夜送客，楓葉荻花秋瑟瑟。主人下馬客在船，舉酒欲飲無管弦；醉不成歡慘將別，別時茫茫江浸月。忽聞水上琵琶聲，主人忘歸客不發。

尋聲闇問彈者誰？琵琶聲停欲語遲。移船相近邀相見，添酒迴燈重開宴。千呼萬喚始出來，猶抱琵琶半遮面。轉軸撥弦三兩聲，未成曲調先有情。弦弦掩抑聲聲思，似訴平生不得志。低眉信手續續彈，說盡心中無限事。輕攏慢撚抹復挑，初為霓裳後綠腰。大弦嘈嘈如急雨，小弦切切如私語；嘈嘈切切錯雜彈，大珠小珠落玉盤。間關鶯語花底滑，幽咽泉流水下灘。水泉冷澀弦凝絕，凝絕不通聲暫歇。別有幽愁闇恨生，此時無聲勝有聲。銀瓶

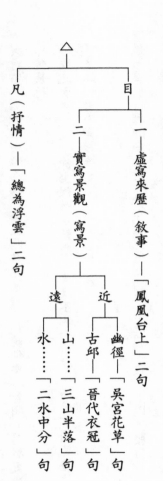

乍破水漿迸，鐵騎突出刀槍鳴。曲終收撥當心畫，四弦一聲如裂帛。東船西舫悄無言，唯見江心秋月白。

沉吟放撥插弦中，整頓衣裳起斂容。自言：「本是京城女，家在蝦蟆陵下住。十三學得琵琶成，名屬教坊第一部。曲罷曾教善才伏，妝成每被秋娘妒。五陵年少爭纏頭，一曲紅綃不知數。鈿頭雲篦擊節碎，血色羅裙翻酒汙。今年歡笑復明年，秋月春風等閒度。弟走從軍阿姨死，暮去朝來顏色故。門前冷落車馬稀，老大嫁作商人婦。商人重利輕別離，前月浮梁買茶去。去來江口守空船，遶船月明江水寒。夜深忽夢少年事，夢啼妝淚紅闌干。」

我聞琵琶已嘆息，又聞此語重唧唧！同是天涯淪落人，相逢何必曾相識！我從去年辭帝京，謫居臥病潯陽城；潯陽地僻無音樂，終歲不聞絲竹聲。住近湓江地低溼，黃蘆苦竹繞宅生；其間旦暮聞何物？杜鵑啼血猿哀鳴。春江花朝秋月夜，往往取酒還獨傾。豈無山歌與村笛？嘔啞嘲哳難為聽。今夜聞君琵琶語，如聽仙樂耳暫明。莫辭更坐彈一曲，為君翻作琵琶行。

感我此言良久立，卻坐促弦弦轉急；淒淒不似向前聲，滿座重聞皆掩泣。座中泣下誰最多？江州司馬青衫溼。

這是一首歌行體的樂府詩，旨在藉琵琶女的不幸遭遇（賓），以抒發自身淪落之恨（主）。

就全詩來看，它是用「目、凡、目」的形式寫成的。它首先以「潯陽江頭夜送客」十四句，由夜送客寫到聞琵琶而邀相見，預爲琵琶女之彈奏先架好適當的橋梁。其次以「轉軸撥弦三兩聲」二十四句，細密地摹寫了琵琶女初彈琵琶的聲音、技巧與過程，其中「轉軸」二句用以寫試音，「弦弦」六句用以寫彈奏的技巧和樂曲，「大弦」十二句採用譬喻的手法來寫琵琶的各種聲音，而「曲終」四句則交代了「曲終」之事，並以周遭的人事與自然景象，烘托出音樂之感人與心情之哀苦。又其次用「沉吟」二句作引渡，帶出「自言本是京城女」二十二句，藉琵琶女之口，敘明自己的籍貫、曲藝所出與遭遇。就在敘遭遇的部分，先以「曲罷」八句，敘昔日獻藝的盛況；再以「弟走」十句，敘後來年老色衰、嫁作商人婦而備受冷落的情形；兩者恰恰形成强烈的對比，以增强感染力。以上是「目一」的部分。再其次以「我聞琵琶已嘆息」四句，承上啓下，拈出「淪落」二字作爲一篇綱領，以統攝全篇，這是「凡」的部分。接著以「我從去年辭帝京」十二句，寫自己謫居潯陽之事，並以「無音樂」爲重心來寫潯陽環境的惡劣，既藉以强化「聞琵琶」後的感動，也用以加深自己被謫（淪落）之恨。最後依序以「今夜」四句，敘重彈一曲的請求與寫作此詩的用意，以「感我」六句，寫重彈一曲的情事與結果，結合了琵琶曲聲之悲與自身淪落之恨，將濃重的感傷氣氛推向高潮，而戛然收束。以上是「目二」的部分。如此以「目、凡、目」的結構來寫，使淪落之恨不但融入曲聲與兩人之遭遇，更灑滿大江、明月、楓葉、荻花、黃蘆、苦竹、啼鵑、哀猿之上，真是「情致曲盡，入人肝脾」（王若虛《滹南遺老集》），感人至深。

附〈琵琶行〉結構分析表：

- △
  - 目
    - 今
      - 引子
        - 因
          - 夜送客—「潯陽」二句
          - 無管弦—「主人」四句
          - 聞琵琶—「忽聞」二句
        - 果（邀相見）—「尋聲」六句
      - 初彈
        - 試音—「轉軸」二句
        - 彈奏過程
          - 實寫—「弦弦」六句
          - 譬喻—「大弦」十二句
        - 曲終—「曲終」四句
    - 昔（琵琶女）
      - 接榫—「沉吟」二句
      - 來歷
        - 籍貫—「自言」二句
        - 學成—「十三」二句
      - 遭遇
        - 昔盛—「曲罷」八句
        - 今衰—「弟去」十句
  - 凡—「我聞琵琶」四句
  - 目
    - 昔（作者）
      - 謫居潯陽—「我從」二句
      - 潯陽環境
        - 無音樂—「潯陽」二句
        - 地勢低—「住近」二句
        - 所聞聲
          - 自然—「其間」二句
          - 接榫—「春江」二句
          - 人事—「豈無」二句
    - 今
      - 重彈—「今夜」七句
      - 掩注
        - 滿座—「滿座」句
        - 作者—「座中」二句

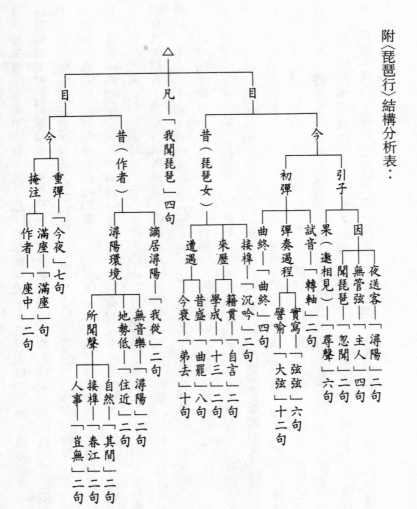

其十一爲〈正氣歌〉：

天地有正氣，雜然賦流形：下則為河嶽，上則為日星，於人曰浩然，沛乎塞蒼冥。皇路當清夷，含和吐明庭；時窮節乃見，一一垂丹青：

在齊太史簡，在晉董狐筆，在秦張良椎，在漢蘇武節；為嚴將軍頭，為嵇侍中血，為張睢陽齒，為顏常山舌；或為遼東帽，清操厲冰雪；或為出師表，鬼神泣壯烈；或為渡江楫，慷慨吞胡羯；或為擊賊笏，逆豎頭破裂。

是氣所磅礴，凜烈萬古存。當其貫日月，生死安足論？地維賴以立，天柱賴以尊。三綱實繫命，道義為之根。

嗟予遘陽九，隸也實不力。楚囚纓其冠，傳車送窮北。鼎鑊自如飴，求之不可得。陰閴臭鬼火，春院閟天黑。牛驥同一皁，雞棲鳳凰食。一朝蒙霧露，分作溝中瘠。如此再寒暑，百沴自辟易。哀哉沮洳場，為我安樂國！豈有他繆巧？陰陽不能賊。顧此耿耿在，仰視浮雲白，悠悠我心悲，蒼天曷有極！哲人日已遠，典型在夙昔，風簷展書讀，古道照顏色。

這是一首五言古詩，旨在論正氣在扶持倫常綱紀、延續宇宙生命的莫大價值，從而抒發憂國憂民的情懷。它採「先論（虛）後敘（實）」的結構寫成：「論」的部分自篇首至「道義爲之根」止，作者在此，先以「天地有正氣」二句，作一總括，以引出下面的議論。其次以「下則爲河嶽」三句，平提河嶽（地）、日星（天）和人，指明正氣對天、地、人的影響；然後側注於「人」，用「先因後果」的形式來議論，其中「因」的部分自「皇路書清夷」至「逆豎頭破裂」止，在這裡，又先以「皇路」四句平提治世與亂世，再以「在齊」十六句側注於亂世，列舉了歷史上十二位「哲人」的壯烈事跡，證明浩然正氣在人身上的體現；而「果」的部分則自「是氣所磅礴」至「道義爲之根」止，依序就時間（萬古存）、空間（貫日月）和人倫，由上舉歷史哲人所表現的浩然正氣上，道出它的所以然來，那就是它不僅足以立天立地，更是人類一切倫理道德的根源，這可說是一篇主旨之所在，作者所以能在歷經威嚇利誘下，始終堅守節操，力量就出在這裡。至於「敍」的部分是由「嗟予遘陽九」至篇末，它先採「先凡後目」的形式來敍自己所遭遇的厄運，其中「嗟予」兩句爲「凡」，特爲下文的敍寫作一總冒；而「目」的部分，則先以「楚囚」四句寫自己倉卒被囚的事情，再以「陰房」十二句，分兩階段，即初時與如今，來寫自己在獄中的狀況，藉自身的經歷，再一次證實了浩然正氣的作用與價值；然後以「顧此」四句抒發了他憂國憂民的情懷，寫得真是丹心、白雲交相輝映啊！這樣敍自身的厄運之後，作者再用「哲人日已遠」四句，既上收「時窮節乃見」的十二位哲人和受盡悲苦遭遇的自己，來歌頌正氣，也交代了自己作這一首詩的用意。林西仲說：「文之悲壯感慨、忠義之氣，千古長存。」（《古文析義》卷六）說得一點也不錯。

附〈正氣歌〉結構分析表：

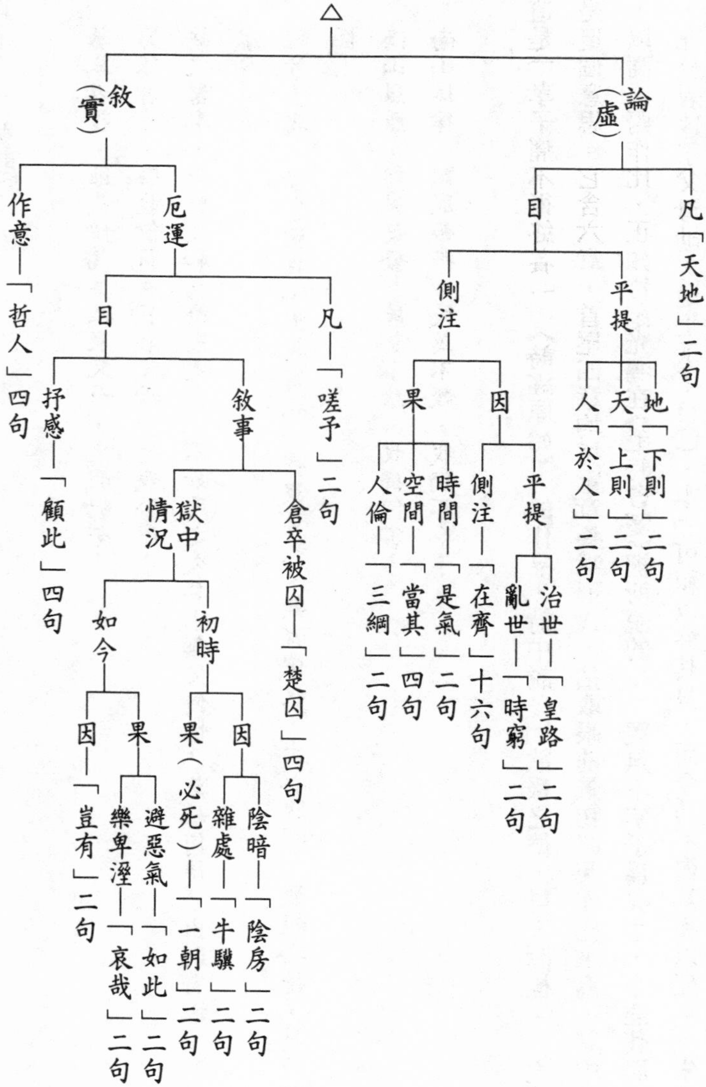
△
論（虛）
凡「天地」二句
目
平提
地「下則」二句
天「上則」二句
人「於人」二句
側注
因
平提
治世—「皇路」二句
亂世—「時窮」二句
側注—「在齊」十六句
果
時間—「是氣」二句
空間—「當其」四句
人倫—「三綱」二句
敘（實）
厄運
凡—「嗟予」二句
目
敘事
倉卒被囚—「楚囚」四句
獄中情況
初時
因
陰暗—「陰房」二句
雜處—「牛驥」二句
果（必死）—「一朝」二句
如今
果
避惡氣—「如此」二句
樂卑溼—「哀哉」二句
因—「豈有」二句
抒感—「顧此」四句
作意—「哲人」四句

其十二爲〈蓼莪〉：

蓼蓼者莪，匪莪伊蒿。哀哀父母，生我劬勞！

蓼蓼者莪，匪莪伊蔚。哀哀父母，生我勞瘁！

缾之罄矣，維罍之恥。鮮民之生，不如死之久矣！無父何怙？無母何恃？出則銜恤，入則靡至。

父兮生我，母兮鞠我，拊我畜我，長我育我，顧我復我，出入腹我。欲報之德，昊天罔極！

南山烈烈，飄風發發。民莫不穀，我獨何害！

南山律律，飄風弗弗。民莫不穀，我獨不卒！

這是「孝子痛不得終養」（《詩經原始》）的作品，詩中說：「欲報之德，昊天罔極」，表達的正是這個意思。它含六章，首尾四章均採重章疊唱形式，拈取眼前景物起興作比來寫，其中首二章，以蒿、蔚作比，正如竹添光鴻在《毛詩會箋》裡所說的：「親無不望子爲美才，今匪莪而蒿也」，充分表達了父母劬勞地生下了自己，本「可賴以終其身，而今乃不得其養以死」（朱熹《詩集傳》）的無比哀痛；而尾二章，則以南山、飄風起興，哀痛地抒發了「民莫不得以養父母，我何爲遭此害，而不得終養乎」（嚴粲《詩緝》）的深重感嘆。這首尾四章，可以說是以比興取勝的，至於中間二章，則主要用賦法來寫。它的前章，先以瓶、罍爲喻，指出「父母不得其所，乃子之責」（朱熹《詩集傳》），再直抒自己雙親俱亡，無怙無恃的危苦；這和尾二章是彼此呼應的。而後章就應首二章，先連下九「我」字，歷敍父母對自己的撫育過程，再拈出「欲報之德」二句來統攝全詩，寫來字字含情，令人千載而下，亦爲之動容。方玉潤《詩經原始》說：「詩首尾二章，前用比，後用興。前說父母劬勞，後說人子不幸，遙遙相對。中間兩章，一寫無親之苦，一寫育子之艱，備極沉痛，幾於一字一淚，可抵一部《孝經》讀。」體味得極深刻。

附〈蓼莪〉結構分析表：

- △
  - 目
    - 一、父母劬勞
      - 一—「蓼蓼者莪」（一章）四句
      - 二—「蓼蓼者莪」（二章）四句
    - 二
      - 無親之苦（人子不幸）—「缾之罄矣」八句
      - 育子之艱（父母劬勞）—「父兮生我」六句
  - 凡—「欲報之德」二句
  - 目（人子不幸）
    - 一—「南山烈烈」四句
    - 二—「南山律律」四句

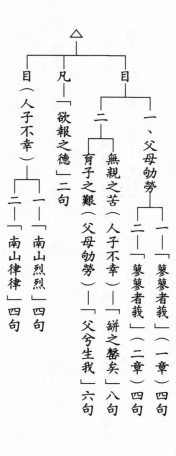

## (二)詞

以詞而言，共選了四篇，首先是〈清平樂〉：

> 別來春半，觸目愁腸斷。砌下落梅如雪亂，拂了一身還滿。　雁來音信無憑，路遙歸夢難成。離恨恰如春草，更行更遠還生。

這闋詞旨在寫「離恨」，是用「先凡後目」的結構寫成的。作者首先以起句「別來春半」，點明別離的時間。其次以次句「觸目愁腸斷」，用「觸目」作一泛寫，以領出後面實寫「觸目」所見之各種景物；用「愁腸斷」，爲主旨「離恨」，初就本身作形象之表出；這是「凡」的部分。繼而以「砌下落梅如雪亂」兩句，承次句之「觸目」，並下應結尾之「離恨」，寫落花之多與佇立之久，進一步的就外物與本身，表示無限之「離恨」來；這是「目一」的部分。接著以「雁來音信無憑」兩句，用「雁來」與「路遙」，承次句，寫「觸目」所見；用「音信無憑」與「歸夢難成」，大力的再將「離恨」推深一層；這是「目二」的部分。然後以結二句，藉「春草」之「更行更遠還生」，承次句，寫「觸目」所見，並拈出「離恨」以點醒全篇；這是「目三」的部分。如此一路寫來，脈絡極其明晰。

附〈清平樂〉結構分析表：

- △
  - 凡
    - 因—「別來春半」
    - 果—「觸目愁腸斷」
  - 目
    - 目一（落梅）—「砌下落梅如雪亂」二句
    - 目二
      - （雁來）—「雁來音信無憑」
      - （路遙）—「路遙歸夢難成」
    - 目三（春草）—「離恨恰如春草」二句

其二爲〈蘇幕遮〉：

燎沉香，消溽暑。鳥雀呼晴，侵曉窺檐語。葉上初陽乾宿雨，水面清圓，一一風荷舉。

故鄉遙，何日去？家住吳門，久作長安旅。五月漁郎相憶否？小楫輕舟，夢入芙蓉浦。

此詞旨在寫鄉心之切。它的上片，採由近及遠的形式來寫雨後的夏日晨景：首先以開端「燎沉香」二句，寫室內的爐香，並提明季節、時間；其次以「鳥雀呼晴」二句，由室內推擴到屋外，寫窺檐的鳥雀，並交代夜雨初晴；再其次以「葉上初陽乾宿雨」三句，又由屋外推遠到荷塘，寫初日照耀下既清又圓的荷葉與因風微顫的荷花。其中寫爐香，寫鳥雀，是賓；而寫風荷才是主。因爲經由此地（汴京）的風荷，作者就能和故鄉（錢塘）的芙蓉（荷花別名）浦相連在一起，預爲下片寫小楫輕舟的歸夢鋪好路子。到了下片，主要用以抒情。作者先以「故鄉遙」二句，寫鄉思，拈明一篇之作意，來統一全詞；次以「家在吳門」二句，指出自己旅居日久的所在地與故鄉，用以推深鄉思，並寓身世之感；末以「五月漁郎相憶否」三句，回應上片的「風荷」，藉小楫輕舟入芙蓉浦，來寫故鄉歸夢，將鄉思又推深一層，產生巨大的感染力。這樣用「先實（景）後虛（情）」的形式來寫，寫得十分動人。

附〈蘇幕遮〉結構分析表：

- △
  - 實（夏日晨景）
    - 賓
      - 室內—「燎沉香」二句
      - 室外—「鳥雀呼晴」二句
    - 主—「葉上初陽乾宿雨」三句
  - 虛（故鄉歸夢）
    - 設問一
      - 問—「故鄉遙」二句
      - 答—「家住吳門」二句
    - 設問二
      - 問—「五月漁郎相憶否」
      - 答—「小楫輕舟」二句

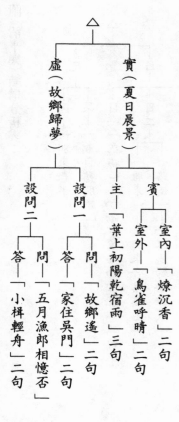

其三爲〈念奴嬌〉：

大江東去，浪淘盡，千古風流人物。故壘西邊，人道是三國周郎赤壁。亂石崩雲，驚濤裂岸，捲起千堆雪。江山如畫，一時多少豪傑。　遙想公瑾當年，小喬初嫁了，雄姿英發。羽扇綸巾，談笑間，檣櫓灰飛煙滅。故國神遊，多情應笑我，早生華髮。人生如夢，一尊還酹江月。

此爲懷古感遇之作，乃作者謫居黃州時所寫。它由物內寫到物外，而就「物內」來寫的，自篇首至「早生華髮」止，共分三個部分：頭一部分，自篇首至「一時多少豪傑」止，寫赤壁如畫的江山勝景，並由景而及於三國當年破曹的英雄豪傑，作歷史的追溯，以暗含古今興亡的感慨，預爲篇末的主旨——「多情」鋪路。第二部分自「遙想公瑾當年」至「檣櫓灰飛煙滅」止，承上個部分的「豪傑」，用「遙想」領入，寫「三國周郎」當年的少年英氣、功業事蹟和不可一世的雄風，隱約地表出自己無比的仰慕之情，以逼出下個部分的「多情」來。第三部分自「故國神遊」至篇末，首先以「故國神遊」一句，將上兩個部分的敘寫作一收束，然後以「多情應笑我」四句，由古代的周郎拍向自己身上，藉自身年老、一事無成的衰頹形象，有意與周郎的「雄姿」作成尖銳對比，以表出時不我與、英雄無用武之地的深切感慨——「多情」來。至於寫「物外」

的，則僅「人生如夢」兩句，透過「夢」使自己由物內超脫到物外，達於物我合一的境界，顧易生以爲這結束語乃「絢燦慷慨之極歸於蕭灑曠達」（《詞林觀止》上），是極有見地的。

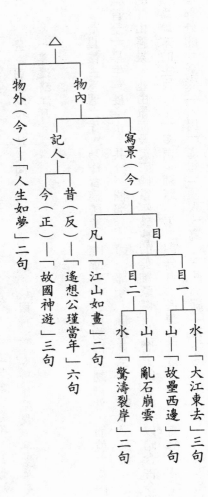

附〈念奴嬌〉結構分析表：

△
- 物內
  - 寫景（今）
    - 目
      - 目一
        - 水—「大江東去」三句
        - 山—「故壘西邊」二句
      - 目二
        - 山—「亂石崩雲」
        - 水—「驚濤裂岸」二句
    - 凡—「江山如畫」二句
  - 記人
    - 昔（反）—「遙想公瑾當年」六句
    - 今（正）—「故國神遊」三句
- 物外（今）—「人生如夢」二句

其四爲〈賀新郎〉：

綠樹聽鵜鴂。更那堪、鷓鴣聲住，杜鵑聲切！啼到春歸無尋處，苦恨芳菲都歇。算未抵人間離別。馬上琵琶關塞黑，更長門翠輦辭金闕。看燕燕，送歸妾。　將軍百戰身名裂，向河梁回頭萬里，故人長絕。易水蕭蕭西風冷，滿座衣冠似雪。正壯士悲歌未徹。啼鳥還知如許恨，料不啼清淚長啼血。誰共我，醉明月。

此爲贈別之作，由「賓」和「主」兩個部分組成。「賓」的部分，先由啼鳥之苦恨寫到人間之別恨，然後合人、鳥雙寫，這是採「先目後凡」的形式寫成的；而由此所帶出的送別之意，即結尾「誰共我，醉明月」兩句，則爲「主」的部分。就在寫啼鳥之苦恨時，直接敘三種啼鳥，藉牠們的鳴聲以增添送別之恨；而在寫人間的別恨時，則臚列了古代有關送別的恨事，來表達難言之痛，從而推深眼前的送別之情。其中頭一件恨事爲漢王昭君別帝闕出塞，不過在此必須一提的是：「更長門」句，雖用漢陳皇后事，但「仍承上句意，謂王昭君自冷宮出而辭別漢闕」（鄧廣銘《稼軒詞編年箋注》），這是很合理的看法；第二件恨事爲衛莊姜送妾歸陳國；第三件恨事爲漢李陵送蘇武回中原；第四件恨事爲戰國末荊軻別燕太子丹入秦刺秦王。以上四件送別之恨事，前二者的主角爲女子，後二者的主角爲男子。這樣分開列舉，所謂「悲歌未徹」，一定和當日時事有所關聯。如進一步加以推敲，前二者當與當時和番聯敵的政策相涉，用以表示諷喻之意；而後二者，則與滯留或喪生於淪陷區的愛國志士相關，用以抒發關切與哀悼之情。不然，送「茂嘉十二弟」，怎麼會恨到「不啼清淚長啼血」呢？這麼說，第一、三、四等件恨事，都不成問題，必須作一番說明的是第二件恨事。大家都知道，衛莊公夫人莊姜無子，以陳女戴媯所生子完爲己子，莊公死後，完繼立爲君，卻被公子州吁所殺，於是莊姜送陳女戴媯歸陳，並由石碏居間謀計，終於執州吁於濮而殺了他。這件事，從某個角度來看，跟當時聯敵的政策是不是有關聯呢？答案是相當肯定的。由此說來，作者用這四件事材來寫，除了用以襯托送別茂嘉十二弟之情外，是別有一番「言外之意」的。以上由開端至「滿座衣冠似雪」止，是「目」的部分。至於緊接而來的「正壯士悲歌未徹」三句，合人與鳥來寫，則爲「凡」的部分：它的上句，用側注以回繳整體的技巧，上收人間的別恨；而下二句，則用以上收啼鳥的苦恨；並表示這種苦恨與別恨的悲劇依然繼續上演，並未結束，以抒發作者滿腔悲憤。寫「賓」寫到這裡，才過到了「主」，正式點出惜別之意作結。所謂「有恨無人省」（蘇軾〈卜算子〉詞），作者之恨，在茂嘉十二弟離開後，將要變得更綿綿不盡了。

附〈賀新郎〉結構分析表：

△
- 賓
  - 目
    - 目一（啼鳥苦恨）
      - 鵜鴂—「綠樹聽鵜鴂」
      - 鷓鴣—「更那堪、鷓鴣聲住」
      - 杜鵑—「杜鵑聲切」
    - 凡
      - 啼鳥苦恨—「啼到春歸」二句
      - 人間別恨—「算未抵人間離別」
    - 目二（人間別恨）
      - 昭君—「馬上琵琶關塞黑」二句
      - 歸妾—「看燕燕」二句
      - 李陵—「將軍百戰身名裂」三句
      - 荊軻—「易水蕭蕭西風冷」二嗎
  - 凡
    - 人間別恨—「正壯士悲歌未徹」
    - 啼鳥苦恨—「啼鳥還知如許恨」二句
- 主—「誰共我」二句

### ㈢曲

以曲而言，共選了五篇，首先是〈大德歌〉：

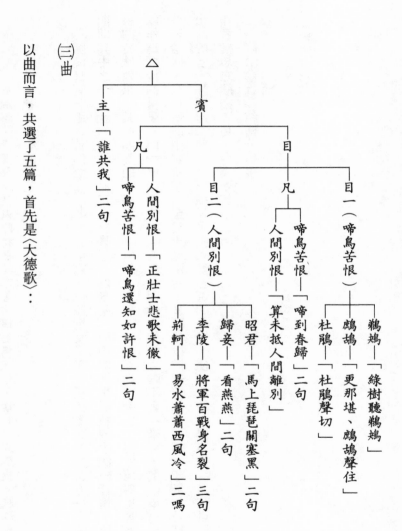

風飄飄，雨瀟瀟，便做陳摶也睡不著，懊惱傷懷抱，撲簌簌淚點拋。秋蟬兒噪罷寒蛩兒叫，淅零零細雨灑芭蕉。

關漢卿有一組四首的〈大德歌〉，分別寫一位癡情女子在春夏秋冬四季對遠方情人的思念，本曲即其中之一。就它的結構而言，以景起，以景結，而中間則用插敘的手法來抒情，形成情景交融的特殊效果。其中開篇的「風飄飄」兩句，藉淒迷的風雨聲，帶出「便做陳摶也睡不著」句，以作為抒情的橋梁。而「懊惱傷懷抱」二句，則承上句的「睡不著」來寫，進一步寫出主人翁的愁苦情狀，為抒情的主體所在。至於末尾兩句，又顯然以景襯情，藉秋蟬、寒蛩和雨打芭蕉所發出的聲音，呼應起二句，充分襯托了主人翁悲苦的心境，使抽象的「傷懷抱」之苦得以具象化。作者構思之縝密工巧，令人讚賞不止。

附〈大德歌〉結構分析表：

△
- 實（景）
  - 風起—「風飄飄」
  - 雨下—「雨蕭蕭」
- 虛（情）
  - 失眠—「便做陳摶也睡不著」
  - 傷懷—「懊惱傷懷抱」
  - 落淚—「撲簌簌淚點拋」
- 實（景）
  - 秋蟲鳴叫—「秋蟬兒噪罷寒蛩叫」
  - 雨打芭蕉—「淅零零細雨灑芭蕉」

其二爲〈沉醉東風〉：

黃蘆岸白蘋渡口，綠楊堤紅蓼灘頭。雖無刎頸交，卻有忘機友：點秋江白鷺沙鷗。傲殺人間萬戶侯；不識字煙波釣叟。

這首小令透過對漁父生活的讚美，以寫自己的閒適心境。它採「先目後凡」的形式寫成，其中的「目」有二：頭一個「目」的部分爲起二句，寫漁父平日所享有的江邊風光，這種風光在水岸、渡口和灘頭的底子上，用黃蘆、白蘋、綠楊、紅蓼加以點綴，色彩之鮮明，予人以美的極大

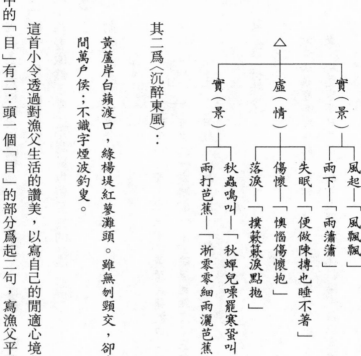

享受；此爲漁父「傲殺人間萬戶侯」的一種財富；而第二個「目」的部分，爲「雖無刎頸交」三句，寫漁父與忘機的水邊鷗鷺爲友；這是漁父「傲殺人間萬戶侯」的另一種財富。有此二「目」爲「因」，自然就得出它的「果」——「傲殺人間萬戶侯」二句，以總結上文之意作結，由此反映了作者傲然不羣，不肯與世俗妥協的堅定態度，讓人「想見其爲人」（《史記·孔子世家贊》）。

附〈沉醉東風〉結構分析表：

△
- 目
  - 可傲一（管山水）—「黃蘆白蘋渡口」二句
  - 可傲二（友鷗鷺）—「雖無刎頸交」三句
- 凡—「傲殺人間萬戶侯」二句

其三爲〈折桂令〉：

對青山強整烏紗。歸雁橫秋，倦客思家。翠袖殷勤，金杯錯落，玉手琵琶。人老去西風白髮。蝶愁來明日黃花。回首天涯。一抹斜陽，數點寒鴉。

本曲作於重陽節，藉登高宴集時所見景物及所涉人事，抒發思鄉之愁與身世之感。大體說來，是採「實、虛、實」的結構寫成的。前一個「實」指開篇二句，上句寫人事，藉「强整烏紗」的動作，暗用晉孟嘉落帽典故，引出身世之感，預爲下面的「倦客」作鋪墊；下句寫景物，透過橫秋的歸雁，觸發思鄉之情，預爲下面的「思家」作鋪墊。而「虛」乃指「倦客思家」一句，爲全曲之重心所在，既用以總括上文，又用以統攝下文。至於後一個「實」，則指「翠袖殷勤」八句，它先以「翠袖」三句，藉美人頻舉杯、彈琵琶的動作，寫宴集時醉酒情形；再以「人老」二句，化用蘇軾〈南鄉子〉「萬事到頭都是夢，休休，明日黃花蝶也愁」的詞句，寫好景不長、時不我與的感慨，以加强身世之感，這是偏就人事來寫的；然後以「回首」三句，襲用秦觀〈滿庭芳〉「斜陽外，寒鴉數點，流水遶孤村」的詞句，寫暮色之蒼茫，以推深思鄉之愁，這是偏就景物來說的。如此虛實互用，作品的感染力自然就增强了。

附〈折桂令〉結構分析表：

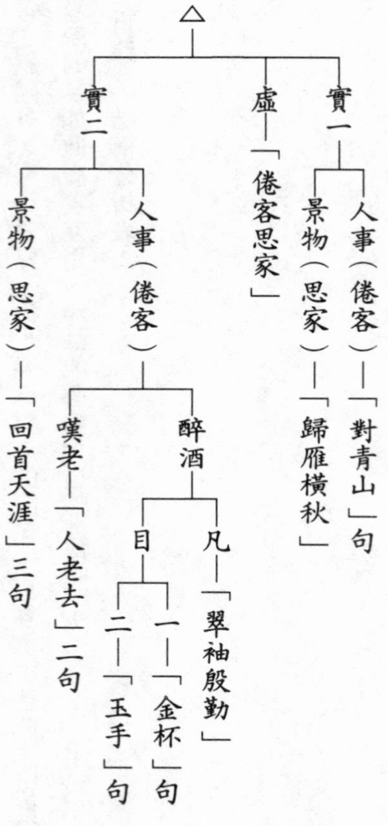


其四爲〈題西湖〉：

**〈雙調〉新水令**

四時湖水鏡無瑕，布江山自然如畫。雄宴賞，聚奢華。人不奢華，山景本無價。

**慶東原**

暖日宜乘轎，春風堪信馬，恰寒食有二百處秋千架。向人嬌杏花，撲人衣柳花，迎人笑桃花。來往畫船遊，招颭青旗掛。

**棗鄉詞**

納涼時，波漲沙，滿湖香芰荷蒹葭。瑩玉杯，青玉斝，恁般樓台正宜夏，都輸他沉李浮瓜。

**掛玉鉤**

曲岸經霜落葉滑，誰道是秋瀟灑。最好西湖賣酒家，黃菊綻東籬下。自立冬，將殘臘，雪片似江梅。血點般山茶。

**阿納忽**

山上栽桑麻，湖上尋生涯，枕頭上鼓吹鳴蛙，江上聽甚琵琶？

**尾**

漁村偏喜多鵝鴨，柴門一任絕車馬，竹引山泉，鼎試雷芽。但得孤山尋梅處。苫間草廈，有林和靖是鄰家，喝口水。西湖上快活煞。

本曲原共十二支，本課文只錄其中第一、二、三、四、十一與尾聲等六支，而將中間寫有關韶光易逝、繁華如夢（以上爲因）、歸隱山林、賽似神仙（以上爲果）等內容的第五、六、七、八、九、十等六支刪去了。這使前後的照應雖難免會產生一些小缺憾，但在整體的結構上卻依然保持了「凡、目、凡」的形式。首就前一個「凡」來說，爲〈新水令〉，它先泛寫西湖的自然景色，再以人事上的奢華作反襯，然後指出湖山勝景之無價，點明主旨，以統攝全曲。次就中間的「目」來說，它先以〈慶東原〉寫春景，藉轎馬、秋千、畫船、青旗等人文景色與杏、柳、桃等自然風光予以呈現，呈現得十分熱鬧；再以〈棗鄉詞〉寫夏景，由湖水、芰荷、蒹葭來正寫自然風光，並用廣廈樓台中的玉杯、美酒等人事作反襯，以凸顯湖光山色之美；接著以〈掛玉鈎〉寫秋、冬之景，其中藉葉落與酌酒賞菊來寫秋，藉江梅似雪、山茶似血來寫冬，寫出西湖秋、冬時宜人的景致。末就後一個「凡」來說，總結了上文各「目」寫四季景色的部分，先以〈阿納忽〉寫隱居生活的富足自在，再以〈尾〉寫隱居生活的淡泊適意，並由因而果，結出「西湖快活煞」一句，應起作收，收得點滴不漏。

附〈題西湖〉結構分析表：

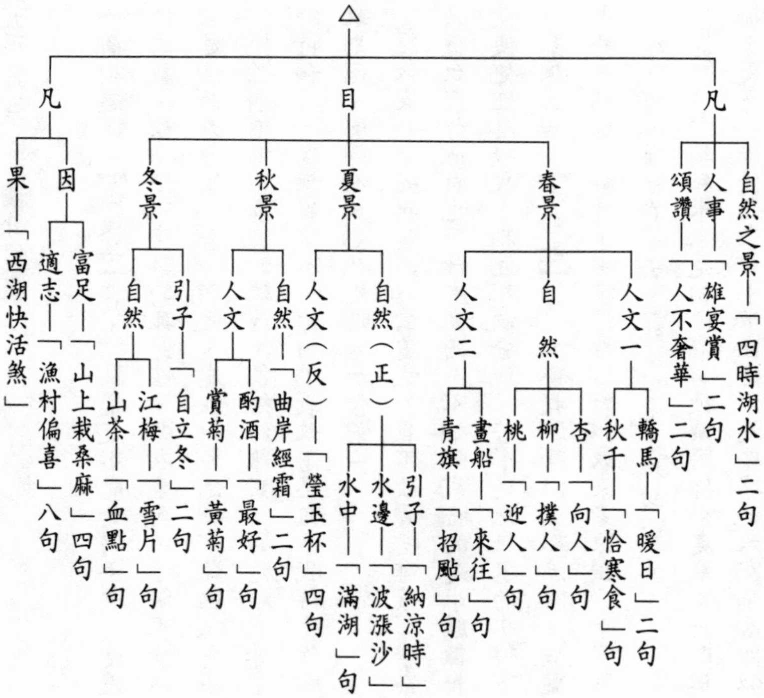
△
凡
自然之景
「四時湖水」二句
人事
「雄宴賞」二句
頌讚
「人不奢華」二句
目
春景
人文一
轎馬
「暖日」二句
秋千
「恰寒食」句
自然
杏
「向人」句
柳
「撲人」句
桃
「迎人」句
人文二
畫船
「來往」句
青旗
「招颭」句
夏景
自然（正）
引子
「納涼時」
水邊
「波漲沙」
水中
「滿湖」句
人文（反）
「瑩玉杯」四句
秋景
自然
「曲岸經霜」二句
人文
酌酒
「最好」句
賞菊
「黃菊」句
冬景
引子
「自立冬」二句
自然
江梅
「雪片」句
山茶
「血點」句
凡
因
富足
「山上栽桑麻」四句
適志
「漁村偏喜」八句
果
「西湖快活煞」

其五為《琵琶記・糟糠自厭》：

（商調過曲）【山坡羊】〔旦上〕亂荒荒不豐稔的年歲，遠迢迢不回來的夫婿，急煎煎不耐煩的二親，軟怯怯不濟事的孤身體，芳衣盡典，寸絲不挂體，幾番拚死了奴身已，爭奈沒主公婆教誰看取。（合）思之，虛飄飄命怎期？難捱，實丕丕災共危！

〔前腔〕滴溜溜難窮盡的珠淚，亂紛紛難寬解的愁緒。骨崖崖難扶持的病身，戰兢兢難捱過的時和歲。這糠我待不吃你啊！教奴怎忍飢？我待吃你啊！教奴怎生吃？思量起來，不如奴先死，圖得不知他親死時。（合前）

〔白〕奴家早上安排些飯與公婆吃。豈不欲買些鮭菜，爭奈無錢可買。不想婆婆抵死埋怨，只道奴家背地自吃了什麼東西，不知奴家吃的是米膜糠粃！又不敢教他知道，只得迴避。便使他埋怨殺我；我也不敢分說。苦！這糠粃怎的吃得下？（吃吐介）

（雙調過曲）【孝順歌】〔旦〕嘔得我肝腸痛，珠淚垂，喉嚨尚兀自牢嗄住。糠那！你遭礱被舂杵，篩你簸颺你，吃盡控持；好似奴家身狼狽，千辛萬苦皆經歷。苦人吃著苦味；兩苦相逢，可知道欲吞不去。〔外、淨潛上探覷介〕

〔前腔〕〔旦〕糖和米本是相依倚，被簸颺作兩處飛；一賤與一貴。好似奴家與夫婿，終無見期！丈夫，你便是米啊！米在他方沒處尋，奴家，恰便似糠啊！怎的把糠來救得人飢餒；

好似兒夫出去。怎得教奴供膳得公婆甘旨。〔外、淨潛下介〕

〔前腔〕〔旦〕思量我生無益，死又值甚的？不如忍飢死了為怨鬼。只一件，公婆老年紀，靠奴家相依倚；只得茍活片時。片時茍活雖容易；到底日久也難相聚。謾把糠來相比：這糠啊！尚兀自有人吃！奴家的骨頭，知他埋在何處？〔外、淨上〕

〔淨白〕媳婦，你在這裡吃什麼？

〔旦白〕奴家不曾吃什麼！〔淨搜奪介〕

〔旦白〕婆婆，你吃不得！

〔外白〕咳！這是什麼東西？

〔前腔〕〔旦〕這是穀中膜，米上皮。〔外白〕呀！這便是糠，要他何用？

〔旦〕將來饆饠堪療飢。〔淨白〕咦！這糠只好將去餵豬狗，如何把來自吃？

〔旦〕嘗聞古賢書，狗彘食人食，也強如草根樹皮。〔外、淨白〕恁的苦澀東西，怕不噎壞了你？〔旦〕齧雪吞氈，蘇卿猶健；餐松食柏，到做得神仙侶。這糠啊！縱然吃些何慮？〔淨白〕阿公，你休聽他說謊！糠粃如何吃得？〔旦〕爹媽休疑，奴須是你孩兒的糟糠妻室。

〔外、淨看哭介白〕媳婦！我原來錯埋怨了你；兀的不痛殺我也！〔外、淨悶倒，旦叫哭介〕

〔仙呂入雙調〕【雁過沙】〔旦〕苦沉沉向冥途，空教我耳邊呼。公公！婆婆！我不能殼盡心相奉事，反教你為我歸黃土！人道你死緣何故？公公！婆婆！怎生割捨得拋棄了奴？

〔外醒介〕〔旦白〕謝天謝地，公公醒了！公公，你閛閨！

〔前腔〕〔外〕媳婦！你擔飢事姑舅！媳婦！你擔飢怎生度？〔旦白〕公公，且自寬心，不要煩惱！〔外〕媳婦！我錯埋怨了你。你也不推辭，到如今始信有糟糠婦。媳婦！料應我不久歸陰府，也省得為我死的，累你生的受苦。

〔旦扶外起介〕公公，且在床上安息。待我看婆婆如何？〔旦叫不醒介〕呀！婆婆不濟事了！如何是好？

〔前腔〕〔旦〕婆婆氣全無，教奴怎支吾？咳，丈夫啊！我千辛萬苦，為你相看顧；如今到此難回護！我只愁母死難留父；況衣衫盡解，囊篋又無！

〔外白〕媳婦，婆婆還好麼？〔旦白〕婆婆不好了！

〔前腔〕〔外〕天那！我當初不尋思，教孩兒往帝都；把媳婦閃得苦又孤，把婆婆送入黃泉路：算來是我相耽誤！不如我死，免把你再辜負！

〔旦白〕公公休說這話！請自將息！〔外白〕媳婦，婆婆死了，衣衾棺槨，是件皆無，如何是好？〔旦白〕公公寬心，待奴家區處！

〔末上白〕福無雙降猶難信，禍不單行卻是真。老夫為何道此兩句？為鄰家蔡伯喈妻房趙氏五娘。他嫁得伯喈方才兩個月：伯喈便出去赴選。自去之後，連遭饑荒，公婆年紀皆在八十之上，家裡更沒個相扶持的。甘旨之奉，虧殺這五娘子。把些衣服首飾之類，盡皆典賣，辦些糧米，供給公婆，卻背地裡把糠粃餜饠充飢。這般荒年饑歲，少什麼有三五個孩兒的人家供膳不得爹娘；這個小娘子，真個今人中少有，古人中難得！那婆婆不知道，顛倒把他埋怨！適來聽得他公婆知道，卻又痛心，都害了病。如今，不免到他家裡探望則個！呀，五娘子，你為甚的慌慌張張？

〔旦白〕太公，「天有不測風雲，人有旦夕禍福」。奴家婆婆死了！〔末白〕唉，你婆婆既死了；你公公如今在那裡？〔旦白〕在床上睡著。〔末白〕待我去看一看。〔外白〕太公休怪，我起來不得了！〔末白〕老員外，快不要勞動。〔旦白〕太公，我婆婆衣衾棺槨，是件皆無，如何是好？〔末白〕五娘子，你不要愁煩，我自有區處。

（仙呂入雙調）【玉包肚】〔旦〕千般生受！教奴家如何措手？終不然把他骸骨，沒棺材送在荒坵〔合〕！相看到此，不由人不淚珠流！正是不是寃家不聚頭。

〔前腔〕〔末〕五娘子，不必多寡，資送婆婆在我身上有。你但小心承直公公，莫教他又成不救。〔合前〕

〔前腔〕〔外〕張公護救，我媳婦實難啟口，孩兒去後又遇饑荒，把衣衫典賣無留。〔合前〕

〔末白〕老員外，你請進裡面去歇息。待我一霎時叫家僮討棺木來，把老安人殯殮了，選個吉日，送在南山安葬去。〔外白〕如此多謝太公周濟！

〔旦〕只為無錢送老娘　〔末〕須知此事有商量

〔合〕歸家不敢高聲哭　唯恐猿聞也斷腸（下）

通常，詩歌作品要抒情說理，多半是透過景物來達成的。王國維在《人間詞話》裡說：「一切景語皆情語」，就是這個意思。而此齣〈糟糠自厭〉的戲卻藉敘事來竟功。如果要透徹明白情、理與景、事之間的關係，可用左列文字加以表示：

景　　情
　語皆　語
一切
事　　理

有了這層認識，就不難發現高明有意藉這齣戲中五娘吃糠的故事來發揚傳統的孝道，這和他寫《琵琶記》「只看子孝與妻賢」（見副末開場）的目的，是一致的。大體說來，這齣〈糟糠自厭〉，就結構而言，可分為序幕、主體和餘波三大部分。先看「序幕」，作者在此，用二支〈山坡羊〉寫五娘盡孝的困窘環境與孤苦心緒，並以一段道白扣到「吃糠」上，交代她背地裡吃糠的原因，預為寫吃糠的主體部分鋪路。接著看「主體」，首先在第一支〈孝順歌〉裡，用「嘔得我肝腸痛」三句，正面實寫吃糠的艱難；用「糠那」六句，取糠自喻；用「苦人吃著苦味」三句，道出糠之所以難下嚥的原因；就這樣把五娘悲慘的遭遇表述出來。其次在第二支〈孝順歌〉裡，取糠和米為喻，表現五娘夫貴妻賤、兩處分離之苦，即事以設喻，巧妙而自然地加重了五娘遭遇的悲慘程度。再其次在第三支〈孝順歌〉裡，用回環反覆、起伏跌宕的筆法，寫五娘爲公婆「苟活片時」的痛苦與身世不如米糠的感嘆，使五娘自我犧牲的偉大形象生動地展現在讀者面前。最後看「餘波」，首先依序用一段道白寫公婆起疑、第四支〈孝順歌〉寫五娘解釋、又一段道白寫公婆釋疑的經過，爲下文公婆「悶倒」以致婆婆去世的敘寫作接榫；這是「餘波」的第一部分。其次用動作（科）「外、淨悶倒，旦叫哭介」交代二老的昏迷與五娘的哭叫，以引出下面的曲子。這些曲子依序由第一支〈雁過沙〉寫二老昏迷後五娘的哀痛與內疚，由第二、三、四支〈雁過沙〉寫二老昏迷的結果是公公回醒而婆婆斷氣，並由此引發公公的自責；這是「餘波」的第二部分。又其次透過幾番道白，由五娘和她公公提出「衣衾棺槨」的問題，並藉張廣才之口，一方面讚揚五娘的賢慧，一方面又表示對「衣衾棺槨」自有區處的心意，以此作爲過渡，帶出三支〈玉抱肚〉的曲子，其中第一支由五娘唱出無棺下葬的痛苦，第二支由張廣才唱出自己願加資助的善意，第三支由五娘公公唱出張廣才護救之事與自家環境之困窘，並且以道白寫出張廣才之好義樂施和五娘公公對他的謝意，然後以落場詩作一總括；這是「餘波」的第三部分。如此以五娘的公婆和張廣才作爲配角，來陪襯五娘這個主人翁，正如張廣才說她的「真個今人中少有，古人中難得」，形象特別顯著，而她所表現的孝道光輝也永垂不朽。

附〈糟糠自厭〉結構分析表：

△
- 因（序幕）
  - 困窘環境—「亂荒荒……災共危」
  - 孤苦心緒—「滴溜溜……親死時」
- 果
  - 因（主體）
    - 實（吃糠）—「奴家早上……牢嗄住」
    - 虛（設喻）
      - 一層—「糠那……吞不去」
      - 二層—「糠和米……甘旨」
    - 實（感慨）
      - 苟活
        - 反—「思量我……片時」
        - 正—「片時……有人吃」
      - 感傷—「奴家的……在何處」
  - 果（餘波）
    - 公婆見疑
      - 起疑—「媳婦……什麼東西」
      - 解釋—「這是……糟糠妻室」
      - 釋疑—「媳婦……痛殺我也」
    - 婆婆去世
      - 凡—「苦沉沉……拋棄了奴」
      - 目
        - 公公回醒—「謝天……受苦」
        - 婆婆斷氣—「公公……怎支吾」
    - 埋葬婆婆
      - 目
        - 無資—「咳……奴家區處」
        - 護救—「福無雙降……周濟」
      - 凡—「只為無錢……也斷腸」

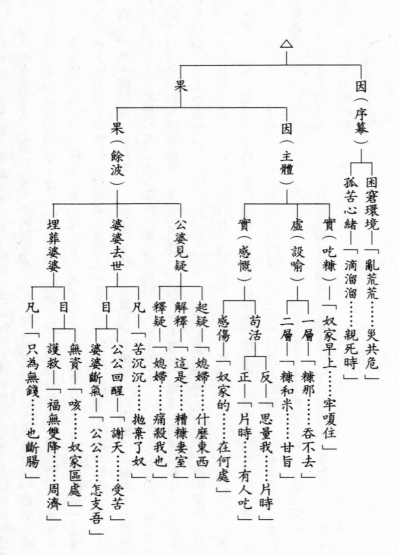

## 三、綜合探討

經由上文的分篇解析，已可初步看出現行高中國文古典詩歌教材的大概面貌，但爲了能看清楚一點，在此特地從體制、格律、義旨、修辭、結構、比重等六方面進一步作綜合性的探討：

### (一)在體制上

我國的古典詩，就其形制而言，可分爲古詩與近體兩大類。其中古詩又析爲古體詩與樂府詩，近體則析爲絕句與律詩。從現行高中國文教材來看，第一冊有〈飲馬長城窟行〉，爲樂府詩；第二冊有〈飲酒之五〉與〈贈衛八處士〉，爲古體詩；第三冊有〈八陣圖〉，爲五言絕句，而〈宿桐廬江寄廣陵舊遊〉、〈輞川閒居贈裴秀才迪〉，爲五言律詩，又有〈山行〉，爲七言絕句，而〈黃鶴樓〉、〈登金陵鳳凰台〉，爲七言律詩；第四冊有〈琵琶行〉，爲樂府詩；第五冊有〈正氣歌〉、〈蓼莪〉，爲古詩。由此看來，現行高中國文的古典詩教材，就體制而言，是一一具備的。

而古典詞的體制，就其字數多寡而言，主要有小令與長調；就其分段情形而言，則有單調、雙調、三疊、四疊之分。從現行高中國文教材來看，有詞四首，全選在第四冊，即〈清平樂〉、〈蘇幕遮〉、〈念奴嬌〉和〈賀新郎〉，皆屬雙調；又其中〈清平樂〉與〈蘇幕遮〉爲小令，而〈念奴嬌〉與

〈賀新郎〉爲長調。由此看來，古典詞的教材，就體制而言，缺少了單調、三疊和四疊等詞作。當然四疊詞是極少的，可以不選，但單調與三疊詞，卻應顧及而忽略了，這不能不說是一種缺憾。

至於古典曲，分爲散曲與劇曲兩類。散曲又可析爲小令與散套，而劇曲則可析爲北曲雜劇與南曲戲文。從現行高中國文教材來看，散曲選有小令〈大德歌〉、〈沉醉東風〉、〈折桂令〉和散套〈題西湖〉，而劇曲則選有南戲《琵琶記》中的〈糟糠自厭〉。由此看來，現行高中國文的古典教材，雖缺了北劇，但大致已涵蓋了各種體制，足以藉此看出元曲的大略輪廓。

從上述探討中，可以發現現行高中國文中的古典詩歌教材，在體制上來說，雖有些不足處，卻已能讓學生知悉它們多變的形式。

㈡在格律上

格律是指平仄、韻叶、對仗等的規定，一般而言，古體詩與樂府詩是沒有固定的平仄，也不要求對仗的；而詞、曲則因調子的不同而對平仄、韻叶或對仗有不同的要求；至於近體律絕，由於有固定而統一的格律，所以要求特別嚴。大體說來，現行高中國文的古典詩歌教材，除了崔顥的〈黃鶴樓〉和李白的〈登金陵鳳凰台〉二詩外，在格律上都不成問題。其中〈黃鶴樓〉詩的問題出在：

㈠前四句完全破律，用的是古詩格律。

㈡頷聯未對仗。

㈢前三句出現三次「黃鶴」

㈣在句尾處，第三句連用六仄聲、第四句連用三平聲。

㈤頸聯第五字，出句該平作仄，是孤平；對句該仄作平，爲拗救。

對於這些現象，潘光晟在《高中國文教師手冊》中解釋說：

> 所謂此詩以歌行入律者，以前四句一氣轉折，以文筆行之，一也；三四兩句，全無對仗，二也；平仄不調，第三句連用六仄聲（鶴、一、不、復皆入聲），尤違常規，三也；前三句連用三「黃鶴」，律詩無此作法，四也。

由此看來，〈黃鶴樓〉不算是合於格律的一首律詩。而〈登金陵鳳凰台〉詩的問題出在：

㈠起聯「鳳」字三重複、「凰」字二重複。

㈡次句第五字該仄作平。

㈢第三句失黏。

㈣第四句第五句該仄作平。

其中第一點，如依潘光晟先生的說法，和崔顥連用三「黃鶴」一樣，是不合格律的。而第

二、四點，若從寬以「一、三、五不論」來看，則可視爲合律；如「五」必論，則次句顯然不合格律，而第四句爲「失對」。所以邱燮友教授在《新譯唐詩三百首》中，將這一點和第三點合起來說：

> 頷聯「吳宮花草埋幽徑，晉代衣冠成古邱」的平仄與首聯的平仄相同，如將第三句的平仄和第四句的平仄對換，便合乎七律平起格的定式了，這便是「失對」「失黏」的現象，也可稱為「拗對」「拗黏」。王力的《漢語詩律學》在「失對和失黏」這一節上說：「首先我們須知，『對』和『黏』的格律在盛唐以前並不十分講究；二者比較起來，『黏』更居於不甚重要的地位。直至中唐以後，還偶然有不對不黏的例子。『失對』和『失黏』的『失』字是後代的詩人說出來的，『失』是不合格的意思，而唐人並不把不對不黏的情形認為這樣嚴重。因此，有些詩論家並不叫做『失對』『失黏』，只稱為『拗對』『拗黏』。」

可見〈登金陵鳳凰台〉也不能說是一首標準的律詩，不過比起〈黃鶴樓〉詩來，情況要好得多了。

假如不從格律上看，〈黃鶴樓〉與〈登金陵鳳凰台〉二詩都不事雕琢，流利自然，乃千古傳誦的絕唱，這是人人都曉得的。但如著眼於「七律」來選範作，則似有商榷之餘地，因爲近體詩對格律的嚴格要求，是不同於其他詩體的。

㈢在義旨上

在高中國文的二十一篇古典詩歌教材裡，就義旨而言，有寫離情（相思）、鄉愁的，也有爲閒逸之趣、恬適之情的，更有寫身世之感、家國之悲的，而他如寫重逢之喜、孝親之行，甚或懷舊的，也不乏其什。茲略述如左：

首先是寫離情，或寫離情而兼抒身世之感或家國之悲的，有：

㈠〈飲馬長城窟行〉

㈡〈清平樂〉

㈢〈大德歌〉

㈣〈賀新郎〉

其次是寫鄉愁，或寫鄉愁而兼抒身世之感的，有：

㈠〈黃鶴樓〉

㈡〈蘇幕遮〉

㈢〈折桂令〉

又其次是單寫身世之感，或寫身世之感而抒家國之悲的，有：

㈠〈登金陵鳳凰台〉

㈡〈琵琶行〉

㈢〈正氣歌〉

㈣〈念奴嬌〉

再其次是追懷古人或舊遊的，有：

㈠〈八陣圖〉

㈡〈宿桐廬江寄廣陵舊遊〉

復其次是寫閒逸之趣、恬適之情的，有：

㈠〈飲酒之五〉

㈡〈輞川閒居贈裴秀才迪〉

㈢〈沉醉東風〉

㈣〈題西湖〉

再來是寫久別重逢之喜的，有：

〈贈衞八處士〉

最後是寫孝親之行的，有

㈠〈蓼莪〉

㈡《琵琶記‧糟糠自厭》

在這些作品中，主要藉以寫離情（相思）、鄉愁與閒情者，居於多數，而這些義旨，本來就最常出現於我國的古典詩歌裡，所以這樣是很合情理的。不過，詩歌的內容義旨無所不包，如果能加以兼容，以免過分集中在其中幾類上，是該加以考慮的，並且這些作品大都透過寫景敘事來抒情，而少涉及說理（如宋詩）的領域，這是相當可惜的事。

### ㈣在修辭上

一般文體都必須講究字句的修飾，而詩歌尤其如此。就以現行高中國文課本裡的二十一篇古典詩歌來說，用到積極修辭方式來寫的，可以說比比皆是，其中比較顯著的，略予舉例如左：

1.類疊，如：

青青河畔草，緜緜思遠道。（〈飲馬長城窟行〉）

晴川歷歷漢陽樹，芳草萋萋鸚鵡洲。（〈黃鶴樓〉）

風飄飄，雨瀟瀟。（〈大德歌〉）

亂荒荒不豐稔的年歲，遠迢迢不回來的夫婿。（〈糟糠自厭〉）

2.譬喻，如：

枯桑知天風，海水知天寒。（〈飲馬長城窟行〉）

牛驥同一皁，雞棲鳳凰食。（〈正氣歌〉）

離恨恰如春草，更行更遠還生。（〈清平樂〉）

雪片似江梅，血點般山茶。（〈題西湖〉）

3.引用，如：

復值接輿醉，狂歌五柳前。（〈輞川閒居贈裴秀才迪〉）

馬上琵琶關塞黑，更長門翠輦辭金闕。看燕燕，送歸妾。（〈賀新郎〉）

人老去西風白髮，蝶愁來明日黃花。（〈折桂令〉）

恁般樓台正宜夏，卻輸他沉李浮瓜。（〈題西湖〉）

4.倒裝，如：

日暮鄉關何處是？煙波江上使人愁。（〈黃鶴樓〉）

停車坐愛楓林晚。（〈山行〉）

故國神遊，多情應笑我，早生華髮。（〈念奴嬌〉）

向人嬌杏花，撲人衣柳花，迎人笑桃花。（〈題西湖〉）

5.設問，如：

問君何能爾，心遠地自偏。（〈飲酒之五〉）

座中泣下誰最多？江州司馬青衫溼。（〈琵琶行〉）

故鄉遙，何日去？（〈蘇幕遮〉）

人道你死緣何故？公公！婆婆！怎生割捨得拋棄了奴？（〈糟糠自厭〉）

6.對仗，如：

功蓋三分國，名成八陣圖。（〈八陣圖〉）

燎沉香，消溽暑。（〈蘇幕遮〉）

黃蘆岸白蘋渡口，綠楊堤紅蓼灘頭。（〈沉醉東風〉）

人老去西風白髮，蝶愁來明日黃花。（〈折桂令〉）

7.頂真，如：

長跪讀素書，書中竟何如？（〈飲馬長城窟行〉）

一舉累十觴，十觴亦不醉。（〈贈衛八處士〉）

水泉冷澀絲凝絕，凝絕不通聲漸歇。（〈琵琶行〉）

只得苟活片時，片時苟活雖容易，到底日久也難相聚。（〈糟糠自厭〉）

8.借代，如：

舉酒欲飲無管弦。（〈琵琶行〉）

時窮節乃見，一一垂丹青。（〈正氣歌〉）

談笑間，檣櫓灰飛煙滅。（〈念奴嬌〉）

翠袖殷勤。（〈折桂令〉）

9.轉化，如：

杜鵑啼血猿哀鳴。（〈琵琶行〉）

鳥鵲呼晴，侵曉窺檐語。（〈蘇幕遮〉）

蝶愁來明日黃花。（〈折桂令〉）

這二十一篇作品所用積極修辭的方式和例子雖不止這些，但已足以看出它們活用修辭技巧的大概情形了。

## ㈤在結構上

結構是指詞章各個部分搭配、排列所形成的組織。本來可由局部與整體來看，現在為了一目了然起見，僅著眼於全篇來看現行高中國文課本裡二十一篇古典詩歌，雖然它會因切入的角度不一樣而呈現不同的面貌，但就一般而言，可以發現它們用了如下多種結構：

1.凡目結構：

(1)「先凡後目」者，有：

•〈飲馬長城窟行〉

•〈清平樂〉

(2)「先目後凡」者，有：

•〈黃鶴樓〉

•〈登金陵鳳凰台〉

•〈沉醉東風〉

(3)「凡、目、凡」者，有：

•〈題西湖〉

(4)「目、凡、目」者，有：

•〈琵琶行〉

•〈蓼莪〉

2.虛實結構：

(1)「先實後虛」者，有：

•〈贈衛八處士〉（就時間言）

•〈宿桐廬江寄廣陵舊遊〉（就情景言）

•〈正氣歌〉（就敘論言）

•〈蘇幕遮〉（就情景言）

(2)「實、虛、實」者，有：
- 〈大德歌〉（就情景言）
- 〈折桂令〉（就情景言）

(3)「虛、實、虛」者，有：
- 〈飲酒之五〉

3.今昔結構：

(1)「由昔而今」者，有：
- 〈山行〉
- 〈輞川閒居贈裴秀才迪〉

(2)「今、昔、今」者，有：
- 〈念奴嬌〉

4.其他：

(1)「先揚後抑」者，有：
- 〈八陣圖〉

(2)「先賓後主」者，有：
- 〈賀新郎〉

(3)「先因後果」者，有：

•〈糟糠自厭〉

由上述可見，這二十一篇古典詩歌，如著眼於全篇來看，用得最多的是凡目與虛實結構，其次是今昔結構，而抑揚、賓主、因果等結構，則各用一次而已。其他如立破、擒縱、正反、本末、遠近、大小、高低、深淺、平側（平提側注）等關係所形成的結構，都沒見到。這是因爲所選的篇數有限，不足以涵蓋各種結構的緣故，雖有缺憾，卻無可奈何！

(六)在比重上

高中國文課本六冊，分冊各安排了如下一些古典詩歌教材：

△第一冊第十五課：

1.〈飲馬長城窟行〉

△第二冊第十五課「古體詩選」：

2.〈飲酒之五〉

3.〈贈衛八處士〉

△第三冊第十五課「近體詩選」(一)：

4.〈八陣圖〉
5.〈宿桐廬江寄廣陵舊遊〉
6.〈輞川閒居贈裴秀才迪〉
同冊第十六課「近體詩選」(二)
7.〈山行〉
8.〈黃鶴樓〉
9.登金陵鳳凰台〉
△第四冊第七課：
10.〈琵琶行〉
同冊第十五課「詞選」(一)：
11.〈清平樂〉
12.〈蘇幕遮〉
同冊第十六課「詞選」(二)：
13.〈念奴嬌〉
14.〈賀新郎〉
△第五冊第二課：

15.〈正氣歌〉

同冊第九課：

16.〈蓼莪〉

同冊第十二課「散曲選」㈠：

17.〈大德歌〉

18.〈沉醉東風〉

19.〈折桂令〉

同冊第十六課「散曲選」㈡：

20.〈題西湖〉

△第六冊第十五課：

21.〈糟糠自厭〉

從上列的安排看來，有幾點現象是值得一提的：

1.就各冊的比重來看，第三冊用了兩課、第四冊用了三課、第五冊用了四課來容納十七篇詩歌，而第一、二、六等三冊，各安排了一課，僅共容納了四篇而已，顯然輕重有些失宜。

2.就詩、詞、曲的比重來看，詩有十一篇，曲有五篇（其中有一齣劇曲），而詞則僅有四篇，在分配上似有重詩、曲而輕詞之嫌。

3.就六册課文的比重來看，在高中六册九十三課課文中，僅安排了九課二十一篇的古典詩歌教材，似乎少了一點。如果拿大陸有些小學課本就選了五六十篇的古典詩歌教材來比，那就更少得可憐了。

## 四、結語

詩歌教材最容易觸動學生的心靈深處，引起共鳴，而達到教學的最大效果。爲了要擴大這種效果，就非加强中小學的詩歌教學不可，而以現在高中階段的古典詩歌教材來說，如同上文所述，既然在一些優點之外，還存有某些缺憾，便要盡可能地擴大優點、減少缺憾，以求改善，這是我們亟須努力以赴的。

（原載《人文及社會學科教學通訊》九卷三期，一九九八年十月，頁二〇～五一）

# 附錄

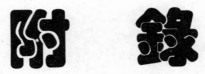

# 漢語辭章學四十年述評

鄭韶風

漢語語法學是借鑑西洋的語法理論建立起來的，修辭學又是借鑑於東洋。而作爲漢語辭章學，則是地地道道的中國貨，其理論已有三千多年的歷史，積澱深蘊，精華耀目，不少論述至今還有重大的現實意義，例如「修辭立其誠」、「以意遣辭」、「以辭抒意」、「情欲信，辭欲巧」等等。到了明朝，已出現了「辭章之學」的説法（見王守仁《博約記》，轉引自《辭章學辭典·後記》，六七二）。其豐富的理論，散見於詩話、詞話、文評、曲語、史論之中，如玉之在璞、金雜沙中。作爲炎黃子孫，不能數典忘祖，而應該組織一批志同道合之士，盡快雕璞取玉，淘沙取金。

四十年前，著名語言學家呂叔湘和張志公先生，都極力呼籲要建立漢語辭章學這門富有民族特點的新學科。四十年來，我國學者不斷醞釀蓄積，形成了三支頗具實力的研究隊伍。他們得到朱德熙、王了一、周祖謨、胡榕樹、倪寶元、宗廷虎、濮侃等著名專家、學者的大力支持，相繼推出了有一定影響的漢語辭章學論著，初步建立了漢語辭章學這門新的學科。

一支隊伍，活動中心在北京，而影響遍及全國。它由呂叔湘、張志公先生帶領，骨幹有王本華等北京師院中文系的研究生。呂先生在〈漢語言工作者的當前任務〉中，談了建立漢語辭章學的問題，他很有信心地說：「我們能夠逐步建立起來自己的漢語辭章學。」張先生從一九六一年以來相繼發表了〈辭章學？修辭學？風格學？〉（一九六一）、〈談「辭章之學」〉（一九六二）、〈建立和漢語語法相對待的學科——漢語辭章學〉（一九八〇）、〈漢語辭章學與漢語語法〉（一九八三）等論文，並在這基礎上，寫成《漢語辭章學引論》，一九九〇年作爲北京師範學院（即今首都師範大學）中文系研究生的講義。後經王本華女士編，於一九九六年推出了《漢語辭章學論集》（以下簡稱《論集》），收入了上述論文和講義。此書的出版，影響很大，得到了學術界的充分肯定。顧振彪先生從語文教學、語文教材編寫角度指出：「目前，語文教材中的語文知識，大部分是從西方引進的。比如語法、語彙、修辭等等，無不如此。它們同我們的漢語文有很大距離，甚至格格不入。正因爲如此，這些知識教起來和學起來都相當吃力，而且對提高聽說讀寫能力幫助不大。比如語法知識，講語素、詞、短語、句子、句羣等等，這些知識對培養聽說讀寫能力有什麼用處呢？一般認爲，會改病句。可惜這點用處同學習它的時候所費的力氣相比，是太不相稱了。有鑑於此，對語文教材中語文知識的取捨和編排，一些專家和有識之士作了不少試驗。但結果都不太理想，或失之過繁，難教難學；或失之過簡，索然無味。於是，時不時有人提出，不要語法。最近有些學者說得比較委婉，要『淡化語法』，其實與不要語法只是五十步與百步之差。」

「然而，語文知識必須改革，這是毫無疑問的。現在的語文知識不能切實指導運用，怎麼辦？正在大家爲這個難題所困惑，一籌莫展之時，張志公先生站在語文教學現代化科學化的制高點上，首倡辭章學這門橋梁性學科。」「辭章學這門新興學科」、「已經具有可操作性，對我們語文教材編寫者、對廣大語文教學工作者，大有可用之處。久久困惑大家的知識與運用問題，終於從這裡開始解決了。」它爲「語文教學改革開闢了新路」，「以促使語文教學改革的騰飛」（《論集》序）。王本華女士也說，漢語辭章學「最符合漢語的特點、最有利於語文教學的改革」。她指出：「語法教學」，「從教師說有兩大苦惱：一是語法體系分歧，莫衷一是；一是學生學了語法之後，運用語言的能力看不出顯著的提高，至少，提高的程度和他們學習語法所付出的勞動很不相稱。從學生說，語法學習很難，而在實際學習和工作中用處不大」。因此，志公先生「注意語法研究的實用性」，又如「語音知識、文字知識、語彙知識、修辭知識，以至邏輯知識等。像這樣一些知識，同語法知識一樣，和實際運用都聯繫不起來，甚至可以說是學而無法致用」。而「漢語辭章學是一門應用學科」，「『橋梁性』的學科，是語言學的基礎知識、基礎理論同語言運用之間的過渡性、橋梁性學科。前者包括語音學、語彙學、語法學、修辭學等基礎知識、基礎理論，後者主要指語文教學，也就是培養提高聽說讀寫的實際運用語言的能力的學科。這樣一門學科，不僅考慮到漢語自身的特點，能夠對語言的各個方面進行綜合的考察，而且注意到了長期以來語言理論研究與聽說讀寫的實際運用之間的脫節問題，應該說在語文教學中有相當大的實用意義」（王本華〈張志公先生與漢語辭章學〉，《論集》，頁四）。顧、王兩位先生概述了志公先生辭章學的研究成果和實用的品格，這對於我們研究漢語辭章學和語文教學也是很有啟發的。

一支隊伍活動中心在福州，由福建省修辭學會、全國文學語言研究中志同道合的學者組成，會長鄭頤壽先生。主要骨幹有張慧貞、祝敏青、林大礎、李蘇鳴、李鸚鳴、鄭娟榕等。這個中心由鄭先生籌畫、主持，於八○年代後期在福建師大成立了辭章學研究室，九○年代初成立了辭章學研究所，還招收了第一屆漢語辭章學研究生。四十年來，鄭先生致力於漢語辭章的研究。他研究辭章學始於「語言的綜合運用」和語文教學。七○年代後期，他在給大學生講授「文選與寫作」課時，就用辭章學理論進行分析。八○年代初，寫成《辭章學概論》講義，一九八四年給福建省級機關業餘大學的學生講課，一九八五年，抽出其中的第六章〈語格〉，在中國華東修辭學會於廬山舉辦的研討班上作了講演。他把書稿送福建教育出版社，經散文家任鳳生編審審處，於一九八六年出版。書一出，北京、上海、廣州、武漢、福州、香港、澳門、菲律賓、前蘇聯等國內外報刊發表了十多篇評論文章，從學科建設、語言運用等方面，對它作了評價。接著，鄭先生還在國內組織了十七個寫作組：一組撰寫《辭章藝術示範》，一九九○年由上海教育出版社出版，翌年再版；一組由閩、晉、陝三十位專家組成，編撰《辭章學辭典》，由鄭先生與林大礎先生任正副主編，書稿於一九九一年送三秦出版社，在社冬眠八載，二○○○年正式出版。另十三組由閩、浙、魯、漢、京、滬等省市九十九位專家組成，編撰「漢語辭章藝術大辭典」，增訂時改稱《中國文學語言藝術大辭典》，一九九三年由重慶出版社出版。此外，還有兩個寫作組，由閩浙專家組成，以辭章理論爲指導，撰寫與《辭章藝術示範》體例完全一致的《言語藝術示範》，由鄭頤壽、祝敏青任正副主編，一九九二年安徽教育出版社出版，《語文名篇修改藝術》（二册），由鄭頤壽、潘曉東聯合主編，一九九七年江西教育出版社出版。在這同時，鄭先生還發表了系列辭章學論文（根據辭章學理論寫成的：〈論言語規律〉（一九八七）、〈再論言語規律〉（一九九一），〈論「比」與比喻〉（一九八一）、〈先秦四元六維論〉（一九九九）、〈從改筆中學習〉（一九八四）、〈語格概論〉（一九九〇）、〈史傳辭章概論〉（一九八七）、〈論修辭學與辭章學〉（一九九〇）、〈論辭章學〉（一九九四），〈科學的態度，巨大的啓發〉（一九九八），〈建構全方位多功能的言語智能體系〉（一九九三）等，並爲《散文藝術表現新探》、《小說辭章學》等專著寫序，宣傳辭章學理論）。一九九八、二〇〇〇年這支隊伍先後在武夷山、福州市舉辦了兩次全國性的辭章學學術研討會，鄭先生還呼籲編寫辭章學系列叢書，發表自己的構思。二〇〇〇年，祝敏青的《小說辭章學》由海峽文藝出版社推出，一枝獨秀，開啓了文體專門辭章學的先河。這支隊伍的成果，引人注目。

一支隊伍，活動中心在台北，由陳滿銘教授及其研究生仇小屏、夏薇薇、陳佳君、黃淑貞等爲主幹，推出了漢語辭章章法學的論著；開了「章法」論的專門辭章學先河。此類論著，從其研究的深度與廣度、科學性與實用性來講，雖非「絕後」，實屬「空前」。「章法」是辭章學的重要內容。呂叔湘、張志公在談到辭章學時，都强調「章法」，張志公的《論集》設一章「章法」，鄭先生的《辭章學概論》設二章「章法」，《中國文學語言藝術大辭典》（頁六三八～七三四）《段落篇章結構》部分用了近百頁的篇幅來闡析，《辭章學辭典》設〈謀篇〉部分，用了約三百二十條辭條來論述。陳滿銘教授抓住「章法」作深入的開掘，除了寫論文之外（從《新裁》可知，陳滿銘教授有關辭章學的論文近五十篇：有從主旨與形式的基本關係談，如〈談安排辭章主旨的基本形式〉；有從材料與手段的關係談，如〈談運用辭章材料的幾種基本手段〉，有從辭章的藝術談，如〈談辭章的兩種基本作法歸納與演繹〉、〈辭章的兩種作法、泛寫與具寫〉；有從表達方式談，如〈插敍法在辭章裡的運用〉，等等），還寫幾部專著來論析辭章章法論，這就是：《國文教學論叢》（一九九一）、《文章結構分析》（一九九九）、《詞林散步》（二〇〇〇）、《章法學新裁》（二〇〇一）等百萬字的專著，其高足仇小屏博士是研究漢語辭章學的後起之秀，她的研究生畢業論文就是《中國辭章章法析論》。在這基礎上，她相繼推出《文章章法論》（一九九八），《篇章結構類型論》（上下册，一九九〇）、《深入課文的一把鑰匙——章法教學》兩書（二〇〇一）等五本專著，總字數一百多萬字。她的二十多萬字的博士論文《古典詩歌時空設計之研究》（成稿於二〇〇〇年，修改於二〇〇一年），也是論析辭章章法的力作。《新裁》和《研究》更重視從理論的高度進行闡釋，在弘揚漢語辭章章法學方面，做出了突出的貢獻。它們的特點是：一、「從各個角度切入」，融化文章學、文藝學、心理學、美學直至繪畫、音樂的基礎知識、基礎理論，以富有民族特點的詩詞、散文名篇爲例，闡析章法的範圍、原則與內涵，具有多科性、綜合性、邊緣性。
二、把章法結構立體化，用極其簡練的文字、表解的形式，分析詩文結構的層次，內在關係。
三、把表達與接受、創作與欣賞聯繫起來，既設《創作篇》代作家立言，也設《欣賞篇》，爲品評立論，把章法的基礎知識、基礎理論與培養聽說讀寫的能力聯繫起來，具有理論性和實用性。

以上簡述了我國辭章學研究的三支隊伍，他們的成果各有特色，成就突出。從他們成果說明：現代漢語辭章學這門新學科已經初步建立起來了。它表現在以下幾點：

一、建立了學科的理論體系。從第一本這一學科的專著《辭章學概論》（一九八六）到《漢語辭章學論集》（一九九六）、《辭章學辭典》（二〇〇〇），對辭章學的定義、性質、對象、體系、理論框架以及辭章的規律、方法的探討，都逐步深入、逐步科學，建立了普通辭章學的理論體系。漢語章法辭章學和小說辭章學，又開了兩條專門辭章學的先河，各從不同角度，對辭章學的理論體系作深層次的開拓。以上三支隊伍已推出專著十多部，七八百萬字，可以說篳路藍縷，如今已初具規模，這是言語學建設的新開拓，是漢文化研究的可喜成績。

二、顯示了漢語辭章學的實用功能，受到讀者的青睞。理論來自實踐，實踐又檢驗著理論，豐富了理論，推動理論向前發展。以上三支隊伍，都是從語文教學、文章教學、章法教學、小說教學中總結出理論，又不約而同地從二三十年前開始，就把這些理論用於教學之中，然後把它歸納成書。它們是辭章教學，辭章運用的提煉、昇華。因此，這些理論備受讀者的重視。它們將爲語文教學、文章教學、寫作教學、詩詞欣賞等發揮學科的獨特優勢。

三、這三支隊伍後繼有人。儘管呂叔湘、張志公兩位大師作古了，但「後來者」接過他們的旗子，繼續攀登。漢語辭章學將在他們的耕耘下，花成圃，樹成林。

但也感到由於地理遠隔，他們缺乏交流，並未互請講學，也未很好歡聚一堂作學術研討，因此，特色明顯，而交融不足。如果兩岸能合著一本《漢語辭章學四十年》，總結研究成果，並進一步合作攻關，將是不可磨滅的歷史業績。

漢語辭章學的春天到了，雖未萬紫千紅，也已幾枝競秀，這是值得慶賀的。

（原載《國文天地》十七卷二期，二〇〇一年七月，頁九十三～九十七）

# 拓殖與深化

## ——陳滿銘《章法學新裁》

張春榮

陳滿銘《章法學新裁》（二〇〇一，萬卷樓）係其商量舊學、涵泳新知之力作。自夏丏尊、葉聖陶《文心》，周振甫《文章例話》、吳應天《文章結構學》、鄭文貞《篇章修辭學》以來，基於「國文教材教法」課程之需要，其用志「章法」，深耕廣織，握管不輟；先後有《國文教學論叢》（一九九一，萬卷樓）、《詩詞新論》（一九九四，萬卷樓）、《作文教學指導》（一九九四，萬卷樓）、《國文教學論叢．續編》（一九九八，萬卷樓）、《文章結構分析——以中學國文課文爲例》（一九九九，萬卷樓）等相關著述，互爲援引擴大；而後斟酌研發，磨合精擇，全力聚焦章法結構，漸成體系；自是「卻顧所來徑，蒼蒼橫翠微」的積學路徑，文章華國，別出新裁的具體成果。

《章法學新裁》全書，善於鍛鐵爲鋼，開拓統整，進而條分縷析，綱舉目張（「往下分析深入」、「往上融貫提昇」）；於是舊説精義得以再現（如：「泛具」、「凡目」、「插敘」、「補敘」、「平提側收」），未密之語得以轉精，畢顯「章法」一門之運思妙用。全書以「秩序」、「變化」、「銜接」（聯貫）、「統一」四大原則爲基石，論及章法內容，主要有：順逆（頁一二三）、今昔、遠近、大小、高低、本末、貴賤、淺深、親疏、賓主、虛實、正反、敍論、抑揚、立破、平側、凡目、縱收、因果、問答（頁四一〇）、點染、偏全、疏密（詳略）、衆寡、插補（頁五四一）等。今以常見「虛實」爲例，今人觸及者甚多，如：張夢機《近體詩發凡》、周振甫《文章例話》、劉勵操《寫作方法一百例》、白靈《一首詩的誕生》、馮永敏《散文鑑賞藝術探微》等，然未若其覃思攻堅，詳加釐析。自「虛」（「無」、抽象、憑藉內心之感覺或想像的抽象材料）、「實」（「有」、具體、憑藉所見所聞所爲的實際材料）義界出發，指出歷來運用方式，可歸納成：「情景」、「論敍」、「泛具」、「時間」、「空間」、「假設與事實」、「虛構與真實」等類型（頁九九～一一〇、一〇五、五四一），讓歷來充滿歧義、人言言殊的「虛實」之說，得以由模糊而凝定澄清，由偏移而明晰顯形。讓曾祖蔭《中國古代文藝美學範疇》所述之「虛實論」，得以落實在教學、創作上，開展出實際運用的明確方法。於是，「虛實」類型在其著鞭先導下，繼起者如仇小屏《章法結構類型論》、陳佳君《文章虛實法析論》等，分別先後於此領域連袂拓墾，以求進境。

其次，全書善於配合「結構分析表」，自不同角度切入，以見「章法」之靈動活用，絕非機械固定之反應。其中〈談篇章結構分析的切入角度〉（頁四二〇～四三四），分析劉禹錫〈陋室銘〉，自「敍論」、「凡目」二端切入，相互補證；分析岳飛〈滿江紅〉，分別自「凡目」、「虛實」加以掌握；分析歐陽修〈縱囚論〉分別自「三論」（緒論、申論、結論）、「立破」角度，觀其脈絡；分析王安石〈讀孟嘗君傳〉，則自「抑揚」、「虛實」、「反正」、「立破」四角度，多方掃瞄，以見原作之短小精悍；分析蘇軾〈念奴嬌〉，亦自「今昔」、「虛實」、「反正」、「內外」（物內、物外）四角度，復調賞析，以見名篇章法變化之姿。凡此，均爲其深造自得之明證。又〈談篇章的縱向結構〉（頁四八九～五五二），分析李之儀〈卜算子〉，結合「事」與「情」主要成分，見其主要章法爲：「泛具」、「虛實」、「因果」等；分析辛棄疾〈摸魚兒〉，結合「事」、「景」、「情」主要成分，見其主要章法爲：「泛具」、「凡目」等；似此則爲「縱向」（主要靠情、理、景、事）、「橫向」（主要靠章法）整合；結合運思脈絡，十字架開之深入觀照。進而，指出以「情」、「理」、「景」、「事」爲主的成分，各有適用章法（頁五三五、五三四、五四〇、五四一）；其中條列歸納，極具參考價值。茲以章法「虛實」爲例，即分見「情」（時空）、「景」（時空）、「事」（時間、假設與真實、虛構與真實）三類中。由此觀之，正見虛實之用，妙於情景敘事之際，拙於講理辯論之間。而其拓植深化之本領，可由此得見。

綜觀作者「牢籠本末」的期許（「希望不久的將來，會以團隊的力量，陸續完成《章法心理學》、《章法美學》、《中國章法史》……等論著」，頁十），筆者以爲本書再求縝密、再加拓寬的空間有二：第一、攸關四大規律的美學基礎。《章法學新裁》一書，論及此處，計有：〈章法教學〉

（頁二一～五三）、〈談詞章章法的主要內容〉（頁三一九～三六〇）、〈談篇章結構〉（頁三九一～四一九），其中「秩序」（order）、「銜接」（聯貫，coherence）、「統一」（unity），並見夏丏尊、葉聖陶《文心》（一九三三年一月始於《中學生》刊載，一九三四年六月出版單行本），文中〈文章的組織〉談及組織文章三原則，即「秩序」、「聯貫」、「統一」，可見源源本本，有其沿承脈絡。甚而再上推西方阿奎納斯（一二二六～一二七四）論美觀照，進而溯源至亞里斯多德（三八五～三二二B.C.）《形上學》：

> 構成美的基本性質是秩序（order）、對稱（symmetry）與明確性（definiteness）。

其中不乏相通之處。換言之，朱光潛《西方美學史》、劉昌元《西方美學導論》、衞姆塞特·布魯克斯《西洋文學批評史》（顏元叔譯），當可挹注、增强四大規律的美學基石，亦即讓四大規律於章法美學之「原始以表末」的理論更形完整。第二、攸關四大規律間的互動關係。如果說「秩序」、「銜接」、「統一」是好文章的必要條件，「變化」（variety）則是好文章的充分條件。前者力求規矩、限制，後者力求巧妙、自由；前者以嚴謹、緊凑、集中、定向爲訴求；後者以生動、恣縱、靈活、多樣化（陌生化）取勝。此外，四大規律間，並非石柱般並列形式，而爲圓形交集的互動關係。以「統一」與「變化」二律爲例，可以開展出：「統一主旨，變化意象」、「統一主旨，變化敘述」、「統一意象，變化主旨」、「統一人物（性格），變化情節」、「統一情節，變化人物（性格）」等不同的組合形態（亦即「複合類型」）。又以「銜接」（聯貫）爲例，書中〈談詞章聯絡照應的幾種技巧〉（頁一四六～一八二），分出有形之「基本聯絡」（聯詞、聯語、關聯句、關聯節段）、無形之「藝術聯絡」（首尾呼應、暗伏呼應、一路照應、層遞照應、過渡照應），然似此銜接（聯貫），基本上偏於「章法」中「起承轉合」之「承」。至於「起承轉合」中的「轉」，仍有開拓的空間。以「抑——揚——抑」的結構爲例，通篇藉由二度轉折，形成雙重意外。尤其在「短篇小說」、「極短篇」的次文類上，自有其特殊的策略考量，用以造成閱讀的震撼效果，可見在章法結構上，「承」固然重要，「轉」亦不容忽視。

無可置疑，厚達五百六十七頁之《章法學新裁》，是自歲月自學養中鍛鍊出的一把利刃，揮向國文教材教法，揮向章法學的未來，以結合心理基礎與美感效果的目標，其建構之功，誠有目共睹。

（原載《文訊》二〇〇一年六月號，一八八期，頁二十六～二十七）

# 台灣辭章學研究述評

鄭頤壽

「章法學是研究章法（含篇法）理論與實際的一門學問。」它涉及文章學、修辭學、語體學、邏輯學以及美學等諸多方面。綜合研究這諸多方面的章法現象及其理論體系的學問，可稱之爲辭章章法學，也可簡稱章法學，台灣學者陳滿銘教授，在研究這一方面具有突出的成就，雖非絕後，實屬空前。台灣《國文天地》今年第二期發表的鄭韶風女士的《漢語辭章學四十年述評》，總結了我國三支研究辭章學的勁旅，其中一支就是台灣以博導陳滿銘教授爲核心的研究班子，其高足有仇小屏博士和夏薇薇、陳佳君、黃淑貞等碩士。研究隊伍陣容浩大、成果豐碩，既從辭章章法理論研究方面，由前人「見樹不見林，語焉而不詳」的狀況，發展到對章法的範圍、原則與內容等多視角的切入，形成一個體系；又從學術梯隊建設方面，由「在四方傳來『章法無用』的打擊聲中」，辛苦跋涉，帶出了一批富有創造力的隊伍——，研究『章法學』的生力軍」。而且，在不斷的發展之中，逐步推進，先後發表了〈談辭章的兩種基本作法：歸納與演繹〉、〈談安排辭章主旨的幾種基本形式〉、〈談運用辭章材料的幾種基本手段〉等論文數十篇，出版了《章法學新裁》

（以上作者均爲陳滿銘教授）和《中國辭章章法析論》、《文章章法論》、《時空設計美學・古典詩詞篇》（以上三書作者爲仇小屏）等富有新意、很有深度，又切合實用的專著十幾種，也「由樹成林」了。

這裡要首先給與說明的「詞章」與「辭章」兩用，這是受古代「詞章」與「辭章」並用的影響（可參閱拙編《辭章學辭典》，頁七八～七九）。大陸早期的研究者也是這樣，「詞章學」與「辭章學」兩用，不僅一般的研究者，就連大語言學家呂叔湘、張志公也這樣用，以後才統一用「辭章學」。即使是「詞章」，也不是作爲「詩詞」文體之「詞章」（當然包括「詩詞」的辭章）：而是如陳教授所說的「切入各類文章」（《新裁》，代序頁一）。例如陳教授〈談安排辭章主旨（綱領）的幾種基本形式〉一文，除了以詩、詞爲例之外，還舉了各類型的散文：《左傳・曹劌論戰》、陸游的〈跋李莊簡公家書〉、《禮記・檀弓》（一則）、《史記・孔子世家》、李密〈陳情表〉、劉鶚〈黃河結冰記〉、列子〈愚公移山〉、劉義慶《世說新語》（一則）等，作爲安排「辭章」主旨的例子。陳教授把「情」、「理」、「景」、「物」、「事」爲「縱向」，「章法」爲「橫向」，這與劉勰的「情經辭緯」說是一脈相承的，即把「章法」定位在「辭」——「形式」上。明白這些，是下文評述辭章章法論的基礎；是闡釋台灣學者清醒、自覺的辭章學意識的根據。

# 一、台灣辭章學研究述評

## (一)哲學思辨

新的學科建設必須站在哲學的高度，並以之作指導，才能高瞻遠矚，不斷開拓，建構科學的理論體系。中國古老的哲學多門，其中最有影響的是樸素的辯證法思想。《周易》的陽與陰、動與靜、生與死，乾與坤、震與巽、坎與離、艮與兌；《老子》的「有無相生，難易相成，長短相形，高下相傾，音聲相和，前後相隨」等，都是很精彩的辯證哲學論。它具有濃厚的文化底蘊，融進了我國的許多學科、各個領域和生活，至今仍有强盛的生命力。台灣辭章章法研究，能充分運用我國傳統的辯證法。陳滿銘教授的《章法學新裁》一書，談篇章結構，就用了辯證法的觀點，如：「今昔」、「遠近」、「大小」、「虛實」、「情景」、「凡目」、「先後」、「本末」、「輕重」、「賓主」、「正反」、「順逆」、「真僞」、「抑揚」等。仇小屏博士的《篇章結構類型論》（上、下）也是全書用辯證法來建構體系的。這些成果，都具有濃厚的「中國風」、「民族味」，煥發出中華傳統文化的光輝。

## ㈡多科融合

漢語辭章學具有鮮明的融合性、多科性，這才能適切於實際運用的需要。「章法」是因體而異的。吳訥早就說過「文辭以體制爲先」（《文章辨體》）。不同文體有不同的章法。議論文，要用邏輯思維、多用演繹、歸納等方法來論證事理。如陳教授在分析梁啓超的〈最苦與最樂〉時，先分析「最苦」的章法結構，從「提出論點」、「申說論點」、「舉例說明」講起，次講「最樂」，最後得出「結論」（《文章結構分析》，頁四四，以下簡稱《分析》），這著重從邏輯學理論來分析其章法。浮想聯翩，「觀古今於須臾，撫四海於一粟」，則重在藝術思維，充分運用描寫抒情的藝法，仇小屏在分析李賀的七律〈夢天〉詩、姜夔的〈踏莎行‧燕燕輕盈〉的詞時，則主要從亦「虛」、亦「實」、「夢境」與「事實」形成的結構來分析。這就帶來了章法的多角度切入，或從文章學、詩學、美學切入，或從邏輯學、風格學、修辭學切入。從文章學角度論析的，如陳滿銘分析李斯的〈諫逐客書〉（《國文教學論叢續編》，頁二四）、蘇洵的〈六國論〉（同上，頁二九）；從詩學「情景」結構切入的，如仇小屏博士分析杜甫的〈蜀相〉（《篇章結構類型論》上，頁二四九）、關漢卿的〈大德歌‧秋〉（同上，頁二五七）；從美學切入的，如仇小屏博士的《時空設計美學‧古典詩詞篇》一書，就十分重視美學與章法的關係；從邏輯學切入的，如陳滿銘教授分析彭端淑的〈爲學一首示子侄〉（《文章結構分析》，頁五九～六一），從泛論、事證、結論的邏輯推理談章法結構；從風格學切入的，如陳教授分析陽剛之美的盧綸的〈塞下曲〉、岳飛的〈滿江紅〉，分析陰柔之美的李白的〈玉階怨〉、張可久的〈梧葉兒〉（《國文教學論叢續編》，頁三九〇～三九三），都著眼於風格結構，進行闡述；從修辭學切入的，如陳滿銘《國文教學論叢續編》（頁四六九～四七〇）概述了幾種修辭方法。

辭章章法，不限於文章學，是多科相關理論、規律、方法的綜合運用。《新裁》封底有句名言「章法係修飾篇章的方法，也就是謀篇佈局的技巧」，前一句，從修辭學論章法，後一句從文章學論章法，它抓住了辭章章法學的重點，與拙著《辭章學概論》的「章法」論也是不謀而合的。

㈢雙向兼顧

文章具有雙向性，一方是寫作者，一方是閱讀者，談章法不得不顧及這兩方。台灣的辭章章法學研究兩方都兼顧了。

先講寫作一方。陳教授說：「所謂章法，是指文章構成的形態而言，也就是將句子組合成節段，由節段組合成整篇的一種方式。任何一個作家，不論是古、今或中、外，於寫作文章時，一定要把各個句子與節段作合適的配置，才能夠使作品產生巨大的感染力量。」（《新裁》，頁二一）這談的是「作家」的寫作。陳教授還從廣大的學生「作文」考慮。在〈如何進行作文教學〉一文中，談到「嚴守命題原則」；「活用命題的方式」，讓學生「擴充」、「濃縮」、「仿寫」、

「改寫」。「審題」，要「明辨題目的意義」、「把握題目的重心」、「認識題目的範圍」、「決定寫作的體裁」、「確定寫作的主場」。「立意」，要考慮：「主旨（綱領）安置於篇首」，或「安置於篇腹」、「篇末」，甚至「安置於篇外」。「佈局」，「得看到作者的意度心管來盡其巧妙」，要依據「秩序原則」、「聯貫原則」、「統一原則」。這些，都是就寫作一方來談「章法」（《國文教學論叢續編》，以下簡稱《續編》，頁四〇一～四二五）。

再談閱讀一方。掌握「章法」理論，有助於全面、深入地理解文章的含義和藝術。這就要把渾然一體的文章，作多方的「分析」，才能由全部到局部，再由局部到全部，掌握文章所蘊含的各種信息。陳教授十分强調：「要分析一篇文章，可以多方面著手，其中最關緊要的，就是『章法』。所謂『章法』，是綴句成節、段，聯節、段成篇的一種組織方式。這種方式很多，比較常見的，除綱領的軌數外，有遠近、大小、本末、淺深、貴賤、親疏、賓主、正反、虛實、凡目、因果、平側（平提側注）、抑揚、擒縱、問答、立破等。用這種方式切入一篇文章，來掌握它的形式結構，從而將它的內容結構也疏理清楚，那麼這篇文章在內容與形式上的特色就自然凸顯出來了」。（《文章結構分析》，自序頁一）

科學的辭章學以及辭章學之諸多分支學科，都要講究「有效、高效地表達、承載並藉以適切、深入地理解話語信息」爲其前提。「表達」，就說、寫而言；「理解」，就聽、讀而言；「承載」，就話語文本而言。台灣的辭章章法論，能同時注意到表達與接受兩方，是難能可貴的。

### ㈣體系完整

一門新的學科，應該有其明確的研究對象、學科性質，有其科學的理論體系，並運用現代的科學方法加以歸納、總結。辭章章法學，雖然經營的時間不太長，但已基本具備了成爲一門新學科的規模。

綜觀台灣以博導陳滿銘教授爲核心、博士仇小屏等爲主力的論著十多部三四百萬字，可以看出其研究對象十分明確：文章的章法現象及其組合、分析的原則、規律、方法與實用意義。這在我所看到的十多部著作中没有例外，已從各個角度切入，理清它的範圍、原則與內涵（《新裁》封底）。

更重要的是，它「爲章法學建構了一個完整的體系」（同上書）。用陳教授的話來說，就是「逐漸地集樹而成林」了（同上，代序，頁一）。這個體系包括：

章法的四大原則：秩序、聯貫、統一、變化（同上，頁八）。仇小屏博士對這四大原則作了深入的研究，在其導師闡發的理論基礎上，把四大原則的內部結構加以具體化。

秩序律，包括：

屬於時間者：順敘、逆敘、四季更迭。

屬於空間者：遠近、大小、高低。

屬於事（情）理者：本末、淺深、貴賤、親疏、情緒變化、其他。

變化律，包括：

屬於時間者：倒敘或追敘：「今昔今」的結構。

屬於空間者：遠近遠、近遠近、遠近相間、視角的轉換，插敘與補敘。

聯絡律，包括：

基本的聯絡：聯詞、聯語、關聯句子、關聯節段。

藝術的聯絡：

1.屬於方法者：

(1)賓主；(2)虛實，含：情景、論敘、時間的虛實，空間的虛實，假設的虛實；(3)正反；(4)抑揚；(5)立破；(6)問答；(7)平側；(8)凡目；(9)縱收；(10)因果。

2.屬於材料者：

(1)事語；(2)物材；(3)前後呼應者，(4)首尾呼應者。

統一律，包含：

主旨的安置：

(1)主旨見於篇首者；(2)主旨見於篇腹者；(3)主旨見於篇末者；(4)主旨見於篇外者。

綱領的軌數，包含：

⑴單軌者；⑵雙軌者；⑶三軌者；⑷四軌及四軌以上者。（《文章章法論》）

以上各項又分設「理論」與「例證」。仇博士的《篇章結構類型論》概括了「今昔」、「久暫」、「內外」、「左右」、「高低」、「大小」等三十五種結構類型，條分縷析，邏輯性、系統性都很强，概括了辭章章法學的「範圍、原則與內涵，爲章法學建構了一個完整的體系」（《新裁》封底）。

㈤重點突出

漢語辭章學具有明顯的融合性，其研究的對象比「修辭學」廣得多，包括宏觀的辭章理論體系，中觀和微觀的辭章研究對象：有聲律、字法、詞法、句法、章法、辭格、藝法、表達方式、語體、文體、體性、風格。從其傳遞媒介講，有口語、書語和電語；從其研究的時間講，有古代、現當代。這是一個龐大的系統工程。台灣的辭章學研究，從中觀性質的「章法」切入，而又上聯宏觀的理論，如仇小屏的《時空設計美學》，從文本的「章法」之外求「法」，顯得視野開拓；而又下聯微觀的章法技巧，如上所述的「聯詞」、「聯語」、「關聯句子」。中觀的章法，可承上啓下，聯繫時空、主旨、材料，不至於捉其表而忘其裡；又落實到詞、語、句、節段，不至於虛而不實。

在選擇語體媒介類型方面，台灣學者突出優秀的書卷語體作品。因爲書卷語是口頭語進一步規範與昇華，又能緊密地與大學生和中學生「國文」教學密切聯繫，提升學生寫作、鑑識的水平。

其所研究的作品，有古有今，而把重點放在更易於提高學生閱讀能力的、膾炙人口的古文名篇上。

研究有重點，易於以點帶線，以線成面；易於開掘深挖，逐個突破。

## (六)行知相成

學術研究，新學科建設，都具有社會功能，爲解決社會人羣的一定需要，而不是虛無縹緲的爲研究而研究、與社會不沾邊的學術活動。

台灣與大陸的學者研究辭章學，都是從「行」——「國文」教學、言語教學的需要中總結出來的。陳教授說，他擔任「國文教學」三十多年，「由於教學、輔導或專業研究的需要，從各個角度研討了衆多問題」，陸續發表了〈談辭章主旨的顯與隱〉、〈談辭章主旨、綱領與內容的關係〉、〈談辭章章法的主要內容〉；對「涉及課文的讀講、內容與形式深究、鑑賞、評量，以及作文例題、指引與批改」這些「牢籠了國文教學」中「範圍相當廣泛」的「重要項目」（《續篇》序，頁一～二）。他是在這樣的「行」（實踐）的基礎上獲得「知」（認識），總結出辭章章法學的理論。他又用這些理論指導「範圍極廣」的「國文教學」，「諸如範文、作文、書法等教學，以及課外讀寫、演講、辯論、吟唱等指導」，並通過教學以「有效地驗收範文教學的成果」（同上，頁四〇一）。其高足仇小屏在陳教授的指導下「以六十餘萬字的《中國辭章章法析論》取得碩士學位」，「而在就讀博士班期間，又將原有章法的內容加以充實、擴充，並盡量包含各種結構類型，寫成《篇章結構類型論》（上、下）一書」。她「深知章法在鑑賞文章時的重要性，所以自然而然地會將章法的觀念帶入平日的教學活動中，可以說是『學以致用』；而且就在這學以致用的過程中，發現章法對於國文教學內容的豐富與提升，可以起著非常大的促進作用」，因此，又寫了幾十篇有關「辭章章法」的論文，「談談自己從事章法教學多年來的感想」；相繼又推出了《深入課文的一把鑰匙》（章法教學）、《下在我眼眸裡的雪》（引文見其〈自序〉，頁一～二）等專著；又通過教學實踐深入研究，寫成《時空設計美學》的博士學位論文。因此，辭章章法學，是從實實在在的「行」（教學實踐）中總結出來的「知」（理性認識），又用之於「行」（教學實踐），進行檢驗，進一步「充實」、「擴充」，昇華爲更高一層的「知」（理性認識），循環往復，而使辭章章法的理論逐步「由樹而成林」，建構了辭章章法論的系統。因此，這門新學科，既有較濃的理論色彩，又具有重要的實用品格。

尤其可貴的是，他們還要進一步「結合心理基礎與美感效果來研究章法，求的正是『真、善、美』。因爲探討心理基礎，就是求『真』；探討章法結構，就是求其規律化，亦即求『善』；而探討美感效果，則是求『美』。如此牢籠本末始終加以研究，希望不久的將來，會以團隊的力量，陸續寫成《章法心理學》、《章法美學》、《中國章法史》……等論著，和大家見面。」（《新裁》，頁一〇）

## 二、兩岸辭章學研究異同簡析

上文所述《漢語辭章學四十年》評述了漢語辭章學的三支勁旅：北京，以張志公爲核心、以王本華等爲骨幹的研究隊伍；福建，以福建師範大學辭章學研究所爲中心，團結「全國文學語言研究會」中志同道合的學者組成研究隊伍；台灣，以台灣師範大學陳滿銘教授爲核心、仇小屏博士爲骨幹的研究隊伍。這三支隊伍根據各自的科研優勢開展研究，推出了系列的科研成果，漢語辭章學這門新學科可以說是慘澹經營，「由樹而林」，「由磚瓦而樓房」，逐步地建立起來了。兩岸在研究的過程，由於歷史的、地理的原因，基本上是各自獨立探索，各自的創意多，卻交流少。但由於他們的研究及其所總結的規律合乎客觀實際，是科學的、實事求是的，因此，這三支隊伍的理論框架、原則、規律、方法，幾乎又都是不謀而合的，可以說是「大同」、「小異」。因此，雙方的研究，互相借鑑，具有突出的互補性，可以相互促進，可以聯合攻關，形成合力，取得更大的成果。這表現在以下幾點：

### ㈠哲學思辨的相近性

上文提到的台灣的辭章章法論充滿著辯證的哲學思辨，是「中國牌」的、「民族化」的。大陸也一樣，如談章法也强調開合、擒縱、放收、伏應、抑揚、奇正、長短、詳略、緩急、綱目（見《辭章學辭典》）等辯證法；談對話語（包括書面話語之文章、口頭話語之語篇等），總結了：客觀世界與話語作品、表達與鑑識等構成的「四元六維」結構，並用之來反觀古代的辭章論、吸收歐美對我們有用的東西。這些，也都充滿著辯證法。

### ㈡辭章學定位的一致性

上文講到的台灣學者把文章之題材、內容、主旨定位爲「經」，把「章法」等定位爲「緯」，這是對劉勰的「情經辭緯」說的引申與發展。陳滿銘教授的〈談安排辭章主旨（綱領）的幾種基本方式〉、〈談運用辭章材料的幾種基本手段〉、〈談辭章主旨、綱領與內容的關係〉、〈談辭章主旨的顯與隱〉、〈談辭章主旨在凡目結構中的安排〉（《新裁．代序》）等，分析了形式與內容的辯證法。而且論析得具體又深入。例如談「辭章材料」這一內容與運用的「幾種基本手段」，分成：主旨「安置在篇首者」、「篇末者」、「篇腹者」、「篇外者」（《新裁》，頁五四～八八）；即使談辭章主旨、綱領與內容，也落實在文字的表現形式、章節的安排上。如分析

〈左忠毅公軼事〉；論析其「記……軼事」之敍述的表達方式，「讚嘆的話」這一抒情、議論的表達方式；論析其「序幕、主體與餘波」、「首尾圓合」的章法結構方式（《新裁》，頁一九四～一九七）。論析〈孔子世家贊〉與李斯的〈諫逐客書〉兩文之「辭章主旨」，也緊扣章法之「『合』、『分』、『合』的形式」（同上，頁一九七～二〇一）。這樣，就把章法、表達方式等辭章這些形式與主旨、材料等這些內容的關係具體化了。

大陸學者在其《辭章學概論》中設一章〈辭章與內容〉（包含〈辭章與題材〉），置於全書之首進行論析。同時給「辭章」下了定義：從書面文章講，屬於「文章學的一個側面」（形式的一面）把「辭章」定位爲「形式」；從包括書面語之文章、口頭語之「話篇」講，明確把「辭章」定位爲「是有效、高效地表達、承載、並藉以適切、深入地理解話語信息的藝術形式」。這個定義的「中心詞」雖然是「形式」，但其前面帶了一長串的限制語「有效、高效地表達、承載並藉以適切、深入地理解信息」，把內容（信息）與形式（辭章）揉合起來了。在論析辭章之「言語規律」時，也是從字面（形式、能指）與字裡（內容、所指）兩個方面的關係劃分常格、變格、畸格，以概括萬象紛紜的辭章現象；分析文章風格與文學風格、流派風格時，則從內蘊情志格素與外觀形態格素來歸納、說明。這樣定位，以區別於文章學，又區別於修辭學。充分體現了辭章學要綜合運用語言學之各分支學科與相關學科的特點，體現了辭章不僅要講表達得「通」、「對」，而且要「好」這些綜合語法、邏輯、修辭的要求。

### ㈢多科融合的同一性

上文提到台灣學者研究辭章章法學「從多科切入」，從文章學、詩學、邏輯學、修辭學、風格學等切入，還要進一步從美學、心理學切入。

大陸也一樣。明確指出：辭章學具有融合性，要融匯入語言學的各個分支學科（語音學、文字學、詞彙學、語法學、修辭學）及其相關學科（語體學、風格學、文章學、邏輯學、心理學和美學）的原理、規律和方法，而建構起自己的學科理論體系。

### ㈣理論昇華的相似性

台灣學者對辭章章法現象的分析十分細緻、深入而系統，又能在此基礎上作理論的昇華，歸納其四大原則，或稱「四大律」，這在上文「體系完整」部分已作分析。

大陸學者也注意對辭章現象的歸納、昇華，談到章法的「四性」：統一性、連貫性、完整性、藝術性。兩岸學者所談之「統一性」與「統一律」，「連貫性」與「聯貫律」，「藝術性」與「變化律」，本質很相似；大陸學者把「層次律」融化在「連貫性」中來談，台灣學者把「完整性」融化在「統一律」中來論析。

大陸學者不限於談辭章章法，他們就「辭章學」的整體言，昇華出「四六結構論」、「言語規律論」、「語格論」、「『格素』論」、「『體素』論」、「結構組合結合論」、「三辭」論（「建辭」、「本辭」、「解辭」論），「四在效果說」等。

其他的如：

科研道路的一致性，都沿著「行知相成」的路子走。他們都是教授，從教學的「行」中獲得「知」，寫成科研論文，又運用之於教學實踐，從而豐富了、創新了、提高了教學內容，也發現了、檢驗了所總結的理論的科學性或偏頗與失誤；再作補充、昇華，總結、歸納出更新、更系統、更科學的理論來。張志公在北京大學、北京師範大學是這樣做的，福建的學者在福州師範專科高等學校講授《文選與寫作》課）、省級機關業餘大學、福州業餘大學、福建師範大學（講授「辭章學」、修辭學、語體風格學的課），在華東修辭學會於廬山舉辦的「修辭學研討班」（講「辭章」之「語格」部分），對來自全國各地的一百多位副教授、講師、助教講演，反覆進行教學、總結，沿著「行—知—行—知……」的道路前進。

學科隊伍的建設也一樣。北京的張志公先生與王本華等組成了學術梯隊。福建的研究小組成立了辭章學研究室、研究所，招收了第一屆辭章學碩士生，並獲國務院學位委員會批准，在「漢語言文字學」博士點中設了辭章學研究的方向；並正在籌辦全省性的「辭章學研究會」和「全國辭章學研究會」。台灣的研究以陳滿銘教授爲核心，開辦了章法的碩士生班、博士生班。北京亦推出了系列論文和《漢語辭章學論集》等具有經典性質的專著，福建推出了《辭章學概論》、《辭章藝術示範》、《辭章藝術辭典》（出版時改稱《中國文學語言藝術大辭典》）、《辭章學辭典》和《小說辭章學》等九部十本專著，台灣推出了《章法學新裁》、《文章結構分析》、《中國辭章章法析論》、《文章章法論》、《篇章結構類型論》（上、下）、《章法新視野》等約十部專著。兩岸對學科今後的發展規畫也都做了描述、展望。

上述淺談了兩岸對「辭（詞）章」研究的諸多「相近性、一致性、同一性、相似性」，這就是「大同」，但在「大同」之中有「小異」。有「大同」，便於合作攻關，互相借鑑、補充、提高；「小異」，說明大家的研究都有新意、創意，有各自的精神與臉孔，這有助於進一步地研究、開拓，推動學科向前發展。

北京、福建、台灣的三支辭章學研究隊伍，如能加强橫向聯繫，通過學術研討、學術報告、互派講學、合作攻關，合編、合著新作等方式，二十一世紀將是漢語辭章學全面騰飛的世紀！

（原載《首屆海峽兩岸閩南文化學術研討會論文集》，
又轉載於《國文天地》十七卷十期，二〇〇一年三月，頁九十九～一〇七）

# 中華文化沃土，辭章學圃奇葩

## ——讀陳滿銘的《章法學新裁》及其相關著作

鄭頤壽

近（二〇〇二年）讀台灣學者陳滿銘教授的《章法學新裁》，如逢同窗摯友，倍感親切。我國辭章學的研究有三支勁旅：北京、福建、台灣①。我除了上個世紀六〇年代初拜讀過呂叔湘、張志公兩位大師有關倡建漢語辭章學新學科的文章以外，張先生於一九九六年出版的《漢語辭章學論集》，陳教授於二〇〇一年推出的《章法學新裁》等專著，都是近年才系統拜讀的。可是三地學者，卻有不謀而合之大同，表現在哲學思辨、學科定位、思維方法、學科性質、功能、體系及至科研道路、學科規劃、梯隊建設等，都很相似②。正如撒在同園子裡的花籽，春天一到，同時抽芽，長葉，開花，以獨具的香與色，自立於新學科的百花園中。由於「大同」，三地的成果唱的是同一個基調，互相呼應，不存在學科內部對根本性的理論進行筆爭、舌戰的問題，因而形成了學科的合力。三地學者的成果二十多部，近千萬字③。我們可以說：漢語辭章學已經初步建立起來了。但是，三地之間的「小異」還不少，這通過百家爭鳴，相互切磋，將更有助於學科的發展。

台灣建立了「辭章章法學」的新學科，成果豐碩，代表作是台灣師大博士生導師陳滿銘教授的《章法學新裁》（以下簡稱「新裁」）及其高足仇小屏、陳佳君等的一系列著作。本文主要以「新裁」爲依據再參考其他相關著作談點粗淺的看法，以就正於陳教授、同行專家和廣大讀者。

陳教授的「章法」不僅限於文章學內容之一「章法」，而是從多科融合的「辭章學」角度來闡析的；它也不僅限於「辭章學」「章法」這一點，而是「以點帶面」，闡析了「辭章學」的諸多理論問題。因此，他們又把這門學科稱爲「辭章章法學」。其最突出的成就是繼承、發揚中華民族辯證法的優良傳統，運用科學的方法，建構辭章章法的學科理論體系。

一門新學科的建立，必須有自己的理論體系，這個「理論」必須是高屋建瓴的能夠統帥、籠罩學科的所有內容，正如網有之綱，綱舉而目張。這就是辭章章法的辯證法，是一種居高臨下的哲學思辨。陳教授爲中心的辭章學隊伍的作品，這一特點十分突出。

中國古代樸素的辯證法思想，是中華民族寶貴的文化遺產之一。它影響著中國社會幾千年，並深入到社會科學、自然科學的各個領域。早在《周易》中，就已產生了「陰陽」的觀念，八卦之乾與坤、震與巽、坎與離、艮與兌；六十四卦的泰與否、剝與復等，都是相反相成的一對。《老子》中的「道生一，一生二，二生三，三生萬物。萬物負陰而抱陽，沖氣而爲和」（《老子》第四十二章）——「一生二」、「沖氣而爲和」，就是對立的統一。又如：「有無相生，難易相成，長短相較，高下相傾，音聲相和，前後相隨。」（《老子》第二章）都是「相反相成」的對立統一體。陳教授的辭章章法論，非常鮮明地體現了這種辯證的哲學觀點。它表現在諸多方面。

## (一)內容與形式的辯證法

陳教授把辭章章法定位爲「形式」，這與大陸學者是一致的。但辭章章法「形式」，與內容關係密切，它們之間是對立統一的辯證關係。陳教授所談的「內容」含主旨、材料——包括「情」、「理」、「景」（物）、「事」等成分。陳教授針對「主旨（綱領）的安排，雖然由於作者的意度心營，巧妙各有不同，而呈現多樣的面貌」這種千差萬別的章法現象，進行觀察、分析、找出規律來，這就是「就其安排的部位而論，卻有著如下幾種共通的基本形式」：「安置於篇首者」，（《談安排詞章主旨（綱領）的幾種基本形式》，《章法學新裁》第五十四頁。以下凡是引自《新裁》者只注頁碼），「安置於篇末者」（六二），「安置於篇腹者」（六九）「安置於篇外者」（八一）：這探究的雖然是「形式」，是辭章的章法，但都以能有效、高效地表達、承載並借以適切地理解「主旨（綱領）」爲指歸，在於捕捉其中「所蘊蓄的思想情意」（五四）。這裡尤其值得稱贊的是：陳教授既重視對中華傳統文化的繼承、發揚，指出「安置於篇首者」，「古時稱爲外籀」（五四），「安置於篇末者」，「古時稱爲內籀」，「安置於篇外者」，即如司空圖《詩品》所說的「不著一字，盡得風流」（八一）；同時，又注意在古人研究的基礎上作進一步的開拓、發展。他指出「安置於篇腹者」，「在慣用插敍法以抒情的詩詞裡還可以時常見到之外，在散文中是不可多見的」。對於此種辭章技巧「只有少數文論家注意到了它」（四六○）。陳教授對此種技巧進行探研之後，還寫了《文章主旨或綱領置於篇腹的結構類型》（四六○～四八八），引用了十六首蘇、辛詞爲例證進行深入的分析，分析其「以凡目」（四六一）、「虛實」（四六八）、「賓主」（四七五）和「因果」等結構呈現的（四八一）四種類型，指出這種「形式」，「由於它們有居於中（高）而前後顧盼的特色，所以會造成凸出（就主旨或綱領言）與對稱（就前後言）的美感，可說是相當特殊的」（四八八）。這就把「形式」對「內容」的反作用及辭章效果突出出來了。

陳教授對於辭章章法這種「形式」對「內容」的反作用是十分注意著力探索的。《談詞章主旨的顯與隱》（二四○～二四九）一文，在概述了主旨全顯的置於篇首、篇腹、篇末的基礎上（二四○），更鄭重的探討了「主旨顯中有隱者」（二四三）、「主旨全隱者」（二四七），從辭章章法結構特點探索其規律，指出：「在從事詞章的賞析或教學時，如能做到這一點，並據此以深求各段的地位、作用與價值，再配合修辭與布局技巧的探討，那麼深入詞章的底蘊，以掌握全文，該不是件難事。」（二四九）

陳教授還從題材的角度，探討與章法形式的關係，尤其重視探求題材與辭章效果的辯證法。他說：「一個詞章家，經過構思立意，使文章的骨骼粗具之後，便須從平日所儲存的各種材料中去選取最適切的部分，加以靈活運用，以有效的將所建立的意思，具體的展演出來，成爲一個完整的而有系統的組織。」（八九）他從「敘」與「論」（九〇），「虛」與「實」（九九）、「正」與「反」（一一〇）、「順」與「逆」（一二三）、「抑」與「揚」（一三四）等章法安排，作深入、細致的闡析。

陳教授在論析了題材（內容）與章法（形式）的辯證關係、章法安排技巧上，還從「辭章章法」的角度，進一步探討了「剪裁」（二一四～二二四）與「運材」（二二三～二三九）的理論，他從「敘」與「論」的章法手段，從「詳」與「略」的辯證法，論析剪裁的原則與方法（二一四～二二二）。他還重視分析題材的性質進行安排，以取得最佳的辭章效果。他指出：「運『事』」（二二三）、「運『物』爲材以呈顯義蘊」（二三〇），其終極目的在於「使詞章發揮它最大的說服力與感染力」（二二三）這就捉住了「辭章章法學」的根本。

## (二)章法技巧的辯證溝

學科研究對象的明確，是辭章章法學之所以能夠成「學」的一個條件。陳教授及其高足的章法學系列成果，都十分明確的以「話語」作品（書面話語就是「文章」：詩詞、散文）爲其研究對象。因此，「一體性」，就成爲辭章學的一大特性。陳教授就是從「一體性」，從作品「成爲一個完整而有系統的組織」（八九）來論析「章法」的原則、規律、方法、技巧的。這就要求探討局部（章）與整體（篇）（四一一）、局部與局部之間的辯證法。聯絡、照應、銜接等章法規律，縱橫的結構規律就從此而生。

中國古代章法論確實已有「起」與「結」、「伏」與「應」、「緩」與「急」、「開」與「合」、「擒」與「縱」、「抑」與「揚」、「直」與「曲」、「正」與「奇」、「長」與「短」、「詳」與「略」、「綱」與「目」的辯證法，而陳教授能在這基礎上加以發展，使之系統化，並用這些辯證法進行交錯組合，用大量簡要圖表，把它顯示出來。陳教授還論析了以下章法辯證法：「今」與「昔」（四），「遠」與「近」（三三一），「大」與「小」（三三二），「虛」與「實」（九九、四〇七），「情」與「景」（序一），「正」與「反」（一一〇、四一二），「本」與「末」（三三四），「輕」與「重」（序三），「疏」與「密」（序六），「高」與「低」（八），「貴」與「賤」（八），「親」與「疏」（八、三〇八），「立」與「破」（八、四〇一），「問」與「答」（八、四〇七），「平」與「側」（四〇八、四三五），「因」與「果」（八、四〇七），「顯」與「隱」（二七二），「敍」與「論」（九〇～九一、九五～九七），「深」與「淺」（三二七），「歸納」與「演繹」（序二），等等，深入而細致，對章法現象做到無所不包。可貴的是：陳教授在細致分析的基礎上，又善於概括、綜述，用更大的「綱」，把「目」統起來。他說：「無論是那一類辭章，由章法切入，辨明其篇章結構，都要涉及縱、橫向的問題。如果單就章法，如遠近、大小、本末、深淺、賓主、虛實、反正、平側、縱橫、因果……等著眼，則呈現的，大都只是橫向的關係；而其完整的結構，卻是非縱、橫交織不可的。因此在多年以前，即主張在分析辭章時，先要透徹弄清辭章中『情』、『景』（物）、『事』的成分，再結合章法來掌握它們的結構。」（四八九）陳教授這種分析與歸納的結合，就加强了章法辯證法的系統性和科學性。爲深入探討這些規律，他還寫了《談篇章的縱向結構》（四八九～五五二）、《談縱橫向疊合的篇章結構》（五五三～五六六）等文，把中國傳統的「經緯」論作具體而又深入的研討、發揮。在對章法辯證法歸納的基礎上，陳教授總結了章法「四大原則」：秩序、聯貫、統一、變化（三、八）來統帥上述細致分析出的辯證的章法技巧。他不僅身體力行，而且帶領其碩士生、博士生在這門學科的前沿攀登。其高足仇小屏在六十多萬字的《中國辭章章法論》的學位論文的基礎上，又寫成了三十多萬字的《文章章法論》一書，書中全用「四大原則」來統帥三十五種辯證的章法結構，（代序九，仇小屏《文章章法論．自序》），陳佳君碩士則用「虛實」的辯證法，寫了三十多萬字的《虛實章法論析》的學位論文。

由上可以看出：陳教授在辭章章法研究中，把中華民族傳統的辯證法，發揮得淋漓盡致，並帶領碩士生、博士生，沿著此路挖掘下去，擴展了成果，這是值得稱贊的。

### ㈢讀與寫的辯證法

辭章學要在說寫與聽讀之間、在理論知識與實際運用能力的培養之間、架起一座「橋」。橋梁性、示範性是這門學科的突出特點。因此，它不僅具有理論的品質，也具有實用的價值。縱觀陳教授及其高足的論著，都十分鮮明地體現了這一學科的特點。而站在這座「橋」上，起溝通作用的環節，就是「教學」。陳教授說：「就在三十幾年前，爲了講授『國文教材教法』這門課程之需要，不得不接觸『章法』。」（代序一）

劉勰的《文心雕龍》是我國古代最系統、最權威的辭章學論著，他早就注意到「寫」與「讀」的雙向互動的辯證法。他在《知音》篇說：「夫綴文者情動而辭發，觀文者披文而入情。」——「觀文」是就「閱讀」而言，「披文」是從「鑒賞」立論。這種關照「讀」、「寫」雙向的辭章學與「同實地寫說的緣分最淺」的修辭學有點不同④，卻和講究「文章的寫作，文章的閱讀、分析、鑒賞」的文章學有點相似⑤。陳教授的「辭章章法學」注意探索「讀」、「寫」雙方的特點，是自覺的，觀點是鮮明的，而效果也是突出的。

陳教授在探討辭章章法這一「形式」與「內容」的關係時，能緊緊地扣住辭章是有效、高效地「表達、承載並借以適切地理解話語信息」這一辭章學中最核心的原則展開。《談篇章教學》（二六三～二八一）一文，十分深刻地闡析了這一論題。他所說的「怎麼寫」和我們所說的「表達」；他所說的「『寫什麼』以探求其內容」，和我們所說的「承載」；他所說的「『好在那裡』，是鑒賞的問題」（二六三）和我們所說的「理解」「鑒識」（二六三）是一致的。陳教授的這些觀點比那些僅限於「表達」的文章學著作，或僅限於「接受」的鑒賞學著作，要高明得多。它真正體現了辭章學的「橋梁性」、「示範性」、「融合性」這些學科特點，深中辭章學的肯綮。其他的如《談詞章主旨、綱領與內容的關係》（一九四～二〇四）、《談詞章主旨在凡目結構中的安排》（二九二～三〇五），都論及內容與形式的關係，就不細述了。

陳教授還反覆從「表達」與「理解」雙向，從辭章效果這些根本的節骨眼進行闡析，以求「我們在從事讀、寫或教學的時候，能夠多加掌握」，以「增進讀、寫的本領，提高教學的效果」（一四五）。

這裡所講的「寫」的效果，和我們所說的「自在效果」，「讀」的效果，和我們所講的「他在效果」，也是不謀而合的。

爲了闡析「寫」的原則、規律、方法及其辭章效果，陳教授還發表了「習作教學」（《國文教學論叢》）「作文教學」（《國文教學論叢‧續編》）等系列論文。爲了闡析「讀」的原則、規律、方法及其辭章效果，陳教授還發表了「範文教學」（《國文教學論叢》）、「鑒賞教學」（《國文教學論叢‧續編》）的系列論文。而架在「寫」、「讀」之間的辭章章法「教學」，是陳教授研討的論題，發表了「範文教學」（《國文教學論叢》）「義旨教學」、「章法教學」等系列論文（《國文教學論叢‧續編》）。

陳教授以其豐碩的「讀」、「寫」雙向互動的論文，闡析了辭章章法的橋梁性，這與張志公先生一再呼籲的培養學生「聽說讀寫」的能力，把理論化爲綜合運用的能力，也是不謀而合的。

## ㈢分、合的辯證法

中國人和西方人，在思維方法方面不盡相同，一般說來，中國重綜合，西方重分析。這是就大體而言。老子說：「道」是「有物混成，先天地生。」（《老子》四章）「道之爲物，惟恍惟惚。惚兮恍兮，其中有象。恍兮惚兮，其中有物。窈兮冥兮，其中有精。」（《老子》二十一章）「恍惚」就是「道」未分化前混沌的狀態。它「視之不見，名曰夷；聽之不聞，名曰希；搏之不得，名曰微。此三者不可詰故混而爲之。」（《老子》十四章），老子說的「道常無名樸。」（《老子》三十二章）「樸」，就是原始的混沌狀態。這種對籠罩宇宙的「道」「渾然一體」的認識，確是中國古人思維的特徵。這種「綜合」，渾然一體，使辭章具有融合性、一體性。作爲文學作品的結構，也具有這個特點，它是一個「天衣無縫」的統一的整體。但西方思維在「分」中也有「合」。恩格斯說：「在希臘哲學家看來，世界在本質上是某種從混沌中產生出來的東西，是某種發展起來的東西，某種形成的東西⑦。」中國思維在「合」中也有「分」。老子在論述「道生於一」之後又說：「一生二，二生三，三生萬物」（《老子》四十二章）就是「分」。陳教授對「融合」無縫的文章的整體，能夠根據整體與局部、局部與局部之間的辯證關係進行分析，分得十分到家、十分細致，做到對成功的文章「無所不分」的地步，用極其簡單的圖表展示出來。這是辭章章法學的一大特色，它貫穿於陳教授及其高足的所有論著之中。現舉陳教授對賈誼

《過秦論》一段「結構分析表」於下，以見一斑。

- 秦強之漸△
  - 經過
    - 秦謀六國
      - 措施—「孝公既沒……因遺策」
      - 成果—「南取漢中……北收要害之郡」
    - 六國抗秦
      - 凡—「諸侯恐懼，會盟而謀駒秦」
      - 目
        - 策略—「不愛珍器重寶肥饒之地……相與為一」
        - 人力
          - 賢相—「當此之時……約從連橫」
          - 兵眾—「兼韓、魏、燕、趙、齊、楚、宋、衛、兄山之眾」
          - 謀士—「於是六國之士……為之謀」
          - 使臣—「周明、周最……通其意」
          - 將帥—「吳起、孫臏……制其兵」
        - 行動—「嘗以十倍之地……叩關而攻秦」
  - 結果—「秦人開關延敵……國家無事」

這是文中「孝公既沒」「國家無事」部分的辭章結構分析（八〇一）把整體與局部、局與局

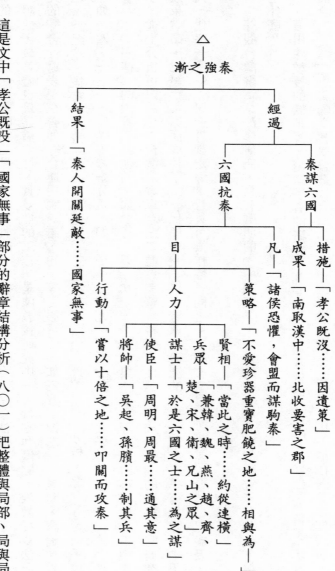

部的關係揭示出來，富於直觀性、示範性。合中能分，以分示合，是章法研究中最能揭示辭章的一體性，最具體也最具橋梁性、實效性的工作，是陳教授研究中一大特點和優點。陳教授章法研究的綜合性還表現在善如綜合運用詞、語、句子等言語單位（如三五～四二），說明、議論、敍述、（記敍）描寫、抒情（如四三、四八九）等表達方式，歸納演繹、分析、綜合等邏輯手段（如一四、一七），比喻等修辭分析（如一一、二四九）直至心理學、美學（如序一○）等「豐富」、「多樣」的內容。其他的，如「行」與「知」、「教」與「學」等方面的辯證法就不細述了。從上分析可以看出：台灣的辭章章法學體系完整、科學，已經具備成「學」的資格。它研究成果豐碩，已經「集樹而成林了」（代序一一）；培養鍛煉了研究的「生力軍」，學術梯隊後勁很大（代序一○）；研究計劃宏偉，且具可操作性（同上）。拙文《台灣辭章學研究述評》已論及，不贅。

綜觀台灣辭章章法學研究，具有鮮明的「中華風」、「民族味」和大陸的研究十分相似。這是什麼？

借用陳教授的話來說，兩岸學者的研究，都受到「共通理則的支配」，因而「有許多『不謀而合』」（二一，《國文教學論叢》三○三頁）；「因爲有悠久的歷史文化，早在兩千多年以前，先民即開始創作，留下了無數豐富而多彩的文學作品。諸如《詩經》、《楚辭》、漢賦、魏晉詩、齊梁樂府、唐詩、宋詞、元曲以及歷代駢散文，可說全是先民智慧的結晶，是我們歷史生活的見證，是我們文化中最珍貴的寶藏」。（《論叢》三）。我們共同生活在文化積澱深厚的土地上，用的是同一種文字，遵循的是同一語法規律，都受到孔孟、老子思想這些優秀文化傳統，包括辯證哲學思維的陶冶，都養成善於進行綜合研究和分析的習慣；在辭章上，都受到祖先豐富而精闢的理論的啓迪，因此，海峽隔不斷我們的心，我們都「不謀而合」地走上了中國辭章學研究的道路上來。我們要加强交流、切磋，讓漢語辭章學深入到各類學校、各個領域，使它成爲一門顯學。

## 注釋

①鄭韶風《漢語辭章學四十年述評》，台灣《國文天地》一九四期。

②拙文《台灣辭章學研究述評》，台灣《國文天地》第二○二期；《福建社會主義學院學報》二○○二年第二期。

③北京：張志公的《漢語辭章學論集》，人民教育出版社一九九六年版。

福建：鄭頤壽《辭章學概論》，福建教育出版社一九八六年版；鄭頤壽、張慧貞、鄭韶風《辭章藝術示範》，上海教育出版社一九九一年初版，一九九二年再版。與《辭章藝術示範》體例完全相同的異名書：鄭頤壽《文章修改藝術》，福建教育出版社一九九三年版；鄭頤壽、祝敏青等的《文章修改藝術——言語藝術示範》，安徽教育出版社，一九九二年版；鄭頤壽、潘曉東的《語文名篇修改範例》（二册），江西教育出版社一九九七年版，鄭頤壽等的《辭章藝術大辭典》——正式出版時改稱《中國文學語言藝術大辭典》(重慶出版社一九九三年版)及其姐妹書《辭章學辭典》(鄭頤壽、林大礎等編著,三秦出版社一九九九年版)。祝敏青的《小說辭章學》,海峽文藝出版社二〇〇一年版。

台灣:陳滿銘《詞林散步》,萬卷樓圖書有限公司一九九〇年版。《國文教學論叢》,同上,一九九一年版。《國文教學論叢》(續編),同上,一九九八年版。《文章結構分析》,同上,一九九九年版。《章法學新裁》,同上,二〇〇一年版。仇小屏《中國辭章章法析論》(碩士學位論文)。《文章章法論》,萬卷樓圖書有限公司,一九九八年版。《篇章結構類型論》(上、下兩冊),同上二〇〇〇年版。《深入課文的一把鑰匙》(章法教學),同上,二〇〇一年版。《章法新視野》,同上,二〇〇一年版。《古典詩歌時空設計之研究》、《時空設計美學》(博士學位論文)。陳佳君《虛實章法析論》(碩士學位論文)。此類論著名稱各異,其內容都是論析辭章章法學理論的。

④陳望道《修辭學發凡·修辭學的功用》。

⑤張壽康《文章學概論·緒論·文章學的對象和任務》。

⑥拙著《漢語辭章論》(研究生講義),福建師大圖書館。

⑦恩格斯《自然辯證法》,人民出版社一九五五年版第八頁。

**(原載二〇〇二年五月《海峽兩岸中華傳統文化與現代化研討會文集》,頁一三一~一三九)**

# 本書作者近年（一九九八～二〇〇一）學術研究及服務概表

## ㈠民國八十七年（一九九八）

- 一月　發表〈談辭章章法的主要內容〉（下）於《國文天地》十三卷八期。
- 二月　發表〈唐宋詞拾玉⑪——馮延巳的蝶戀花〉於《國文天地》十三卷九期。
- 三月　發表〈唐宋詞拾玉⑫——李璟的攤破浣溪沙〉於《國文天地》十三卷十期。又結集有關國文教學之論文為《國文教學論叢續編》，由萬卷樓出版。又參加第四屆近代中國學術研討會，擔任包根弟〈劉熙載藝概詞曲概詞學源流論探析〉之特約討論人。又與歐陽教、李琪明等提出〈我國中小學國語文基本學力指標系統規畫研究第一階段期中報告〉。
- 四月　參加「紀念章微穎先生逝世三十周年學術研討會」，擔任黃錦鋐〈語文教學的過去與將來〉之特約討論人。又與賴明德、尤信雄、廖吉郎、陳弘治、蔡宗陽、康世統等提出〈台灣省高級中學八十七學年度招生入學考試命題研究改進委員會國文科命題科學性研究小組研究報告〉。

• 五月　發表〈唐宋詞拾玉(十四)——李璟的相見歡㈠〉於《國文天地》十三卷十二期。又參加第四居中國詩學會議，擔任徐信義〈溫庭筠詞的格律〉之特約討論人。又校閱《新譯潛夫論》完成，由三民書局出版。

• 六月　發表〈李煜清平樂詞賞析〉於《國文天地》十四卷一期。又與歐陽教、李琪明等提出〈我國中小學國語文基本學力指標系統規畫研究第一階段期末報告〉。又指導郭靜慧完成碩士論文〈辛稼軒山水田園詞研究〉、指導謝奇峯完成碩士論文〈稼軒詞口語風格研究〉、指導蒲基維完成碩士論文〈徐幹散文研究〉、指導楊麗玲完成碩士論文〈蘇東坡詠物詞研究〉。

• 七月　發表〈唐宋詞拾玉(十五)——李璟的攤破浣溪沙㈡〉於《國文天地》十四卷二期。

• 八月　爲《名家論國中國文續編》、《名家論高中國文續編》寫序。

• 九月　發表〈今年大學聯招國文科試題試析〉於《國文天地》十四卷四期。又爲仇小屏《文章章法論》寫序。又爲《新國中國文動動腦》寫序。

• 十月　發表〈高中國文古典詩歌教材探析〉於《人文及社會學科教學通訊》九卷三期。

• 十一月　發表〈高中國文散曲選課文結構分析〉於《國文天地》十四卷六期。又參加第五居國立台灣師範大學國文系研究生學術論文研討會，擔任朱雅琪〈曹操詩歌中的審美意識〉之特約討論人。

•十二月　發表〈高中國文近體詩選㈠課文結構分析〉於《國文天地》十四卷八期。又與歐陽教、李琪明等提出〈我國中小學國語文基本學力指標系統規畫研究第二階段期中報告〉。

※本年由台灣省教育廳續聘為台灣省高級中學招生入學考試命題研究改進委員會國文科研究小組委員。又繼續參與教育部委託台灣師範大學教育研究中心辦理之「我國中小學基本學力指標系統規畫研究」，擔任協同主持人。又參與國科會「網路科技對高中國文教學的影響之研究」，擔任主持人。又參與教育部委託台灣師範大學國文系國文教學研究室編寫心靈饗宴叢書《每日一句》專案計畫，擔任協同主持人。

## ㈡民國八十八年（一九九九）

•一月　發表〈唐宋詞拾玉(十六)——李煜的〈相見歡〉㈡〉於《國文天地》十四卷八期。

•二月　發表〈談《大學》所謂的「誠意」〉於《國文天地》十四卷九期。

•三月　發表〈論恕與大學之道〉於《中國學術年刊》二十期。又發表〈蘇軾劉侯論結構分析〉於《國文天地》十四卷十期。又為朱榮智《儒家管理哲學》寫序。

•四月　發表〈唐宋詞拾玉㈦——李煜的浪淘沙〉於《國文天地》十四卷十一期。又校閱《新譯昌黎先生文集》完成，由三民書局出版。又參加「紀念許世瑛先生九十冥誕學術研討會」，擔任包根弟《詞概》詞學創作論探析〉之特約討論人。又與賴明德、尤信雄、廖吉郎、陳弘治、蔡宗楊、康世統等提出〈台灣省高級中學八十八年度招生入學考試命題研究改進委員會國文科命題科學性研究小組研究報告〉。

• 五月　發表〈周邦彥蘇幕遮詞賞析〉於《國文天地》十四卷十二期。又完成《文章結構分析——以中學國文教材爲例》，由萬卷樓出版。又參加「台北市八十八年中等學校國文科教學論文發表會」，擔任仇小屏〈談章法教學——以高中國文教材爲例〉之講評人。又指導段致平完成碩士論文《稼軒詞用典研究》。

• 六月　發表〈《中庸》的性善觀〉於《國文學報》二十八期。又發表〈唐宋詞拾玉㈥——范仲淹的蘇幕遮〉於《國文天地》十五卷一期。又發表〈談《論語》中的義〉於《高中教育》六期。又發表〈如何進行課文結構分析——以高中國文教材爲例〉於台灣省教育廳《國文科教學研究專輯五》。又參加「第一屆中國修辭學學術研討會」，發表〈談見於詩詞裡的凡目結構〉。又與歐陽教、李琪明等提出〈我國中小學國語文基本學力指標系統規畫研究第二階段期末報告〉。又指導李清筠完成博士論文〈時空情境中的自我影像——以阮籍、陸機、陶淵明詩爲例〉。

• 七月　編著高級中學《中國文化基本教材》第一冊完成，由三民書局出版。又與黃志民、李振興等合編高級中學《國文》第一冊完成，由三民書局出版。

- 八月　發表〈八十八年度大學聯招國文科試題略析〉於《國文天地》十五卷三期。
- 九月　發表〈唐宋詞拾玉㈨——張先的天仙子〉於《國文天地》十五卷四期。
- 十月　發表〈談篇章結構（上）——以中學國文教材爲例〉於《國文天地》十五卷五期。又爲仇小屏《篇章結構類型論》寫序。又爲《高中國文古典文選》寫序。
- 十一月　發表〈談篇章結構（下）——以中學國文教材爲例〉於《國文天地》十五卷六期。
- 十二月　發表〈唐宋詞拾玉㈩——張先的青門引〉於《國文天地》十五卷七期。又參加「第六居國立台灣師範大學國文系研究生學術論文研討會」，擔任林佳樺〈泛具法的理論與應用〉之特約討論人。又與歐陽教、李琪明等提出〈我國中小學國語文基本學力指標系統規劃研究第三階段期中報告〉。

※本年由台灣省教育廳續聘爲台灣省高級中學招生入學考試命題研究改進委員會國文科研究小組委員。又繼續參與教育部委託台灣師範大學教育研究中心辦理之「我國中小學基本學力指標系統規畫研究」，擔任協同主持人。又繼續參與國科會「網路科技對高中國文教學的影響之研究」，擔任主持人。

㈢民國八十九年（二〇〇〇）

一月　參加「台北市建國高級中學八十八學年度國文科教學心得發表會」，擔任王慧卿〈淺談以

「自然美」爲主題的中學作文教學〉之講評人。又發表〈談篇章結構分析的切入角度〉於《國文天地》十五卷八期。又完成《詞林散步——唐宋詞結構分析》，由萬卷樓出版。

- 二月　發表〈東坡詞與陶淵明〉於《國文天地》十五卷九期。又編著高級中學《中國文化基本教材》第二册完成，由三民書局出版。
- 三月　發表〈論博文約禮〉於《中國學術年刊》二十一期。又發表〈唐宋詞拾玉(廿一)——晏殊的浣溪沙〉於《國文天地》十五卷十期。
- 四月　發表〈改革有成——談大考中心八十九學年度學科能力測驗國文科「非選擇題」的命題與閱卷〉於《國文天地》十五卷十一期。又與賴明德、尤信雄、廖吉郎、陳弘治、蔡宗陽、康世統等提出〈台灣省高級中學八十九學年度招生入學考試命題研究改進委員會國文科命題科學性小組研究報告〉。
- 五月　參加「國立台灣師大國文系八十八學年度資優保送生論文發表會」，擔任主持人。又以〈微觀古本與今本《大學》〉爲題，在國立台灣師大國文系作本學期第八場學術演講。又爲林瑞景《創意作文批改範例》寫。序
- 六月　發表〈談儒家思想體系中的螺旋結構〉於《國文學報》二十九期。又參加「第二居中國修辭學會國際學術研討會」，發表〈談「平提側收」的篇章結構〉，並擔任仇小屏〈試談字句與篇章修飾的分野——以某些修辭格與章法爲例〉之特約討論人。又發表〈談《中庸》的一

篇體要（上）〉於《國文天地》十卷一期。又與歐陽教、李琪明等提出〈我國中小學國語文基本學力指標系統規畫研究第三階段期末報告〉。又指導賴玟怡完成碩士論文〈修辭心理與美感之探析——以夸飾、譬喻爲例〉。

• 七月　以〈本國語文教材統整之面向與要領〉爲題，在「台北市教師研習中心八十八學年度九年一貫課程語文領域研習班」作專題演講。又發表〈談《中庸》的一篇體要（下）〉於《國文天地》十六卷二期。又指導蔣聞靜完成碩士論文〈戰國策寓言探析〉。

• 八月　發表〈唐宋詞拾玉(廿二)——晏殊踏莎行於《國文天地》十六卷三期。又爲胡其德《翡冷翠的秋晨》寫序。又編著高級中學《中國文化基本教材》第三冊完成，由三民書局出版。

• 九月　發表〈談蘇東坡的幾首清峻詞〉於《國文天地》十六卷四期。

• 十月　發表〈唐宋詞拾玉(廿三)——歐陽修的踏莎行〉於《國文天地》十六卷五期。又發表〈文章主旨或綱領安置於篇腹的結構類型——以蘇、辛詞爲例〉於《人文及社會學科教學通訊》十一卷三期。又與康世統提出〈網路科技對高中國文教學的影響之研究報告〉。

• 十一月　轉載〈微觀古本與今本《大學》〉於《國文天地》十六卷六期。又以〈談縱横向疊合的篇章結構〉爲題，在國立嘉義中學作專題演講。

• 十二月　發表〈談縱横向疊合的篇章結構〉於《國文天地》十六卷七期。

※本年由桃園縣國民教育輔導團聘爲國文科指導教授。又繼續參與教育部委託台灣師範大學教育研究中心辦理之「我國中小學基本學力指標規畫研究」，擔任協同主人。又繼續參與國科會「網路科技對高中國文教學的影響之研究」，擔任主持人。

㈣民國九十年（二〇〇一）

• 一月 集結相關論文爲《章法學新裁》，由萬卷樓出版。又發表〈卻顧所來徑——《章法學新裁》代序〉於《國文天地》十六卷八期。

• 二月 指導台灣師大國研所仇小屏完成其博士論文〈古典詩詞時空設計之研究〉，獲得博士學位。

• 三月 發表〈唐宋詞拾玉㈣——歐陽修的木蘭花〉於《國文天地》十六卷十期。又以〈中學作文教學〉爲題在國立成功大學「九年一貫課程語文教學設計（國文教學設計）研討會」作專題演講。又擔任「開創課程新世紀——九年一貫課程學習領域教學研討會」工作坊（三）之主持人。又擔任台灣師大國研所八十九學年度第二學期博士班候選人曾進豐學位論文〈晚唐社會詩、風人體之研究〉之講評人。

• 四月 擔任台灣師大國研所范宜如博士論文〈地域文學的形成——明代中期吳中文壇研究〉之審查人。

●五月　發表〈談篇章的縱向結構〉於《中國學術年刊》二十二期。又發表〈唐宋詞拾玉(廿五)——柳永
的雨霖鈴〉於《國文天地》十六卷十二期。又擔任「道家思想的現代詮釋——梅湖道學講
座(三)：王邦雄〈莊子心齋「氣」觀念的詮釋問題〉之主持人。又指導陳佳君以〈虛實章法
析論〉獲得碩士學位。

●六月　發表〈蘇東坡的境遇與其詞風〉於《國文學報》三十期，頁一六三～一九四。又發表〈《孟
子．養氣》章的篇章結構〉於《慶祝莆田黃錦鋐教授八秩嵩壽論文集》。又參加「第三屆中
國修辭學學術研討會」，發表〈文章主旨置於篇外的謀篇形式——以詩詞爲例〉；並擔任
仇小屏〈古典詩詞的視聽之美——以空間結構爲考察對象〉之特約討論人。又指導江錦玨
以〈古典詩詞義旨探究〉獲得碩士學位。

●七月　指導呂瑞萍以〈宋代詠茶詞研究〉獲得碩士學位。

●八月　發表〈唐宋詞拾玉(廿六)——柳永的八聲甘州〉於《國文天地》十七卷三期。

●九月　發表〈論辭章章法的四大律〉於《國文天地》十七卷四期。

●十月　發表〈唐宋詞拾玉(廿七)——蘇軾的〈水調歌頭〉〉於《國文天地》十七卷五期。

●十一月　發表〈章法與情意的關係〉於《國文天地》十七卷六期。

●十二月　發表〈章法教學與思考訓練〉於《人文及社會學科教學通訊》十二卷四期。又擔任台灣師
大國研所黃雅莉博士論文〈宋詞雅化的發展與嬗變研究——以柳、周、姜、吳爲探究

中心〉之審查人。又擔任「宋元文學學術研討會」王偉勇〈兩宋檃括詞探析〉之特約討論人。

※本年由考試院考選部聘爲「國家考試國文科專案小組」召集人、「國家考試諮詢委員會」諮詢委員。

# 章法學論粹


著　　　者：陳滿銘
發　行　人：許錟輝
出　版　者：萬卷樓圖書有限公司
台北市羅斯福路二段 41 號 6 樓之 3
電話(02)23216565・23952992
FAX(02)23944113
劃撥帳號 15624015
出版登記證：新聞局局版臺業字第 5655 號
網站網址：http://www.wanjuan.com.tw
E－mail：wanjuan@tpts5.seed.net.tw
經銷代理：紅螞蟻圖書有限公司
台北市內湖區舊宗路二段 121 巷 28 號 4F
電話(02)27953656(代表號)　傳真(02)27954100
E－mail：red0511@ms51.hinet.net
承印廠商：晟齊實業有限公司
定　　　價：440 元
出版日期：民國 91 年 7 月初版





ISBN 957－739－398-5